一桃三殺
千劫眉
卷六
【完】
藤萍——著

目錄
CONTENTS

第五十五章　有婢如此

青山蕭瑟水迢迢，欲見孤城逢碧蒿。

兩輛馬車帶著五個人北上嵩山，離開奎鎮之後，是一座一座連綿的山丘，春夏之時，山中有時濕冷，有時又是潮熱窒悶，唐儷辭不走官道，一路翻山越嶺，雖說是不繞遠路，但帶著諸多女眷，也快不上太多。此時琅琊公主率眾出征飄零眉苑，江湖旌旗縱橫，士氣如虹，正在進發途中，與此同時，唐儷辭作為此次毒丸之事的主謀，公主雖未下誅殺之令，但其事昭然若揭，唐儷辭陰險惡毒，罪該萬死，但凡有與「唐儷辭」三字略有牽連之人無不人人自危，萬竅齋首當其衝，諸多店面已被砸毀，損失難以估量。

這種時候，唐儷辭還是宜走小路，以免橫生枝節，耽擱行程。

馬車之上，一隻手從馬車的簾子裡伸了出來，撩開了簾子，手腕上戴著個銀鐲子，上面精雕細刻著繁複的圖案，只是這鐲子中間硬是缺了一段，彷佛生生從上面斬了一截下來似的。然而戴著鐲子的人渾然不覺它殘缺，那顏色瑰麗的衣袖，白皙柔潤的手臂，襯得這有缺口的銀鐲別有風情，只聽車中人開口道：「阿誰，拿開水過來，昨天的衣服在籃子裡。」

另一輛馬車裡有人應了一聲，「琳姑娘，今日還找不到宿頭，一旦尋到水源，阿誰馬上送來。」

戴著鐲子的人「嗯」了一聲，不再說話。

坐在另外一輛車裡的是兩位年輕的女子，一位紫衣布裙，臉色頗為憔悴，一位粉色長裙，頭挽雙髻。聽聞隔壁車子的女子發話，那粉色長裙的少女大為不滿，用力拉扯著紫衣女子的衣袖，低低地道：「阿誰姐姐，她太過分了！她真的把妳當丫鬟那樣使喚，妳身上的傷還沒好呢。」

紫衣女子輕輕摟著她，並不生氣，「我本就是丫鬟，琳姑娘既然是唐公子的故交，侍奉琳姑娘和侍奉唐公子都是一樣的。」

「什麼『故交』啊？」這粉色衣裙的少女自是玉團兒，聞言懊惱地扁了扁嘴，「他們都是『故交』，妳就是陌路人了？那『琳姑娘』雖然長得很美，可是她往唐公子的車裡一坐，我們連和唐公子說話的機會都沒了。」

阿誰微微一笑，「妳在生氣他也和他們坐在一起？」

玉團兒臉上一紅，低下頭，「他本來就是和他們一起的，我才沒有……」

「傻丫頭。」阿誰拍了拍她的背，「他雖然和他們坐在一起，但不是天天回幾趟來看妳麼？」

玉團兒轉眼又笑了起來，「他要是不回來，我就打他，把他從那邊捉回來。」

阿誰莞爾，玉團兒又嘆起了氣，「可是我們一起走了這麼多天，唐公子卻從來不來看妳呢。」她瞪眼，「他不會真當妳是丫鬟吧？唐公子一向壞得要命，他可不能真的把妳當丫鬟！」

阿誰搖了搖頭，右手輕輕拍哄著熟睡的鳳鳳，凝視孩子半晌，「蒙受唐公子諸多恩惠，無以為報，除卻為婢為奴，阿誰一無所長。」她緩緩地道：「便是飯食之恩、這一身綢緞，也是受之有愧。」

玉團兒「哦」了一聲，聲音變得有點小，「那我也欠了唐公子好多好多錢呢……」

阿誰淡淡地笑，「傻孩子，別這樣想。」

玉團兒越發低聲道：「他也是很討厭我的。」

阿誰依然搖頭，淡淡地笑，「唐公子看不起許多人，但他從不曾看不起妳，不是麼？」

玉團兒怔了怔，這倒是，唐儷辭是古怪難測的，但也總是和她心平氣和地說話，似乎從來沒有貶低過她。她小小聲地道：「我什麼也不會。」

「妳很好。」阿誰柔聲說：「人人都羡慕妳。」

玉團兒笑了起來，指著自己的鼻子，「羡慕我？羡慕我什麼呢？我生得沒有你們好看。」她指指旁邊的馬車，「他們，還有妳，都生得比我好看多了，我羡慕還來不及呢。」

阿誰也跟著笑了，卻是輕輕嘆了口氣。

這世上的事，羡慕一個人與否，與生得好看不好看又有多大干係呢？生得好看些……就必定會比旁人過得好些麼？

她握住鳳鳳的手，鳳鳳睡得正熟，嬰兒稚嫩的手被被褥捂得溫熱，握在手心裡，就如暖爐一般。她專心致志地握住，不作他想。

這世上的事，羡慕不羡慕，過得好不好，愛不愛，活不活得下去，痛苦不痛苦，從不以她想什麼而改變。所以無論她想什麼，都是枉然。

馬車不快不慢的在山間前行，距離嵩山已不遠，道路兩邊滿是酸棗樹，正當開花之際，漫山遍野滿樹的花朵，皎白如雪，煞是好看。未過多時，遠處只聽鳥鳴之聲清脆，玉團兒耳朵一動，「有水了！」

阿誰知她在山林中長大，對蟲鳴鳥叫之聲自有獨到見解，也不問她如何知道有水源，只點了點頭。玉團兒從馬車中鑽了出去，拍了拍車夫的肩，叫他往林中一處前行。唐儷辭所乘的車夫見狀，也習慣的跟了上去。這一路上翻山越嶺，尋找水源和休息之處，大都靠的是玉團兒在林中養成的習性。

不遠處山坡之下，有一塊大石，石上有清泉沿石而下，大石下方有個很小的水潭，然而水色甚清，清水從水潭中溢出，自碎石中蜿蜒而下，直入林間。玉團兒從馬車裡一躍而下，拿著兩個水囊到溪間取水，阿誰從馬車上慢慢下來，將臨時買來用以做飯的鐵鍋抱了下來，鳳鳳醒了，趴在車窗上兩眼烏溜溜地看著旁邊的馬車。

柳眼從唐儷辭的馬車裡下來，幫阿誰將那十來斤重的鐵鍋放到地上，玉團兒取了水回來，又拾回來幾塊大石頭，墊在鍋下。阿誰從馬車裡取出木炭，開始生火。唐儷辭的馬車裡，縱然不復見如何鑲金嵌玉狐裘暖爐，但上等木炭總是帶的，這木炭終是比林裡的生木好些，生起火來不會過分煙熏火燎的。

三人圍著那鐵鍋忙忙碌碌，兩個車夫解下馬匹，到溪邊去飲馬，唐儷辭的馬車卻始終寂靜。車裡的人連簾子都沒碰過一下，更不必說出來問候一聲或幫個忙。

這樣孤漠的姿態，只有唐儷辭擺得出來。而他日日都是如此，幾乎足不出馬車，一開始玉團兒勃然大怒，三番五次要找他理論何以如此薄情寡意？但阿誰攔著她，柳眼也攔著她，她氣了幾日，看到唐儷辭那神態舉止和他擲出阿誰之前沒半點兩樣，居然連她都覺得心涼，連理論氣惱的心也涼了。

鐵鍋下的木炭漸漸燃了起來，鍋裡的水漸溫，玉團兒在林中轉了一圈，抓了隻野兔回來，柳眼將野兔剝皮洗淨，阿誰細細切了佐料，調了醬汁醃兔肉，隨後又揉了麵團要烤鍋貼。

她傷勢其實尚未痊癒，雙手忙碌的時候胸口仍舊作痛，只是她慣於忍耐，一路上從不做聲。柳眼和玉團兒見她做事麻利，只當她的傷已經好了，而唐儷辭和瑟琳卻是正眼都不看她。

自從在奎鎮見了面，唐儷辭沒對她說過一句話，她也沒想和唐公子說上任何話。在唐儷辭心裡，她終究什麼都不是。

在她兌現了他「心甘情願為了他去死」這句狂言之後，她似乎就失去了存在的價值，就像一件厭棄的玩物，昨日種種動人都不過幻覺而已。

馬車之中。瑟琳慵懶的依偎在唐儷辭懷裡，看著車外那篝火的微光，豐潤的紅唇勾著似笑非笑的嫵媚，神態很是愜意。

唐儷辭一下一下輕輕拍著瑟琳的背，他懷抱著人，拍得輕柔，就如擁著純真可人的嬰孩，就如他當年哄著鳳鳳一樣。

但他並沒有看著瑟琳。他靜靜坐著，並沒有看瑟琳，也沒有看窗外的火光。

車外的一切，懷中的佳人，冷的暖的，活的熱的，只有他與世隔絕一般。

阿誰熱了鐵鍋，倒了熱水，又燒了第二鍋熱水去洗衣服。玉團兒在鍋裡倒了熱油將麵團一塊塊貼上去，柳眼笨手笨腳的在一旁烤兔子，忙活了半天，兔肉熟了的時候，阿誰也洗完了衣服，端了盆子回來，折了幾段樹枝將衣服晾了起來。

這翻山趕路的時候，萬般比不得平時，縱然唐儷辭平日錦衣玉食，衣裳一件賽似一件的精細奢華，但衣服總是要換洗的。他原是孤身出行，搬不得一車的衣裳來穿一件丟一件，何況遇到瑟琳乃是意外，瑟琳的衣服是在奎鎮臨時訂做，也做不了幾身，這一路洗衣做飯的事自然而然都落在阿誰頭上。

做飯倒罷了，對吃，唐儷辭並不如何講究，瑟琳更是只吃蔬菜，肉食一概不吃；但如何使洗完的衣裳燦然如新，真是一門讓人煞費苦心的學問。遇上陰雨天氣，衣裳便不乾，阿誰只得將那鐵鍋洗淨，倒扣在炭火之上，再把衣服貼在鍋底烘乾。有時繡線掉了，或是染了色澤，她便不睡，一夜一夜思索著如何補救。玉團兒有次將瑟琳一件裙子藏了起來，不讓阿誰熬夜去補，第二天一早，瑟琳看見那皺成一團的裙子，一句話沒說直接扔進了炭火的餘燼之中，她倒是壓根沒發現裙子繡線開了幾條。玉團兒在一旁看得瞠目結舌，斷定這琳姑娘是個怪人，從此不敢再藏衣服。

洗好的衣裳掛了起來，阿誰細心地折去衣裳四周的樹枝，以免蹭髒了衣服。鍋中烤熟的鍋貼散發出略略烤焦的香氣，玉團兒給兩位車夫分了鍋貼，又給馬車裡的人送去幾塊，那門簾一揭即合，彷彿連外面都不願多看一眼。

她圍著唐儷辭的馬車轉了一圈，很想對著馬車踹上一腳，讓這馬車撞到樹上去，看那「琳姑娘」是什麼姿態，但唐儷辭也坐在車裡，她又不敢。轉了一圈之後，她突然瞧見馬車下的雜草之中，有幾顆珍珠。

彎腰拾起一顆，茫然看了半天，在這大山之中，總不可能生出珍珠。阿誰見她拾起一物，竟忘了回來吃飯，便呼喚了一聲。玉團兒迷惑的把珍珠攤在手心，「這是唐公子的麼？」

阿誰和柳眼微微一震，柳眼拿起珍珠瞧了瞧，那珍珠中間有孔，乃是一串珠串上拆散的，「應該是，怎麼了？」

玉團兒茫然地問，「唐公子為什麼要把珍珠扔在地上？」

阿誰和柳眼又都是微微一顫，阿誰輕聲道：「這東西……妳拾起來了，莫讓唐公子看見。」

玉團兒越發莫名其妙，聽話去把地上的珍珠都撿了回來，突地看見山石那邊有隻毛絨絨的小貓露了個頭，煞是可愛，心裡一樂，便追著貓去了。

阿誰和柳眼默默相對，柳眼轉動著已經烤熟的兔肉，過了好一會兒，阿誰低聲道：「他的傷……還沒好？」

柳眼不看她，就怔怔地看著兔肉，「好了吧，就快好了。」

她便不問了，靜靜坐在一旁。

又過了一會兒，柳眼又道：「他只是有點……」他遲疑了一陣，不太確定地道：「有點……」

她等著他說，又好像只是默默地聽，一點也不想知道似的。

「有時候好像有點……」柳眼喃喃地道：「他的眼神有點……」他說不出那種感受，為何會總是留在唐儷辭的馬車裡，是因為不安。即使彷佛什麼事也沒有，件件都按部就班，他仍感到深深的不安。

「亂……」她輕輕吐出一個字，便又沉默不語。

柳眼苦笑，面對阿誰，心裡有千句萬句，奈何看著她，尚未說出口她便都已了然了一樣，讓他一句也說不出口。

「是我的錯。」她輕聲道：「那是我的錯……」

柳眼啞然，眼見她站了起來，將那烤好的兔肉撕了一盤，送到那邊馬車裡去。馬車裡照舊接了，裡面沒半點聲音，她退了回來，自己隨意吃了兩口，便一點一點撕著鍋貼餵鳳鳳。柳眼怔怔地看著她，她的姿態仍是那麼順從，望著鳳鳳的眼神仍是那麼溫柔，安靜得彷若沒有半分心事一般。

她說是她的錯。她是錯在沒有早早接受唐儷辭的求愛和折磨、或是在唐儷辭將她擲出去的那一晚沒能化身成一張板凳、或是沒有從一開始就聲稱可以心甘情願的為他去死呢？

她說是她的錯。說他變成現在這個樣子、變成一個表面完好內裡卻已崩壞的精美瓷器，都是她的錯。

「也許……是我的錯。」柳眼低聲道。

但並沒有人聽他說話。

他茫然極了，為什麼他們只是想過自己的生活，只是想選擇自己所能選擇的，就已經把他逼到了這樣的境地？

莽莽林海，黃昏逐漸降臨，光線慢慢暗淡，篝火在濃黑的樹影中搖曳，掙扎著微弱的光和溫暖。鐵鍋中的鍋貼還有不少，柳眼和阿誰卻都沒心情去吃。

因為玉團兒追著那隻毛絨絨的小貓往林間而去，已然去了很久了。

她不可能不回來吃飯，但她沒有回來。

就如一轉身便被這樹林吞沒了一般。

時間一點一滴過去，阿誰的臉色越來越憂慮，柳眼站起身來，「我去找人。」

阿誰搖了搖頭，「你的腿走路不便，在這山林中更不容易，我去。」她將懷裡的鳳鳳遞給柳眼，「放心，我不會走太遠，左近找不到我就馬上回來。」言下她站了起來，招呼兩位馬車車夫，從鍋下取了一支燒去一半的短木，三人一起往山林中走去。

柳眼看著她的背影，黯然傷神，她總是獨自一人。

無論是在他看不見的地方，或是在人群之中，她總是獨自一人面對一切，彷彿從不需向誰求助。

唐儷辭的馬車就在一旁，他們卻不曾想過向他求助。

三人披荊斬棘深入林間的聲音慢慢遠去，那微弱的火光也慢慢隱沒。聲音唐儷辭一定是聽見了，然而他始終沒有問發生了什麼事。

過了一會兒，樹林中又安靜了下來，柳眼抱著鳳鳳傾聽著林中的聲音，越是安靜他越是不安，鳳鳳吃飽了睡夠了，也精神了起來，瞪著一雙眼睛看著柳眼，看著看著突然開始大哭起來，「啊啊啊啊，娘娘娘娘……呀呀呀呀……」

小嬰孩拚命掙扎，柳眼心煩意亂兼之手忙腳亂，鳳鳳越發大哭，雙手揮舞，「娘娘娘娘……呀呀呀……」

「怎麼了？」唐儷辭的馬車中終於傳出聲音，有人用柔美動聽的嗓音問，「孩子餓了嗎？」

柳眼瞪了唐儷辭的馬車一會兒，突然大步走了過去，猛地拉開馬車的門簾，冷冷地道：「孩子找不到娘，哭了。」

馬車內唐儷辭依然懷抱著瑟琳，瑟琳長髮蓬鬆，體態柔軟地倚在唐儷辭懷裡，兩人都是一副慵臥雲端的姿態。柳眼看了一眼再看了一眼，本來對這二人心中還懷著些說不出的不忍心——不忍心眼看著這對總是活在世人頂端的朋友受苦，不忍心眼看這兩個無論怎麼狼狽都不肯放下姿態的人的那點驕傲在現實中跌得粉碎——但玉團兒和阿誰不見了，鳳鳳嚎啕大哭，他委實沒有心情來憐惜或「不忍」，把鳳鳳往瑟琳手裡一塞，他對唐儷辭道：「你聽見沒有？」

唐儷辭淺淺一笑，抬起頭來，「聽見什麼？」

「這四周的樹林，從剛才開始就沒有什麼聲音，小丫頭進去了、阿誰和車夫也進去了……」柳眼一字一字地道：「誰也沒有出來。」

唐儷辭柔聲道：「你是在說，這林子裡……有鬼麼？」

柳眼搖了搖頭，臉色沉重，「阿儷，我不愛開玩笑，這樹林裡必定有什麼古怪，你必須去看看。」

唐儷辭看著他，居然沒有反駁，也沒有冷笑，「嗯。」

柳眼一呆，只見他從馬車上搖搖晃晃地站了起來，一步一步下車，輕輕彈了彈衣袖，「她們往哪裡去了？」

柳眼指了指阿誰方才離去的方向，看著唐儷辭轉身而去，耳邊仍停留著他方才那聲「嗯」——唐儷辭智計百變，狠毒詭詐，幾時這樣溫順聽話過？何況是聽他這個平生最沒有主意的人的話？他情不自禁感到毛骨悚然——阿儷……阿儷他是怎麼了？

眼看著隱沒林中的是熟悉的人影，山風吹過，衣袂俱飄，但看在柳眼眼中的不過一具空殼，飄飄蕩蕩，裡面……什麼都沒有。

「阿儷！」他驀地站了起來，「回來！」

夜風寒冷，吹拂而過的時候令人忘卻正是初夏，瑟琳手足無措地抱著一個哇哇大哭的孩子，而他獨對一堆篝火，不知如何是好。

阿誰和車夫走入樹林，一路呼喊玉團兒，奈何除了風過樹木的呼嘯聲，樹林中沒有半點聲音。突然一位車夫發出「唔」的一聲悶哼，身側驟然響起一陣拖拽之聲，阿誰大吃一驚，火把一揮，眼睜睜看著樹林中有一樣黑乎乎的東西將一位車夫飛快拖走，一下子便消失在草木山石之中！另一名車夫慘叫一聲，「山鬼！山鬼啊！」抱頭向後就跑，窸窣一下便鑽入了樹林之中。阿誰一人怔怔地拿著火把，看著四面八方飄忽不定的樹影，每一叢樹影之後都似潛伏著能奪人性命的山鬼，她僵硬了好一會兒，終於鼓起勇氣，顫抖著舉起火把，慢慢向那道擄人的怪影離去的方向走去。

如果這林中有吃人的怪物，那……也許玉團兒正是被這個怪物拖走了。

她緊緊握著火把，臉色慘白，一步一步走向前方，走了幾步頓了頓，她想她也許該先回去報信，然而——然而若是在她折返的這段時間裡，「它」吃了玉團兒，豈非遺恨終身？

阿誰的臉色越發慘白，緊握火把，加快腳步往前而去。越往林中走去，樹木越是濃密，四周越是漆黑一片，她心頭一片冰涼，風吹樹葉沙沙作響，隱沒了她踩上落葉的聲音，「團兒？」她輕聲呼喚，「馬叔？」

馬叔便是方才被黑影拖去的車夫，她呼喚了幾聲「馬叔」，無人應答，就在這短短的時間內，他若不是被拖到遠得聽不到呼喚的地方，便是已然不能回答了。

「馬叔？團兒？」她仍舊一步一步往前走，突然腳下一空，「嘩啦」一陣聲響，她跌入一個不深不淺的洞穴中。

這洞穴裡落滿了枯枝敗葉，充盈著一股腥臭腐敗的氣味，她跌下來跌在一樣東西上，那東西溫暖柔軟，是人體。阿誰手中的火把並未熄滅，舉起火把，在這洞穴裡的兩人一男一女，正是玉團兒和馬叔。

只是這兩人各自躺在一邊，一動不動。阿誰摸了一下兩人的脈門，都是細而微弱，不知被什麼東西傷了，身上既無血跡，也不見明顯的傷口，只怕是中了什麼異獸的劇毒，她一陣六神無主，忍不住抬起頭，對著洞穴上頭呼喚，「唐公子」即使明知他不會來，在絕望之時也希望他能在。

就在她抬頭呼喚的瞬間，火把光影一晃，她看見洞口兩側裸露著黑色的新土——這個洞是新挖的。

她驀地轉過火把，在洞穴底下的枯枝敗葉中，隱約有什麼東西閃閃發光，她彎下腰輕輕摸了一下，是一張網，是一張用極細的黑色鐵絲編就，在黑暗中宛若無形的網。

沒有哪一種異獸會使用鐵絲做網的，這必然是一種陷阱！這是人，不是鬼！

這張網鋪在洞底，阿誰略略沉吟便心中明白——馬叔和玉團兒便是這網中的誘餌和機關，只怕他們身下壓著什麼關鍵之物，若是有人落入網中，出手將人抱起，這張黑色怪網便能彈起將洞穴中的人一起網住。

她摔入此地，不曾觸發機關，是因為她根本沒有想到要挪動那兩人。

她閉了嘴不再呼喚唐公子，慢慢熄滅了火把。

黑暗籠罩了一切。

也許那暗中設計的人任憑她跌入陷阱，就是想引誘她大聲呼救，引來唐儷辭。而她一點也不希望引來唐儷辭，他身上的傷還沒有好，他的心情太過紊亂，若是他落入這張網……她想……他一定會中伏。

阿誰閉了閉眼睛，是，他一定會中伏，唐公子從不懼闖龍潭虎穴，雖然一定能平安救他們脫險，可是她再也不想看見他掙扎的模樣，再也不想看到他遇到任何危險。

她想……這個時候，即便是一羽加身，對他來說都是苦刑。

雖然唐儷辭從來沒有那樣表示過。

伸手不見五指，她迷亂了片刻，慢慢摸索到玉團兒身邊，抱住玉團兒，她艱難地抱著她翻了個身，玉團兒身下有個硬物被她壓住，鐵網並未發動。她舒了一口氣，輕輕推了推玉團兒，玉團兒並不清醒，依然無聲無息。阿誰伸手在她身上摸索，只想知道她究竟受了什麼傷？為什麼昏迷不醒？

突然手指一涼，摸到了冰冷堅硬的東西，她大吃一驚，接著手指一痛，有什麼東西牢牢咬住她的手指，那咬得非常用力，甚至於那東西的牙齒都在她手上劇烈的顫抖。她猛地把手收了回來，那東西一下纏繞在她手臂上——蛇！

玉團兒身上有蛇！她突然明白這洞裡古怪的腥味原來是蛇的味道，他們暈迷不醒只怕都是中了蛇毒，而自己既然被蛇咬了，恐怕也……正當不知如何是好的時候，洞外突然響起一聲陰沉的低笑。

「哈……」

只是一聲低笑，她覺得這聲低笑與常人並不相同。咬了咬牙，她雖不想牽連唐儷辭，想依靠自己脫身，但並不能因此連累玉團兒與馬叔命喪蛇毒，縱然千般不願，她也不得不提高聲音呼救，「唐公子——唐公子——」

並沒有人阻攔她呼救，顯而易見，這的確是引唐儷辭入伏的手段之一。阿誰一邊打起精神呼救，一邊慢慢翻身往一旁滾去。

「嗡」的一聲震響，她身下壓住的硬物因為她滾向一邊而彈起，洞內黑網驟然合攏，將阿誰三人牢牢縛在洞內。她隱約露出一絲微笑，全身已因蛇毒而麻痹，再也呼不出聲，閉上了眼睛。

她能做的，也許都是徒勞，但她盡心盡力做了。

洞穴外方才低笑一聲的人「嗯？」了一聲，對阿誰居然自行發動機關有些詫異，這黑網以玄鐵造就，刀劍難傷，人一旦落入網中縱然是有通天之能也難逃脫，所以才用以對付唐儷辭，居然被一個丫頭早早觸發了。

她究竟是有心或是無意？那人皺起眉頭，方才那一聲冷笑用了內家心法，能傳得很遠，唐儷辭必然是聽見了——加上這丫頭幾聲呼救，靜夜之中若是聽不見，那才是見鬼了。

但機關被破也沒有關係，那人探手入洞，一把將黑網拉了上來，洞裡三人被牢牢捆在一起，生死不明，他探手入網，隨意掐在一人頸上，揚聲陰測測地道：「唐儷辭，我知道你早已來了，出來吧！」

樹林中樹葉沙沙瀟瀟，無人回答，唯有一片黑暗。

「唐儷辭，我數三聲，數一不到，我便殺死一人，數二不到，我便殺死第二人，數三不到，這網中三人一起絕命……」那人一句話還沒說完，突聽自己頸中「咯啦」一聲輕輕地脆響，隨即……他的一切都安靜了下來。

他的頸後搭著一隻柔軟的手掌，那手掌剛剛輕輕震碎了他的頸骨。

過了片刻，「啪」的一聲響，那人的身軀直挺挺的倒在地上，露出不知何時如鬼魅一般站在他身後的人。

「數一不到，你便殺死一人……」那人低柔地道：「你便是廢話太多，」他輕輕咳了一聲，「我的耐心一向不好。」

來人一身白衣，在伸手不見五指的樹林中慘白如鬼，那被他震碎頸骨的屍體倒下，縛住阿誰三人的黑網便到了他手裡。他用手指極輕、極輕地撫摸著黑網上光潤的玄鐵絲，蒼白的手指順著玄鐵絲緩緩侵入網中，和方才那人一樣，隨意地掐住一個人的脖子。阿誰的脖子。

她將玉團兒擋在身後，玉團兒緊緊蜷縮在她身後，她在黑網合攏的瞬間用力張開身子將玉團兒擋住，馬叔橫躺在她們腳下——所以無論是誰，伸手入網，很容易就掐住她揚起的頸項。

他目不轉睛地看著阿誰，他的手指緩緩陷入她的頸中。

只要稍一用力，就可以讓她消失不見。

然而過了好一會兒，他一寸一分地鬆開手指，輕輕抬起手，摸了摸她的臉。

阿誰的臉上一片冰涼，卻沒有淚。

他的手慢慢從她的臉上收了回來，很快引燃火摺子，在地上死人的身上搜了一遍，四處略一張望，並未發現有更多人埋伏，便提起玄鐵網中的三人，往來路快步而回。

他認路的本事極好，在伸手難見五指的樹林之中疾走，居然沒受到多少阻礙，未過多時便回到方才的篝火之旁。

然而篝火旁只有篝火，忽明忽暗的微弱火苗在幾欲成灰的木炭上跳動，那旁邊原本應該等候的人蹤影不見，杳然無聲。

唐儷辭將手裡的三人放下，四周一片寂靜，唯有樹葉之聲，方圓十丈之內沒有絲毫活物的聲息。

他犯了個錯誤，他該讓手裡這兩個礙手礙腳的女人去死，然後帶著柳眼上少林寺，這樣才能快刀斬亂麻，讓玉箜篌顧此失彼，儘快解決風流店的事。

但他卻沒有。

森林中的夜風冰寒，篝火明滅，燃不起多少暖意，柳眼和瑟琳以及鳳鳳，顯然在他離開的時候落入了敵人手中。

調虎離山，他看破了，但沒有做任何決定，順從柳眼的安排去找人，再接著顯而易見……柳眼按照他人生的常態做了個錯誤的決定。

他垂眼看著那堆篝火，慢慢坐了下來，雪白的衣袖就放在炭火邊，死而未僵的火苗靜靜地竄上他的衣袖，在衣角靜靜地燃燒。

帶走柳眼和瑟琳的人不知是哪路背景，若是玉箜篌的人，顯而易見便是阻攔自己前往少林寺見普珠。他很清醒地想……如果玉箜篌能派得出人手來這裡劫人，阻攔自己上山，那麼在這之前他就應該勸普珠離開少林寺，讓自己即使能放棄人質，上了少林寺也沒有結果。但此時江湖上對他恨之入骨的人太多了，他無法判斷敵人來自哪一方，他得罪了太多的人，人們以正義之名恨他，以除惡之名圍剿他，他以為他不在乎……或者說，不久之前，他不在乎。

但最近……有一些東西在他身上支離破碎，有另一些東西離他而去，他帶著微笑面對每一個人，試圖讓自己和從前一樣，他甚至努力做到了大部分。

不過他支離破碎的靈魂渴望安靜，渴求著靜止，它需要時間和角落色厲內荏的舔傷，它已經被他燒成了灰，再有風吹草動，或許就什麼都不剩了。

他想……也許什麼都不剩，其實也沒什麼不好。

那心魔成狂的一夜之後，成百上千人的畏懼和敬仰再無法讓他滿足，而任何一個人的一點惡意都可以讓他千瘡百孔。

火焰在他衣角靜靜地熄滅。

阿誰三人還在網中昏迷不醒。

唐儷辭安靜地坐了好一會兒，終於眨了眨眼睛，轉過頭來看著地上三人。

那張黑色的大網仍然緊緊地將三人捆在一起，他雙指拈住鐵絲一扯，這黑網紋絲不動，並非凡品。突然間「啪」的一聲，一物從阿誰身上竄出，狠狠咬住他的手腕。

蛇？他手腕一翻，將那一尺來長的小毒蛇震死，丟到一邊。區區蛇毒自然不能置他死命，在這一瞬間唐儷辭明白——劫走柳眼和瑟琳的人如果和這布下玄鐵網陷阱的人乃是同夥，那並不是玉笠篌的人馬。

因為玉笠篌早就知道蛇毒毒不死唐儷辭。

而地上這三個人必然都中了蛇毒，他冷眼看著地上的毒蛇，那蛇呈現古怪的草青色，蛇頭極大，這是一種他未曾見過的毒蛇，必是絕毒。

阿誰的臉色早已泛青，更不用說更早中毒的玉團兒和馬叔。但這若是一種快速致命的劇毒，這三人早就沒了性命，不可能拖到現在，這說明這種蛇毒的稀罕之處並非見血封喉，必定另有古怪。

網中保護著別人的這個女人……他一度很喜愛，因為她像他想像中的某人，因為她總是能吸引男人，因為她是如此隱忍安靜，努力求生——不過——在那夜之後，他突然覺得她和誰也不像，她只是她自己，她一直只是她自己。他從未想過善待她，因為她是一個人盡可夫的娼妓，摔碎她的矜持和自信是如此令人快意的事，就如緩慢而不間斷的撕裂一幅絕美的帛畫，毀滅殆盡的美感狂烈而刺激。可是他撕了，摔了，甚至親手毀了，那幅畫卻依然還在。

她竟沒有被毀滅，她依然在的，和從前一模一樣……甚至不懷有絲毫怨恨。他無法忍受，無法忍受……他在她面前傷過痛過失態過瘋狂過，甚至殺過她……他有過千奇百怪的猙獰姿態，他錯過、失敗過、支離破碎過……種種醜態，無法全知全能，從不盡善盡美，而她卻一如往昔。

這真是讓人……難以忍受。

他嘴角露出一絲淺淺的笑，然而坐在這個令人難以忍受的女人身邊，他的心情便分外自由，有一種能全無保留露出本性的狂熱的欣喜。

他在阿誰懷裡摸出「殺柳」，這等寶刃斬落，玄鐵網絲終於開了一道極細微的裂縫。唐儷辭手上加勁，一條一條斷開鐵絲，終於在天明之時將三人從玄鐵網裡面拖了出來。三人都還活著，全都昏迷不醒，唐儷辭也不著急，這毒只要不是用於殺人，他也不在乎對手又多三名人質。

而在晨曦初起，將樹林中的陰影驅散的時候，他看見馬車的車壁上被人以飛鏢釘住一張白紙。昨晚樹林中漆黑一片，火光黯淡之極，唐儷辭自是不會想到自行往篝火裡面加木炭——故而他沒有看見那張白紙。

但他心裡清楚這必定會有的，半途劫道，設下埋伏，絕不可能帶走人後毫無所求，定然會留下說明之物。起身拔下飛鏢，飛鏢下釘的是一張殘舊的白紙，上面寫著「火鱗觀」三個字。

這三字極其普通，談不上什麼書法。唐儷辭抬頭一看天色，將三人搬入馬車之中，自己一抽馬鞭，沿著官道筆直的驅車往回走。

火鱗觀就在這座山山口的小山坡上，那是一處香火暗淡的道觀。

他認路的本事奇佳，山路崎嶇難平，馬車顛顛倒倒，卻在兩柱香時間之後趕到了火鱗觀口。山坡之上平淡無奇的火鱗觀只有數間供奉祖師的小屋，屋裡一片寂靜，大門緊閉，門上貼著一張白紙「自刺一刀，方入此門」。

唐儷辭驅車緩緩向道觀門口行去，馬匹走到門前，他鞭稍一捲，那張白紙便被撕了下來，接著連鞭帶紙往門上一揮一帶，那道觀的木門轟然開裂，「咯咯」往後打開。他面上並沒有太多表情，馬鞭一揚，馬車帶著單薄的車廂走進道觀之中。

那張寫著「自刺一刀，方入此門」的紙條半空飛起，隨即碎成半天蝴蝶，四下飛散。

道觀的院中站著七八名少年，晨光之中，那挺拔矯健的姿態充滿力量與堅定，地上橫躺著兩人，一個是瑟琳、一個是柳眼，兩人仰躺在地，顯是被點了穴道，一動不動。而鳳鳳卻被一位少年小心翼翼地抱在懷裡，正安靜地看著破門而入的唐儷辭。

唐儷辭從馬車上一步一步走了下來，那七八名少年未曾想到他竟敢破門而入，都有些呆愣，但手中刀劍不約而同架在瑟琳和柳眼的頸上，其中一人喝道：「站住！你再往前一步，我就砍了他的頭！」

唐儷辭依言站住，晨曦之下，他衣不沾塵，髮絲不亂，渾然不似在山中行走多日的人，在清朗晨光中這麼一站，便如畫中人一般。

那七八名少年穿的是一樣的衣服，都是白色為底，繡有火雲之圖。唐儷辭的目光從第一人身上慢慢掠過，一直看到第八人，隨即笑了笑，「火雲寨？」

那為首的少年背脊挺得極直，面色如霜，冷冷地道：「原來你還記得火雲寨？」

「記得。」他輕聲回答，雖然他從未真正踏上梅花山、不曾親眼見過火雲寨鼎盛時期的風采，而終此一生再與梅花山無緣。

「寨主的一條命！軒轅大哥的一條命！以及我火雲弟兄三十三條人命，今日要你以命償命！」那少年厲聲道：「你這陰險卑鄙的毒狗！風流店的奸細！晴天朗日容不下你！我池信更容不下你！」

唐儷辭凝視著他，少年身材高大，手中拿著的並非尋常刀劍，而是一柄一尺三寸三分的飛刀，「你是池雲什麼人？」他緩緩地問，語調不疾不徐，無悲無喜。

池信冷笑道：「寨主是我義兄，我的名字是寨主取的，我的武功是寨主親自指點，寨主縱橫江湖救人無數，你這——你這忘恩負義卑鄙無恥的毒狗——」他滿腔悲憤的怒吼，「你怎能下得了手殺了他？他為助你一臂之力，孤身離開火雲寨，你竟設下毒局害死他！你怎能下得了手？你怎能下得了手？」

你怎能下得了手？唐儷辭凝目看著這少年，這少年年不過十六七，身材雖高，面容仍是稚氣，他身旁一干少年也都相差彷彿，看了一陣，他微微動了動唇角，「是誰叫你們在此設伏攔我？」

他居然對池信方才那段喝問置之不理，池信狂怒至極，「唐儷辭！你滿手血腥欺人太甚！」他揚起手中飛刀，一刀往瑟琳身上砍落，「從現在開始，我叫你做什麼你便做什麼，一句不聽，我就在她身上砍一刀！」他在火雲寨數年，手下並不含糊，「唰」的一聲，飛刀夾帶風聲，筆直劈落。

「噹」的一聲脆響，飛刀堪堪觸及瑟琳的衣裳驀地從中斷開，半截飛刀反彈飛射，自池信額頭擦過，劃開一道血跡。池信瞬間呆住，只見一樣東西落在瑟琳衣裳褶皺之中，是一粒光潤柔和的珍珠。

對面用一粒珍珠打斷飛刀的人輕輕咳了一聲，微微晃了一下，舉起衣袖慢慢抹拭唇上的血跡，只聽他道：「是誰叫你們在此設伏攔我？」

池信幾人面面相覷，面上都有了駭然之色，一位長劍就架在柳眼頸上的少年一咬牙，劍上加勁，便要立刻殺了他。不料手腕剛一用力，手指長劍「錚」的一聲應聲而斷，半截劍刃不偏不倚反彈而起，掠過自己的脖子，抹開一道不深不淺的血痕。

另一粒珍珠落在地上，光潔如舊，絲毫無損，對面的人緩緩地問：「是誰——叫你們在此設伏攔我？」

池信探手按住腰間第二柄飛刀，然而手指卻開始發抖——這人——這人的能耐遠在計畫之外，自己幾人的功夫在他眼裡就如跳梁小丑一般。他開始意識到如果唐儷辭不是手下留情，單憑他手中珍珠便可以將自己幾人殺得乾乾淨淨一個不留，「你——」

「是、誰、叫、你、們、在、此、設、伏、攔、我？」他語氣低柔，有些有氣無力，然而一字一字這麼問來，池信忍不住脫口而出「是……劍會發布的信函，說你前往嵩山，所以我們就……」

唐儷辭平淡地看了他一眼，伸出手來，「孩子還我。」

抱著孩子的那位少年驚恐地看著他，全身瑟瑟發抖。

唐儷辭微微閉了閉眼睛，隨即睜開，十分具有耐心地道：「還我。」

那人被他看了這一眼，突然如見了鬼一樣把鳳鳳遞還給他。幾位用刀劍架住瑟琳和柳眼的少年也收了刀劍，都是面如死灰，這人如此厲害，宛如鬼魅，還不知會如何對待他們。

唐儷辭抱住鳳鳳，鳳鳳雙手緊緊抓住他的衣裳，一雙眼睛睜得很大，卻不哭，只把下巴靠在他肩上，貼得很牢。他抱著鳳鳳，仍舊對池信伸出手，「解藥。」

池信的嘴唇有些發抖，「解藥我是不會給你的。」他是背著二位寨主，帶了幾位兄弟下山尋仇，他恨了唐儷辭如此之久，怎能就此莫名其妙的全盤潰敗？

唐儷辭再度咳了一聲，頓了頓，「今日之事，池雲地下有知，必以為恥。」他淡淡地看著這一群少年，「你們是希望火雲寨以你們為榮，或是以你們為恥？殺池雲的是我，以這樣的手段傷及無辜，便是火雲寨素來的快意江湖麼？」

他的聲音低柔平和，並不響亮，甚至其中並不包含什麼感情，既非痛心疾首，也非恨鐵不成鋼，只是疲憊的複述一遍盡人皆知的常理，空自一股索然無味。

池信卻是怔了好一會兒，幾人手中的刀劍都放了下去，有一人突然叫道：「大哥！」

池信揮了揮手，從懷裡取出一個小瓶，陰沉著一張臉扔給唐儷辭，「接著。」

唐儷辭接住解藥，將鳳鳳先放在馬車上，隨即一手一個架起瑟琳和柳眼，將他們送上馬車，自池信交出解藥之後，在他眼裡便宛如沒有這幾個人了。

池信幾人呆呆地站在一旁，看著他便要駕車離去，鬼使神差的，池信喊了一聲，「且慢！」他古怪地看著唐儷辭，「你……你就這樣……放過我們？」

唐儷辭登上馬車，調轉了馬頭，並不回答他的問題，他並沒有即刻離去，微微抬起頭望著晨曦中的深山密林那蒼曠的顏色，突然道：「你問我怎麼下得了手？」

池信一呆，只聽他極平淡地道：「因為寧可天下人恨我，不可天下人恨他。」他淡淡地道：「回去吧。」

馬蹄聲響，那輛簡單的馬車快速往山中行去，池信站在道觀中和幾位兄弟面面相覷，呆了好一會兒，突然他招了招手，低聲道：「我們……跟上。」

唐儷辭驅車離開，返回昨夜的篝火旁休息了片刻，給眾人服下解藥，解開穴道。幾人全都中毒，服下解藥後一時不醒，他抱著鳳鳳靜靜坐在車中，一隻手兜在袖裡，一動不動。

鳳鳳緊緊地抱著他，也不出聲。過了一會兒，唐儷辭抱著他的手指微微動了一下，輕輕撫了撫他的背。「哇」的一聲，鳳鳳突然轉過頭大哭起來，緊緊抱住他，濕漉漉的眼睛可憐兮兮地看著唐儷辭，哭得抽聲抽氣，彷彿有天大的委屈一般。

他唇角微微一動，似乎是想微微一笑，卻終是沒笑。鳳鳳的眼淚蹭得他臉頰胸口一片混亂，他也不動，於是小娃娃越發大膽起來，對準他不動的右手狠狠地咬了下去，隨即哭得越發大聲，活像是他自己被咬了一樣。

他抬起右手，雙手將鳳鳳撐了起來，好好地抱在懷裡。哭得聲嘶力竭的小東西似乎感到有些滿意，聲音小了起來，在他懷裡蹭來蹭去，準備著睡覺的位置，想和從前一模一樣。唐儷辭抱著他，本還有些僵硬，終是慢慢的放鬆了身體，安靜地抱著鳳鳳，像從前一樣。

歷經曲折，也只有懷裡這個小東西，還希望和自己像從前一樣。他閉上了眼睛，靜聽著四周的變化，沒有人知道——方才他袖中的珍珠只有那兩顆。

其餘的珍珠在什麼時候遺落到哪裡去了？他根本不知道。

鳳鳳已經含著眼淚在他懷裡睡著，他聽著馬車裡許多人的呼吸聲，有許多扎根在他心中的事變得飄渺，一種奇異的清醒撲面而來，有些擔子已經腐壞得他再也背不起來，他現在能背得起的，是身邊這僅有的幾個人的生死。

他曾經從不在乎幾個人的生死、或是幾百個人的生死，反正這些人早已死了，反正只需他一笑或是遞出一樣價值連城的珍品，更多人便會追隨他而來，有何可惜？何必在乎？但……其實也許全然不是那樣。

他已疲憊得無法思考如何去控制和折磨，如今唯一能做的，不過守護而已。

身邊有些聲響，唐儷辭抬頭望去，居然是阿誰第一個醒了過來。她微微睜開眼睛，隨即起身，竟連稍事休息的念頭都不曾有，坐起身來之後略略扶額，抬起頭來，便看見唐儷辭看著自己。

他只看了那一眼便轉過頭去，她微微嘆了口氣，將身邊的玉團兒和車夫扶正姿勢，起身看了看柳眼和瑟琳。不知為何她身上的毒性退得甚快，其餘四人卻還昏迷不醒，看了看唐儷辭懷裡的鳳鳳，她撩起馬車的門簾，下車將昨夜殘餘的篝火重新燃了起來，接著放上鐵鍋，開始燒水。

他從撩開的門簾那看著她艱辛的忙碌，看她踉蹌著去溪邊打水，看她掙扎著拖動那口沉重的鐵鍋。她不叫苦，他也不幫忙，但那篝火還是慢慢燃了起來，鍋裡的水還是漸漸地沸騰了起來。

「嗯……」車裡柳眼掙扎坐了起來，扶著額頭，神色還很茫然，唐儷辭本能的微微一笑，柳眼卻沒看見，等他抬起頭來的時候，唐儷辭的笑意早已消散無蹤。柳眼很少看到他毫無表情的臉，又見鳳鳳在他懷裡，心裡自是詫異，卻不知該和他說什麼。玉團兒吐出一口長氣，突然坐了起來，「哎呀」一聲頭暈目眩，又要摔倒，柳眼連忙扶著他。玉團兒眨了眨眼睛，眩暈還未褪，她卻問，「是你救我們回來的嗎？」

唐儷辭不答，也不動。若是平時，他必是要微微一笑，故作救人只是輕而易舉的恩賜，但他現在既不說話，也不動。玉團兒莫名其妙，看到瑟琳和馬叔仍舊昏迷不醒，嚇了一跳，連忙去摸摸兩人到底怎麼了？一摸下來，瑟琳身體嬌貴，從來沒受過這樣的苦，發起了高燒，車夫馬叔只是睡著了。

「阿儷……」柳眼揣測著要怎麼和他說話，自重逢之後聊了幾句過去的事，他絕口不提那夜，之後話越說越少，不知什麼時候便成了現在這樣，「你救了我們……謝謝……」他不知怎地就冒出了這句。

唐儷辭看了他一眼，點了點頭。柳眼越發覺得古怪，卻也再說不出什麼。

玉團兒奇怪地看著他，「你幹嘛不說話？你嗓子壞了嗎？啞巴了嗎？」

唐儷辭卻不理她，看了瑟琳一眼，他從懷裡取出一個淡綠色的瓷瓶，拔開瓶塞，瓶中只有一粒藥丸，紫黑之色，有一股怪味。

馬車外有人輕敲了三聲，柳眼抬起頭來，只見阿誰臉色蒼白，雙頰微染紅暈，卻微笑端過一個茶盤，盤上托著兩杯清茶，「大家受驚了，喝點熱茶吧。」

唐儷辭將鳳鳳輕輕放在坐墊上，扶起瑟琳，接過清茶讓瑟琳服下那顆藥丸。柳眼一把抓住阿誰的手，失聲道：「妳還燒什麼茶，妳不知道自己在生病嗎？」那端茶的手熱得燙手，溫度比瑟琳還高。

玉團兒嚇了一跳，匆匆爬起來扶著她，阿誰卻是神智清醒，淺淺地笑，「不要緊……」

「回來休息！」柳眼厲聲道：「不准再擺弄那些，回來！」他將她一把拉入車內，自己踉蹌爬起，「雜事我來做，妳給我躺著！」

阿誰有些失措，看了抱著瑟琳的唐儷辭一眼，略略咬牙，安分守己地坐在馬車一角，儘量離唐儷辭遠些，將鳳鳳抱入懷裡，靜靜地坐著。

她沒有睡，也不想睡。

馬叔終於被柳眼的聲音吵醒了，連忙從車裡下去，幫著燒火打點些食水，玉團兒已經跳了出去，和柳眼不知爭執什麼，車裡僅剩下唐儷辭和瑟琳，阿誰和鳳鳳。

她安靜地坐著，瑟琳有些清醒過來，發現自己在唐儷辭懷裡，抬起身給了他一個吻，便又睡了，她看見了，卻如沒看見一樣。

馬車裡有一陣沉寂，她胸口疼痛，全身發冷，卻一直睡不著，沒過一會兒，全身微微發起抖來。鳳鳳醒了，睜開眼睛凝視著她，似乎不明白她為什麼在發抖，她帶著微笑，輕輕撫摸著他柔嫩的臉頰。

一隻手突然伸了過來，她全身繃緊，本能的往後就退。她閃避得太猛，連馬車都被她的後背撞得晃了一下——那隻手本是要按住她的額頭，卻只抓住了她的手。

接著他按住了她的脈門，她聽見他咳了一聲，一股柔和的暖意便從脈門傳了過來，很快溫暖了她全身，胸口彷彿不那麼疼痛，身子也不發抖了。她喘了口氣，略有了些力氣，便柔聲道：「阿誰奴僕之身，實不必唐公子勞心費力……」

「妳不怕死麼？」他淡淡地道。

她閉嘴了，抿著的唇線，微略帶一點堅忍之色。

「鳳鳳還小。」

他說得如此簡單，彷若與她之間從來就沒有半點干係，出手為她療傷也全然出於道義。恍惚間她幾乎忘了他是如何毫不在乎的將她扔了出去讓她去死，也忘了她是如何心甘情願的赴死……所以她便淺淺地笑了，「如此……阿誰謝過唐公子救命之恩……」

唐儷辭終是抬起頭來，多看了她一眼。

她道：「必將湧泉相報。」

他突然輕咳了一聲，傳來的暖意微微有些不穩，讓她胸口疼痛，她微微蹙眉，輕輕嘆了口氣，低聲道：「結草銜環、赴湯蹈火，在所不惜……可以了嗎？」她望著唐儷辭，低聲問道：「可以了嗎？」

他沒有發出一點聲音，一個字也沒有回答。

第五十六章　戰蒼穹

中原劍會發出信函，昭示唐儷辭將對少林寺新任掌門普珠不利，呼籲天下英豪為民除害，在道上截殺唐儷辭。信函上將唐儷辭擅長的暗器、掌法、音殺之術等等逐一詳錄，唯恐見信之人不知唐儷辭的弱點，又注明此人為萬竅齋主人，喜好隨身攜帶價值極高的珠玉玩賞之物，又素愛以珍珠翡翠為殺人暗器。

此信在江湖上廣為流傳，一則憎恨風流店和九心丸的人實在多，二則對唐儷辭的錢財感興趣的人也是不少，漸漸的，嵩山左近出沒的江湖人越來越多。

隨著打算動手的人越來越多，有關唐儷辭的消息也是層出不窮，有些人說他已經到了少林寺，甚至普珠已經傷在他手裡；有些人說他還在伏牛山西邊殺人；有些人自稱被唐儷辭所傷，還撿到了他的珍珠暗器；也有些人聲稱唐儷辭已被他們所殺，自己已取得九心丸的解藥。

江湖傳聞甚囂塵上，分辨不出真假，唐儷辭究竟到了何處，只怕只有他自己知道。

而除了唐儷辭竟是風流店幕後主使的驚天祕密之外，近來江湖中人關心的另一件大事便是中原劍會對上風流店的決戰。

現今江湖上無人不知無人不曉中原劍會聚集千人之眾進入祈魂山，將與藏匿在飄零眉苑中的風流店殘部決一死戰，此事聽說朝廷都參與了，中原劍會這邊帶頭的人物之一，居然是琅琊公主。

朝廷派遣了焦士橋大人率領一百八十禁衛參與對風流店的一戰，雖非出兵剿滅，卻也表明了態度，風流店正是那千夫所指，唐儷辭更是惡貫滿盈。

但中原劍會出征風流店並不順利。飄零眉苑地處祈魂山深處，山中樹木茂密，毒蛇蚊蠅滋生，又生長許多前所未見的毒花毒草，行路難，千餘烏合之眾一鼓作氣進入祈魂山五十里地，已有三百多人藉故離去。

剩下六百餘人被紅姑娘分為二十組，每十組為一輪，半數探路、半數休息，如此整整走了三日才找到了飄零眉苑後面的菩提谷。

紅姑娘手握這幾日探路和偵查得來的飄零眉苑大致地圖，眉頭緊蹙。玉箜篌人在中原劍會，她無法避開玉箜篌討論擊破飄零眉苑的方法，在這種樹木密集之地，人數再多也發揮不出作用，地形決定了難以擺出陣法也難以觀察大局，貿然開戰的結果是陷入一場混戰。

此地有毒蟲毒草，機關暗器，混戰的結果可想而知。

所以她一直在考慮既然不能深入，能否引蛇出洞，讓鬼牡丹自己帶人出來？或者——逼他出來？

這一日紅姑娘下達了紮營菩提谷以來的第一個命令——將營地周圍的樹木砍斷曬乾，清出空地，樹幹澆上油脂，準備將其滾到飄零眉苑各處出口，火燒飄零眉苑！

她又向各路用毒的行家徵集了能促成煙霧的有毒藥粉，待烈火燃起，就撒入火中。屆時還有十數位內力高深的劈空掌高手助她控制風向。

這想法看起來不錯，眾人齊心協力砍樹，向著飄零眉苑內吹入毒煙，奈何忙活了整整兩日也沒看見有人從裡面出來。

飄零眉苑深入地下，單單吹入毒煙撼動不了它。紅姑娘並不氣餒，她讓人繼續砍樹、點火、放煙，最後加上了一樣潑水——雖然毒煙奈何不了鬼牡丹，但那飄零眉苑的部分院牆可經受不起烈火和冷水的輪番侵襲，終於成片崩塌，「轟」的一聲暴露出一個能同時四人並肩進出的大洞。

牆磚跌落粉碎，內裡冷箭、暗器四射，「劈劈啪啪」擊打了好一段時間才安靜下來，外面放火的眾人凝目望去，只見裡面桌椅宛然，一具瑤琴，這燒出來的居然像是一間少女閨房。

毒煙散去，一人穿著一身黑袍桀桀陰笑，站在破洞之前。

只聽他陰測測地道：「小紅，妳對本座一向忠心耿耿，這次是特地帶人來送死麼？」

離得遠了，紅姑娘並未看見鬼牡丹，她低聲對成蘊袍說了句什麼，隨即嫣然一笑，帶著玉箜篌、張禾墨、柳鴻飛、文秀師太等人迎了上去。

就在她帶領眾人迎上去的瞬間，「哄」的一聲巨響，地動山搖，鬼牡丹擲出一物，那東西在眾人中間爆開，濃煙瀰漫，散發出劇烈香氣。突然間，人群中有些人的臉色開始變了——中原劍會招納的人手中有不少人本身身中九心丸之毒，是為了解毒而來，那濃煙能即刻激發藥丸毒性，頓時不少人慘呼出口，開始在地打滾。

鬼牡丹在濃煙中獰笑，「爾等性命在我掌握，妄想與我為敵，無異找死！」隨著他一揮手，箭簇自濃煙中射來，身著紅衣、白衣的女子身影在煙中晃動，爆炸聲連綿不絕，製造出更多煙霧。

正在此時，紅姑娘低喝了一聲，「滾木！再燒！」

四下並未中毒的劍會眾人齊心協力，將點燃的巨大滾木向房屋破口推去，居然並不理會那些能誘引毒性發作的煙霧！濃煙不僅遮蔽了紅姑娘，也遮蔽了鬼牡丹，那巨大滾木著地滾過，壓碎燃燒的藥引，撞在牆上，再度燃起大火。接二連三的滾木漸漸封堵了牆壁破口，劍會眾人並不像鬼牡丹想像的要從這個破口進入飄零眉苑內部，似乎僅僅是在放火燒屋。

當鬼牡丹發現情況不對時，紅姑娘一揮手，淡淡地道：「夠了！撤！」

四周倒地哀呼的劍會中人突然爬了起來，若無其事地拍拍衣裳，和負責滾木的眾人一起快速退入營地，遠離了飄零眉苑。

剛才的痛苦毒發居然是紅姑娘早已訓練好的一場戲！她竟是算到了鬼牡丹會使出這種引誘毒發的煙霧，特地帶了沒有中毒的人前來放火。

當眾人返回營地，連玉箜篌都對紅姑娘這一番動作驚訝之時，幾條人影快速進入營地。隨著來人落地，幾點鮮血隨之滾落。紅姑娘急聲問：「可有受傷？」

成蘊袍搖了搖頭，他劍刃上的鮮血仍在滴落，可見剛剛經歷一場搏殺。跟在他身後的竟是碧漣漪、古溪潭等人。碧漣漪也是一身浴血，淡淡地道：「一共殺了二十二個。」

紅姑娘點了點頭。

玉箜篌眉頭微蹙，他這才明白紅姑娘施展的一連數計——她不但在自己眼皮底下火燒了飄零眉苑，鏟平風流店，而且還妄圖用最少犧牲、最安全的手段達成目的！

她用烈火、滾木和水強拆飄零眉苑的地上部分，用她自己為餌引誘鬼牡丹的注意，她在外清空樹林排除障礙設下包圍，然後調派幾個一流高手自其他入口突然殺入飄零眉苑，無論遇到誰，只要是風流店的人，能殺便殺，能殺幾個是幾個。等滾木聲一停，他們即刻退走，以濃煙烈火為掩護，脫身非常容易。

這是慢火煮青蛙。風流店的人手再多，被圍困其中，被殺一個便少一個。飄零眉苑再機關眾多，被燒去一角便是一角。

鬼牡丹可以不懼偌大飄零眉苑燒去區區一面牆，也可以不在乎死去二十二個僕役。但一日燒一角，一日死二十二人，若是二日、三日……甚至紅姑娘在外整整燒它一個月、兩個月呢？飄零眉苑遲早被燒成白地，而風流店中又消耗得起多少人頭？

玉箜篌悚然心驚，這與他原先的估計完全不同。

小紅這個女人竟妄想以一羽之代價，換取他一山一城之死！

圍困之計，必有糧草為庇——玉箜篌即刻便知此時此刻，第一要務為斷去中原劍會的後路。但中原劍會的後路，是琅琊公主和焦士喬。要斷這條後路，最有效的方法——是讓中原劍會親手弄死它的後路，比如說——弄死琅琊公主。

玉箜篌遠眺濃焰漸熄的山林，抿起嘴角，嫣然一笑。江湖白道那可不能空口無憑隨便害人，中原劍會要弄死一個人……那可務必要讓她罪證確鑿，百口莫辯——再請出一位聖人宣罪，最終堂堂正正的將她弄死。

紅姑娘等人撤回營地，她心知肚明這第一次遭遇雖然說是己方略占上風，但玉箜篌和鬼牡丹既然發現了她的圍城之計，必有後招。下一次、下下次要再闖入敵營殺人，勢必更加困難。

「他……有何動靜？」紅姑娘快步走進碧落宮的營地帳篷，低聲問。

迎上來的是婢女紫雲，紫雲悄聲說：「剛才山外飛來一群鴿子。」

「鴿子？」紅姑娘眉心微蹙。

「在這周圍的樹林落了一群。」紫雲低聲說：「我看著有些落進了咱們的營地，有些飛去了山那邊。」

山那邊——就是飄零眉苑的方向。

有人飛鴿傳書，不但傳給了玉筌筷，還傳給了鬼牡丹？

紅姑娘頗為意外——這是誰的手筆？或者說，這只是一群野鴿子，與玉筌筷無關？畢竟世上相信玉筌筷和鬼牡丹沆瀣一氣的人並不多，更不用說手上有能向二人傳信的信鴿——除非傳信人所放飛的信鴿本就是飄零眉苑養的。

這是預料之外又在預料之中的變數。

紅姑娘往北一望，希望這變數並非……是他。

帳篷簾幕一動，碧漣漪和成縕袍雙雙入內，玉筌筷今日一身粉紫衣裙，身後跟著張禾墨、齊星、鄭玥等人，也跟著入了帳篷。玉筌筷含笑看著紅姑娘，「今日首戰即勝，紅姑娘神機妙算，功不可沒。不知道接下來，姑娘打算如何？」

碧漣漪和成縕袍都提起了十層防備，不知道玉筌筷究竟意欲何為。唐儷辭將紅姑娘推入局內，破了玉筌筷的謀算，玉筌筷必有後手。

紅姑娘眼睫微抬，似愁非愁地看了玉筌筷一眼，這一眼如果雪線子看見了可以吟詩一首。玉笠筷一雙杏眼看著紅姑娘，他將自己的臉改成薛桃的模樣，那雙眼睛比之紅姑娘也是不逞多讓，兩雙美目對視，彼此心裡在想什麼，誰也不知道。

「今日偷襲得手，鬼牡丹必有防備。」紅姑娘淡淡地說：「明日毒煙火燒繼續，桃姑娘……」她突然點了玉笠筷的名字，凝視著他的眼睛，「今日你未出戰，明日由桃姑娘帶隊，在這幾個地點掘洞。」

她走到帳篷中支起的一張簡陋木桌前，那木桌上鋪有草圖，草圖為白色厚棉布做底，碳木所繪，繪製的手法精緻細膩，將飄零眉苑所在的一整片山林描繪得十分詳盡。紅姑娘在一處池塘邊圈了幾個點，對玉笠筷說：「此處有地下暗河，我欲打通水道，引水灌入飄零眉苑地宮之中。」

玉笠筷一怔，此計狠毒之處不下於圍城，並且一旦水道打通，灌水立竿見影，比之圍城見效快得多。這水道自然是不能打的，紅姑娘居然把這麼重要的一件事交給他來辦，到底是此事有詐、還是篤定他此時不敢輕舉妄動自曝身分？

紅姑娘不動聲色，低聲道：「掘洞之事務必隱祕，桃姑娘武功高強，小紅拜託了。」

玉笠筷應了一聲，一時捉摸不透。他身後的張禾墨、齊星、鄭玥等人卻是興奮起來，均覺此計大妙，若是大水能將風流店中惡徒淹死一大半，豈非替天行道，讓世上少了許多禍患。

等玉笠筷走後，碧漣漪眉頭微皺，成縕袍直接開口詢問，「這水淹之計之前姑娘並未提過，交由『他』來著手，萬一他走漏風聲……」

紅姑娘搖了搖頭，低聲道：「湖水距離飄零眉苑太遠了，掘洞並非易事……」她出了會神，「此圖是唐公子手繪，按圖上所記，湖水遠在山谷之中，水面尚低於飄零眉苑之地宮，引水之事，不過調虎離山而已。」

「若是調虎離山，」成縕袍冷冷地道：「他一到湖邊即刻便知，妳當如何是好？」

「所以湖邊有人在等著他。」紅姑娘淡淡地道：「畢竟邪魔外道要殺正道中人，也不需什麼理由。」

成縕袍一怔，紅姑娘安排了什麼人等著玉箜篌，他竟不知道。

那是什麼「邪魔外道」，居然能伏擊中原劍會西方桃姑娘？

天蒼林闊，山嵐飄渺，又一群鴿子翩翩而來，落在樹林之中。

柳眼趕著馬車，馬車遙遙晃晃地走在伏牛山中。

在他的馬車之後尚有另外一輛馬車，兩輛馬車蓬壁破裂，破爛不堪，許多地方血跡斑斑，幾匹拉車的馬也是走得東倒西歪，彷彿隨時要倒地不起了。

他們終於踏入了伏牛山中，一路上遇襲無數，憑藉著唐儷辭那神鬼莫測的手段，一行人居然有驚無險，一命尚存。

這和襲擊他們大都是中原正道有關。畢竟他們是來除魔衛道的，面對幼兒婦孺，總不能痛下殺手。

唐儷辭固然十惡不赦，與他身邊的幼兒婦孺何干？也就是這個魔頭過於狡猾，居然挾持了一群老弱病殘、幼兒婦孺在身邊，導致他們多有顧忌，最終讓他屢屢逃脫。

就在這漫天風雨之中，柳眼趕著馬車進入伏牛山深處。

他沒戴斗笠或面紗，那些早在之前的打鬥中損毀了，唐儷辭身上再多金銀珠寶，在荒山野嶺之中也是無用，以至於他們馬車破爛不堪，雖不至於蓬頭垢面，但也是十分潦倒。

這換了從前，唐儷辭是不能忍受的。他必要施展出通天手段，折騰折騰一下別人或自己，更端出錦衣玉食、金碧輝煌的一整套排場來，就像白毛狐精的細軟皮毛，雖非必要，卻是那狐精的臉面一般。

但這一路上，他什麼也沒有說。自從阿誰說出「結草銜環、赴湯蹈火，在所不惜……可以了嗎？」他就沒再說過什麼。柳眼一度懷疑他是不是又入了那夜的夢魘醒不過來，仍在自厭自棄，但唐儷辭的眼神不一樣。

他彷彿真魘住了，又好像沒有。

那日之後，阿誰大病一場，柳眼將她搬入自己的馬車，玉團兒照顧她十來天才漸漸康復。只是大病初癒之後，她天生那段動人心魄的風姿似乎淡去了不少，連玉團兒都看得出來。

阿誰沒有那麼好看了。

零落成泥碾作塵。

此生無香也無故。

一抔荒土望黃蝶。

花未終開夢未苦。

嵩山隸屬伏牛山脈，是天下名山。

嵩山少林寺揚名天下，古剎恢弘巍峨，晨鐘暮鼓，名僧墨卷，參悟輪迴蒼生。

在通向少林寺的諸多通道上，依稀可見人影晃動。

兩輛馬車徐徐而來，在遠方山頭就能看見。

嵩山派掌門張禾墨已經跟隨中原劍會遠赴菩提谷，但嵩山派的根基仍在嵩山。唐儷辭遠赴少林本是機密，但在他一路遭遇數次截擊之後，江湖無人不知唐儷辭遠赴少林寺，是為了找少林寺的麻煩。雖然誰也不知他已是千夫所指，為什麼不暫避風頭，但這魔頭狂妄至極也非奇聞，他衝著少林寺而來，說不準就是為了立威。

少林寺對此並無回應。普珠自從做了方丈，深居簡出，不再踏江湖一步。

但嵩山派亦在嵩山之上，讓唐儷辭輕易踏過自己門派的地盤，豈非奇恥大辱？邪魔外道人人得而誅之，故而張禾墨雖然不在，但嵩山派依然攔在路途之上。

若能把唐儷辭在此伏殺，豈不更好？

除了嵩山派，這一路上遍布唐儷辭的仇家，之前唐公子位高權重，現在眾叛親離，此仇不報不共戴天。

唐儷辭且戰且進。

伏牛山中暗影攢動，人心浮動，鬼影憧憧。

柳眼駕著馬車緩緩登上一條黃泥山道，他臉上舊傷已癒，卻又添了新傷，新疤舊疤交疊，有些地方青紫腫脹，簡直不成人形。玉團兒駕馭著另一輛馬車，她的馬車裡帶著阿誰和鳳鳳，之前的馬夫受了毒傷，唐儷辭賜以重金放他回家。瑟琳和唐儷辭同在一車，開始尚相安無事，這幾日瑟琳卻破天荒的對唐儷辭發了火。

一直以來，唐儷辭對她十分縱容，沒有半點不好。路上遇襲，唐儷辭出手傷人，瑟琳便依偎在車上看他動手。她膚白貌美，衣飾華麗，倚在車上彷彿一幅畫，車外刀光劍影，血濺三尺，她便如血腥之中的玫瑰，更增三分麗色。

但這是生死之爭，並非做戲。唐儷辭武功再高，也不能以一人之身，護住兩輛馬車，終在三日之前不慎讓一支飛箭掠面而過，射中了瑟琳身側的馬車車壁。之後瑟琳面對來來去去的刀劍便不再那麼泰然自若，又過一日，一位蒙面客闖過玉團兒的防衛，試圖從阿誰手中搶奪鳳鳳，唐儷辭出手相救，那人陡然回身抓向了瑟琳，雖然那人被唐儷辭一劍重傷，但瑟琳的肩上也落下了一道長長的抓傷。

那不知來路的蒙面客指上有毒。

瑟琳終是感到恐懼。她肩上的傷口開始潰爛，密林之中缺醫少藥，即使柳眼和玉團兒都告訴她既然抓傷未死，這種毒應當並不致命。但即使不致命，眼睜睜看著自己傷口潰爛，且又不知道它究竟會如何發展，也是令人難以忍受。何況她追隨唐儷辭而來，在那養狗的石窟之中也未受過多大的苦頭，她從不懷疑自己可以征服一切。

但「可以征服一切」的自信，被這道突如其來的潰爛傷口打碎了。

瑟琳突然發現在這個野蠻的古世界裡，「最美」的女人並不像她想像的那般可以有恃無恐，有些人眼中根本沒有她。

更可怕的是，這個道理並不是從她自己身上悟出來的。她發現，在這個世界上，不僅大多數人眼裡沒有她，甚至……這世上大多數人眼裡也沒有唐儷辭。她認為最為華貴燦爛的珍寶，在這一路之上，大多數人眼裡也沒有「他」。

這些人根本沒有看見這件珍寶的美和無以倫比，他們只看見了一個符號——「仇人」、「魔頭」，或者「妖孽」。

大多數人連她的珍寶長什麼樣子都沒有看清，就用一個符號代替了，並一樣恨得理所當然，他們根本不需要看清他或她美不美，冤枉不冤枉，就可以以死相拼。

唐儷辭並不像她所想像的那樣，理所當然就可以操縱一切，凌駕於這世界的諸多美好之上。她所喜歡和願意征服的，是一件無以倫比華貴燦爛的珍寶，而唐儷辭……越來越不像那件珍寶。

他會受傷，會失敗，衣裳也會破爛，會不受重視，最可惡的是竟然還不怎麼說話。

這古世界這麼危險，她都受了這麼可怕的傷，唐儷辭竟然無動於衷，他只是撫摸一下她的長髮，什麼也沒多說。

柳眼不知道他倆是怎麼吵起來的，瑟琳自然也不是會破口大罵的潑婦，她只是突然對唐儷辭說：「我對你非常失望。」她說：「你不是原來的那個人了。」

唐儷辭聞言抬起頭，看了她一眼，慢慢地問，「『原來的那個人』……會比較好嗎？」

瑟琳愣了一下，她想了一會兒，竟是答不出來。

唐儷辭說：「但『原來的那個人』……會比較好看。」

瑟琳眨了眨眼，「你在說什麼？」

唐儷辭低笑了一聲，慢慢地道：「妳喜歡的『原來那個人』……」他輕聲說：「本來就是假的。」又過了片刻，他說：「我只是有點累。」

瑟琳沉默了一會兒，「我要回家。」

「明日此時。」唐儷辭的語調仍舊很輕，卻依然是一種早已謀算妥當的氣韻，「會有人送妳走。」

瑟琳驀然抬頭盯著他，目光閃動，「你什麼意思？你算好了要送我走？之前……之前故意不理我、故意讓我受傷、故意讓我對你失望……都是你的預謀？你什麼意思？」她終於怒形於色，「唐儷辭！你就算要和我分手，也不用害我受傷吧？難道我不受這道傷，就一定會對你死心塌地，就一定不會和你分手嗎？你未免也太自以為是！太處心積慮了！你真是——」她一字一字地說：「你真是讓人噁心！」

柳眼目瞪口呆，他並不覺得瑟琳的傷是唐儷辭「處心積慮」為了讓她死心分手故意讓她傷的，但……若唐儷辭早有安排讓瑟琳走，這就有些古怪。他不知道唐儷辭是怎麼想的，就像他也不知道唐儷辭一路向少林寺而來究竟是做什麼？之前無人知曉他要來少林寺就算了，此時天下皆知他要上少林，他還這麼一路殺了上去，除了挑釁少林和江湖白道之外，真不知道是何用意。

但唐儷辭聽了瑟琳這句「你真是讓人噁心」並沒有什麼反應，他靠著馬車破爛不堪的車壁，閉上了眼睛。

隨後的馬車上，鳳鳳扶著車壁站著，好奇的往車外張望。看了一會兒，他對阿誰說：「嗚嗚……姆……姆……」隨即張開小小的手掌比劃。阿誰怕他跌倒，把他輕輕地抱了過來。鳳鳳仍在給她比劃，兩個肉肉的小手張開又握拳，張開又握拳，他指著窗外。

鳳鳳看見了什麼？可能是山林裡有些鳳鳳沒有見過的東西，阿誰知道這一路上伏兵眾多，危機重重……但那又怎麼樣呢？

她想那又怎麼樣呢？

唐公子……無所不能。唐公子想要和不想要的，終能從心所欲。

我們……我們……我們……我們都是他的指間沙和鬢邊花。

我們都愛他。我們都是他的隨心所欲。

密林之中，一幫褐色衣服的蒙面人正在埋頭行進，他們已經跟蹤唐儷辭的馬車很久了。在他們頭頂的樹梢，嵩山派的幾名弟子手按長劍，也在跟蹤唐儷辭的馬車。

顯然，圍獵唐儷辭而來的人有不少，雖然不知彼此姓名，但都是同道友人。

而前方不遠之處，唐儷辭的馬車必經的山道轉角，一輛懸著白色玉鈴鐺，華美雅致，車廂上還撐有一把素色竹傘的大車攔在山道正中。

這輛大車由四馬拉車，單轅雙輪，車廂四周白紗飛舞，看不清車內坐著何人。而四匹白馬神駿非常，身上的轡繩寶光閃爍，鑲嵌著各色寶石，馬鬢飛揚，四匹馬額頭中心都配有一片薄薄的金片，上面雋刻花紋，十分華麗。

這馬車中人不知是什麼來路？

嵩山派弟子和褐色衣服的蒙面人都是愕然，但來人顯然是友非敵，攔住了唐儷辭的去路。

馬車後尚有八匹駿馬，和前面拉車的白馬一樣，也是額頭佩金，轡繩綴寶，彷彿神仙坐騎。八名白衣人坐在馬上，冷冷地看著唐儷辭這一行人。

嵩山派弟子不禁心中冷笑——唐儷辭也有今天！

這富可敵國的唐公子向來是富貴到別人臉上去的人，姿態總是要擺在眾人之上，現在落了難，終有別人在他面前來擺姿態了。

真是大快人心。

只聽唐儷辭的聲音自馬車中傳來，「來者何人？」

那一乘車內有人冷冷地道：「玉簫山寶瓶尊者，特來拜會。」

嵩山派的弟子面面相覷，「玉簫山寶瓶尊者」？從來沒聽說過，這又是哪路豪俠？地上埋伏的褐衣人是遁地鼠孫家的家奴，孫家有幾名血親被九心丸所害，對唐儷辭恨之入骨。他們自知門派式微，不欲參與菩提谷之戰，但卻要來伏牛山殺唐儷辭。

孫家也許獨殺不了唐儷辭，但他們知道，這一路之上，要殺唐儷辭的人何止千百。

他們只要在這千百人的圍殺之中，加入一擊，就足以慰藉家人在天之靈。

眼見前面氣派萬千的寶瓶尊者，嵩山派和孫家都起了敬畏之心，雖然不知來者何人，卻都按下了即刻動手的心思。

寶瓶尊者的聲音聽起來不老不少，那偌大的馬車內不只一人，隨著寶瓶尊者發話，馬車內另有一人冷冷地道：「還我徒兒命來！」

嵩山派和孫家心中一喜，只見那馬車中簾幕輕飄，乍然飛出一群嗡嗡飛舞的毒蟲，伴隨漫天毒蟲，馬車四周灰綠色的毒霧瀰漫，頃刻間淹沒了山道和樹林，連唐儷辭的兩輛馬車也被吞噬了。嵩山派弟子躲在樹梢，那灰綠色毒霧令人頭暈目眩，雙目劇痛流淚不止，不禁大駭，急急避走。那孫家埋伏地上，毒霧一來，更是幾乎全昏死過去。

「撤！」嵩山派弟子倒吸一口涼氣，不知這從未聽說過的「玉簫山寶瓶尊者」看起來尊貴氣派，居然一出手就是毒蟲毒霧，全然不是正道中人。他們張禾墨掌門不在，門中好手也多半去了菩提谷，剩下的人不敢深入霧中，頓時退出三里。

只聽前方毒霧之中「嗡嗡」之聲大作，伴隨馬蹄聲、刀劍交鳴聲，男男女女的呼喝之聲，唐儷辭和寶瓶尊者一行人動上了手，馬蹄聲此起彼伏，彷彿那八匹駿馬衝了上來圍繞著唐儷辭一行人進行疾馳衝撞，過了許久聲音都沒有停下。嵩山派既不敢輕易參戰，也不甘心就此退去，仍然想著藉機衝上去動手。等候了許久，林中毒霧漸漸散去，只見林中唐儷辭的兩輛馬車被刀劍劈得七零八落，木板散落斷裂，許多「叮噹」不已的刀劍之聲，是釘入馬車車壁的長刀或長劍與馬鞍馬蹄等拖還相撞的聲音。唐儷辭一行人不見蹤影，奇怪的是玉簫山寶瓶尊者一行人也不見蹤影，林中的毒蟲依然「嗡嗡」飛舞，地上兵器雖多，卻沒有血跡。

地上不僅沒有血跡，唐儷辭的馬車雖然被劈得稀爛，但拉車的四匹駿馬卻絲毫無傷，牠們拖著四分五裂的馬車在林中小跑，顯然是受了驚嚇。

但四匹駿馬雖然受驚，卻沒有中毒。

嵩山派弟子面面相覷，心中驚疑不定。這究竟是發生了什麼？

埋伏在山中的孫家眾人過不多時，悠悠轉醒，各自打了幾個噴嚏，雙眼雖然紅腫流淚，但這林中毒霧似乎並不是什麼要命之物。他們和潛入林中的嵩山派弟子一起勒住了驚馬，檢查了馬車，唐儷辭所有東西都仍在車內，各色珠寶首飾、黃金銀票，以及女子嬰孩的換洗衣裳，甚至還有數柄利器。

這到底是？孫家家長十分迷惑，難道是玉簫山寶瓶尊者過於厲害，竟兵不血刃的將唐儷辭一行人全部抓走了？

嵩山派弟子畢竟師出名門，在林中轉了幾圈之後，眉頭緊皺，這林中要說沒有動手的痕跡嘛——兵器滿地，並且互斬斷裂的就有許多，並且不少樹木攔腰折斷，彷彿遭遇了劇烈的掌風波及。但要說有動手的痕跡——這許多刀劍暗器毒蟲齊出，竟沒有留下一絲半點血跡？也不能排除有些前輩高人一出手便令人內腑重創，自然外觀無傷，但……但那可是唐儷辭。

玉簫山寶瓶尊者究竟是何人？嵩山派十分迷茫。

第二日清晨。阿誰自昏迷中醒來，只覺身下緩緩搖晃，馬車行進依然，十分平穩，彷彿昏迷之前遭遇的劫難都只是她的一場迷夢。睜開眼睛，她看見鳳鳳坐在她身邊，柳眼也坐在她身邊。除了柳眼，偌大馬車之中還坐了一個她沒有見過的年輕男子。這人淡藍衣裳，膚色白淨，一雙眼睛清澈明亮，看似少年書生。

「這位是慧靜山莫子如莫公子。」柳眼說。

阿誰聽他語氣低落，心情顯然十分不好，低低咳嗽了一聲，輕聲問，「唐……」

柳眼沉默了半晌，低聲說：「他上少林寺去了。」

阿誰啞聲問，「玉……玉簫山……寶瓶尊者？唐公子……」

柳眼低聲道：「哪有什麼玉簫山寶瓶尊者？他又騙了妳。」他深吸一口氣，「他又騙了妳，他又騙了我……他拋下我們，一個人……一個人去了少林寺。」

他說：「他要去少林寺，我們……都是累贅。」

他說：「他從來沒有打算帶上我們。」

他說：「他又騙了天下。」

阿誰恍然。算無遺漏的唐公子，怎麼可能當真拖著兩輛破舊不堪的馬車，顛沛流離的在滿是伏兵的道路上前行？伏牛山中奇蜂毒霧，玉簫山下寶瓶尊者。百年老鴞成木魅，笑聲碧火巢中起。驀然兵戎相見，不過是一場移花接木。

他從這群累贅中脫身而出，去赴他的少林。

而他們……而他們依舊要感恩戴德，感激顛沛流離之後，再次絕處逢生。

「瑟琳姑娘呢？」阿誰問。

柳眼淡淡地道：「他說……今日有人會送她回家。」他望著緊閉的馬車窗戶，目光彷彿能穿過那簾幕望見萬里河山，「我一直不懂，他到底有沒有愛過她。」

阿誰閉上眼睛，她沒有開口，但心中卻想……她覺得是有的。

也許搆不上是愛，也許並不多，也許是欣賞，也許是喜歡，也許是別的。

但唐儷辭眼中是有瑟琳的，他為她安排了一條退路。

而自己呢？她茫然地想……唐公子……從沒給她留過什麼路。

他大概是恨她。

莫子如端著一張正經的書生面孔，實際上目光在這幾個後生小輩的臉上看來看去，興致盎然。這不比看話本有趣多了？唐儷辭請他帶著萬竅齋的老夥計假扮「玉簫山寶瓶尊者」來把他劫走，再加上這幾個一會兒傷心欲絕，一會兒黯然神傷，表情變來變去的，真是有趣啊有趣。只可惜好友這次與他分道揚鑣，去另一處玩耍去了，否則奇聞共賞，豈非人間樂事？

華麗的馬車下了伏牛山之後即刻改頭換面，拆去外面的白紗玉鈴，頓時樸素許多。莫子如也沒讓這馬車走多遠，下了伏牛山，就在山下進了一戶農家小院。

趕車的正是玉團兒，她年紀輕輕，受毒霧影響不大，早早清醒過來，已和莫子如相談甚歡。她不知這位樣貌俊雅的書生和雪線子乃是同輩，一口一個莫大哥的叫他。莫子如臉皮厚如城牆，欣然笑納。

瑟琳已經被唐儷辭萬竅齋的心腹快馬送走，他們會將她送去唐儷辭早已安排好的絕密之處。他同時將萬竅齋所剩財帛分散眾人，此行之後，世上再無萬竅齋，所有萬竅齋商行下的夥計，都可以分得自己的一份。

而這處農家小院，正是萬竅齋大掌事，唐儷辭在京城最重要的心腹之一姜有餘購下的。等馬車緩緩進入院中，玉團兒好奇地看著院前院後一壟一壟的蔬菜，那不知道什麼蔬菜結著鵝黃色的小果子，看起來柔軟可愛。

阿誰從車上下來，牽著鳳鳳的手，望著眼前的小屋和菜園。

青山綠水，小屋菜園。此時時辰尚早，山嵐沿著遠處的山谷緩緩流下，似是白色的霧泉。五六隻圓圓的小鳥自頭頂飛過，落在不遠處的樹上蹦跳。

莫子如負手在後，望著小屋屋頂上略帶青苔的瓦片，「這是萬竅齋大掌櫃姜有餘的院子，阿眼你留在這裡，姜有餘給你安排了三百名徒弟。」莫子如微笑，「九心丸的解法除了藥物之外，還有玉針刺腦之術，你的任務是在最短的時間內，教會這三百名徒弟如何玉針刺腦。」

柳眼懵了一下，立刻應了下來。

玉團兒立刻說：「那我呢？」

莫子如微笑道：「團兒願意留下，自然也是可以的。」他轉身望向阿誰，「至於阿誰姑娘……」

阿誰默然看著莫子如，這位……就是唐公子安排好的後手……或者後手之一。

他果然算無遺漏。

只聽莫子如說：「阿儷說……阿儷什麼也沒有說。」他遞出一個木匣子，「這是給妳的。」

柳眼和玉團兒看著那個木匣子，都甚感奇怪，唐儷辭安排得如此妥貼，對這個他一直想要得到的女人，居然只給了一個木匣子？

阿誰接過木匣子，這木匣子以黃楊精雕而成，紋飾古雅，乃是山水之形，看起來價值不菲。

她面無表情地打開匣子，不出所料……裡面是……一匣子珍珠和銀票。她這無足輕重的婢女，一腔廉價難堪的真情，竟價值如此金銀，唐公子果然……厚待。

她想……難以得到的總是稀罕，唐公子從不需她結草銜環，也不需她愛重情深，他只是想要證明他總是能為人所愛，不管你情願不情願，清醒不清醒，知不知進退，他總是能為人所愛。

她想她其實應該早早承認自己心存憐惜，早早讓唐公子知道她不過自欺欺人，如此……他們早已一別兩寬，相忘於江湖。

阿誰從木匣中取出一張銀票，合上木匣，將它還給莫子如。

少林寺。

嵩山派和孫家撒羽而歸，不消半日，就有人琢磨出這不對——江湖中哪裡生出來「玉簫山寶瓶尊者」？何況唐儷辭手眼通天，怎麼可能束手就擒？再說這樹林裡滿地兵刃，那天動手的才有幾人？哪裡生出來這許多兵器？又何況四下樹木摧折，卻不見血跡。

這金蟬脫殼做得不但不高明，還分外明顯，生怕別人不知唐儷辭已經在途中脫身而去，故而處處留下證據。

唐儷辭前往少林寺本身就是不合情理的一步棋，他在途中脫身而出，比之一路殺上少林寺那是合理得多。故而江湖中聽聞唐公子不見了蹤影，反倒都是一副「果然如此」的感受，唐儷辭身敗名裂，已是眾矢之的，還不狼狽逃竄，跑少林寺去找死麼？

然而十日之後的深夜，少林寺山門前。

晚風徐徐，山門旁的石刻投下肅穆的陰影，石板路中古舊的松柏枝幹不動，僅有樹梢處微微搖晃，四下安詳靜謐，除卻檀香餘味，靜夜中連蟲鳴也無。

一隻素布鞋子踏在山門前的石板路上，無聲無息的在山門前站了一會兒。

片刻之後，山門「咿呀」一聲開了，門內龍行虎步，走出來一位身材魁梧的大和尚，光溜的腦門，滿臉絡腮鬍子居然是捲曲的，似有胡人血統。這位大和尚正是曾和普珠談論佛法的大寶禪師，曾雲遊四方，度化數千向善之人。

這夜正是大寶禪師值夜，他喜好自然，便在山門席地打坐，呼吸天然之氣。不料半夜吐納之中靈機微動，彷彿有客到來。

他踏出山門，只見門外杳然無跡，似乎什麼也不曾出現過。

大寶禪師何等武功，當下手扶松柏，與松林清氣相呼，雙眼一睜——此地方才有人！

不但有人，還是一個呼吸細緩，身法輕盈的高手。這人在這裡停留了有段時間，隨後就突然消失了——山門前是石板路，本就沒有泥沙——且慢——大寶禪師在一棵老松根部的沙石上發現一枚淡淡的鞋印，抬頭一看，松樹之上懸掛著一個錦布包袱，包袱上沾有血跡。他一躍而起，將掛有包袱的樹枝折斷，謹慎的將那包袱挑落在地，輕輕撥開。

只見那包袱內包著一卷《三字經》。《三字經》中被撕去了一頁。

大寶禪師眉頭緊縮，這是何物？又是什麼意思？

舉目四望，只見松林之中，被懸掛了包袱的松樹僅此一棵，大寶禪師四處檢查了一圈，十分納悶，提起那掛有包袱的樹枝，他匆匆返回寺內，向大慧禪師稟報。

大慧禪師乃是院監，此時已經休息，大寶禪師前往大慧禪師的禪房，同時下令當夜巡院的棍僧四下檢查，嚴防有賊人潛入。尤其是山門前那片松林，不知可還有什麼古怪事物，應加強檢查。

就在大寶禪師和大慧禪師著手翻看那《三字經》、少林三十六棍僧在院外樹林中亮起火把四處檢查的時候，唐儷辭無聲無息地進入了甬道碑林之中。

他要一見普珠。

普珠和化名西方桃的玉箜篌為好友，升任方丈之後就自封於少林寺內，這不合乎情理。玉箜篌一定對他做了某種安排。

唐儷辭要破菩提谷飄零眉苑這局，必須知道普珠身上究竟發生了什麼？

碑林之中一片寂靜，此處本有棍僧，卻被大寶禪師叫去了松林之中。

唐儷辭自碑林的陰影中走過，走得十分小心。少林寺曾在秦王李世民討伐鄭王王世充一戰中立下汗馬功勞，李世民允少林寺豢養僧兵，以作自衛。所以少林寺和其他寺院不同，少林寺中除了武功高強的大和尚，還有護寺僧兵。護寺僧兵或許並非個個武功高強，但人數頗多，那門外松林中的棍僧便是其中之一。

過了碑林，唐儷辭悄然往前。

藏經閣是少林重地，一排僧房位列藏經閣之旁，其中不乏佛學大師和高手。唐儷辭經過此處極其小心，提氣屏息，堪堪過了僧房一半，突然感覺此地似乎有些不對。

他停下腳步，緩緩轉頭，望向藏經閣旁的僧房。

那裡面一片寂靜，連一點呼吸之聲也沒有。

即使僧房內住有絕頂高手，吐納幾不可聞，但此處同時住有不會武功的佛法高僧，怎可能一切僧房內都無聲無息，落針可聞？

藏經閣外無人值守？這片僧房根本無人居住？

唐儷辭面對一排無聲無息的樸素屋舍，緩緩退了一步。

身側本不應有人的藏經閣頂上微微亮起一團燭光，竟是有人登頂，正手持燭火，附身下望。

唐儷辭若不是避入藏經閣，便勢必要避入對面的僧房之中，他略一猶豫，還是避入了僧房的陰影之中。

少林寺的禪房十分質樸，都是由大石塊整齊堆砌而成，他避入左首第一間禪房的屋簷下。他聞到了花香。在這清冷黑暗的深夜，少林寺藏經閣旁的僧房之中，除了檀香，竟然還飄散著一股淡淡的花香。

根據中原劍會的消息，少林寺「大」字輩高僧目前在寺的只有四人——大慧、大寶、大識和大成。這些高僧是少林僧兵出身，個個武功高強。而精修佛法的高僧為「妙」字輩，目前有妙真、妙行、妙正三人。

左首第一間，當是「妙」字輩最年長的「妙真禪師」的禪房。

唐儷辭踏足屋簷下，這間無聲無息的禪房窗扉半開，他一眼望去，就看到妙真禪師盤膝歪倒在床上——那顯然不是打坐或睡覺的姿勢。

一股寒意油然而生，唐儷辭往前走了幾步，「妙真」的隔壁是「妙行禪師」的禪房。「妙行」不在屋內，不知道去了哪裡。

他的屋裡也有人，一個意想不到的人——梅花易數。

梅花易數伏在妙行禪師的桌案前，一動不動。

唐儷辭凝視著梅花易數的紅色外衫——在旁人眼中，唐儷辭是柳眼的幫凶，九心丸的主謀，風流店的首領——而梅花易數是「七花雲行客」之一，正是風流店內有數的高手。

梅花易數雖然被小紅施針所控，又被碧落宮所救，江湖中得知詳情的人並不多。何況傷癒之後，他自行走了，也談不上和中原劍會有多大交情。唐儷辭等人知道梅花易數與玉箜篌有仇，但旁人不知啊。

所以現在妙真死了，妙行不知所蹤，梅花易數死在妙行的屋內。

唐儷辭驀然回首，望著藏經閣外這一排僧房，冷夜寒霜入骨，連他自己都快要相信……是唐儷辭率眾夜襲，殺了少林寺的高僧。

第五十七章　冷夜寒霜

妙行的禪房旁有一個小院子，妙行禪師在這片小院子裡種了一些晚香玉，那幾叢好養活的晚香玉被不知名的人踩了一腳。那踐踏風雅的人似是往藏經閣而去，唐儷辭仰頭望向點了燭火的藏經閣，只見那微弱的火光搖曳了一下，逐漸變大——藏經閣內正起火。

有人在今夜殺死了妙真，擄走了妙行，並放火燒了藏經閣。

妙真和妙行不會武功，梅花易數卻是高手中的高手，誰能殺得了他？要麼，是絕頂高手；要麼，就是他極其信任的人。

他在今夜夜訪普珠，是臨時起意，並未告訴過任何人。所以山門前一驚動少林僧兵，禪房內的妙真就死了。

這說明什麼？說明殺人凶手，一直在少林寺內。

此時此刻，殺人凶手或其幫凶，正在藏經閣內放火——唐儷辭很清楚，衝進藏經閣於事無補，其中不知已擺放好多少證據可證明他放火盜經奪寶——他不再看其他禪房裡有多少死人，起身就往方丈室疾奔而去。

藏經閣上火光漸勝，放火之人其實看不清閣樓下唐儷辭究竟身在何處。但聽樹林之中幾不可聞的衣袂之聲，藏經閣上有人嘆了口氣，喃喃地道：「此子行事竟如此俐落，那禪房之中……他竟再無好奇之心。」

藏經閣上另一個人微微一嘆，「大師……」

「師弟來了，紀王爺與貧僧先走。」手持燭火的老僧拉起身側之人，往藏經閣下一躍，身法輕飄飄渾若無物，往少林寺那石板路上一點一躍，不留絲毫痕跡。

片刻之後，山門口的大寶禪師已經落在藏經閣上，眼見烈焰熊熊，這火居然是從三樓少林武學經藏庫裡燒起來的，不禁駭然失色。

武學經藏庫裡外三重門鎖，日夜都有看守的少林弟子，怎可能如此輕易被人點火燒了？那裡面可是少林千年武學的底蘊，不少武功現已無人練成，就只能靜待後人發揚光大，卻毀於此等大火？我輩要如何與先輩交代？

大寶禪師衝入武學經藏庫內，眼見守夜的弟子被一枚明珠穿喉而死，怒極而吼，「唐儷辭！」他這一聲獅子吼，整個少林寺樹木蕭蕭，落葉颯颯而下，無論是打坐或是小憩的僧侶都驚坐而起，少林寺鐘聲低沉響起，「噹噹噹」之聲不絕，以示發生了緊急至極的事。

四處禪房都有人走了出來，獨獨藏經閣旁那排禪房無聲無息。

大寶禪師和大慧禪師在起火的藏經閣下相遇，卻不見大識和大成的人影，都覺詫異。突然不遠處一聲尖叫，一位小沙彌臉色慘白，從最遠處一間禪房裡跑了出來，撲倒在大慧禪師腳下。

「師父……大成師父被人害死啦！」小沙彌嚎啕大哭，聲音尖利嘶啞，已被嚇破了膽，「有一把好長好長的刀……」

大慧和大寶悚然失色，雙雙掠起，撲入大成禪師的禪房。

破窗而入，大慧第一眼看見的是此屋門窗鎖好，大門門栓也是完好，地上幾個小小的血腳印，是平時服侍大成的小沙彌方才所留，血跡未乾。而大成禪師被一柄長刀自前胸插入，直沒刀柄，鮮血流了滿地。他盤膝坐在蒲團上，似是本在打坐，卻突然被人一刀穿胸。

大成禪師的武功雖不如大寶，卻也非泛泛之輩，尤其是一手羅漢拳，已有十成功力。他和大寶一樣，身材魁梧，目光如炬，又正當盛年……竟被人一刀穿胸——大寶和大慧驚怒交集，一時竟不知如何是好。

大慧沉聲道：「此事事關重大，唐儷辭疑似率眾而來，必須請方丈出關！」

大寶手中捏了一把冷汗，「但是普珠師姪閉了死關……」

大慧道：「事已至此，就算他出關即圓寂，也必須出關！今夜生死攸關，有大魔出世，方丈不伏魔、我少林不伏魔，誰人伏魔？」

大寶道：「阿彌陀佛……」

而此時，一排禪房都被眾僧一一打開，其中慘狀，令少林寺眾僧口宣佛號，不少年紀尚輕、未經風浪的小和尚失聲痛哭，甚至暈厥倒地。

除了妙真身亡、妙行失蹤之外，妙正的房中共有兩人，妙正被人一掌擊中頭頂，天靈蓋碎裂而亡，而禪房中另有一人，卻是一位面目陌生的中年人，這人身著夜行服，身受少林「羅漢拳」重傷，骨骼盡碎。

這等慘烈的戰況似乎只發生在瞬息之間，甚至是片刻之前！大寶和大慧竟而未曾聽到半點聲音。而禪房之中還有大識禪師和妙行不知去向，也不知遭遇了什麼。除此之外，地上尚有染血的明珠幾粒、打造得十分精緻漂亮的水滴狀暗器數枚。

少林寺眾僧大悲之下，有人道：「唐儷辭惡貫滿盈，竟敢上少林寺殺人放火，辱我佛門！若不能講此妖魔降服，世上善惡何存？慈悲安在？」

另有一人怒道：「大慧禪師，院中還發現唐儷辭的同夥，七花雲行客梅花易數的屍體！他身中少林伏魔功，他定是和大識禪師動手，就此惡貫滿盈！這就是唐儷辭率眾意圖毀我少林的鐵證！如今大識禪師不見蹤影，說不定……說不定就是遭了他們的毒手……」言下竟是哽咽了。這位青年和尚名為普峰，是大識的師姪，故而分外傷心義憤。

即使苦修空即是空，和尚也終究是凡人，生死之前，如何能當真從容。

大慧留在藏經閣下主持救火與清點死傷，大寶前往方丈室，要請普珠出關主事。

大寶禪師步履甚大，也是直闖方丈室。

少林寺方丈室前一棵青松傾斜，自然而成的山石在方丈室旁成天然巍峨之勢，此外再無它物。明月照松崗，今夜的月映照得方丈室前的青石板上一片雪白如舊。

大寶禪師雙手運勁，猛然推開那封閉了數月的方丈室。

「方丈！」他對內厲聲喝道：「請方丈出關！」

回應他的是「錚」的一聲劍鳴，方丈室內劍氣縱橫，凜然如狂，一道冰冷刺骨的劍風猛地迎面劈來，大寶禪師仰身一避，著地翻了個身，仰頭才看見，方丈室內一片狼藉。

屋裡居然不是普珠一個人。

方丈室內有三個人。一個黑髮披散的普珠，一個白衣素鞋的唐儷辭。

還有一個人黑色勁裝，臉上戴著一張詭異莫測的毗盧佛面具。

大寶禪師一怔，喃喃地道：「鬼牡丹？」

而方丈室內的三人只是因為他破門而入頓了頓，隨即又交戰在一起。

普珠竟然還未剃度，依然滿頭黑髮，大寶也看不清他的神態，只見普珠手握長劍，招招向唐儷辭殺去。唐儷辭一樣手握長劍，他手中劍瑩瑩發出微光，彷彿是一柄玉劍。而鬼牡丹赤手空拳，輔助唐儷辭搏殺普珠。

大寶禪師翻身站起，顫聲道：「方丈師姪！大成、妙真、妙正等師兄圓寂了！妙行和大識失蹤，恐怕也遭了唐儷辭的毒手……」

黑髮披面的普珠聞言側頭，「嗡」的一聲劍響，一劍凌厲至極，向著唐儷辭橫掃而去。

大寶禪師悚然發現——普珠是閉目拔劍——在不知什麼時候，閉關的普珠竟已雙目失明。他立刻又發現普珠站在方丈室內，手持長劍拒敵，敵人都已到了面前，他既不出來，也不示警，是因為普珠的右腳被一條鎖鏈鎖在方丈室的雲床上，他之所以能起身拒敵，是因為鎖住他雙手和左腿的鎖鏈已經掙斷，那斷口鮮血淋漓，不知是搓磨了多久方斷。

而至今，普珠也沒說出一個字，發出任何一點聲音。

大寶心中一陣發冷。他看著方丈室內戰作一團的三人，內心一片迷茫，這究竟是……發生了什麼？

普珠當日被立為方丈，至今尚未舉行方丈大典，其一是他一直未正式剃度，其二是方丈大典是武林盛事，人事諸多，必須仔細斟酌準備；其三就是普珠被立為方丈未過幾日就稱心有所悟，將閉關通悟一門少林絕學《大般涅盤經》，自此自閉在方丈室內。

少林「大」字輩一眾禪師自也是心生疑惑，普珠此舉未免古怪，但這位師姪名滿天下，佛心甚堅，也就任他去了，均想等普珠修成《大般涅盤經》，再任方丈，也是一樁美事。

誰料大寶禪師闖入方丈室內，竟看到普珠不知被誰鎖在雲床上，似乎是又瞎又啞，掙斷鎖鏈渾身是血，一時之間只覺今夜咄咄怪事，全然不可理喻，彷彿一切從不可能發生的事集中在這短短片刻之間全都發生了。

大寶禪師呆了片刻，衝上前去，對著唐儷辭一記伏虎拳揮了上去，怒喝道：「你將我方丈師姪如何了？」

唐儷辭不答，鬼牡丹卻陰惻惻地道：「我門主盛情邀請，普珠小兒不識抬舉，他已中了『三眠不夜天』，又瞎又聾，在大眠三日之後，毒性未解之前，再不能入定入眠，此後不瘋也傻。哈哈哈，哈哈哈哈……少林苦心孤詣，求佛論法出來的方丈，就算他劍道天下第一，又有何用？」他厲笑一聲，「這天下還有誰敢不聽我門主號令？即使是少林普珠，我要他生就生，要他死就死！普天之下，誰敢不從！」

大寶狂怒，少林獅子吼再發，舌綻春雷，鬼牡丹只覺雙耳嗡然，彷佛被迎面擊了一拳，他卻是猙獰一笑，五指向大寶胸口插落。他指上帶著長長的爪鉤，這一旦抓中，就是掏心裂肺。

正當此時，門外有眾人齊聲道「阿彌陀佛」，隨即有人緩緩道：「施主住手。」

但見人影翻飛，此地突然多出許多或高或矮，胖瘦不一的大和尚出來，正是「少林十七僧」終於趕到。此十七僧中天僧身亡，剩餘十六僧，卻依然是少林僧兵之中的中流砥柱，十六僧平日並不住在少林寺內，他們各收了十名弟子，十分忙碌，今夜也是聽聞鐘聲大作，方才匆匆趕來。

鬼牡丹對「少林十七僧」不屑一顧，若是未曾中毒的普珠他或者高看一眼，「少林十七僧」何足道哉？一柄禪杖臨空飛來，大寶一手抓住，橫身一掃，逼退鬼牡丹那一抓，怒道：「邪魔外道！無恥手段！」

另一旁唐儷辭和普珠已經過了三招，不分勝負，阿修羅僧長劍遞出，直指唐儷辭後心。等活僧戒刀橫掃，砍向唐儷辭脖子。而在這片刻之間，少林寺大批人馬聚集，已將方丈室團團圍住。

鬼牡丹眼見人越來越多，怪笑一聲，「普珠已經廢了，少林完了，撤了！」他一聲呼嘯，方丈室周圍突然冒出幾條黑影，分四面快速撤離。外面坐鎮指揮的大慧禪師下令追擊，少林僧兵分隊追人，場面一片混亂。鬼牡丹陰森森地看了唐儷辭一眼，「門主，此行大功告成，可喜可賀啊。」

唐儷辭白衣飄然，一直和普珠過招，就是他們劍氣縱橫來去，打得聲勢凌厲，卻也不見輸贏。鬼牡丹「大功告成」，眼看唐儷辭百口莫辯，這在少林寺中火燒藏經閣、殺害無辜老僧、毒害普珠種種罪名已成，心中痛快至極，當即閃身跟隨那幾條黑影而去。

在他堪堪轉身之時，一劍橫頸而來，微風徐來，靜無聲息，甚至不帶殺氣。鬼牡丹緊急後撤，改換方向而去。

卻在他急退轉身的一瞬間，「噗」的一聲悶響，後心一涼，前胸一熱——鬼牡丹眼睜睜看著一截劍尖自胸口露了出來——他張開嘴，一口鮮血噴出，心中尚不明白發生了什麼事，倒地抽搐不止。

身旁的大寶、阿修羅僧、等活僧等等也是瞪大了眼睛。方才唐儷辭和普珠雙劍交戰，打得激烈，鬼牡丹轉身要走，唐儷辭突然一劍掃去，鬼牡丹後躍改道——那一退一轉其實快極，若非輕功絕佳，無法這般驟然改道。

但唐儷辭橫劍掃去之時，本和他刀劍相加的普珠卻伏地不動，反手撩劍，擺出了一個古怪姿勢。阿修羅僧以為方丈師姪重傷不支，甚至出手去扶——卻不想鬼牡丹驟然倒退，自行將後心撞上了普珠的長劍。

他撞上的一刻，普珠伏地握劍，一動不動。

是唐儷辭橫劍驅趕，將他趕到了普珠劍上。

鬼牡丹重傷被擒，少林眾僧大喜——心中卻也是莫名其妙——唐儷辭不是和鬼牡丹一夥的嗎？他和普珠難道是在做戲？但看普珠這一身傷，卻又不像。再說少林寺一夜死這麼多人，絕無可能是鬼牡丹一人所為，唐儷辭在其中必然起了絕大作用！

少林十六僧兵器齊出，圍著唐儷辭「嘩啦啦」比劃了一圈。

大寶禪師急忙將普珠扶了起來，「方丈師姪，傷勢如何？」

普珠仍舊閉目閉口不言，臉色慘白。

大慧禪師自另一側扶住普珠，一探普珠的脈門，心中一凜——普珠內息凌亂，竟似走火入魔！他經脈中確有劇毒糾纏，但內息走岔，比之劇毒能更快要了他的命！就在大慧和大寶雙雙扶住普珠之際，普珠長劍驟出，劍尖在大寶身上一點，劍柄在大慧身上一撞，二僧內息一亂，手上一麻，普珠脫身而去，回身一劍就砍向圍住唐儷辭的少林十六僧。

少林十六僧失聲道：「普珠！」

普珠充耳不聞，狀似瘋癲，他即殺向少林十六僧，又繼續殺向方才好似和他配合默契的唐儷辭。

癲狂之中，即使是走火入魔，普珠的劍意依然磅礡凜冽，如冰原大雪，欲將殺向世間一切汙濁，又或欲將這世間一切顛沛流離淒風殘雨抹滅。

殺意重、重似山巒。

苦意濃、濃勝悲秋。

山欲傾，碎石崩雲。

意難在，殺人殺我。

這不是少林劍意，此劍苦意之濃，彷彿山崩之後更遭烈火，尚未殺人，已近焦枯。但即使是焦枯之劍，少林十六僧依然難攖其鋒，不得不紛紛避開，就在這一劍之間，唐儷辭斬斷普珠右腿最後一條鎖鏈，身形猶如鬼魅一閃而過，點中普珠後頸大穴，隨即將他提在手裡，縱身而去。

藏經閣烈火熊熊，黑煙繚繞，彷彿邪魔幽魂盤踞長空，大寶和大慧內息未穩，雙雙看著唐儷辭將普珠擄走，少林數千僧侶仰頭看著唐儷辭脫身而去，各各神情難辨，臉色晦暗。

這無疑是奇恥大辱。

極遠之處，夜間幽暗的樹林之下，有人靠樹而立，遠眺著藏經閣大火。

「大師，你不去救火嗎？」那人嘆了一聲。

「老衲與少林仇深似海。」老僧緩緩地道：「大鶴當年滅我宗門，殺我妻女，若不是你父當年救我一命，世上已無此人。」此人白眉白鬚，年約六旬，慈眉善目，觀之彷若羅漢堂中的長眉羅漢。相貌如此慈和，語調也是平緩徐和，話中的內容卻是凶厲狠毒，和他波瀾不驚的樣貌差距甚遠。

此人正是失蹤不見的妙行禪師。

妙行禪師不會武功，精研佛法，平素看來和「大」字輩的武僧並無交集，卻不知他俗家是何身分，竟對少林寺如此怨恨。妙行禪師口中的「大鶴」，乃是普珠的掛名師父，已經圓寂多年，而妙行的怨恨至今未消。

樹林中遠眺少林寺起火之人一身黑衣，手中不再持有紅色羽扇，換了柳眼來認，一時也未必認得出這就是他的高徒方平齋。方平齋這一身黑袍繡有銀紋，雖是夜行衣也十分華貴，竟似刻意讓他與眾不同。妙行口稱「紀王爺」，便是方平齋已認回身分，做回了周世宗柴榮第六子、紀王柴熙謹。

詐死還生，半生放逐，終逃不了宿命。

火燒藏經閣，嫁禍唐儷辭，殺大成、妙真、妙正……柴熙謹並不愉快，也很為他們惋惜。但……正如他也可以和妙行同行，因為妙行的怨毒，和他的家仇一樣，若不能噬人，那就噬己。

這一切的一切，都是錯的，都有罪，但那又如何呢？

柴熙謹的眼前一直看見白雲溝的屍骸，他們在焦黑的、血淋淋的泥土上爬行，他們被野獸啃咬，然後一直不死……他們在動，在說話，然後一直不死……一直不死。

他們一直不死，所以方平齋就死了，柴熙謹就活了。

他現在站在這裡，看大火焚燒藏經閣，看唐儷辭身敗名裂，看他突圍而去，甚至抓走了普珠。

少林寺外，伏牛山中，十日前遭遇「玉簫山寶瓶尊者」的樹林之中。唐儷辭抓著普珠，在一片狼藉的樹林中停下。

莫子如施放的毒霧驅趕了此地的蟲蟻走獸，而嵩山派更不會再次來到此處，正是暫時休憩的地方。樹林之中，有一輛四分五裂的馬車，唐儷辭並不嫌棄，將碎裂的馬車四壁簡單固定，便成了一處暫可遮風避雨的地方。

他將眼瞎口啞的普珠拖進破馬車內。

普珠雖被他點了穴道，手中劍卻仍牢牢握住。此劍只是普通的青鋼劍，普珠常年習劍，將劍柄牢牢捏在手心，猶如鐵鑄銅澆，無法將劍取下。

唐儷辭將自己的玉劍扔在一旁，靜默了一會兒，「普珠大師，」他緩緩地道：「『三眠不夜天』不能要你的命。」

普珠臉色青白，閉目不言。

唐儷辭道：「這世上問誰能無過？大師，誅你佛心的，不是你那世外摯友，是堪不破。」他說話並無平時的意氣風發，也並不犀利，語氣頗為平淡倦怠，「如世所景仰，眾之所愛，又如惡貫滿盈，罪無可恕。貪嗔癡、求不得，怨憎會、愛別離……」他慢慢地道：「不過諸行無常，這世上……本就如此。」

他似是忘了普珠被他點了穴道，根本不能做出反應，自己呆了一會兒，才又道：「世事無常，變化萬千，今日之所愛、今日之所惡，今日之是非對錯，他時再來，未必如是。所謂『無常』……即無可永駐，而佛性即是如來，如來即是法，法即是常。常者即是如來，如來即是僧，僧即是常。大師，諸行之對錯，總是無常，然對『僧』來說，佛心不變，便是如來。」他緩緩地道：「行差踏錯，自有地獄等他，持劍誅邪，救人為善，總是沒有錯的。」

普珠微微一顫，唐儷辭說了許多話，僅有在說「行差踏錯，自有地獄等他」那一句的時候，他顫抖了一下。

唐儷辭說完之後，未再說話，過了很長一段時間，他輕聲道：「……大師，你之仗劍誅邪，就和我的無所不能一樣……」

至於是怎樣的一樣，他並沒有說。

又過了好一陣子，他慢慢地道：「你要先認命，看得清自己，再堪破……知道你將承受的不是冤屈，而是罪有應得。」

普珠驀然睜開了眼睛，即使他的雙眼並無焦點，卻彷彿已有了光彩。

「然後你再問問自己，你認得下、受得了、能再來嗎？」唐儷辭輕聲道：「如是不能，你覺得屈辱冤屈，覺得難以承受，覺得罪大惡極……那穴道自解之後，你就可以死了。如是可以，恭喜你，你佛心未破，只是行差踏錯，面前正有地獄等你。」

說完後，唐儷辭也沒有給普珠解穴，他正耐心的等著普珠穴道自解。

玉箜篌喬裝打扮，騙了普珠，而後普珠親筆書寫了給唐儷辭定罪的書信，無論這其中發生了什麼？以普珠少林寺準方丈的身分地位，以他冷面無私仗劍多年的清譽名望，都不應該也不可能被玉笠篌脅持，而普珠不但被脅持了，還被鎖鏈扣在了方丈室內，這不僅僅是普珠一人之失，這是少林寺的奇恥大辱。

普珠就算一死，也難辭其咎。

然而唐儷辭說……地獄在前，佛心未破，你……走不走？

半個時辰之後，普珠坐了起來，他一坐起來，就平靜了許多，帶起一陣塵埃。

那些塵埃在月光裡翩躚，最終墜地，彷若從未來過。

「吾之佛心，不過『不悔』二字。」普珠緩緩開口，「無間地獄，正適合我。」

唐儷辭微微一笑，「大師令人敬佩。」

普珠牢牢握住手中劍，「唐施主願下地獄，又是為何？」

唐儷辭聽著他的問話，似有所思，最終不過笑了笑。若是阿誰在此，自是會想——談什麼「願」與「不願」？唐公子對某些人來說，本就是地獄。但普珠又不是阿誰，他一問出口，唐儷辭不答，他也就不再說話。

天色漸漸變亮，林木間光影重現，幾隻蟲豸在枯葉間爬行，唐儷辭突然道：「『三眠不夜天』不能要了你的命，你那摯友在令你昏睡的三日之中，做了什麼？」

「三眠不夜天」這種折磨人的毒物，最狠辣的毒性並不在於之後令人眼瞎口啞，不能入眠，而在於中毒之後的前三日毒性重創神智。有些人「三眠」之後根本醒不過來，而醒過來之後的眼瞎口啞耳聾什麼的，不過是腦中神智遭受重創的後續，一旦人能醒來，得到妥善醫治，中了此毒的人也能緩慢痊癒。只是這痊癒的過程十分痛苦，往往有長達數月甚至數年難以入定入眠的恢復期，即使能夠痊癒，也必大損壽元和武功。

但對於普珠這等武功，「三眠不夜天」雖然陰毒，卻不至於當真要了他的命。玉箜篌對他下此毒藥，主要還是為了那「三眠」的三日，用此藥重創普珠的神智，若是能摧毀普珠的神智，將他做成傀儡，豈不更好？在那劇毒侵蝕心神的三日，玉箜篌必定是做了什麼。

而玉箜篌做了什麼，普珠醒來之後必然是知情的，否則也不可能對「三眠不夜天」放任自流，心如死灰。

「我那摯友，對我下了引弦攝命之術。」普珠道：「我醒之日，奮起反擊，劍斷其弦，又從鼻中逼出蠱蟲，然而大錯早已鑄成，就在那三日之內，她操控我寫下書信，殺死大成師叔，掌斃梅花易數。」普珠此時說來語調平淡，但若不是當時驚覺時的痛徹心扉加上心神重創，以普珠的心性豈會放任「三眠不夜天」一意求死？

「那鎖鏈？」唐儷辭問道。

「那是『鬼牡丹』為阻攔我揮劍自刎，趁我不備，將我鎖住。」普珠緩緩回答，「那人……恐怕不是真正的『鬼牡丹』。」

唐儷辭微微一笑，鬼牡丹以面具示人，但凡戴上那面具，穿上一件繡有大紅牡丹的黑袍，便是「鬼牡丹」。此人這等行徑，除了身外化身之外，他的真實身分可能有些蹊蹺。

「當下『三眠不夜天』對大師可還有影響？」

普珠盤膝坐起，那襲灰白僧袍在林地枯葉之上彷彿白得異乎尋常，調息打坐片刻，他的語調依然平和，「除了『三眠不夜天』和引弦攝命的蠱毒之外，我身上還有另一種奇毒。」

「是什麼？」唐儷辭並不意外，玉箜篌處心積慮，得手之後不在普珠身上大做文章，怎能甘休？

「據鬼牡丹所說，那是一種名為『蜂母』的奇毒，但不知毒發之後，將會如何。」普珠道：「在此之前，我死志甚堅，並不在乎。」

「『蜂母』之毒？唐儷辭也未聽過，眉心一蹙。只聽普珠又道：「三毒俱在，我之元功只餘五成。」

唐儷辭答道：「我劫掠少林方丈，暫時並非為了你能為我證清白，也不是寄望大師能為征伐風流店之事浴血而戰。」

普珠一頓，「唐施主請講。」

唐儷辭緩緩地道：「玉箜篌既然在大師身上下了如此伏手，大師既是他在中原白道掌權的助力，大師身上所中的毒也是他的底牌。我將大師擄走，讓『普珠方丈』自此失蹤，比之擁有一個只有五成功力，且不知何時就將被玉箜篌操控的劍客有效得多。」他慢慢抬目，望著薄霧初起的山林，「何況殺死大成、掌甏梅花易數等等，少林寺內若無內應，事情又怎能在之前悄無聲息，又在今夜陡然暴露？真相未明之前，大師務必隱匿形跡，盡力養好毒傷，我會盡力為大師尋來名醫，但無論傷勢痊癒與否，未到生死關頭，中原白道局勢未到絕境，大師只需銷聲匿跡，讓玉箜篌有所顧忌。」他輕描淡寫地道：「少林寺血案，眾目睽睽既然是唐儷辭所為，那就是風流店所為，有什麼錯？玉箜篌和鬼牡丹只想讓唐某死無葬身之地，使出這等手段，實在荒唐可笑。」他眨了眨眼睛，眼眸清澈，其中毫無被栽贓嫁禍的怨懟或憤怒，似乎當真覺得有些好笑，尚存一點單薄的暖意。

普珠微微合眼，「此間事了，普珠自會向少林寺眾言明真相，自承其罪。」

唐儷辭灑然一笑，「你有什麼罪？你不過是信錯了一個人。」

而他，時常是被錯信的那個。跟著他，愛上他，陪伴他……統統不會有好下場，畢竟唐儷辭終不是天堂，他總是地獄。

天色已明，少林寺方向濃煙漸熄，藏經閣的火焰估計已經撲滅，心神大亂驚慌失措的和尚們已在搜山，唐儷辭率眾夜闖少林寺，殺死大成、妙真、妙正，火燒藏經閣，擄走普珠方丈……這種種件件駭人聽聞，無一不是罪無可恕。

若說在此夜之前，唐儷辭那風流店之主的名聲尚且存疑，此夜之後，那便是石破天驚，惡貫滿盈。

樹林中的鴿子飛來飛去，飛來飛去，「撲啦啦」的落在樹林中。

紅姑娘接到密報，說唐儷辭劫走了普珠，絲毫不以為異。普珠是「西方桃」的密友，唐儷辭不早早把他處理了，誰知道玉箜篌會藉此怎樣興風作浪？少林寺死了三人，失蹤兩人，說不定已是大幸，換是她下手，少林寺總是要和風流店為難的，說不準那滿寺的光頭和尚便被她一起毒死了。

想到此處，她看了碧漣漪一眼，心想我便是如此不分是非，歹毒偏激，你為何要喜歡我？既然你喜歡了我，日後若是去喜歡別的女人，我便連你帶別的女人一起毒死了。

碧漣漪不知道貌若幽蘭的紅姑娘在想什麼，走過去站在她身後，為她披了件衣裳。紅姑娘一怔，幽幽一嘆，「玉箜篌回來了沒有？」

碧漣漪搖頭，「他已去了一日一夜。妳到底安排了誰在等他？」

紅姑娘道：「誰最恨他，就是誰在等他。」她並不詳談究竟是誰在等玉箜篌，而是輕輕敲了敲剛來的密報，「唐儷辭劫走了普珠，過程之中，風流店的『鬼牡丹』戰死。」

碧漣漪奇道：「鬼牡丹戰死？那怎麼可能？昨日下午他還在飄零眉苑外和成大俠動手，兩人對了一掌，不分勝負，許多人都看見了。」

紅姑娘道：「不錯，所以死在少林寺的『鬼牡丹』是誰？」她沉吟道：「這世上又有多少個『鬼牡丹』？他們到底是誰？我從前見過的，和現在看見的，又是一個人嗎？」

碧漣漪悚然一驚，「『鬼牡丹』不是一個人？」

「肯定不是一個人。」紅姑娘道：「『鬼牡丹』手下死士甚多，野心勃勃，這些死士是哪裡來的？總不可能憑空生出來的。訓練這些死士的銀錢和住所又是哪裡來的？他們和玉箜篌合作，是為了稱霸江湖嗎？」她緩緩閉上眼睛，搖了搖頭，「我真的曾相信就是為了稱霸江湖。但後來一算，稱霸江湖對『鬼牡丹』來說，並無多大利益。這世上除了『稱霸江湖』的虛名之外，還有什麼值得這許多人捨生忘死，前仆後繼？」

「除了名利，還有仇恨。」碧漣漪道：「又或者遠比『稱霸江湖』更大的名利。」

紅姑娘皺了皺眉。

而在這個時候，遠離飄零眉苑三十多里地的某處峽谷之中，玉箜篌和一位蒙面人正在對峙。粉色衣裙，眉目如畫的玉箜篌臉上帶了一絲極細的傷痕，這讓他那來自薛桃的臉又多一道傷疤。雖然心裡恨極，玉箜篌不動聲色，彷彿不是和人斷斷續續動手打了一日一夜，而是和知心人秉燭夜話閒聊了一日一夜似的。

這位能和玉箜篌動手一日一夜，纏得他分身無術的蒙面人從不說話。

他身姿挺拔，一頭黑髮高高紮起，雖然不見面貌，但是一舉一動都顯得非常年輕。他十分沉得住氣，絕不和玉箜篌全力互博，而是不住遊走。他顯然是打不過也殺不死玉箜篌，卻東一劍西一刀，偶爾夾雜點暗器，玉箜篌竟擺脫不了他。

這人從一照面就遠遠跟著他，一旦玉箜篌靠近那所謂的「湖泊」，便遠遠發出暗器。玉箜篌一欺身接近，他便掉頭逃開，玉箜篌一停下，他又回頭追上來。

玉箜篌要吃點乾糧喝口水，這人便衝上來動手，動手的花樣也是千奇百怪——有時候一刀當頭砍下，有時候是射出飛鏢或毒物，有時候他居然在玉箜篌身後放火，還有時候就明目張膽的在玉箜篌飲用的水源中下毒。

這人武功不如玉箜篌，但也不是三招兩式之間便能打死的，玉箜篌被他不住騷擾，這人輕功好極，顯然又精通隱匿躲藏之術，一時之間，聰明歹毒如玉箜篌竟奈何不了他。

這人究竟想怎麼樣？玉箜篌莫名其妙，他想去紅姑娘所說的「引水湖泊」看看是否能對飄零眉苑的地宮造成威脅，這人攔住他，顯然不是風流店的人，如此死纏爛打，難道他以為只是騷擾不讓他吃飯睡覺，就能把「玉箜篌」餓死喝死睏死嗎？

如此拖延時間，對他自己毫無好處——要知道玉笠筷的內力比他深厚，耐力自也比他好。這人雖然騷擾得玉笠筷不能好好進食休息，但他自己也無暇進食休息，也不能打坐睡覺，時間一長，先敗退的肯定是蒙面人。

事有蹊蹺。玉笠筷被糾纏了一日一夜之後，下定決心遠離那所謂的「湖泊」，早早脫身而去。一日一夜不在中原劍會，誰知道紅姑娘又有怎樣的謀劃？這小丫頭詭計多端，不能小覷。或許這古怪的蒙面人把他拖在這裡，就是為了紅姑娘能有機會背著他密謀什麼？玉笠筷心中一凜，加快腳步，往回趕去。

他常年男扮女裝，輕功身法十分了得，但是這黑衣蒙面人卻是輕巧柔韌，不但動作靈敏，而且殺力驚人。一日一夜之後，每每玉笠筷懷疑他即將力竭，黑衣人卻又立刻恢復了元氣，也不知是虛張聲勢，還是自帶靈藥。

這人假以時日，必是大敵。玉笠筷收了輕敵之意，殺心頓起。他停下腳步，驟然倒轉方向，袖中一物飄然飛出，帶起一陣微風。那東西是一條細不可見的絲線，不知何物，細線的前段是一柄小劍，那小劍不比筷子大上多少，劍身柔韌極富彈性，劍身開刃，卻是一柄前所未見的懸繩飛劍。

玉笠筷用過長劍、雙掌、玉簪花鈿等等作為兵器，他就和唐儷辭一樣是個雜路子的大家，也不知這一身邪門功夫是哪裡學就練成的。

但這條懸繩飛劍卻是從未見過。

黑衣蒙面人心中一凜——這恐怕才是玉笠筷壓箱底的拿手兵器。

玉箜篌自稱「一桃三色」，在「七花雲行客」中位列第七。當年他尚未男扮女裝，也尚未和撫翠一道修煉什麼男身化女的奇功，行走江湖之時是翩翩濁世佳公子。而所謂「一桃三色」，其實是他那一手劍法。玉箜篌當年使的是短劍，一般人用劍，多是單劍，最多就是手持雙劍，或者手上一把，背上再背上一把。然而玉箜篌使的三劍——他除了雙手短劍之外，還有一柄來無影去無蹤的飛劍，就是這條懸繩飛劍，名曰「萬里桃花」。

極少有人見過玉箜篌的「萬里桃花」，這是一套極輕巧、詭祕、歹毒的劍法，介於暗器與馭劍之間。他與狂蘭無行幾次性命相搏也從沒拿出這條懸繩飛劍，因為他很清楚，這種東西傷不了狂蘭無行。

狂蘭無行的武功剛猛狂悖，傷人自傷，如「萬里桃花」這般輕巧的飛劍根本進不了狂蘭無行的長戟圈內。

他與唐儷辭動手的時候也沒有拿出「萬里桃花」，唐儷辭狡猾多智，「萬里桃花」多半不能出奇制勝，而唐儷辭身上出人預料的小東西卻極多，一招不勝，說不定陰溝裡翻船。

但面對這黑衣蒙面人，玉箜篌卻放出了「萬里桃花」。

並且不是作為一擊斃命的冷箭，他將飛劍後的細絲懸繩放得極長，橫臂抖腕，那「萬里桃花」如流星一般向黑衣蒙面人射去。但玉箜篌放出飛劍之時，那黑衣人早已躲入了密林之中。玉箜篌毫不在乎，拉住懸繩回身畫圓，「萬里桃花」嘯聲大作，那一柄小劍竟掠風發出了極淒厲的劍鳴。懸繩猛地繃緊，破空的呼嘯與小劍應和，那一條二丈來長的懸繩以玉箜篌為中心驟然橫掃了一個巨大的圓！

被「萬里桃花」掠過的樹木轟然倒下——那懸繩不是凡品，拉在飛劍之後比之劍刃更為致命，堪比一把二丈來長的索命大刀。黑衣蒙面人本來躲在丈餘外的樹後，被玉筌篌突如其來的懸繩一掃，不得不現身往更遠處躲去。

玉筌篌手挽飛劍，那剛剛橫掃了七八顆樹木的飛劍極其自然的在他手腕上繞了幾圈，彷彿一串銀鏈。他對著黑衣人似笑非笑，那張薛桃的臉上充滿薛桃絕不會有的譏誚之色。

「萬里桃花」的攻擊距離遠勝於長劍，當下是黑衣人近不了他的身，再也阻攔不了他喝水吃飯，他無論去往何處，黑衣人最多只能跟在他身後，能奈他何？

何況玉筌篌早已算定，只要黑衣人踏入「萬里桃花」圈內，他就能在三招……不……十招之內要了他的命。

黑衣人眼見玉筌篌放出了「萬里桃花」，除了一開始似乎驚訝了一下，之後又默然無聲了。

玉筌篌冷笑一聲，他決意放棄什麼湖泊灌水之處，折返回去，看看紅姑娘派遣這黑衣人將他攔在半路上，究竟是在密謀什麼。

就在他認定黑衣人不能也不敢踏入「萬里桃花」的圈內之時，「奪」的一聲，一支黑色小箭掠面而過，釘在玉筌篌身前的泥地上。

玉筌篌眼見此箭，驀然回頭，「是你！」

黑衣蒙面人不聲不響，拉開手中黑色的弓弦，專心致志的對準了玉筌篌。

玉筌篌怒動顏色，「任清愁！」

這手持黑色小箭，一路專心致志騷擾他，與他糾纏不清的小子，居然就是任清愁！任清愁是屈指良的徒弟，武功底子打得極好，人卻有三分癡。上次任清愁反叛風流店，和雪線子衝出飄零眉苑，玉箜篌忙著抓雪線子，不慎放跑了這小子，結果這小子居然投靠了紅姑娘，又跑出來和自己過不去。

任清愁年紀輕輕，做事相當沉得住氣，這一路對玉箜篌圍追堵截，他沒有使上一點屈指良的武功。如果不是玉箜篌放出了「萬里桃花」，這等長線兵器讓任清愁鞭長莫及，他就不會拿出屈氏長弓。

屈指良的黑色長弓名為「悲歡弓」，黑色小箭，名為「生死同」。

如果是屈指良的箭，那是就是箭。而任清愁的箭，卻是有毒的。

每個人的道路不同，任清愁如果從來沒有進過風流店，他恐怕終其一生，也不會想到讓他的箭有毒。

「生死同」再小，那也是箭。比玉箜篌的「萬里桃花」，「悲歡弓」的射程遠勝。

於是任清愁又纏上了玉箜篌。

玉箜篌的臉色澈底冷了下來。銀光閃爍的「萬里桃花」繞在手腕上，他雙指夾住小劍的劍尖，直指任清愁的黑色長弓。

殺氣彷如有型，凝結在任清愁持弓的左手上。

在右手夾住飛劍的同時，玉箜篌的左手動作不受影響，左袖之中滾落一物，讓他握在左手掌心。

任清愁看不見那是什麼，心中一跳——無論那是什麼，都是他難以抵敵的東西。他極有自信，卻也不狂妄，糾纏玉竺筷如此之久，他已經完成了紅姑娘交代的任務，本應撤走。

但任清愁舉起悲歡弓，神色堅定，扣住被他精心淬了劇毒的「生死同」，對準玉竺筷的眉心射出一箭。

此箭名為「望月」。屈指良創立此箭的時候，年紀尚輕，還沒有棄弓專劍，仍對一切充滿希冀與好奇，正是相信自己能翻江倒海驚天動地的時候。一日登高望月，意氣突興，對著半空明月射出一箭，幻想自己能乘箭而上，直奔明月，入廣寒踏桂樹問嫦娥，豈不快哉？

那夜嫦娥雖然沒有見得，這一箭「望月」卻是屈指良「悲歡弓」中射程最遠的一箭。在屈指良的手中，此箭雖遠，卻如一筆狂草，意興飛揚，興盡而竭。

但在任清愁手中，這一箭沒有絲毫要上天入地要見嫦娥還是捉兔子的胡思亂想，他只是專心致志地想射玉竺筷一箭。

「生死同」的箭芒閃爍，對著玉竺筷破空而來。任清愁的手極穩，「望月」一箭極快，幾乎是玉竺筷眼睫一動，那箭就到了面前。

而與此同時，「叮」的一聲微響，「生死同」撞在一樣任清愁從未考慮過的東西上——玉竺筷並沒有伸手去截住黑色小箭，也沒有閃身避開，他一搖頭，那堪堪到了他眼前的黑色小箭被一樣東西打中，方向一偏，自玉竺筷的臉側掠面而過。

「奪」的一聲，「生死同」釘在了遠處一棵大樹的樹幹之上，那大樹劇烈搖晃，幾乎被任清愁灌注全身功力的一箭貫穿。

玉竺筷絲毫沒被任清愁那一箭擋住腳步，他擊偏「生死同」，足下一點往前急撲，同時左手掌心握住的那樣東西向著任清愁身後丈許之處輕輕一彈。

玉箜篌急撲而來，任清愁卻呆了呆——剛才那擊偏他「望月」一箭的東西，是玉箜篌髮髻上插著的一支步搖。那是一支青綠色的步搖，依稀鑲嵌有明珠，被箭尖擊中之後，步搖也從玉箜篌頭上掉了出去，不知落在了何處。但尋常首飾怎麼可能禁得起「生死同」一擊？那步搖絲毫未損，決計不是凡物。任清愁只覺有一件事未曾想起，彷彿這件東西十分要緊。

就在這一呆之際，任清愁一邊思索究竟在哪裡聽說過與這步搖有關的事，一邊往後一躍，躲避玉箜篌急撲而來的架勢。

然而他一落地，足下一團東西盤旋而起，將他牢牢捆住。任清愁對著捆住他右腿的東西一劍斬下——那是一條極細極長的蛇形物，一時之間，任清愁也分不清那究竟是活物還是機關。

劍刃如雪，一削而下，那東西被任清愁的長劍一劍砍斷，血肉橫飛。任清愁心中一涼——那竟然是一條活蛇！被蛇纏繞過的右腿已經全然失去了知覺，任清愁尚未想出如何脫身，耳內「噗」的一聲，胸口驟然一熱一痛——一枚銀色小劍穿胸而過，又從他胸口倒飛出來，落在玉箜篌手中。

玉箜篌粉衣不沾血，臉色冷淡地站在丈許之外，「萬里桃花」銀光璀璨，纏繞在他的手腕上，彷彿從未沾染過任清愁的鮮血。

任清愁抬起頭來，玉箜篌歪了歪頭，對著他嫣然一笑。

任清愁臉上並沒有什麼震驚失算或者悔恨痛苦之色，他只是看了玉箜篌一眼，點了自己胸口兩處穴道，隨即安靜地坐在地上。

他不該射那一箭，但他想射那一箭。

他不敵玉箜篌，不僅武功不敵，心計也是不敵，那還有何可說？江湖險惡，人心善變，刀劍無眼，生死一念。

他盡力了，不後悔，只可惜不能再射玉箜篌一箭。

玉箜篌終於重創了這滑不留手的小子，心裡極是暢快，但任清愁不能殺。玉箜篌可不是衝動的傻小子，任清愁這等武功，還是屈指良的徒弟，又是雪線子救回來的「改邪歸正」的英雄少年，抓住一個活的任清愁，比將他殺死在這裡價值大多了。

玉箜篌看任清愁點了兩處穴道止血，顯然這小子雖傻且混，但並不蠢，他很清楚自己不一定會要他的命。玉箜篌微笑得更加愉快，但任清愁一定不知道，這世上讓人生不如死的法子實在太多了，君不見連普珠那樣的人，都一意求死呢。

他先給任清愁餵下那條小毒蛇的解藥。那一直揣在身上的小毒蛇名為「消雪」，毒性極其強烈，一旦咬傷，即使服下解藥，傷處也會嚴重潰爛。任清愁被消雪咬了一口，那條右腿必然是廢了。

正當玉箜篌將任清愁藏入樹叢，準備發出訊號，讓鬼牡丹派人來將這小子帶走的時候，遠處一聲微響，伴隨著一股熾熱的風向他襲來。

玉箜篌驀然回首，目力所及的最遠處，模糊的樹叢之中，一人負劍，正一步一步向他而來。那人影極小，但那股灼熱的風彷彿自他而來，隨著他的每一步，風愈加炎熱，疾風捲草，枯枝碎葉隨之獵獵而起，在人影的身後劇烈飛舞。

狂蘭無行！

玉箜篌手握「萬里桃花」，臉色冷若冰霜。

任清愁是殺不了他也擋不住他的，紅姑娘派他來糾纏自己做什麼？他知道是調虎離山，但並不知道她意欲何為。

原來……是這樣。那個水淹飄零眉苑的計謀，十有八九是子虛烏有，紅姑娘讓任清愁把他纏住，卻是為了趁亂去救狂蘭無行。

這是驅狼吞虎之計。

但是誰救走了狂蘭無行？玉箜篌感到匪夷所思，「桃姑娘」中原劍會地位如此尊貴，他手下也籠絡了一批人才，不少人對「她」心服口服，若是有半點風聲，他必然收到消息。然而他沒有收到半點風聲，並且碧漣漪一直都在紅姑娘身邊。

碧漣漪、成縕袍、張禾墨、柳鴻飛、文秀師太等等一干人，除了他被任清愁糾纏的這一日一夜，一直都在紅姑娘身邊，每日組成小隊，對飄零眉苑進行消耗之戰。

而救出狂蘭無行朱顏，不但要知道朱顏被他藏在何處、還要解除他身中的劇毒，治好他在雪線子手下所受的重傷，這又豈是一日一夜所能倉促做到的？

不要說解除劇毒、治好重傷——單單是知道朱顏藏在何處，並能將他成功救出，這就千難萬難——如果紅姑娘當真有此神乎其神的手段，她又何必在飄零眉苑外安營紮寨，全然可以直搗黃龍。

所以這個能找到朱顏、把他救走治好，並放出來與自己作對的人應該不是紅姑娘。她並無此能耐，這個能救走朱顏、隱藏在暗處的人才是鬼牡丹如今最大的對手！紅姑娘與此人合謀，她在前方調虎離山，日日裝模作樣，水淹火燒、拆牆挖土，實則是擾亂人心，讓此人潛入其中，趁亂行事。

而這個能深入飄零眉苑，神出鬼沒的與紅姑娘合謀的人，除了唐儷辭，還會有誰！

玉箜篌在一瞬間就已明瞭，自己以為將唐儷辭逼得走投無路，落下千古罵名，江湖追殺的下場，唐儷辭眾叛親離，身敗名裂，本應退走暫避鋒芒。但此人非但不退，反而藉此隱入幕後，開始興風作浪。

玉箜篌咬牙，他思及唐儷辭那總是萬事盡在掌握的微笑，彷彿無論何種境況都不出他預料之外，這世上種種都能被他落子為棋的模樣，心中恨極。

誰不想做這種人？為何唐儷辭就可以一直做這種人？

他彷彿從未失敗過。

在朱顏背負長劍一步一步向他走來之際，玉箜篌面對撲面而來的熱浪，緊握「萬里桃花」心中卻在胡思亂想，對唐儷辭恨上加恨。

玉箜篌心裡作何想法，狂蘭無行自然不會知道。他被雪線子拍了一掌，又被玉箜篌下了許多毒藥，腦子早已不清楚，但朱顏的腦子清楚不清楚其實相差無幾，誰也不知這位殺星好惡，更不知道他在什麼時間會做出什麼事來。

距離玉箜篌五步之遙，玉箜篌已經看見了朱顏全身勃發的灼熱真氣。那真氣外放，將四下的煙塵枯草揚起，甚至把他自己的衣袖都燒焦了數處。

「你——害了薛桃。」朱顏一字一字地說。

玉箜篌怒動顏色，「你——」他對薛桃一往情深，為她勞心勞力，付出良多。這畜牲一脫困就出手搶人，一搶人就把人殺了，到頭來居然一口咬定是他害死薛桃？玉箜篌平生害人無數，還當真沒見過有人能如此反咬一口，他氣得發抖，一時想到薛桃被這惡賊所殺，心裡怨毒與傷心齊發，發誓定要將朱顏碎屍萬段。

狂蘭無行被玉箜篌下藥囚禁在飄零眉苑最深處，畢竟戰力驚人，玉箜篌本打算把他澈底練成戰鬥傀儡，但小紅和柳眼都已叛逃，其他人練來練去練不好。唐儷辭說不準就是抓住了這點，倒過來用引弦攝命之術對朱顏下了什麼暗示，讓這殺神以為是自己害了薛桃。

不管過程如何，事已至此，為今之計，先殺朱顏。

狂蘭無行緩緩拔起背後的八尺長劍，揚手就將它扔了出去，玉箜篌側身一避，那長劍本就不是扔他——只見那八尺長劍橫飛過玉箜篌身側，落地插在了一棵大樹之旁。

擲出手中長劍，朱顏扔下劍囊，從劍囊中拔出兩節鐵棍。玉箜篌莫名其妙，他認識朱顏多年，見他使過八尺長劍多次，卻從未見朱顏使過鐵棍。眼見朱顏雙手一擰，將那兩節鐵棍拼在一起，組合成了一桿長棍。

即使你短棍變長棍，那也不可能厲害過多年來的趁手兵器。玉箜篌手握「萬里桃花」，心存謹慎，決定試探一下這半瘋不瘋的朱顏。

草叢中的任清愁提著一口氣沒有暈去，他並不知道紅姑娘讓他拖住玉箜篌是為了什麼，眼見狂蘭無行現身，他瞪圓了眼睛。就是這人重傷了雪線子。

任清愁開始默數呼吸，儘快調解自己的狀態，他右腿上的毒傷侵入了經脈，如果不想毒入肺腑，就應當平心靜氣，等候毒傷盡去再運功。但重傷雪線子的惡徒二人都在這裡，鐘老前輩那是為了救他，才……才會落入這些人手中。

他不能無所作為，他要怎樣才能有所作為？

任清愁垂死一線，頭腦卻異常清醒——他同樣知道，狂蘭無行出現在此地，一定是有人放他出來，驅虎吞狼。那麼——放他出來的人呢？既然有高人能驅虎吞狼，那必不可能僅僅是驅虎吞狼，畢竟驅虎吞狼只是一步棋，如是高人，必有後手。那後手……在何處？

遠處，手持長棍的狂蘭無行向著玉箜篌一棍揮出，玉箜篌側步閃開，他不知朱顏這桿長棍是什麼路數，十分謹慎。卻見狂蘭無行一棍揮出，那長棍的頂端「啰擦」一聲，彈出一截鋒刃，那鋒刃成魚骨之形，共有三行，左右共六條刀口都向後彎曲，這東西要是插入肉中，恐怕極難拔出。而以狂蘭無行的臂力，此刃拔出之後，敵方身上必然多出一道撕裂的巨大創口，傷重倒地。

這東西不像劍，倒似一把怪模怪樣的戟。狂蘭無行屈膝橫戟在前，雙目微閉，聲音淡漠至極，玉箜篌在他眼中，彷彿只是螻蟻，「受死。」

玉箜篌手腕上纏著「萬里桃花」，右手一翻，露出一柄劍來。

那是他少年時的雙劍之一——右手劍「昆侖玉」。他曾還有左手劍「明月空」，但「明月空」在多年前損壞，未再重鑄。玉箜篌多年不用自己成名兵器，此時手中只有「昆侖玉」和「萬里桃花」。

但他最大的依仗不是這兩柄劍，而是此時他修煉的武功。他和撫翠修煉的武功，來自一部奇書的殘片。雖然只是殘片，但殘片上所記載的武功十分神奇，修煉起來進境極快，還可取他人之內力化為己用，一旦神功大成，幾可無敵於天下。這等神功即使尚未修成，也有諸多保命的手段，狂蘭無行雖然強橫，玉箜篌卻立於不敗之地。

思緒之間，狂蘭無行怪戟掄圓，對著玉箜篌疾揮而來。這怪戟掠空，戟身微微彈動，一股熾熱的氣流隨之四散飛揚，地上枯草揚起，烈烈化為灰燼。

那飛揚的草灰幾乎迷了玉箜篌的眼睛，狂蘭無行的怪戟竟似並非長兵器，而是一抹熾熱的火焰，此火大開大合，掌火之人睥睨天下，這火如荒，便欲燎原而起。

玉箜篌閉上了眼睛，右手劍「昆侖玉」輕輕一點，「叮」的一聲微響，狂蘭無行的怪戟縱然猶如流火，卻仍被他一劍點中戟尖。「魑魅吐珠氣」所帶的灼熱真氣雖然如水沸騰，卻也不能當真隔空傷人，玉箜篌一劍點中戟尖，兩人雙雙退了一步，這一擊看似輕描淡寫，卻盡了兩人七八成的功力。

而正在玉箜篌一劍退敵的時候，狂蘭無行那怪戟的鋒刃無聲無息地彈出，竟長了三寸，玉箜篌應變奇快，「昆侖玉」一擰急削，對著那彈出的鋒刃削了過去。

如玉的短劍削中了狂蘭無行那彈出的鋒刃，所中猶如無物，那驟然出現的鋒刃竟是真氣所化的虛影，僅僅一瞬之間就消失於無形。玉箜篌一劍落空，劍中真氣回逆，胸中氣血翻湧，驚詫莫名——這突然出現又突然消失的古怪真氣，竟是肉眼可見！雖然轉瞬即逝，但這濃烈到了極致的真氣，一旦撞上了它由虛轉實的瞬間，豈非要血濺三尺？何況魑魅吐珠氣本身帶有火毒，能令人血肉盡毀，非普通真氣所能比擬。

這驟然出現的虛影，正是「魑魅吐珠氣」第十層的心法「魑魅珠」。

根據「魑魅吐珠氣」所載，練至第十層，真氣可由虛化實。此時帶有火毒的古怪真氣凝聚成相，即功法中所言的「魑魅」所吐出的「珠」，而人一旦被此種「魑魅珠」真氣所傷，就會如傳言一般，血液沸騰，全身焦黑，血肉枯萎而死。但這世上從未有人活著將「魑魅吐珠氣」練成，玉箜篌自然是從未見過這等能將真氣化為實相的古怪路數。

他也從未見過狂蘭無行使出這把怪戟。

朱顏是會低調行事，扮豬吃老虎的那種人嗎？他會為了掩飾自己的趁手兵器是一把長戟，而特地一直使用八尺長劍？

狂蘭無行——從無愧於一個「狂」字，他之本身，就是真我。

他連薛桃都一劍殺了，還有什麼值得他掩飾？所以狂蘭無行在此行之前，應該還不會這等真氣化實相的古怪武功。玉箜篌心念電轉，狂蘭無行的八尺長劍才是他從未放手的兵器，但此時此刻他突然掄出一把怪戟，施展出從未見過的武功——這些變化，都發生在他被人救走之後。

玉箜篌面若寒霜——所以唐儷辭——究竟有何本事，竟能指點朱顏更上一層樓，能讓他棄劍持戟，而這把戟，必然更大的古怪。

玉箜篌一時之間看不出有什麼古怪，躺在一側一動不能動的任清愁卻看得很清楚。

那黃雀的「後手」，正在樹林之中，緩緩而動。

第五十八章　熾焰焚天

一個身著青衣，面上也戴著青色面罩的人影在遠處的林木間悄然移動。玉箜篌和朱顏正在動手，魑魅吐珠氣令周圍落葉紛飛，點點燃起，數丈方圓內兔走鼠竄，鳥雀驚飛，到處都是聲響。就在這混亂之中，任清愁看見那青衣人繞著四周樹木轉了幾圈，不知做了什麼，突然一個轉身，乍然往他這裡閃來。就在這人閃來的同時，玉箜篌驀然回首——他雖然正在和朱顏動手，怎能對任清愁掉以輕心？但這驟然出現的青衣人卻在他預料之外，他幾乎沒有聽見此人縱身而來的腳步聲、破空聲甚至衣袂之聲。

會驀然回首，是因為他聽見了任清愁的呼吸之聲驟然變化。

而他一回首，狂蘭無行那古怪的長戟長驅直入，帶起一陣隱隱發黑的熱風，對他肋下插來。玉箜篌縱身而起，右手劍「昆侖玉」再次點中長戟，二次借力躍起，他彷彿雙袖鼓風的一隻粉色蝴蝶，袖袍一擺，就往任清愁身邊落去。

狂蘭無行抓住長戟，緊跟著縱身躍起，連人帶戟攜帶灼熱真氣，往玉箜篌身上撲去。

在任清愁看見，就是一瞬之間，蒙面青衣人、玉箜篌、狂蘭無行三人一起往自己身上撲來。

眨眼之間，青衣人先到，他第一眼看見任清愁胸口重傷，揚手五枚金針齊齊插落在任清愁胸口，止住他傷口流血，並吊住一口氣。緊隨其後的玉箜篌眉頭一皺——他本以為暗藏其後的青衣人就是唐儷辭，但從未聽聞唐儷辭有一手金針救人之術，這人似乎不是唐儷辭。

縱然這人不是唐儷辭，那也該死。玉箜篌雙袖展開，在空中一個轉折，似要落在青衣人身後，但隨著腰身轉動，「萬里桃花」順勢而出——他在轉身之際出手，出手的時候，玉箜篌背對青衣人，「萬里桃花」的刃尖被他身體擋住，青衣人萬不可能看見。

但銀光一閃，「萬里桃花」背後出手繞身半周捲向青衣人，那人不閃不避，反而向著玉箜篌懷中一頭撞來。

玉箜篌人在半空，「萬里桃花」已經用老，匆匆用「昆侖玉」對青衣人當頭斬落。那人身法極好，一閃而過，玉箜篌只得再度轉身，順勢向後避去。

然而他的身後是狂蘭無行。

朱顏長戟畫弧，正中玉箜篌右腰，尖銳的怪戟在玉箜篌右腰劃開一道長長的血痕。玉箜篌身受一擊，臨危不亂，「萬里桃花」半空疾飛盤繞，在朱顏的怪戟上「叮噹」繞上了十七八個圈，牢牢鎖住這把凶兵。

朱顏運勁一掙，「萬里桃花」和怪戟緊緊纏繞在一起，等同他和玉箜篌也緊緊鎖在了一處。玉箜篌被迫受他一擊，胸中氣血翻湧，心下怒極，袖中一物一動——另一條與「消雪」全然相反的黑色小蛇竄了出來，咬在朱顏手臂之上。

落地的青衣人「咦」了一聲，「小玲瓏？」

他竟然認得玉箜篌手上古怪的黑色小蛇。

玉箜篌眼見「小玲瓏」咬了朱顏一口，斷定朱顏不死也必中毒頗深，冷冷一笑，「不錯，小玲瓏。」雖然朱顏已經中毒，玉箜篌右手劍昆侖玉仍舊向他胸口插落。兩人一起跌落，重重摔在地上，玉箜篌的昆侖玉插入朱顏胸口一寸就無法再行一步，被「魑魅吐珠氣」死死頂住，彷彿劍下是千斤巨石。而玉箜篌真力疾走，腰側傷口鮮血狂噴，還帶出一點暗淡的黑氣。

兩人眼見兩敗俱傷，青衣人一把抱起奄奄一息的任清愁往林子裡就走。玉箜篌拔出昆侖玉，朱顏長棍一攪，手上蠻力居然將玉箜篌左手的「萬里桃花」的細絲懸繩掙斷，玉箜篌大吃一驚，那殺人無數的「萬里桃花」便纏繞在朱顏的怪戟上。

他反應快極，飛起一腳，踢中朱顏手腕。朱顏的怪戟上纏繞著「萬里桃花」，那劍雖然細小，卻十分沉重，就這麼微微一滯，玉箜篌踢中他手腕，那怪戟脫手而出，向朱顏身後飛去，重重落在地上。

青衣人帶著任清愁往林中疾走，玉箜篌正是因為他往前一撲，導致自己招式用老，和朱顏兩敗俱傷，怎能就此放過？這人顯然不是唐儷辭，他一腳踢開朱顏的長戟，一躍而起，本來怒火中燒，就要向青衣人撲去，突然轉念一想——此時自己以一敵二，朱顏瘋瘋癲癲，這青衣人來歷不明，自己有傷在身，只怕是情形不妙。

玉箜篌冷靜下來，思緒一轉，心裡微微一涼——唐儷辭將朱顏放了出來，再派出青衣人做任清愁的後援，這青衣人絕非易於之輩，結果此人救了任清愁掉頭就走，這是……不對！

他躍起之後，拼盡畢生所學，往遠離青衣人與狂蘭無行的方向掠去。

朱顏豈容他脫走，他跟著一躍而起，緊跟在玉箜篌身後，五指如鉤，重重向玉箜篌肩上抓去。玉箜篌深吸一口氣，身形一幻，倏然出現在朱顏身前三尺開外，朱顏一抓落空，雙眉聳動，驟然一聲大喝，他人在半空向著前方空手做持劍之形，向著玉笠筷的後心揮出一道赤黑的劍芒！

玉笠筷驀然回身，劍芒貫胸而入，兩人又自半空重重跌落，滾了一地塵土。

此時青衣人早已不知去向，玉笠筷只覺全身經脈如受火焚，「魑魅吐珠氣」已深入內腑，他吐了一口血，抬頭看向朱顏。

狂蘭無行朱顏臉色焦黑，「小玲瓏」劇毒入體，加之他那邪門真氣「魑魅珠」傷人傷己，也已傷重垂危。

玉笠筷抓起昆侖玉，勉強站起，即使朱顏看起來只需一掌便能斃命，他也毫不留戀，踉蹌向遠處而去。

朱顏掙扎坐起，匍匐幾步，抓住原先擲在地上的八尺長劍。

玉笠筷頭也不回往前疾奔，朱顏抓起長劍，那八尺長劍嗡然作響，半空發出嘯鳴之聲，向玉笠筷後心射來。

玉笠筷聽聲辨位，反手擲出昆侖玉，拼著捨棄成名兵器，也決定馬上離開此地。

八尺長劍凌空而來，昆侖玉盤旋而至，兩柄凶刃空中互斬，只聽轟然一聲巨響，空中爆開一團火花，千萬點火光凌空而下，彷彿下了一場火雨。這等情形和玉笠筷所想全然不同，他悚然回頭，但見四處被「魑魅吐珠氣」烘乾的草木枯葉在火雨中開始燃燒。

而這等燃燒僅僅是開端，但見周圍的樹叢之外一道火線蜿蜒而生，竟不知何時有人在樹林外倒下引火之物。那火線進展極快，迎風一吹便成了火龍，將他與朱顏困在火中。

唐、儷、辭！玉笠筷心中大恨，這青衣人竟不是來殺人，而是來放火的！

而朱顏被換了兵器，那八尺長劍之中，藏入了引火之物。唐儷辭竟不知是如何哄騙朱顏換了那把唬人的長戟，而令自己忽略八尺長劍。若他所料不差，引火之物絕非只有這柄劍，只怕朱顏全身上下，包括那柄唬人的長戟，都是引火之物！

他驀然回頭，盯著和自己的「萬里桃花」纏在一起的怪戟，那東西橫在地上，竟正在一點一滴的滲出某種黑色油漬——朱顏方才揮戟成氣，動輒落葉燃火，也非全然是「魑魅吐珠氣」高深莫測，而是他這怪戟一直在隱祕的沁出黑油，而隨著朱顏揮戟舞動，真氣引燃黑油，導致半空起火。而這黑油在朱顏所過之處應當處處皆是，遍地埋有引火的種子。

唐儷辭……當真是算無遺漏。他將狂蘭無行利用到如此地步，而後將他棄之火海之中，打算將狂蘭無行與一桃三色一併一把大火……挫骨揚灰。

玉箜篌搖搖晃晃地走到朱顏身前，臉上露出一絲奇異的詭笑，今日我等二人兩敗俱傷，雙雙死……但我等二人又豈是唐公子一把大火……所能燒得死的？他從懷裡取出一枚藥丸，惋惜地蹭了一下，塞入朱顏的口中。

唐儷辭不來，就是他最大的失算！

四下烈火盤旋而上，獵獵作響，四周山谷風聲呼嘯，助漲火勢，林木在烈火中逐漸被炙烤脫水，隨即起火。大片大片的灰燼自頭頂飄落，夾帶著未熄的火花，暮色漸生，天光漸暗，而此處卻璀亮得彷彿盤山遊龍口中所銜的一粒明珠，在沉寂的暮色群山之中熠熠生輝。

青衣人帶著任清愁疾步而走，任清愁只覺此人越走越快，最後大步疾行彷若行雲流水，輕飄飄似是淩空而行。任清愁心下震驚——此人的武功遠比剛才和玉箜篌所過的那一招所顯示的要高得多，有此修為，絕非青蔥少年，此人是誰？

青衣人扯了一塊汗巾蒙臉，臉是蒙得不太走心，然而有用，任清愁只看得見他額上的黑髮一處美人尖，卻似乎不是太老。

身後烈焰熊熊，任清愁看得見玉箜篌與狂蘭無行兩敗俱傷，如果此人願意出手，擊斃玉箜篌與狂蘭無行並非難事。

他為何要跑？他為何不殺？

任清愁一點一點聚起力氣，一聲不響，他留著一口氣，便是此生要為雪線子射玉箜篌一箭，再射狂蘭無行一箭。

青衣人不防垂死之人突然掙扎起來，「咦」了一聲，卻見任清愁深吸一口氣，從他臂彎處一掙而脫，抬起手中「悲歡弓」，向著火焰之中的狂蘭無行和玉箜篌各射出一箭。

那箭仍舊是「望月」。

「生死同」箭如流星，剎那間穿過火海，分別奔向狂蘭無行和玉箜篌。

「噹噹」二聲，瀕死的狂蘭無行抓起怪戟，掄戟成圓，撞飛二箭。他甚至沒有起身，長臂一揮，就把任清愁畢生功力之所聚的兩箭撞飛，那怪戟被他握在手中重重一插，插入身下泥土之中，彷若一桿旗幟。

任清愁二箭射出，胸口傷處鮮血狂噴，五枚金針再也抑制不住他的真氣自經脈破裂處崩潰逸散，悲歡弓脫手落地，他的人和弓一起重重砸落在地上，再也無力動彈。

青衣人一時不查，任清愁已經倒地，他「哎呀」一聲，袖袍一捲把地上的血人撈了起來，心裡暗道糟糕。

火圈之中，狂蘭無行一手握戟，端然而坐。他臉色焦黑，渾身是血，但玉箜篌非但沒有下手殺他，反而盤膝而坐，雙掌按在他後心，竟是正在為朱顏運功恢復。

青衣人回頭之際，只見烈焰之中，正在運功的玉箜篌衣髮俱燃，他那一身桃粉女裙在火中烈烈燃起，然而此人行功之際全身真氣迸發，那女裙的灰燼四散而去，逼出一處火圈，露出一身雪白中衣。那中衣定非凡品，並不燃燒，而火光燎繞之下，玉箜篌的樣貌正在緩緩變化。

他的身形漸長，面上皮膚崩裂，那張削似薛桃的臉皮正在撕裂，寬鬆的白色中衣逐漸變得合身，而他所受的「魑魅吐珠氣」之傷彷彿也奇跡般的好轉了起來，傷處的真氣不再散出淡淡黑氣。受他真力的狂蘭無行服下一粒靈藥，臉色快速好轉，也不知玉箜篌是解了他的蛇毒或是給他下了什麼狠藥。

「劈啪」之聲清脆，那黑油引燃的大火已經爆燃，將疏樹草地澈底焚毀，青衣人被汗巾遮擋，看不到面上的神色，停下後只是不言不動，凝視著火中的變化。

風捲黑煙，掩去火圈中的人影。

片刻之後，只聽火中一聲長嘯，兩個人影宛若蝴蝶雙翼自烈焰中飛起，兩道真氣翻滾捲來，地上的火焰竟黯淡了一瞬，隨即二人搭肩而起，雙雙振袖，自烈焰的缺口一掠而過，沒入暗色之中。

「《往生譜》……」青衣人一聲嘆息。

他解下隨便覆在臉上的汗巾，按住任清愁胸口的傷處。

但「萬里桃花」貫胸而入又拔出，豈是一般傷處？那小劍飛旋而入，翻捲而出，不但重創任清愁的經脈，還斷了氣血，那是致命之傷。若是任清愁自點穴道後靜等他施救，那尚有五五生機，但這少年卻用那五五生機來射了玉筌篌和狂蘭無行兩箭。

任清愁緊握著悲歡弓，仍不死心，仍然盯著玉筌篌和狂蘭無行離去的方向，他的喉頭發不出聲音，鮮血自口中湧出。

青衣人單膝跪下，「玉筌篌身懷祕術，非輕易能殺。」他看著這少年，輕聲道：「但今日他祕術已破，沒有下一次了。」

任清愁的目光從玉筌篌和狂蘭無行離去的方向緩緩轉了過來，他看著面前陌生的「前輩」。這位青衣人長相秀麗，看似年輕，卻又似並不年輕，他慢慢張開嘴，試圖發出聲音，但發出聲音的只是胸口傷處汩汩冒出的血。

青衣人點了點頭，「我不殺人，但日後此二人伏誅之時，當告知你。」

任清愁緊緊抓住屈指良留下的悲歡弓，他的眼中仍有堅持，他不想死，他還沒有給雪線子報仇，還沒有得到溫惠一句話，還沒有想明白自己將要去何方，他還這麼年輕，任何人都知道……以他的心性和悟性，日後必是一代高手。

但是有些少年，永遠……就是少年了。他日後本應有一切，他唯一沒有的，只是「日後」。

任清愁的手指在弓弦上留下了深深的痕跡，弓弦陷入指內，抹出血痕，他的眼神仍是如此堅定——他不後悔，可是他也是如此的不願死。

青衣人撩開衣袍，跌坐於地，將他如孩子一般抱在胸前。

任清愁的手越抓越緊，一滴淚自他眼角沁出，無色無光，卻比他一身的血更鮮明刺眼。青衣人輕拍著他的背，彷彿哄著嬰兒，過了片刻，任清愁身上的生死同小箭慢慢滑落到塵土中。他到死，都仍然緊握著他的弓。弓弦勒入指骨，血已流盡。

一抔黃土葬悲歡，少年心事入白骨。

可憐春風新草綠，未見來年落花生。

飄零眉苑菩提谷。

中原劍會與風流店三度交鋒。

任清愁、西方桃雙雙亡於風流店的狂蘭無行。

聽聞當日山谷一戰打得天地變色日月無光，狂蘭無行的魑魅吐珠氣將大片樹林燒成了一片白地，他的成名兵器八尺長劍也留在當場，並碎成了幾截，可見當日戰況是何等慘烈。

這等驚人的消息不消半日就傳遍了武林，人人頗感驚悚——風流店竟如此威能，一個多年不見的狂蘭無行，就能殺得了少年有為的屈指良愛徒任清愁，和名滿江湖的桃姑娘。

那桃姑娘如此美貌，竟如此輕易的就被狂蘭無行殺了？真真暴殄天物。

這等消息傳回中原劍會，當日紅姑娘摔碎了幾個茶杯，雖然臉上淡淡的，但誰人不知公主勃然大怒，對任清愁和西方桃的死十分不滿。但那又能如何呢？風流店如此威能，那狂蘭無行如此凶悍，桃姑娘一死，中原劍會氣勢低靡，已有多日不曾向飄零眉苑發起挑釁。

任清愁的死在紅姑娘預料之外，她僅僅是安排這位少年拖住玉箜篌，等唐儷辭將朱顏放出來。未曾想到任清愁竟會死在玉箜篌「萬里桃花」之下。

但此戰也有好處，玉箜篌那「西方桃」的模樣已是維持不住，根據唐儷辭的覆信，玉箜篌和撫翠修煉的乃是《往生譜》的殘頁，《往生譜》中有一門速成功法，先修己，再渡人。那其中的速成篇名曰〈夢黃粱〉，而玉箜篌修習的是〈夢黃粱〉的殘篇「長恨此身非我有」。

即使它是殘篇，但對於玉箜篌和撫翠這等高手，〈夢黃粱〉的速成之法足以讓他們突破境界，看見武學更大的可能。「長恨此身非我有」雖然殘缺，但以他們二人的聰明才智，結合自己的武學派門將其補足也非難事，故而撫翠和玉箜篌雖然都著女裝，兩人所修習的〈夢黃粱〉卻並不一樣。

玉箜篌的境界遠在撫翠之上，他不知〈夢黃粱〉練來最終要為他人作嫁，只當一旦修成，便可天下無敵。在烈火之中他以練了多年的「長恨此身非我有」為狂蘭無行朱顏療傷，按理來說，他的〈夢黃粱〉應當大部耗損在狂蘭無行身上，最好是多年苦修一朝送盡，自此成為廢人；最差的後果也是內力大傷，非絕世靈藥不可恢復。

任清愁不知道，這才是所謂的「後手」。

要殺玉箜篌，絕非易事，能剝他一層皮，廢去他在中原劍會的偽裝，已經是一場大勝。然而怎樣的一場大勝，也不能換回任清愁的命。

唐儷辭算贏了，卻也是算輸了。

青衣人把任清愁帶回伏牛山下姜有餘的小院，他在菩提樹下將任清愁埋了。

莫子如今天換了件藍衣，慢吞吞的從屋裡出來，「你又把人治死了？」

青衣人擦掉了眉心的易容，露出一點紅痣，正是明月金醫水多婆。他嘆了口氣，「真真是我治死的，他也死而無憾了。遺憾的是我還沒來得及治，他就死了。」

莫子如清澈的眼睛看著菩提樹下的小土堆，淡淡地道：「人死人活，人活人死，大道無形，人生無常，莫傷心。」

水多婆道：「我心軟，易傷心，沒辦法。」他嘴上說著傷心，那張俊美公子的臉上一如往常，「傷心就要吃飯，午飯呢？」

「沒有飯。」莫子如十分鎮定，「唐儷辭不在。」

「那個短命鬼人呢？」水多婆嘆了口氣，「使喚我們倆給他幫忙，真真膽大包天。」

「他剛才來過了，送了你一份大禮。」莫子如打了個哈欠，「他從少林寺拉了一個廚子過來做飯，唯一不好的是，這位廚子只會做素菜。」他站在陽光下，面貌雖如少年，眼神也清澈，但那並非少年的清澈。

就如水多婆一張瓜子臉額上美人尖，眉心一點痣，正是那俊美公子，即使嗓音仍如少年，但他往前一走，那姿態便不是少年。

莫子如和水多婆隱居多年，明月金醫名聲雖有，卻非名震江湖。

誰知多年之前，他們二人可曾在江湖中留下姓名，又曾經是誰？

「哦，廚子人呢？」水多婆問。

莫子如平靜地道：「在打坐。」

「什麼？」水多婆怒道：「我千里奔波，廢了老大的勁，回來你說我的廚子在打坐？素菜呢？」

「我想你向來不喜素菜，作為好友，方才便幫你吃了。」莫子如道：「不必謝我也不需客套。」

二人正在扯皮，隔壁「碰」的一聲，彷彿有氣流迸裂之音。莫子如和水多婆雙雙一怔，不及爭吵，一起入房查看。只見客房內一位身著白色僧袍的年輕人黑髮披肩，手中緊握著一柄鐵劍，側躺在床榻上，已經昏迷不醒。

水多婆勃然大怒，「這就是我的廚子？」

莫子如輕咳一聲，「這是你看好的後生送你的大禮。」他看那留頭髮的劍僧一眼便知，此人真氣衝撞，氣海震盪故而昏迷，倒也不要命，「倒是唐儷辭若是知道你把那小孩治死了，又把這個廚子治死了，恐怕……」

「哎呀！」水多婆大為懊惱，「唐儷辭陰險毒辣，慧淨山明月樓危矣。」他竄到劍僧身邊，為他把了把脈，搖頭晃腦地道：「這和尚身中十七八種劇毒……咦？」他面露詫異之色，「蜂母凝霜露？」

莫子如也跟著「咦」了一聲，「那豈非還有『三眠不夜天』？」

「不錯。」水多婆道：「『蜂母凝霜露』和『三眠不夜天』，此外他還中了一些我不曾見過的其他毒物。」他額心的紅痣微微一閃，「難道『呼燈令』還有傳人？」

「『呼燈令』在二十三年前已經死於大鶴禪師之手。」莫子如沉吟，「這等傳毒之宗，害人害己，人人得而誅之，即使不是大鶴打上門去，也會有別人順手。但如果大鶴當年做事做得乾淨俐落，今天『蜂母凝霜露』和『三眠不夜天』就不會出來害人。」

「哎呀，少林寺和尚溫溫吞吞婆婆媽媽，」水多婆揮了揮袖子，「當年如果是你去順手，今天絕不會生出這許多麻煩。『蜂母凝霜露』和『三眠不夜天』雙毒齊下，一者養蠱，二者洗魂，這和尚居然還會做素菜，如果當年『呼燈令』王令則活到現在，恐怕就要氣死。」

「王令則的毒術在『呼燈令』中也是天縱之才，但他被大鶴一劍殺了，當年少林大鶴，也是不弱於『劍王余泣鳳』的名家。」莫子如仍舊慢吞吞地道：「可惜名家總是死得早。」頓了頓，他又慢吞吞的指著床上的白衣劍僧，「聽說這廚子，是大鶴的掛名弟子，你說……會是巧合嗎？」

「哈……」水多婆歪了歪頭，「你看了這麼多年話本，你說呢？」

「話本裡都說，這種祖傳的恩怨，打打殺殺到最後，都是要喜結良緣的。」莫子如嘆了一聲，「『呼燈令』居然還有傳人，你若不把廚子治好，恐怕他就要慢慢變成萬毒之母，最終與世間萬毒相殺相食……咦？」莫子如眨了眨眼睛，慢慢地問，「……服用九心丸的人……算不算毒物？」

水多婆難得的停頓了一會兒，「這就要看當初風流店煉製九心丸的時候，往裡面加了什麼。」他把普珠扶了起來，解開僧衣，開始對普珠全身仔細檢查，「如果『呼燈令』的傳人早早就與風流店糾纏不清，那麼『九心丸』只怕不是柳眼一人之功，他很可能……只是這枚藥丸的其中一部分。」

莫子如垂下眼睫，「茲事體大，你……」他欲言又止，「你……」

「我不殺人。」水多婆說：「明月金醫水多婆救人很貴，但不是不救。」他已把普珠全身上下檢查了個遍，「這小和尚功夫練得很好，心志甚堅，中毒雖深，但也非無藥可救。我之上策，是把『呼燈令』的傳人抓出來，逼他拿出解藥；中策是將這小和尚開膛破肚，搜腸刮脈，將種入體內的『蜂母』找出來。」

「那下策呢？」莫子如平靜地道：「下策是我將這小和尚一劍殺了，一了百了？」

「然也……」水多婆搖頭晃腦，「多年摯友，心意相通，不如你將這害人之物一劍殺了，以救眾生之苦？『蜂母凝霜』一旦練成，大鶴的掛名弟子、少林寺的未來方丈、你我的廚子就會變成一隻渾身寒毒，尋毒而去的妖怪……萬一『九心丸』中就有『蜂母凝霜』喜食的劇毒，那麼……」他一攤手，「你說祈魂山正邪一戰，將會變成什麼樣子？中原劍會之中，吃過『九心丸』的人，可不比風流店少。」

「而萬一的萬一……風流店手中的毒物還各有不同，比如說——流傳出去的『九心丸』與他們自行服用的『九心丸』並不一樣，那麼……」莫子如慢吞吞地道：「『蜂母凝霜』就成了可控的殺招，就像狂蘭無行，雖神功蓋世，卻被有心人算計得不死不休。」

兩人正在閒聊，門外有人緩步而入，無聲無息地走近床邊。

「他如何了？」來人輕聲細語。

莫子如倒退三步，水多婆咳嗽一聲，「我等正在商量……」

來人白衣素服，衣袖上不見繁複的暗紋，這只是一件簡單的白衣。只聽此人仍舊輕聲細語，「商量如何將他一劍殺了？」

莫子如連連搖頭，「豈敢、豈敢……那都是這庸醫的主意，他救不回門外樹下的小友，心中憂傷，神智失常，大受打擊，你且原諒一二。」他一副少年書生模樣，睜著一雙清澈的眼睛，說得情真意切，若是與他不熟，定以為這是至誠君子，如松如蘭。

唐儷辭微微一笑，莫子如又倒退一步，水多婆笑咪咪地道：「風流店中有『呼燈令』的傳人，要救這位廚子，最好找出那人，讓他交出解藥。」隨即他對著莫子如一指，「這人與『呼燈令』王令則有仇，你讓他去。」

莫子如立刻指著水多婆，「這人曾經有個綽號叫『劍皇』……」

唐儷辭眼眸一抬，望向水多婆。水多婆眉心那一點紅痣妖異且豔麗，驀然被損友拆穿身分，他也是一怔。

唐儷辭並未聽說過「劍皇」其人，但莫子如和水多婆絕非尋常隱客，他自然是知曉的。出乎水多婆和莫子如預料，他並沒有立刻抓住莫子如拋出的話柄，反而站在那裡，靜靜的出了會神。

水多婆和莫子如不知道他在想什麼，兩人不約而同的又退一步，莫子如將普珠往水多婆手裡一送，水多婆眼見這小和尚被自己脫得光溜溜難登大雅之堂，連忙把床上的被褥往普珠頭上一罩，以示無辜。

唐儷辭回過神來，眼見此景，嘴角微勾，似笑非笑。

莫子如道：「你可知『呼燈令』？」

「『呼燈令』，是二三十年前，武林之中著名的邪魔外道。」唐儷辭道：「有家傳毒術，詭異莫測，似是巫蠱之術，又與苗疆蠱法不同。」

「『呼燈令』一家姓王，王令則是當年家傳毒術造詣最高的一人。」莫子如說：「那些奇門詭術防不勝防，而『呼燈令』最可怕的是除了王家人外，幾不可解。他們所下的毒術與旁人不同，一般江湖人下毒，毒傷的是身體，而『呼燈令』下毒，毒傷的是腦子。不管下什麼毒，『呼燈令』都會輔以『三眠不夜天』以洗魂，最終中毒之人大都會成為『呼燈令』的傀儡。」莫子如指了指被捲在被子裡的普珠，「像這樣的小和尚，二十年前『呼燈令』下數不勝數，我有一位好友當年被王令則下毒，最終自碎天靈而亡……後來少林大鶴一人一劍殺上門去，『呼燈令』就此絕跡江湖。大家都以為它被少林大鶴滅了門，卻不知居然還有傳人。」

「『呼燈令』的傳人能給普珠下毒，那必然和鬼牡丹有關聯。」唐儷辭輕聲道：「而普珠從未離開少林寺，這個人是不是就在少林寺內？」他眼眸微動，「我闖入少林的那天，少林寺內發生了一樁血案，死了幾個和尚，失蹤了幾個和尚……」

「哦？」莫子如一側頭。

「大識禪師……和妙行和尚。」唐儷辭輕聲道：「他們久居少林，如果其中當真有『呼燈令』的傳人，那麼少林之劫絕非僅此而已。」微微一頓，他又問，「雪線子情況如何？」

「不太好。」水多婆搖了搖頭，「他畢竟年事已高，即使除卻了蠱蟲，傷勢太重，氣血精力大不如前。」

狂蘭無行的魑魅吐珠氣十分厲害，雪線子除了身中蠱毒，全身傷痕累累，內外均傷，解毒之後，至今昏迷不醒。雪線子人尚在好雲山，紅姑娘留下傅主梅為雪線子療傷護衛，一則是因為傅主梅武功高強，足以保護雪線子周全，不懼他人來犯；二則是即使雪線子身上另有異變，以傅主梅之能也決計應付得來。

此時「桃姑娘」已死，玉箜篌帶著狂蘭無行返回飄零眉苑，中原劍會內部憂患暫解。唐儷辭的目光緩緩掠過窗戶，落在窗外的菩提樹上，依照他和紅姑娘的想法，以蠶食之法逐步侵吞飄零眉苑，不過多花費一些時日，定能剿滅風流店。

但此時又已不同。

「鬼牡丹」究竟是誰？「呼燈令」又在何方？風流店……玉箜篌、鬼牡丹興師動眾，難道緊緊是爭奪一點毫無益處的虛名嗎？或者說，爭奪這一點虛名，對他們來說，別有用處？還有方平齋……方平齋隱身其後，究竟做了什麼？

唐儷辭目光流轉，停在普珠身上，「劍皇前輩。」

水多婆被他這麼一喊，不由得摸了摸胳膊上的寒毛，「這名廚子我可儘量保他不死，但『呼燈令』找不到，他遲早要變妖怪……」

「多謝……為任清愁尋了一塊埋骨之地。」唐儷辭輕聲道。

「哈？」水多婆愣了一下，他千算萬算沒想過唐儷辭要說的居然是這句，「啊……」

唐儷辭未再說什麼，也沒有強令莫子如和水多婆要怎樣非救活普珠不可，更沒有說如果普珠死了，他要如何將慧淨山明月樓夷為平地。他轉身而去，一頭灰髮在白衣映襯之下，頗顯暗淡。

「他居然沒有叫你去查『呼燈令』？」水多婆指著莫子如，萬分詫異，「這世上除了你，誰知道王家人都長得什麼鬼樣？你不去誰去？」

莫子如也很詫異，他都準備好了繼續當「玉簫山寶瓶尊者」，結果唐儷辭就這麼走了？

兩人面面相覷，正在這時，門外簾幕一動，柳眼緩緩走了進來。

他一見二人臉色不對，怔了怔，「怎麼了？」

柳眼那張傷痕累累的臉，在水多婆的萬分嫌棄之下，終於治得見了人形。玉團兒愛美成癡，越發緊跟著他不放，她終於知道了風流店上下那麼多白衣女使、紅衣女使是怎樣對柳眼一眼傾心，然後又在九心丸的迷幻之下成為風流店的忠心僕役。但她越是覺得他好看，柳眼越是自厭自棄，有時候玉團兒都能感覺到他對自己那張臉當真是怨恨極了。

「沒什麼。」水多婆正了正臉色，笑咪咪地道：「你的解藥煉製得如何了？徒弟們可還使得順手？」

柳眼不疑有他，「解藥已將練成，第一批共計有三百餘枚，可緩解中原劍會之危。」他對那唐儷辭挑選的「三百徒弟」毫無疑義，但是玉針之術並非輕易能學，這三百徒弟能教出二三十個已是不易，何況他自己也非此中高手。水多婆對所謂「九心丸」的解藥十分好奇，過去看了兩次，然而他慣於採藥熬藥，對柳眼古怪的煉藥之法難以接受，後來也就懶得再看。

「這裡多出一個身中劇毒的小和尚，」水多婆一本正經地道：「你要不要拿他練手？說不定你天賦異稟，有什麼妙不可言之法，一下就治好了他，那唐儷辭的煩心事立刻又少了一件，你得立大功。」

柳眼本來一臉鬱鬱，猛地聽聞「一個身中劇毒的小和尚」，他一愣，抬眼望去，有一人躺在床上。莫子如是水多婆知己，順手將蓋在普珠臉上的被子揭下，露出普珠滿頭黑髮。

柳眼又是一愣，「少林普珠？」

少林未來方丈，竟被唐儷辭輕易留在此處，萬竅齋大掌櫃姜有餘的院子，竟是如此穩妥的所在嗎？柳眼的目光從莫子如和水多婆臉上掠過，這二位前輩深藏不露，莫非這就是唐儷辭敢將自己、將所謂「三百徒弟」和少林普珠留在此處的底氣所在？

水多婆指著普珠，「這是唐公子送我等的廚子，只會做素菜，你且給他看看，是中了什麼毒？」

柳眼茫然問，「廚子？」隨即搖了搖頭，他並不擅長看診，絕無可能看出普珠是中了什麼毒。正在柳眼茫然之際，普珠眼睫一動，清醒了過來，他尚未睜眼便知身邊站著幾個人，抓住被褥一抖，那薄被翻捲過來，極快地披在身上，坐了起來。水多婆哈哈大笑，這小和尚居然還挺講究。莫子如一臉淡然，目光在普珠和柳眼身上飄來飄去，看得十分認真。

普珠盤膝而坐，「諸位。」他睜眼之後又閉上，微微一頓，繼續道：「……同道。」他居然沒有口稱阿彌陀佛，也沒有口宣「施主」，而是稱「同道」。

「阿儷呢？」水多婆尚未開口，柳眼已經開口追問，「他把你送到這裡，他人呢？」

普珠垂眉閉目，「他去他處。」

柳眼臉現怒色，莫子如看得開心，故意不說話，水多婆笑咪咪地道：「唐公子忙於懲惡揚善，目前祈魂山一戰戰況不明，聽聞楊桂華和焦士橋尚帶了近千衛兵保護公主，若戰況不佳，恐怕難以交差。唐公子必是因此而去，你且放心，只要你聽從唐公子的安排，定能候到他的佳音。」

我……柳眼對水多婆怒目而視，水多婆怎能不知唐儷辭命不久矣，卻能說得這般輕描淡寫，「你告訴過他……你告訴過他他快死了嗎？」他壓低聲音問。

水多婆眼睛也不眨一下，依舊笑咪咪地道：「以唐公子之能，你以為……他有什麼事是不知道的？只不過他想讓你知道，和他不想讓你知道這兩種。」

柳眼冷冷地道：「那也還有他自己想知道，和他自己不想知道兩種。」

「你果然是很瞭解他。」水多婆十分稀奇，「但其實他現在去幹什麼，我還真猜不出，我本以為他會讓這個呆頭去找『呼燈令』，結果他掉頭就走，不但沒留下一句話，居然還沒留下一文錢。」他十分介意的是以唐儷辭以往的習慣，威逼利誘過了，至少也要留下金銀珠寶讓你對他又恨又愛，這次居然走了就走了？那錢呢？明月金醫水多婆沒有見著黃金，十分遺憾。

柳眼蟄伏在伏牛山下不遠的小院中為「九心丸」苦練解藥。他被唐儷辭帶走，而後音信全無，全江湖都知風流店之主唐儷辭將這能救命的惡人擄走，藏進了飄零眉苑之中。那九心丸雖好，但若無解藥，中原劍會和風流店打起來總是縛手縛腳。一開始中原劍會以千人之怒，劍指唐儷辭，衝入祈魂山，在紅姑娘令下拆去了飄零眉苑週邊，殺了不少人，而風流店也並未使出什麼駭人伎倆，只是龜縮不出。中原劍會士氣高漲，彷彿將飄零眉苑夷為平地，活捉唐儷辭和鬼牡丹指日可待。

但狂蘭無行一出，任清愁死、西方桃死，而狂蘭無行彷彿毫髮無損。

這讓中原劍會內起了波瀾，如風流店內有狂蘭無行在，中原劍會要如何能攻得破飄零眉苑？要知任清愁和桃姑娘已經是劍會中一流高手，當下劍會中人手雖多，但如張禾墨、鄭玥等人武功比之任清愁尚有不如，余負人、文秀師太等比之西方桃似乎也有差距，當下劍會之中武功最高的竟是成緼袍。而成緼袍武功最高，顯然並不能勝過狂蘭無行。這當如何是好？

正當中原劍會氣勢受挫，議論紛紛之時，飄零眉苑起了偌大動靜。祈魂山中的飄零眉苑發出「咯咯」異響，隨即煙塵滾滾，彷彿土下地宮發生了轟然劇變。隨即在中原劍會等人驚異的目光中，原先被火焚拆破的飄零眉苑地上房屋開始自行崩塌，層層疊疊的磚石倒塌傾覆在一起，磚石破碎之後，自碎石破磚內部散出某種黃色煙霧，中人欲嘔，顯然有毒。

紅姑娘眼見巨變，不明所以，不得不下令眾人棄營而去，遠遠避開這奇怪的黃煙。隨後飄零眉苑被黃煙覆蓋，難以窺其內部變化，等黃煙散去，周圍一二裡地草木凋零枯萎，目內再無青綠，所有草木都彷彿鍍上了一層黃色粉末。而在這黃橙橙怪異至極的樹林之內，一個天井般的巨洞赫然出現在紅姑娘面前。

飄零眉苑偌大動靜竟不是有什麼機關拔地而起，而是整個往底下陷入了數十尺，沉入了祈魂山中。

第五十九章　漆灰骨末丹水沙

玉筮篌啟動機關，將飄零眉苑沉入地下，並不是如中原劍會等人揣測的那般將有後手。他傳功狂蘭無行，仗著朱顏那「魑魅吐珠氣」的強悍真氣越火而出，救了自己一命，但突覺自己本身真元源源不斷向朱顏體內湧去，竟無止歇，也是大吃一驚。但玉筮篌何等梟雄，吃了一驚之後，他左手揚起，一掌拍碎自己右肩，破去正在傳功的「長恨此身非我有」，雖然右肩重創，真力大損，卻沒有如唐儷辭算計的那般武功全失。

事到如今，玉筮篌終是知道了唐儷辭的全盤算計——從紅姑娘誘他離開中原劍會，到任清愁拖住他一日一夜，到狂蘭無行與他兩敗俱傷，再到青衣人放了那把大火——最終逼得他不得不與朱顏攜手，互助自救，用上了「長恨此身非我有」第十層的功法，廢去自己的底牌。

唐儷辭從始自終不見蹤影，卻坑害得他幾乎死在火海，差點武功盡廢。

此時鬼牡丹和柴熙謹已離開飄零眉苑，他們帶著鐘春髻前往京城，真假公主之爭干係著中原劍會的「援手」和「糧草」，若鐘春髻此事能成，那中原劍會之圍不但立解，柴熙謹還可以透過鐘春髻這假公主抓住與此相關的一整條線的人脈——趙宗靖、趙宗盈等等。

故而飄零眉苑此時外強中乾，為防唐儷辭突然闖入，玉筮篌不得不啟動機關，將飄零眉苑沉入地下。

此等恩惠若是不報，他便不是玉箜篌。

狂蘭無行本已重傷瀕死，又被他的毒蛇咬了一口，早就該一命嗚呼，結果在將死之時被他的傳功救活。玉箜篌對此人一樣恨之入骨，但朱顏武力驚人，這回讓他吃了這麼大的虧，若是一刀殺了，豈非便宜了他？但此人已中唐儷辭和小紅的引弦攝命，中術極深，又似難以挽回，玉箜篌將朱顏關了幾日，招了一個人過來。

這人兩道長眉，寶相莊嚴，正是妙行禪師。

「王令秋。」玉箜篌一身紫袍，和當初「桃姑娘」秀美俏麗的模樣已全然不同，如今的「一桃三色」身姿挺拔，毫無女氣，乃是一位俊朗男子，臉上雖有當日破功留下的傷痕，但並不明顯。他比妙行高了近一個頭，雖武功大損，卻仍是站定當場微微低頭，俯視著白眉和尚，「朱顏的身上，真不可再種『蜂母凝霜』？」

王令秋合十，他仍是一身僧衣，慈眉善目，語調溫和，「『蜂母凝霜』乃訓腦之術，『引弦攝命』卻是制身之術，這二者難以匹配，即使給他種下『蜂母凝霜』，唐儷辭引動『引弦攝命』，朱顏恐怕是要腦崩而死。」

玉箜篌眨了眨眼，「既然如此，他已是無用，但他那一身功力……」玉箜篌似笑非笑，「『魑魅吐珠氣』好大名聲，你說有沒有可能——讓他把這獨門武功傳功於我？」他輕笑一聲，「既然他能奪去我大半內力，我再多要點回來，豈非合情合理？」

「這也不難。」王令秋道：「等我將他剝皮削骨，熬成一顆人丸，玉公子和血吞服，便能得此人功力。」

玉箜篌一怔，一時琢磨不出這假和尚是當真有這本事，還是裝瘋賣傻，微微一頓，他瞇起了眼睛，「真有此方？」

王令秋道：「千真萬確。」

「那你明日……」玉箜篌輕飄飄地道：「去將中原劍會的碧漣漪擒來，將他煉成一顆人丸。」

王令秋沉吟片刻，「碧落宮碧漣漪武功不弱，我只怕……」

玉箜篌微微一笑，「『呼燈令』偌大名聲，家學淵博，連一個宛郁月旦的僕從……都抓不住嗎？」他歪了歪頭，似笑非笑地看著王令秋，「大識和尚在何處？」

王令秋搖頭道：「當日鬼主出手殺人，我先行一步離開禪房，前後都未曾見到大識，他竟在這其中不見了，十分古怪。」這老和尚慈眉善目，說起話來十分誠懇，但玉箜篌一個字也不信，他仍是笑笑，「是嗎？或許這和尚運氣甚佳，當時竟不在禪房。」

王令秋仍是搖頭，「這我便不知了。」

「明日你與素素帶二十女使，去把碧漣漪擒來。」玉箜篌瞇起眼睛，「我親眼看一看那人丸長的什麼模樣，若是真有奇效，中原劍會諸多高手，豈非便是一顆一顆的傳功之藥？」他看著王令秋，輕笑道：「那最好看的人丸，豈非便是唐儷辭？誰能吃了唐公子煉成的人丸，豈非可以長生不老？」

王令秋微微一笑，彷彿很慈祥，「唐公子善戰多謀，若是先生能將他生擒，當為先生煉之。」

玉箜篌哈哈大笑，「你很會說話，放心，即使他日發現大識是被你藏了起來，我也當饒你一命！」

王令秋連連搖頭，「不敢、不敢。」

玉箜篌令他退下，臉上笑容一收——這假和尚城府深沉，不可久留，但這人對柴熙謹有報恩之心，風流店又和他的「呼燈令」毒術牽連甚深，此時動不得他。此人自稱有「人丸」之術，玉箜篌練武多年，從未聽過有如此駭人聽聞之法，九成是王令秋為求活命，自行編造的籌碼。

但……萬一是真呢？

能和血生吞了唐儷辭煉成的人丸，單單是一想，便讓人暢快極了。

飄零眉苑沉入祈魂山內，這大大出乎了紅姑娘預料，之前擬定的種種方法此時均已作廢。而江湖上人人皆知，唐儷辭乃風流店之主，柳眼身懷九心丸解藥，唐儷辭闖入少林劫走普珠，殺死少林寺數位高僧，此等大奸大惡之徒，就算飄零眉苑沉入山中，又怎能甘休？

紅姑娘騎虎難下，她必須斟酌出一個能破局的法子。

飄零眉苑的異變定然與「桃姑娘」的死相關，玉箜篌未能執掌中原劍會的權柄，最終被唐儷辭澈底驅出了中原劍會。他返回飄零眉苑，飄零眉苑當即沉入山中，說明什麼呢？說明玉箜篌有所畏懼，他定然是受了重傷。

但她無法估量狂蘭無行又是什麼狀態。若只有一個玉箜篌，她膽敢帶人直闖，但若還有狂蘭無行，那麼中原劍會能與之匹敵的……真沒有。雖然劍會人才濟濟，但人心漸散，九心丸若再無解藥，只怕連敢於出手與狂蘭無行為敵的人都會越來越少。

而沉入地下的飄零眉苑，顯而易見易守難攻。而她不得不攻。

在紅姑娘面前的圓桌之上，放著黏土所製的祈魂山山形地脈，所製惟妙惟肖，峰巒谷地無一不有。她凝視著這山勢，心中千般盤算，又在想這送黏土山勢的人此時又身在何處、究竟在做什麼？

她沉吟之時，碧漣漪走入帳篷，為她端來一盤糕點。

這是一份淡青色的綠豆糕，紅姑娘拈起來拿在手中，這糕點十分新鮮，她凝視著這糕點，「你說飄零眉苑沉入地下，他們的糧草從何而來？」

碧漣漪微微皺眉，「孟兄和古兄著手此事，但他們探查了一個多月，仍未查到有人往飄零眉苑中運送食物和水。」

「水……」紅姑娘道：「祈魂山中有地下暗河，但食物難道他們早已藏在山內？偌大祈魂山，若是早早藏匿了食物，又能藏匿多少？我等在明，山林之中運送糧草也是不易，若是以逸待勞困之，未必能占上風。」她搖了搖頭，「不能等，再等，劍會便要先行一步潰散。」

「但在那天井周邊的黃色粉末……」帳篷之外有人緩步而來，紅姑娘說話聲音不大，他卻是聽見了，來人說話輕聲細語，正是宛郁月旦，「那粉末不是尋常之物，我宮中試過，此粉貼膚潰爛，遇鐵生鏽，雖非致命之毒，卻十分麻煩。若要進入天井，必先除去毒粉。」

「可否火焚？」碧漣漪問。

「火焚後黃粉化為毒煙。」宛郁月旦搖頭，「風流店設下此種毒粉，防守為主，其內必然空虛。」

紅姑娘淡淡地道：「我何嘗不知，但飄零眉苑機關甚多，其中凶險恐怕非人力所能匹敵，要如何進入？」她看著宛郁月旦撩開帳篷的門簾，如常人一般走了進來，「宛郁宮主有何想法？」

「飄零眉苑遁土，我難道不可開山？」宛郁月旦一張臉長得清秀稚氣，說話卻絲毫不弱，「我碧落宮可從祈魂山山壁此處——」他伸出手，五指攏住那假山中飄零眉苑所陷落的天井，食指一劃對中而過，點在天井外的懸崖之上，「就從此處斬落，開山而入！」

紅姑娘眉宇一揚，被他豪情所染，驀地站了起來，「若真能開山而入，我等拼死，必也要將——必也要將風流店這等奸邪之輩除盡！以還……以還人間清白正道！」她心裡卻是淒然——這世上若無風流店，若無會彈琴的柳眼，若無那害人的毒藥，小紅或許……或許僅是自負大才的一名狂客，或許僅是自詡孤高的少女，而非手染鮮血不問是非的謀士。她為情所蔽，害人害己，所以……所以即使碧漣漪如此待她，即使貴為公主，即使一肩擔起懲奸除惡驅濁揚清之大計，她也自知此生早已在當時葬送，何配安寧與幸運？而風流店之中，如她這般輕易葬送一生的少男少女，又有多少呢？此地之惡，真是惡中至惡，絕非殺死幾個人、毒死幾個俠士那般單薄。

風流店……它引人至欲，誘人心魔，而後……它看著你沉淪，看著你癲狂，看著你死。

那不僅僅是「死」，那是毀滅。它在一個一個的毀滅中，逐漸開出至惡的花來，你卻不知那至惡的終點是什麼？

我與君子共沉淪。

君子與我骨上花。

紅姑娘心中所想，宛郁月旦並不在乎，他碧落宮在貓芽峰上建宮之時，長於高山運物和開山鑿石，祈魂山並不高，飄零眉苑沉於山中，以山形觀之，距離峰外懸崖並不太遠。雖說不遠，也少說有一二里路，即使有神兵利器，也很難短期內無聲無息的侵入飄零眉苑。但宛郁月旦說能，那便是能。

紅姑娘當下立斷，將開山之事交給碧落宮處理，她決意清點一隊人馬，趁飄零眉苑此時不知為何採取守勢，以及玉箜篌很可能重傷在身此二點，對沉入山中的飄零眉苑進行突襲。

這件事必須做得隱祕，闖入飄零眉苑的人必須得武功高強又無異心，能突進又能自保。紅姑娘美目一轉，看向碧漣漪，「劍會之中，能在玉箜篌手下過個數十招的，能有幾人？」

碧漣漪微微一怔，「除了唐公子，只怕劍會中少有人和桃姑娘當真動手，即使是動過手，她也不會使出十成功力。」

「那麼……劍會之中，能和唐公子過上數十招的，又有幾人呢？」紅姑娘眼也不眨，「劍會之中傾盡全力和唐公子過過招的，怕是不少。」

碧漣漪沉吟片刻，「此事我當打探一番，唐公子從劍會脫身那天，我不在山中，沒有瞧見一劍對滿門的情況，但……能和唐公子過上十招已是不易。」他搖了搖頭，「除非唐公子存心放過，並不想打。否則世上罕有幾人能和唐公子過上數十招——以唐公子的耐性氣度，數十招不勝定是勝不了的。」

紅姑娘不會武功，聞言一怔，「唐公子可曾敗過？」

碧漣漪並不清楚，「習武之人，勝負乃是常事。」微微一頓，他又道：「但的確未曾聽過唐公子曾逢一敗。」

紅姑娘目中微光一閃，「他從未敗過？」

「未曾聽說。」

夜裡，寂靜於山中的飄零眉苑「咯咯」幾聲，幾乎被塵土掩埋的入口緩緩打開，幾條人影疾馳而出，瞬間就進了樹林之中。中原劍會孟輕雷帶著一組人馬正在盯梢，見狀立刻追了上去。

從飄零眉苑出來的是十來個白衣女使，夜裡白衣女使蒙面疾行，看起來頗為詭異。她們也不說話，就徑直往中原劍會主營帳篷裡衝去。孟輕雷一行人緊追不捨，白衣女使身法飄逸，兩隊人馬在中原劍會營帳前相遇，孟輕雷一行居然差一點沒追上這群白衣女使，他心中震驚。要知他和邵延屏乃是好友，武功不相上下，即使比之成縕袍略遜一籌，也已經是劍會中有數的高手。以他的身法，居然差點追不上這群白衣女使？這些年紀輕輕的少女身上必然有古怪。

與孟輕雷一同盯梢飄零眉苑的是霍旋風，此人不好女色，將一眾白衣女使視為無物，匆匆將人攔下，一刀就往帶頭的白衣女子身上砍去。帶頭的白衣女子輕紗蒙面，飄然一轉，居然也是拔刀出鞘，架住了霍旋風一刀。此女刀法凌厲，大開大合，雙刀一架，霍旋風差點被她震退一步，不禁大吃一驚。

霍旋風身後的幾位弟子紛紛敗在白衣女使刀劍之下，這些女子內力雄渾，不遜於江湖名家。孟輕雷和霍旋風都沒有占到便宜，兩人相視一眼，各自心驚。而帶頭的女子橫刀在前，孟輕雷一眼認出這是斷戒刀，喝道：「白素車！」

帶頭的蒙面女子不動如山，毫無反應。

孟輕雷拔劍相向，「白素車！妳倒行逆施，為虎作倀！妳可知自從妳離家失蹤，白兄日夜難安，身患重病，已多日臥床不起？妳娘至今不肯相信妳竟投入風流店中，逢人便說妳和池雲一起被唐儷辭害了！白兄便是受妻女所困，憂思抑鬱，這才臥病不起——妳若還有半分良知，就當自絕當場！白府數十年清譽就是葬送在妳的手上！」

他與白玉明也是多年至交，白玉明自少時到老都是謙謙君子，娶的妻子元蘇也是出身書香門第、生性溫柔婉約的美人，誰知生下的女兒竟如此倒行逆施，難怪白玉明要想不通，更難怪元蘇要癲狂。

帶頭的蒙面女子確是白素車，她垂眸聽著孟輕雷聲聲控訴，依然毫無反應，彷彿別人口中淒慘狼狽的不是她的爹娘。她身後那群白衣女使也是一樣，對孟輕雷所言及的人間慘事無動於衷。霍旋風低聲道：「孟兄，這些女子舉止詭異，恐怕有詐。」

就在孟輕雷斥責之時，中原劍會的帳篷裡人影晃動，紅姑娘撩開簾幕，和碧漣漪、成縕袍並肩走了出來。

她沒有休息，碧落宮自擔開山之事，這開山之後，誰去拼命才是重中之重。正和成縕袍商議之時，就聽到了林中一片喧嘩，孟輕雷和白素車打起來了。

飄零眉苑正避戰不出，白素車居然帶人單刀直闖中原劍會主帳，這種事過於離奇，必然有詐。紅姑娘在風流店之時就和白素車關係不睦，當時她一心在柳眼身上，深覺此生此世只有自己能安撫柳眼心中傷痛，只有自己能聽柳眼手下一曲琴音，白素車算什麼？當年白素車武功算不上最高，樣貌在白衣女使中也算不上一流，憑什麼她竟能步步高升，到如今成了玉箜篌手下有數的幾名悍將之一？

她將武功練了起來——不管是通過何種歪門邪道——她不但武功今非昔比，連神態氣質都與當初那個剛入風流店，對一切都小心謹慎的少女全然不同。

當年一葉障目，如今紅姑娘凝視著輕紗蒙面的白素車，若無絕頂信念——誰能在風流店那種鬼地方逆流而上，踏血橫屍，屹立不倒？眼前此人，究竟是惡中鬼、還是……

白素車可不管紅姑娘心中在想什麼，她心裡素來也沒有小紅此人。玉箜篌要她生擒碧漣漪，她很清楚，玉箜篌既要試探她，又要試探王令秋，還要她和王令秋互相牽制，彼此試探。

這其中要是誰露出了破綻，都是死無葬身之地。

所以碧漣漪可以生擒不了，但她必須以命相搏，絕無放水的餘地。

王令秋……恐怕也一樣。

她不知道王令秋人在何處，但今夜此時，他們都賭上了性命，誓要生擒碧漣漪。

即使她也很清楚，不僅僅是她，王令秋那老頭恐怕也對「生擒碧漣漪」並將他煉成人丸這種毫無退路的事十分抗拒，但他們都沒有辦法。

要在風流店內給自己留一條活路很難。白素車刀指碧漣漪，心想——今夜我不設伏，拼我姐妹眾人之命與你一戰——這便是我所能留的……最大的餘地了。你最好……能逃得掉。

她的右手握在斷戒刀刀柄之上，手白如玉，斷戒刀刀柄蒼黑，映得她的手越發蒼白。

那柄刀刀背光華閃爍，直指碧漣漪雙眉之間。

碧漣漪似有所覺，拔劍在手，看了白素車一眼。

白素車毫不含糊，碧漣漪拔劍在手，她立刻欺身上前，一刀往碧漣漪頸上砍去。這一刀看似莽撞，但她身後眾多女使紛紛暗器出手。碧漣漪一時間前後左右俱受牽制，他長劍劍花一挽，「噹噹」幾聲打落幾枚暗器，那些暗器各有不同，絕非出自同一門派。而白素車這橫砍一刀氣勢如虹，絕非試探，碧漣漪打落暗器後匆忙出手抵擋，只聽「噹」的一聲，白素車被他震退一步，然而此女狠絕，右手刀剛被震退，整個人身形未穩，她就左手入懷拔出一柄明晃晃的什麼東西，往碧漣漪胸前刺去。

碧漣漪在瞬息之間連擋兩個回合，氣息已亂，白素車這當前一刺，他幾乎就沒能避得過去。危急之時，成縕袍衣袖一拂，捲住白素車手中的兵器，白素車死不放手，雙方勁道一扯，但見一蓬血花飛起，白素車左手被那兵器劃傷，鮮血被成縕袍勁風捲起，灑上半天。

然而她左手不知握著什麼兵刃居然寧願被那東西重傷，猶不放手。那東西並不長，白素車左手血流如注，把那東西染得猩紅一片，只隱約看得出那依稀是一把小刀。

成縕袍自不會和白素車這等後輩女子一般見識，冷冷地道：「白家小輩，若妳自此罷手，回家向妳父負荊請罪，我可不殺妳。」

白素車左手垂下，任那鮮血一點一滴掉落塵土，右手刀依然緊握。

夜風拂過面紗，她淡淡地道：「爾等回去轉告白玉明，白素車大錯已成，回頭無岸，此番若不能隨尊主立下功業，天下之大，我亦無處可去。」她刀刃一轉，直指碧漣漪，「殺人者誰，不過白某。殺一人罪天下，而殺萬人……卻可成一將。」

成縕袍等眾人為之一怔，此女身姿纖細，比之鄉野村婦更不似有霸道之風，然而她揮刀在前，殺意凜然，竟有一去不回的傲慢。

她與其父，竟是如此不同。

旁人不知白素車要做什麼，紅姑娘冷眼旁觀，已知她三番四次刀指碧漣漪，定是對碧漣漪有所圖謀。她突然伸手，抓住碧漣漪的手腕，低聲道：「隨我來。」

碧漣漪一怔，飄零眉苑派出如此多高手，紅姑娘居然要他離開？以他的估算，這二三十位來歷不明的白衣女子武功不弱，神智有異，單憑成縕袍和孟輕雷二人未必能輕易取勝。紅姑娘抓住他的手腕，拖著碧漣漪往後退去。

白素車面紗之上的眉眼似有微微一動，彷彿笑了笑，隨即她發出一聲低嘯。她身周二三十位白衣女使對著碧漣漪和紅姑娘衝了過去。

這些女子來歷不明，人人都知她們可能出身名門正派，為風流店諸多奇詭手段控制，也不敢狠下殺手。她們手中暗器紛紛出手，其中兩人自袖中取出機簧，對著碧漣漪和紅姑娘射出一物。那東西由兩把銀色機簧一起射出，在半空中光芒閃爍，彷彿一縷璀璨銀絲，飛到半空驀然打開，卻是一張精緻大網，對碧漣漪和紅姑娘當頭罩落。

這暗器出乎預料，碧漣漪反拉住紅姑娘，左手脫下外袍，往上一揚擲入網中。那銀絲網碰觸實物驟然收緊，將碧漣漪的外袍收束捲成一團，落在了地上。要不是碧漣漪應變得當，他和紅姑娘就要被這張銀絲網當場扣住。碧漣漪一看地上那網如此纖細，若是扣在人身上，只怕皮肉都要被勒出幾塊，眉頭緊蹙。

孟輕雷已經脫口而出，「雙魚姬！」

那兩位用機簧彈出大網的白衣女子雙雙亮出兵器，卻是很少見的一對長刺，就像兩根又長又滑的尖棍。這兩根長刺一出，在場眾人均已認出，這兩位並非「少女」，而是南海靈武島上一對煞星。這兩人乃是姐妹，兵器都是長桿魚叉，都已年過四旬，平時只在靈武島上活動，凡是上島的男子都被她倆殺了，女子留下作為奴隸。

誰也不知風流店是怎麼招攬了這兩個女煞星，此時這二人雙刺出手，一起向後退的碧漣漪和紅姑娘刺去。二人內力深厚，雙刺一出，帶起一陣破空呼嘯，刺到半空，二人指上加勁長刺陡然脫手擲出，快逾閃電，直射碧漣漪和紅姑娘胸口。

紅姑娘尚未看清發生什麼事，長刺已經到了胸口。成縕袍和碧漣漪雙雙出手，成縕袍拉住「雙魚姬」邱遠的右肩，碧漣漪斬落刺向紅姑娘的那支長刺，他自己出劍之後縱身而起，險之又險避開射向自己的長刺。

這只發生在電光火石之間，孟輕雷甚至剛剛出劍要阻攔「雙魚姬」邱遠和邱清，劍都還沒遞出去，眾位白衣女使的兵器也剛剛出手。而碧漣漪反應快極，縱身避開邱遠那一擲，其他人的攻勢才堪堪到了紅姑娘面前。成縕袍拉下邱遠，寒劍淒霜出手，一劍橫掃，一陣「叮噹」亂響，身後三四個白衣女子受他劍氣所傷，向後跌落。邱遠長刺脫手，被成縕袍扣住右肩，她也毫不示弱，從懷裡拔出另外一根短刺，和成縕袍動起手來。

此時碧漣漪縱身而起，尚未落地，紅姑娘還未看清究竟自己眼前過了多少種兵器。而人影晃動，在碧漣漪人在半空之時，兩個人一前一後貼近了他。

前方撲過來的是白素車，後方靠近他的卻是一個長眉光頭的老者。

白素車眼看王令秋撲了過來，一刀就往王令秋的光頭上砍去。王令秋心知肚明，這女人就是在和他爭功，但這個功他也不能不爭，玉箜篌不是柴熙謹，他不會全信他。

今日拿不下碧漣漪，他和白素車說不準要死一個。他撲出去並不是為了要碧漣漪的命，白素車一刀砍來，卻是真心要他的命。王令秋武功不高，不敵白素車和碧漣漪，但他既然撲出來，自也是有所準備。就在白素車橫刀相向，碧漣漪勉強轉身的時候，王令秋袖中一物潑了出來，潑了碧漣漪滿頭滿臉。

白素車一怔，刀下不減，仍是往王令秋頭上砍去。這老頭不是好人，她很清楚，即使他和玉箜篌不是一條心，但也是害人無數。

碧漣漪只覺臉上一涼，並不知道自己被潑上什麼，他隨即落地，抬起中衣衣袖一擦，只見衣袖上一片古怪的藍色水漬，散發著淡淡的腥味。

而身前白素車的刀從王令秋脖子邊掠過，王令秋閃過一刀，正在狼狽逃竄。而被成縕袍和孟輕雷攔住的白衣女使們卻開始了暴動。

她們突然發出了低吼，不顧一切往碧漣漪身上撲去。

碧漣漪手上一麻，「噹啷」一聲長劍墜地，那藍色水漬果然不是什麼好東西。而「雙魚姬」邱清懷中拔出短刺，徑直向他撲來，正在與成縕袍動手的邱遠亦是驟然轉身，不管自己周身破綻百出，雙臂一張，就往碧漣漪身上撲去。

紅姑娘終於看清發生了什麼，她抬起右手，對準不顧一切撲過來的邱遠射出一片白芒。在她右手衣袖之中安裝有防身暗器，這暗器正是碧漣漪為她準備的。邱遠居然不閃不避，那片白芒正中胸口，她毫不在乎，雙臂一圈，把正在踉蹌後退的碧漣漪困在懷裡。

此舉大出眾人預料之外，成縕袍的長劍隨後飛擲而至，「奪」的一聲悶響插入了邱遠的後心，鮮血從她身前噴出，剎那濺了碧漣漪一身。但邱遠仍不放手，碧漣漪被那藍色毒物麻痹，一時難以抗拒，就在瞬息之間，邱清飛撲而來，按住成縕袍的長劍，那長劍自邱遠後心穿胸而出，插入碧漣漪胸口，碧漣漪難以置信，被邱遠邱清二人悍不畏死的衝撞之力撞得連退三步。

「小碧！」

「碧兄！」

在場眾人紛紛驚呼，在這兔起鶻落的片刻之前，無人能信這幾個白衣女使這麼快能傷及碧漣漪，然而眾人圍捕，碧漣漪猝不及防，竟是轉瞬之間，就已重傷。

紅姑娘衝上兩步，成縕袍一手將她拉下，孟輕雷和霍旋風將紅姑娘護在身後——在他二人想來，風流店夜襲必定是針對紅姑娘。

碧漣漪！紅姑娘卻知白素車刀指碧漣漪，這回風流店精銳盡出，卻是為了碧漣漪！這事必定大有蹊蹺，她眼看碧漣漪胸口血流如注，那邱遠死死將他扣住，心頭彷如翻江倒海，嘴上雖然不說話，眼眶卻已紅了。她看向白素車，卻見白素車正在追砍一個光頭老者，那老者被她三刀兩刀殺得逃入樹林之中，不禁眉頭皺得更深。

成縕袍拉下紅姑娘，閃身向前，按住自己長劍的劍柄。他一按便知，邱遠已經氣絕身亡，她身中碧落宮殺人暗器，自己那一劍本要不了她的命，但碧落宮的暗器和邱清的一按澈底要了她的命。究竟是什麼讓「雙魚姬」寧可自相殘殺，也要傷及碧漣漪？成縕袍拔劍而出，邱遠應手軟倒，碧漣漪胸口傷處更是鮮血泉湧而出，鮮血與那藍色毒物混在一起，竟逐漸暈染成一種古怪的藍紫色。

成縕袍劍尖一晃，點住碧漣漪傷處穴道，這胸口劍傷劍尖插入兩分，尚未傷及要害，但是碧漣漪中毒在先，此時毒入血脈，卻不知後果如何。那給碧漣漪潑毒水的光頭老者已經消失不見，白素車橫刀而來，剛才被成縕袍震飛的幾名白衣女使也已站起。邱遠雖死，邱清卻依然雙目通紅，緊盯著碧漣漪。

她雙手牢牢抓住自己的兵器，全身都在顫抖，彷彿在盡力控制自己不再度撲向碧漣漪。白素車一掃紅姑娘微紅的眼角，又看她並不退回主帳，心裡頗為奇怪——此女還能當真看上了碧漣漪不成？一念過心，白素車口哨聲再響，四周正在逼近的白衣女使們突然加速圍了過來，邱清盯著地上邱遠的屍體，卻還在顫抖，並不聽從白素車的指揮。

成縕袍看出事情不對，寒劍淒霜一招「滿懷冰雪」對準邱清掃了過去。這一招劍氣淒厲銳利，雖然對準了邱清，但劍光籠罩了邱清身後五六個白衣女使。這些白衣女使功力沒有邱清邱遠深厚，擋不住成縕袍一劍，她們倒不像邱遠那般凶狠，被劍氣所傷，各個便躺倒在地，各自痛苦呻吟。

成縕袍一劍傷敵，孟輕雷和霍旋風也不含糊，他們見紅姑娘不肯回主帳，也不勉強，將她擋在身後。邱清一陣顫抖之後，雙目發紅，突然雙手持刺，再次對著碧漣漪衝了過來。成縕袍揮劍格擋，邱清竟和邱遠一樣罔顧成縕袍的劍，直直撲向碧漣漪。

碧漣漪勉力避開，成縕袍不再留情，劍上加勁，一招「白狐向月」上挑邱清的短刺。邱清的視線隨著碧漣漪轉移，成縕袍劍尖一晃，準備點中她的穴道，再詳查她二人如此癲狂的原因。但邱清合身撲來，撞在成縕袍的劍招上。

寒劍淒霜畢竟是一柄利器，邱清盯著碧漣漪，不理成縕袍的招式，合身撲來，黑色長劍掃過她小腹，頓時血流成河。成縕袍已知她失去理智，不可以常人而論，並未手軟，順勢一劍將她斬落。邱清腹部重傷，滾倒在地，卻仍然盯著碧漣漪。碧漣漪臉色蒼白，也知那藍色毒水絕不只令他手足麻痹如此簡單，這些白衣女子似是受那毒水驅使，奮不顧身要置他於死地。他此時真氣不調，難以抵擋，只得緩步後退。

紅姑娘將他拉入孟輕雷和霍旋風身後，低聲問他：「傷得如何？」

碧漣漪見她臉上雖不動聲色，眼角卻紅了，低聲道：「只是外傷。」

紅姑娘將一枚藥丸塞入他口中，「先別說話，雖然不知風流店為何為你而來，但你在這裡，我便不能讓它得逞。」她塞給碧漣漪的是唐儷辭留下的少林大還丹，此藥是療傷聖物，但又不能解毒。

碧漣漪眉頭微蹙，他並不這麼認為。成縕袍武功高強，孟輕雷也是不差，但單憑這兩人，今日和風流店交手並不能占上風。「雙魚姬」一死一傷，但那些白衣蒙面的女子之中，很可能仍有人武功不在「雙魚姬」之下。而這些女子失去理智，會追逐攻擊身上沾染了藍色毒水的人，風流店有此種毒物在手，形勢對中原劍會越發不利。

但在今夜之前，為何從未聽說風流店竟有此種毒物？方才那突然出現的光頭老者又是誰？白素車和那人難道並非一路？為何他們刀劍相向？碧漣漪越想越是不解，正當迷惑之時，紅姑娘揮袖發出敵襲煙花，一點紅芒漫天綻放，片刻間四下人影晃動，中原劍會的人將此地團團圍住。

宛郁月旦緩步而來，何簷兒和鐵靜一左一右跟在他身邊。此外余負人、東方劍、齊星、鄭玥、董狐筆、古溪潭、溫白酉、許青卜等等逐一出現在林中，方才白素車率眾直闖主帳，並未掩飾，只求速戰速決。

如果不是成縕袍恰好在此，以「雙魚姬」等人的武功，碧漣漪猝不及防之下，的確有可能讓白素車得手。

此時中原劍會人手眾多，士氣大振，碧漣漪退入眾人之中，董狐筆一見他臉上的藍色毒水，臉色一變，低聲道：「蜂母凝霜！」

二十年前知曉「呼燈令」和王家滅門一事的人不少，董狐筆簡單為少年人解釋了「呼燈令」那家傳毒術，專門摧人心智，惡毒萬分。碧漣漪身上所中的並非致命劇毒，而是一種奇藥名為「北中寒飲」。「北中寒飲」令人全身麻痹，但它最主要的作用是一旦中毒，終身不解。

它是一種無法恢復的奇毒，並無解藥，如碧漣漪這般被潑了一頭一身，混入血中，而後真力不調四肢麻痹，舉步維艱，之後便不可能再恢復。而最駭人的是，此毒對身中「蜂母凝霜露」的人來說，彷彿飛蛾之火——只消她們嗅到此毒，有一口氣在，就會前仆後繼的撲向身中「北中寒飲」的人。

這二者不死不休，聽聞當年曾有一位劍客身中「蜂母凝霜」，最終將自己的妻子殺死，甚至在狂亂中飲下了妻子的血液。最終此人自碎天靈而亡，少林大鶴為此上門伏罪，「呼燈令」就此絕跡江湖。

竟不知「呼燈令」還有後人，而碧漣漪身中「北中寒飲」，白素車所率領的白衣女使顯然還有人身中「蜂母凝霜」，絕非僅有「雙魚姬」二人。

紅姑娘和成縕袍幾人聽聞「北中寒飲」無藥可救，都變了臉色。碧漣漪武功高強，是碧落宮第一流的高手，如果他自此武功全廢，碧落宮如何能善罷甘休？誰也無法向宛郁月旦交代！何況碧漣漪還如此年輕，豈能突然淪為不能行走的廢物？紅姑娘咬牙怒視著白素車，這個女人明知——明知要出事，卻放任碧漣漪落得如此下場！即使她有苦衷，她也絕不會放過她！

白素車卻不知「北中寒飲」的厲害，她只知王令秋冒著被她一刀砍頭的風險，在碧漣漪身上潑了這許多毒水，這毒水一定大有文章。而明顯此水一潑，身後的白衣女使躁動起來，有些已不受控制。她是要將碧漣漪擄回風流店，並不是要當場殺了他，但此時身後女使失去控制，身前中原劍會來了這許多人，已遠非她所能匹敵。

怎麼辦？她拼命是為了求得玉箜篌的信任，並不是為了送死。

會送死的，更得不到玉箜篌的信任。但逃命……只會死得更快。

眾多白衣女使悍不畏死，向人群中的碧漣漪撲去。何簷兒和鐵靜雙劍齊出，擋在最前面。白衣女使之中有一人持鞭，長鞭一抖，疾若閃電往人群中的碧漣漪捲來。

成縕袍正要揮劍，驟然回首——樹林之中又有人影一閃，這回卻是有人自遠處樹林中擲出一物。鄭玥正對著那東西一掌拍去，成縕袍心念疾轉，喝了一聲「住手！」

宛郁月旦同時請喝一聲，「使不得！」

然而鄭玥劈空掌力已發，那東西應手而碎，眾人眼睜睜看著那物碎開之時，一蓬毒水跟著炸開，隨之漫天灑落。

白素車驀然回首，樹林之中有人同時使出劈空掌力，將那毒水往中原劍會人群中推來。

成縕袍手中劍不得不二次擲出，顧不得是否攔下白衣女使的長鞭，雙袖齊飛，鼓起畢生功力，將漫天而下的毒水往外推去。

他功力深厚，這一托一推，揚起了偌大氣流。孟輕雷緊跟其後，隨之運掌。

瞬息之間，中原劍會能來得及出手的人紛紛使出劈空掌力，將那毒水托住，隨即往樹林中推去。

但掌力畢竟有強有弱，那蓬毒水在空中一頓，終是洋洋灑灑落下。遭遇如成縕袍的掌力，它被強行推開，但遭遇如鄭玥、齊星這般的後輩，那毒水便如見了縫隙，夾雜在掌力的縫隙之中，傾斜在強弱相間的掌風邊緣。

只聽「哎呀」一聲，一點毒水濺上了鄭玥的肩頭，他只覺身上一涼，一道劍風掠過肩上，卻是鐵靜一劍掃來，及時連衣帶毒一起削了出去。鄭玥不顧衣服破了一個大洞，揚聲道：「謝了！」

鐵靜點頭一笑，不管此前中原劍會諸人有何齟齬，此時也是同仇敵愾。

一瞬之間，掌風如潮，在林中捲起了一股巨浪，白素車眼見王令秋的劇毒在空中一頓，隨即被眾人掌風擊退，反灑入了樹林之中。她心念一轉——突地拉過身邊一名白衣女使，將她往成縕袍身上擲去。

成縕袍長劍已經離手，又剛剛耗費全身真氣擊退那毒水，猛地見一名白衣女子凌空飛來，也是一怔。白素車不等他想明白發生何事，又將那持鞭的白衣女子往宛郁月旦那邊一推。

那持鞭女子剛剛接住成縕袍一劍，正右手持鞭，左手持劍，突然被白素車推向一旁，本能的一個轉身，凌空而起，妄圖擺脫白素車的掌力。她神智雖已不清，卻仍然服從白素車，並未出手攻擊。

但此女凌空而起，鐵靜和何簷兒便分外緊張，宛郁月旦不會武功，這女人要是一鞭子過來，宛郁月旦如何能招架得住。

便在這混亂之中，白素車一聲叱吒，驟然發難，她將那白衣女子一個個擲向剛剛收掌的中原劍會諸人，只見空中人影晃動，飛來飛去皆是人影。

紅姑娘眼前一花，只見一隻白生生的手突破重圍，自自己眼前掠過，抓住了碧漣漪的手腕。她尚未來得及眨眼，已按下了衣袖中的暗器，那暗器射出，全射中來人右肩。但那人毫不在乎，仍然緊抓碧漣漪不放，碧漣漪中毒在身無力反抗，就這麼短暫一瞬，他被那隻手硬扯了出去。

成縕袍等人紛紛變色，但就這麼一瞬之間，即使他們打定主意要將飛來的白衣女子立斃當場，也已不及。白素車一人抓住碧漣漪，反身往樹林中退去。

那樹林中又有人擲出數個瓷瓶，擋住了中原劍會追擊之路。

眾人明明看見白素車刀砍那光頭老兒，最終卻是會下毒的光頭老兒為白素車斷後，兩人通力合作，一起擄走了碧漣漪，而將這許多白衣女使棄之不顧。

風流店這是在做什麼？

「碧大哥！」

「碧兄！」

中原劍會眾人驚呼出聲，紅姑娘掙脫孟輕雷的阻攔，奔到樹林之前，她盯著樹林前那幾瓶斷後的毒水，深深的咬住了嘴唇。

過了一會兒，她緩緩抬頭，看向宛郁月旦，「宛郁宮主，那開山之路，已準備得如何？」

宛郁月旦看不見碧漣漪被擄去了何處，他站在原地，只聽到對面樹林中數人遠去的聲音，風吹樹葉沙沙作響，混淆了腳步聲，他聽著幾人越去越遠，一張清秀的臉上表情越來越奇異。

「開山之路，我已備好。」宛郁月旦柔和地道：「此時此刻……就可開山。」他轉過身來，語氣輕飄，彷彿不著什麼力，「只消紅姑娘手下有刀，碧落宮開山劈石，何足道哉。」

紅姑娘面無表情，從地上拾起一瓶毒水，她竟不懼那毒水無藥可解，打開瓶塞來搖了搖，看了一眼，「這不是『北中寒飲』。」

真正的「北中寒飲」她剛剛在碧漣漪身上看見，除了色澤發藍，還帶有一股淡淡的腥味，這瓶子裡的毒水居然帶著一股花香，肯定不是「北中寒飲」。

成縕袍也蹲下身打開一瓶，那居然是一瓶酒。

光頭老兒將這些東西扔出來阻攔中原劍會的去路，大概是因為「北中寒飲」較為難得，並非能肆意拋灑的東西，這也是個好消息。紅姑娘將那帶有花香的古怪藥水輕輕灑落在樹林之前，低聲道：「成大俠、古少俠、鄭公子、孟大俠、許少俠……風流店欺人太甚，辱我同道，她既然膽敢率眾而來擄人而去，我亦敢以牙還牙開山——救人——」

她驀然回首，看著身後烏壓壓的一片劍會高手和弟子，「不救出碧漣漪，我中原劍會以何面目自號江湖正道?不殺滅風流店賊人,焉能止流毒無窮?今夜風流店當眾辱我劍會,此時我等就要它血債血償!」

最後一句「血債血償」紅姑娘眼含悲憤,帶出了一點哽咽。她不是氣勢凌人的女中豪傑,天然一段楚楚可憐,這麼一點哽咽,卻讓劍會諸位心潮澎湃,有些年輕人暗自忖道即便她不是公主,也絕不讓她傷心難過。

「那便請宛郁宮主帶路。」紅姑娘咬牙,「此路小紅不便同行,託付於成大俠了。」

成縕袍一點頭,究竟是哪些人可以信任,願意冒此奇險,其實剛才在主帳中已經反覆討論過。當下古溪潭、齊星、孟輕雷和許青卜越眾而出,跟在成縕袍身後。

成縕袍淡淡的向宛郁月旦掃了一眼。

何簷兒和鐵靜叫了一聲宮主。宛郁月旦這才回過頭來,背對著碧漣漪被擄走的方向,袖袍一拂,走了出去。

他走得很快,「咯啦」一聲,足下碰到了一段枯枝,稍微絆了他一下。宛郁月旦足下加勁,直接將那截枯枝踏成了碎片,大步往前走去。

第六十章　淒淒古血生銅花

白素車將碧漣漪帶回了飄零眉苑。

玉箜篌換了一襲白衣，背手站在庭院中。他做女裝打扮時粉裙華簪，做男裝打扮卻是素衣披髮，從背影來看，竟依稀有些像唐儷辭。白素車恍惚了一下，方才想到唐公子素來矜貴，是從不披髮的。

王令秋走在白素車和碧漣漪之後，碧漣漪受「北中寒飲」之毒，四肢無力，白素車將斷戒刀壓在他脖頸上，推著他大步行走，此時刀刃已經在他脖子上刮出了四五道傷口，血流半身，看起來頗為淒慘。

玉箜篌對碧漣漪看了幾眼，微微一笑，「我給你三日。」他根本不看王令秋一眼，卻是在對他說話，「三日之內，我要看到那顆『人丸』。」

碧漣漪臉色冷淡，反問了一句「人丸？」

玉箜篌居然有耐心和他說話，語氣甚至十分平和，「聽聞世間有『人丸』之術，可以把活人煉成一顆藥丸。」他突然露齒一笑，用那男人的臉帶上了幾分薛桃的笑意，看起來詭異駭人，「放心，我只是試試，我……大家想煉的——都是唐公子——不是你。」

碧漣漪為之色變，這妖人莫非神智已然癲狂？什麼叫「把活人煉成一顆藥丸」？風流店這毒物之術又再度生變？他的劍已經失落，雖然董狐筆已解釋過身中「北中寒飲」終身不可解，但碧漣漪並不氣餒，世事難料，宮主能以目盲之身執掌碧落宮多年，他不過身中一點奇毒，何足道哉？乍然聽聞玉箜篌居然生出來要把唐儷辭「煉成一顆藥丸」的主意，碧漣漪心思一動——這妖人為何會生出「煉成一顆藥丸」的想法？莫非他當真身受重傷，急需什麼神藥？

碧漣漪心性甚堅，一想到玉箜篌或許受傷甚重，並不遲疑，反手抓住白素車的斷戒刀，指尖在白素車手腕上輕輕一點，白素車猝不及防，斷戒刀脫手而出，落入碧漣漪手中。她大吃一驚，這並非她刻意放水，只是她和王令秋全部注意力都在玉箜篌身上，豈能想到身中劇毒的碧漣漪還能反手奪刀？碧漣漪手上乏力，動作卻快，他如何不知試探的機會只有一次？斷戒刀入手，他手肘往方寸已亂的白素車肋下撞去，白素車畢竟是妙齡少女，本能的側身閃避。王令秋沒帶兵器，只得抬手阻攔。但他的拳腳功夫和碧漣漪無法相提並論，於是碧漣漪驟然出手奪刀，白素車閃避，王令秋阻攔不及，碧漣漪那一刀就對準玉箜篌胸口奔去。

碧漣漪成名多年，即使真力不調，這一刀也非尋常。雖然未見刀風，但這一刀既輕又快，彷若一抹暗影，直擊玉箜篌胸口神藏穴。神藏位於心之旁，肋骨之間，若是一刀命中，那必定是致命之傷。

玉箜篌眼角微瞇，右手袖中一物一閃，光芒繚繞閃爍，自碧漣漪頸上繞過，「叮噹」一陣微響，那光芒繞頸而過，反捲向碧漣漪持刀的右手，將他整個右臂連同斷戒刀一起纏了個結實。

碧漣漪左手拉住那繞頸的銀鏈，心裡卻是一喜——這是「萬里桃花」。

玉箜篌為擋他一刀，居然出手了「萬里桃花」！

可見那日任清愁赴死一戰，的確是重創了這魔頭。

白素車回過身來，見玉箜篌的銀鏈已經把碧漣漪捆了個結實，出手奪回斷戒刀，臉上微露驚恐之色，「尊主恕罪。」她反手握刀，本想向自己砍落，半途刀刃一轉，臉現狠色，卻向碧漣漪右肩劈去。

玉箜篌微微一笑，萬里桃花「叮噹」一聲鬆開碧漣漪，蕩開的時候銀色小劍對著斷戒刀一撞，白素車手腕一麻，斷戒刀「噹啷」落地。只聽玉箜篌含笑道：「我要王令秋將此人煉成藥丸，若是少了一臂，那『人丸』煉出來只有兩腿一手的效力，豈非大煞風景？素素這般善解人意，總不能是故意和我過不去吧？」白素車手上有傷，被玉箜篌一震，傷口崩裂，血流不止，她低聲道：「屬下未曾想到此人還有偷襲之力。」

玉箜篌輕聲細語，「碧落宮碧漣漪，若是這點心氣都沒有，怎能為宛郁月旦之犬馬？」他看了白素車手上的傷勢一眼，「這是什麼傷？」

白素車微微一震，「這是……」

玉箜篌臉上的溫柔之色陡然不見，彷彿瞬間換了張臉，森然道：「手裡握著什麼東西？」

白素車低下頭來，衣袖一垂，一物滑落掌心，卻是一柄微微扭曲的鍍銀飛刀。

玉箜篌臉現驚奇之色，他伸出手來，抬起白素車的下巴，仔細端詳她的臉，「一環渡月？」

白素車眼睫微顫，別過頭去，瑩白的臉上毫無血色，長長的睫毛下彷若含著一點淚痕。

「素素，妳可不要告訴我……說妳對池雲一片癡心，在他死了以後才發現他的好，如今睹物思人，愛得心碎斷腸……」玉箜篌說得忍不住笑出聲來，「告訴我，這把刀，是什麼時候落到妳手上的？」他手指一抬，差點拗斷白素車的脖子，「唐儷辭給妳的？你們……暗通款曲？」

「我……」白素車咬住下唇，用力之狠，一下那紅唇便見了血。

王令秋見她如此，滿臉驚奇。

碧漣漪站在一旁，正一步一步緩緩倒退。

「妳什麼？」玉箜篌看著她，彷彿看見了什麼世上最稀奇好玩的東西，「素素啊素素，我一向不疑妳，因為我從來都知道，除了癡情絕戀，妳和別的姑娘不一樣——妳眼裡有野心。」他觸摸著白素車的眼睛，那柔軟嬌嫩的眼皮，纖長的睫毛在他指下顫動，彷彿一隻柔軟易碎的兔子。他繼續道：「妳想要證明妳和別人不一樣，我看得懂，所以給妳機會。現在妳想好了告訴我——妳從哪裡得的一環渡月，收著它……是想要做什麼？」

「我……」白素車低聲道：「心悅唐公子。」

玉箜篌揚起了眉毛，「哦？」

白素車緩緩睜開眼睛，眼裡和玉箜篌想的不一樣，並沒有眼淚，只見滿眼漠然，彷彿一瞬之間，她也剝去了某種面具，「素素心悅唐公子，但不可得，除非尊主旗開得勝，屬下立得絕世功勞，否則無此能耐，祈求尊主將此人賜予屬下。」

玉箜篌凝視著她，「是麼？」

「是的。」白素車漠然道：「唐公子心思莫測，素素自知無法與之心意相通，既得不到心，得到人也是好的。」她的眼睛陡然睜大，看向玉箜篌，「不可以麼？風流店多少女子為柳尊主那絕世琴藝、無雙容顏癲狂，我只不過看上了另外一個！不可以麼？」她反瞪著玉箜篌，「即便是螻蟻，也有妄念，何況我是人！」

玉箜篌笑了笑，竟並不生氣，他摸了摸白素車的髮髻，「妳倒是讓我大開眼界……告訴我——妳心悅唐儷辭，和妳收著一環渡月有什麼關聯？妳隱瞞我什麼？」

白素車緩緩闔上眼睛，「尊主不殺我，我才能說。」

「嗯，我今天不殺妳。」玉箜篌微笑，「說吧，妳收著一環渡月做什麼？」

白素車道：「我盜走了池雲的屍體。」

玉箜篌一怔，「什麼？」

白素車面無表情地看著他，「這柄一環渡月，正是從池雲的屍體上來的。」

玉箜篌真的驚奇了，「妳盜走了池雲的屍體？妳莫非還想以此要脅唐儷辭？那屍體在何處？素素啊素素，妳真是令人刮目相看，我不殺妳——」他突然心情甚好，似是被唐儷辭連環設計，害他破去神功的陰霾突然消散，「這絕妙好計，我竟從未想到過。」

「池雲的屍體不腐不敗，十分奇怪。」白素車仍是面無表情，「被我沉入了冷翠峰的寒潭之中。」

玉箜篌一瞬間已想出了十七八條如何以此拿捏唐儷辭的妙計，心情大好，他在白素車臉上捏了捏，「妳心悅唐儷辭之事，他可知曉？」

白素車搖頭，淡淡地道：「屬下身帶一環渡月，便是想借機告訴他池雲的屍體不腐不敗，施恩於他，此刀是我自證的信物。但唐儷辭行蹤難測，尚未找到機會。」

「妳真是又聰明、又狠毒、又搏命……」玉箜篌鬆手放開她，「所以妳拿出此刀去和中原劍會動手，是試圖引出唐儷辭，告訴他池雲在妳手裡？卻奈何唐公子他不來，浪費妳種種設計。」

「是。」白素車瑩白的下巴被玉箜篌捏出幾指青黑的淤痕，她並不在意，垂下頭來。

「妳把池雲的屍首從那寒潭裡給我運來，然後找人告訴唐儷辭，十日之後，請他到飄零眉苑見我，否則老子就把池雲的屍首一把火燒了。」玉箜篌笑了起來，「他這人也是又聰明、又狠毒、又搏命……但就是非常戀舊，渾身都是破綻，偏又假裝沒有。」

話說到此處，碧漣漪已經退到了庭院門口。飄零眉苑沉入地下，那原本的庭院已成了個偌大的洞窟，洞窟壁上點著銅製的油燈，大多數燈座都已發綠，這些機關設置多年從未用過，而它們的主人早已死了。

雖然碧漣漪退到庭院門口，玉箜篌根本不把一個武功全廢的碧漣漪放在眼裡，「萬里桃花」還纏在碧漣漪身上，手一抖，「叮噹」一震，他便把碧漣漪凌空拉起，向王令秋臉上扔去。

王令秋嚇了一跳，手忙腳亂的接住碧漣漪。

「萬里桃花」又收了回去，玉箜篌不再理睬二人，往他的寢宮走去。

碧漣漪從「萬里桃花」的銀絲長鏈中脫身，又和王令秋過了幾招，方才被王令秋點中穴道擒下。白素車站在一旁低頭看著自己手心的血痕，臉色蒼白，一言不發。

過了片刻，王令秋已將碧漣漪帶走，整個光影暗淡，四下裡鬼火憧憧的庭院之中，只有白素車還站在那裡。

她低著頭站了很久，彷彿失魂落魄。

又過了好長一段時間，她收起斷戒刀，索然往外走去。

經過圓形門洞時，她袖袍一垂，自門邊一晃而過。

王令秋將碧漣漪帶回自己的住所，碧漣漪被玉筌篌「萬里桃花」震傷，又被王令秋點穴，胸口傷口破裂，血流不止，已是奄奄一息。王令秋舉起一盞油燈，往他臉上照著，長眉垂落，也不知在想什麼。

碧漣漪閉目待死，王令秋對著他照了半晌，突然開口道：「『北中寒飲』無藥可救，和『蜂母凝霜』不死不休，你是想活，還是想死？」

碧漣漪不答，一動不動。

「我可以把你煉成一顆毒丸。」王令秋緩緩地道：「『北中寒飲』之毒，即使把你燒成灰燼也不能祛除，若玉筌篌吃了你這顆毒丸……那他武功盡廢，死在癲狂的普珠手中也不無可能，你願意賭一賭嗎？」

碧漣漪睜開眼睛，發出一聲冷笑，「把我煉成一顆毒丸，還需毒丸心甘情願麼？」

王令秋微微一笑，甚是慈和，「你若不願，老衲可以送你出去，另外煉一顆毒丸。」

碧漣漪皺起了眉頭，他終於看了這害人的光頭老者一眼。

王令秋舉著油燈，在昏暗的燈光中，他的表情晦暗不明。

「你究竟是什麼人？」碧漣漪淡淡地問。

「少林寺的仇人。」王令秋回答，「老衲有恩報恩，有仇報仇，既不多拿一分，也不少還一毫。」他一臉平和慈祥，「碧落宮和我無冤無仇，殺你毫無益處。宛郁月旦錙銖必較，狼子野心，我可以不殺你，送一個人情給他，但你需替我傳一句話。」

碧漣漪不答，心下頗為驚訝。這古怪的施毒老頭和玉箜篌不是一條心，這人究竟是誰？

「你告訴他——碧落宮欲求之事，可與六王共謀之。」王令秋緩緩說話，「至於玉箜篌，他中了唐儷辭的計，把一身功力大半傳給了狂蘭無行，如今已是半個廢人。要殺玉箜篌，現在就是最好的時機，而狂蘭無行功力暴漲，其人神智崩潰，已然癲狂，他身中引弦攝命久矣，要殺要刮，不過唐公子一句話而已。」王令秋笑了一笑，「但玉箜篌捨不得他死，唐公子恐怕也捨不得他死，畢竟世上能當真練成《伽菩提藍番往生譜》的……能有幾人？當年趙上玄的〈衰雪〉、白南珠的〈玉骨〉都不過是《伽菩提藍番往生譜》的一篇而已，玉箜篌練的〈夢黃粱〉是半卷殘篇，這個世上能得《往生譜》全貌的是不是唯有唐公子？但唐公子當真練成了嗎？這世上當真練成《伽菩提藍番往生譜》的人……是不是狂蘭無行？」這光頭長眉的詭異老者緩緩地道：「而此功練成之後，究竟有何妙用，老衲也十分好奇。萬一……得見了什麼奇效，唐公子懷璧其罪，罪加一等……可喜可賀。」

碧漣漪心中掀起軒然大波，這老頭所謀甚大，絕非尋常人物。

王令秋見他眼色雖變，神態不驚，也有了幾分讚賞，「老衲先送你出去……」

話未說完，只聽不遠處一聲沉悶的震響，「咯啦咯啦」爆裂聲節節傳來，彷彿有巨物在地底深處穿行，王令秋一句話沒說完，房中地面龜裂開來，頭頂砂礫簌簌而下，塵土飛揚，四壁搖晃，竟是彷彿有地龍翻身，要震塌飄零眉苑。

遠處白素車的閨房之中，有人站在她幾乎空無一物的房中，負手端詳牆上的一柄劍。白素車臉色微變。

那負手看劍的人白衣灰髮，未做半點矯飾，正是唐儷辭。

牆上的劍平平無奇，只是一柄青鋼劍，劍柄上刻著兩個小字：「如松」。

「一柄好劍。」唐儷辭並未回頭，語氣甚輕。「掛在此處，妳是篤定玉箜篌不會來此見妳？」

「這世上任何人……都不該來此見我。」白素車淡淡地道。

「包括我？」唐儷辭回過頭來，「見我，竟不歡喜？」

白素車道：「你來殺人，有什麼歡喜不歡喜？」微微一頓，她已是恍然，「你是聽見了我對尊主說的話，特地來此見我？」

唐儷辭微微一笑，縱然今日他未著華服，依然色若春花，「聽聞妳心悅於我？」

白素車淡淡地道：「那又如何？」

她竟不否認，隨即又道：「我的確盜取了池雲的屍體，沉在冷翠峰的寒潭之中。」

唐儷辭微微蹙眉，池雲和梅花山二位當家的屍體，早已被他燒成了飛灰，白素車當時不在，並不知情以至於能信口說「盜取了池雲的屍體」云云，但玉箜篌當時就在中原劍會，他豈能不知？為何玉箜篌相信，她盜取了池雲的屍體？除非——

他眼角微微一張，抬起眼睫，自白素車的下頜，一寸一寸，往上看到她的雙眼。

「妳……在何時——盜走了他的屍體？」唐儷辭輕聲問。

白素車垂下眼睫，淡淡地道：「……總而言之，我盜取了池雲的屍體，沉在了冷翠峰的寒潭之中。」

唐儷辭微微蹙眉，凝視著白素車的眼眸。

白素車眼眸一動，唐儷辭的眼神讓她察覺了異樣，「怎麼？」

「池雲的屍身早就被我一把火燒了。」唐儷辭輕聲道：「骨灰都揚了。」他的視線從白素車臉上緩緩移向那把劍，「妳如何盜取他的屍體？玉箜篌為什麼相信，妳盜走了池雲的屍體？」

白素車猝然抬頭，與唐儷辭視線相接，彷若刀劍相擊，似能發出金鐵之聲，「你是說——」

「我是說……玉箜篌相信池雲的屍身被盜走了——那麼池雲的屍身必然是被盜走了。」唐儷辭緩緩的道，語氣柔和，居然似乎並不生氣，「只是他當時以為是我，而他現在以為是妳……」微微一頓，他輕聲道：「但既不是我，也不是妳——那麼這中間曾經發生過什麼？當時玉箜篌就在中原劍會……而我……」他頓住了。

白素車淡淡地道：「哦，被燒成灰的是誰，你居然不知道。」

唐儷辭轉目去看她掛在牆上的那柄劍，居然仍不生氣，「那一環渡月……」

白素車打斷他，「你有些奇怪。」她凝視著唐儷辭，「唐公子算無遺漏，唐公子從不氣餒，池雲屍身十有八九當真是被盜了，而你不知道——此事蹊蹺，你居然無動於衷。」

「唐公子從不氣餒，」唐儷辭道：「不錯，此事我終會查清，池雲屍身被盜，我燒的不知是誰，那又如何？」他終於唇角微勾，似是笑了笑，「我終是會贏的。」

「你當真奇怪得很……」白素車皺眉，「那一環渡月是……」

她還沒說明白自己手裡的一環渡月是從哪裡來的，驟然地動山搖，一陣難以形容的巨大怪聲自地下而來，地面岩土顫抖，牆壁龜裂，頭頂上的屋梁「咯吱」作響，彷彿隨時都會崩裂，沙石簌簌而下。而在這驚天劇變之時，唐儷辭一閃而去，消失在她的房裡。

白素車取下牆上的「如松」，順手扔進床底。

回過身來，她拔出斷戒刀，一步一步，萬分謹慎的往外走。

屋外的走廊在飄零眉苑沉入地底之時就已損壞，此時正在逐漸開裂，地下的震動正在緩慢停止，但那令人心驚膽戰的感覺卻並未消失。

幾位白衣女使自遠處奔來，「執令，地下……地下開裂了！」

「執令，地下赤蛇洞口岩石崩裂，泉水全部流進裂隙之中，如何是好？」

「赤蛇洞洞口開裂，那位……那位似有異動……」

「素素姐姐！山崖上裂開了一條通道！」

最後一個狂奔而來的白衣女子年紀甚小，不過十三四歲，也未佩戴面紗，她滿臉驚慌失措，「中原劍會不知使用了什麼辦法，在山崖上弄開了幾道裂縫，然後我看見山崖上的大石頭就掉下去了！」

白素車聽聞了前面的幾句話都尚面無表情，驟然聽聞最後一句，連她也呆了呆，不敢置信地問，「什麼掉下去了？」

白衣少女比手劃腳，「就是那些怪人在山壁上弄開了幾條裂縫，然後赤蛇洞附近的懸崖……懸崖上的蟾月臺就掉下去了，赤蛇洞就靠近那片山崖，所以它就被蟾月臺撕……撕開了，我親眼看見的！」

白素車乍然回身，赤蛇洞外的山崖上，有一塊二丈來高的巨岩，彷若一隻蟾蜍突出於山崖之外，名為「蟾月臺」。蟾月臺上下都無通路可達，唯有飄零眉苑下沉之後，那多年前挖過的洞穴受到劇烈震動，裂開了一條縫隙直達蟾月臺。

這年幼的白衣少女名叫青煙，是溫惠的師妹，年不過十四。她們二人都是青城派的弟子，也非掌門東方劍的嫡系，只是東方劍師弟的記名弟子。就如江湖中萬千門派內眾多的少男少女，驚才絕豔的不過一點火花，大多數都是這般平平無奇的少年，懷揣著一點期待和萬般茫然，與江河日月一道，逐浪東西流。

她跟著溫惠加入風流店，年紀不大，人倒是殺了不少，和官兒玩得挺好。後來官兒死在望亭山莊，青煙傷心了好一陣子，四處打聽是誰殺了官兒，但誰也不知道。

近來飄零眉苑沉入地下，玉箜篌重傷而歸，柳眼聽說被唐儷辭救走，始終不見蹤影。白衣女使對柳眼癡情者眾，思念日深，玉箜篌不會引弦攝命之術，小紅離去之後，白素車掌控諸人，她也是心狠手辣，對紅衣女使、白衣女使都下了重藥，導致諸位女使神志不清，瘋瘋癲癲，有些甚至飲食起居都需要有人服侍，中毒最深的幾人幾乎成了只知殺人的傀儡。

而青煙因為年紀還小，武功也不高，被指派去服侍一眾紅衣女使，故而神智還算清醒，也未戴面紗。今日她偷懶想上蟾月臺去玩耍，卻突然看見蟾月臺上下潛伏了十來個黑衣人，也不知這些人做了什麼，蟾月臺左右陡然出現兩道裂隙，隨即裂隙快速擴大，那巨大的岩石緩緩下沉，轟然巨響之中，在山壁上撕開了一個大洞。

隨著蟾月臺下沉，飄零眉苑原先的裂隙出現在天光之下，那些黑衣人往裂隙中擲入雷火彈，只聽地動山搖，黑火瀰漫，夾雜著明暗不定的爆燃之光，青煙嚇得魂不附體，等煙塵散去，狹窄曲折的天然裂隙已經被炸開了半人高的洞口，那些黑衣人也已不見了蹤影，不知是闖入了飄零眉苑之中，還是已經悄然退去了。

白素車聽她顛三倒四地說完，衣袖一抖，衣袖中有鈴「叮噹」三響，聲音雖細，卻傳得十分遙遠。幾位面罩輕紗的紅衣女子自碎裂的石壁後緩步而出，姿態僵硬，站在崩塌的洞口處。

「若有人闖關，格殺勿論！」白素車下令，隨即往飄零眉苑深處趕去。

中原劍會果然不會放棄碧漣漪，這等神鬼莫測的手段破山強攻，是她未曾想過的。而既然中原劍會悍然破山，那唐儷辭豈能不借機行事？

玉箜篌重傷在身，鬼牡丹尚未折返。此時不殺，更待何時？她向著玉箜篌的寢殿匆匆趕去，但玉箜篌沉下飄零眉苑，當真只是在山中坐以待斃嗎？

她不知道。正如此前她無論怎樣設法，不知道在普珠身上發生何事、不知道王令秋什麼時候和風流店同流合汙、也不知道玉箜篌的「重傷」，究竟是真是假。

她的立足之地，還是太卑微弱小了。白素車想到此處，細長的柳眉一皺，袖中一物落到手心，那是一枚黑色小石頭，看似平淡無奇，但白素車知道，這是碧落宮在貓芽峰上久居之時，高寒山脈之巔獨有的碎石。

碧漣漪在玉箜篌庭院的門口放下此石，必是為引路之用，他一路放下的必不只有這一枚。

「啪啦」一聲微響，那枚黑色小石，掉落在玉箜篌寢殿門口。

王令秋和碧漣漪話說到一半，驟然地動山搖，房中地面突然裂開一條極深的裂隙，隨即裂隙底下沙石激揚，幾個人從裂隙裡跳了出來。王令秋一怔，碧漣漪反應快極，他雖然手上無力，卻是抓住王令秋的衣袖，猛然一拽。

王令秋年事已高，被他一拽，搖晃了一下。自裂隙裡跳出來的人長劍一點，劍刃徑直架在王令秋頸上。王令秋反手擒拿，一把扣住碧漣漪的右手命門，這才抬起頭來。

一劍出手差點要了他的命的人一身黑衣，正是成縕袍。成縕袍制住此人的時候也沒想到居然歪打正著，是這長眉老頭，眼看他手扣碧漣漪的脈門，眉頭一蹙。

在他之後跳出來的是孟輕雷，一看成縕袍一劍制住了王令秋，大吃一驚之後大喜過望，眼見碧漣漪臉色慘白，連忙將他扶住，自懷裡摸出一顆丹藥，塞入了碧漣漪口中。

王令秋冷笑一聲，將碧漣漪的脈門死死抓住，五指在脈門上扣出了五道血痕。那些血血色偏暗，與平時所見並不相同。只聽王令秋宣了一聲佛號，「阿彌陀佛……諸位施主，老衲與諸位是友非敵，對玉箜篌是欲殺之而後快……」

成縕袍聽而不聞，此人對碧漣漪痛下毒手，絕非善良之輩，劍下一擰，一股冰寒內力透體而入，王令秋只覺渾身一寒，手指僵麻，不得不放開碧漣漪。

救回碧漣漪竟如此順利，連孟輕雷都覺不可思議，但救人到手不過開始，既然已經破山而入，除了帶碧漣漪回去，他們更要試一試，玉箜篌——能殺——或是不能殺！

沒有唐儷辭，中原劍會便不能直攖鋒芒嗎？

劍者，三尺青鋒。

殺身成仁，捨身取義。

蕩天地正氣，立人間聖道。

劍客，正應以此為行。

五人將王令秋點住穴道，清出他衣袋中各種各樣的瓶瓶罐罐，藥粉毒囊，許青卜抖開一個大布袋，將王令秋捆住手腳，塞了進去，背在背上。

孟輕雷亦將碧漣漪背在背上。

他們計畫兵分兩路。許青卜、齊星和孟輕雷要將這二人送回中原劍會，而成縕袍與古溪潭準備隨碧漣漪留下的磁石路引，深入風流店內——殺玉箜篌。

轟然巨響，四壁顫動。

盤膝坐在床上調息運功的玉箜篌雙眼一睜，袖袍一捲，一件紫色外衫落在他身上，「萬里桃花」隨外衫「叮噹」微響，捲進了袖袍之內。紫色衣袍剛剛落在他身上，他臥房的大門轟然碎裂，千千萬萬點木屑如芒釘般當面射來，一道劍光乍然一亮，照亮芒釘的影子，在玉箜篌身後投下千萬點黑影。

劍光已至，直落眉梢，玉箜篌方才聽到颯然一聲微響，如月之將落。

他垂眉閉目，驟然雙袖一張，紫袍雙袖舒然展開，將木門所碎的芒釘甩開，袖中「萬里桃花」疾射而出，「叮」的一聲纏住劈面而來的長劍，隨即側身滑步將它往前一帶。

那亮如月色的一劍被萬里桃花帶偏，劍上強勁的真力四散迸發，將落未落的芒釘被劍上真氣一激，倒射出去。只聽在地動山搖之間，夾雜著沉悶的奪奪之聲，數十枚芒釘釘入牆內，其中有數枚往玉笠簇腰間射去，射中玉笠簇那件紫袍，未入分毫，應聲跌落。

玉笠簇身穿的紫袍也非凡物。

持劍人白衣如雪，正是唐儷辭，看了玉笠簇的衣袍一眼，這正是和飄紅蟲綾一樣的材質，只是以貝殼之芯染成了紫色。這一劍皎如日月，氣勢凜然，但被萬里桃花一纏帶偏，擊中了對面牆壁。那牆面本就因地動而裂開了縫隙，被他砍了一劍，土崩瓦解，赫然露出了牆背後的東西。

牆壁背後有物閃閃發光，是一個巨大的囚籠。那東西本來嵌在牆內，僅有一個小門與玉笠簇的寢居相連。唐儷辭一劍斬落，牆壁乍然崩塌，連牆後的囚籠都被他剛勁劈開，堪稱驚世一劍。

隨煙塵散去，囚籠中那人原本垂眉閉目盤膝而坐，現在正緩緩抬起頭來。

玉笠簇手握萬里桃花，站在一旁微微一笑。

唐儷辭手持之劍猶如一泓秋水，但見劍刃上細細刻著一行小字「人生何處不離群」，這柄劍名為「離群」，是屈指良少年時的配劍之一。此劍本是四劍一組，其餘三劍都折了，獨留此劍，屈指良尋了巧匠將它重鑄，名為「離群」，大約是有追思之意。

但後來此劍被屈指良扔了。

期間發生了什麼，後人已無從得知。此劍究竟是如何輾轉落到唐儷辭手上，也無從得知。

但「離群」仍舊是一柄利器。

唐儷辭利器在手，剛才全力一擊，砍碎了玉笠簇身後的牆中囚籠。

籠中人緩緩抬頭。

唐儷辭緩緩向後退了一步。他退這一步，是要與籠中人、玉笠簇位成三角。

這籠中人不是別人，正是狂蘭無行。在唐儷辭的算計之中，狂蘭無行此時應當與玉箜篌兩敗俱傷，玉箜篌一旦發現他的功力被狂蘭無行所用，定要發狂。

但玉箜篌將狂蘭無行鎖在這稀奇古怪的鐵籠之內，竟沒有對他多加折磨，甚至狂蘭無行的功力只增不減，只是緩緩抬頭，他周身的衣袂隨之飄起，一股灼熱的真氣四散揚起，彷如有無形之焰，正獵獵於虛無之中。

在他抬頭之後，唐儷辭已經看清——玉箜篌將他雙耳刺聾，並在他雙耳上釘上了一串銀鈴。以狂蘭無行狂豔如鬼的長相，雙耳上各懸了一串銀鈴，既張揚又詭異。而玉箜篌如此做法，其一是為了讓狂蘭無行聽不到唐儷辭的控弦之聲，其二是就算唐儷辭有什麼古怪法門能讓狂蘭無行聾了也能聽見樂曲之聲，那串釘在耳骨上的銀鈴就能擾亂樂曲，讓狂蘭無行脫困。

而雙耳已聾的狂蘭無行，神智早已錯亂，他已聽不到引弦攝命的琴聲，也分不清唐儷辭或玉箜篌。他盤膝而坐，左手握一柄長戟，緩緩抬起頭來，一雙森然的眼睛盯著唐儷辭。

也說不上在他眼中，此時此刻看見的究竟是什麼。

玉箜篌見他如此反應，已知唐儷辭果然再控制不了狂蘭無行，微微一笑，「音殺之術……畢竟不是全無破綻。」一頓之後，他又是一笑——以他目前俊朗的長相，做那小女子姿態的一笑實在猙獰可怖，他自己卻並不覺得。「但王令秋的『三眠不夜天』卻可以讓他瘋上加瘋……哈哈哈哈……」他越笑越是開心，「在他更瘋了的三日夜之內，我告訴他誰是主子、誰是敵人——你也當過他的主子——此時此刻就看這出自《伽菩提藍番往生譜》的妖物究竟聽誰的話——要誰的命！」

隨著他縱聲長笑，狂蘭無行站了起來，雙手握戟往前橫掃。一陣炙熱的微風掠過，「咯咯」作響，地上磚石崩裂，長戟在唐儷辭足前三寸之地，生生劃開一道深達寸許的痕跡。

那條裂痕咯咯開裂之後，甚至有一瞬冒出了黑煙，彷彿土地沙石之中有什麼易燃之物被這灼熱的真氣點燃，而後化為烏有。

唐儷辭手中劍「離群」一劍橫掃，將魑魅吐珠氣的灼熱蕩開。狂蘭無行眼見這一泓秋水似的劍光，眼中微微一亮，戰戟戟刺一推，往唐儷辭臉上刺去。

他這戰戟極長，戟刺和刃都為金中帶紅之色，不知是何種古怪材料，亦有可能淬毒。唐儷辭橫劍格擋──「叮」的一聲，離群劍居然架住了狂蘭無行的戰戟。此劍材質極佳，而唐儷辭手上勁道亦剛猛異常，劍戟相交，勢均力敵。他與狂蘭無行勢均力敵，玉箜篌的萬里桃花已悄然放開，橫掃整個半個寢殿。唐儷辭仗劍破門，以雷霆萬鈞之時要殺他，玉箜篌怎能放過他！萬里桃花的細絲蕩過一閃婉約纖細的光，一息之間就捲在唐儷辭腰上！

而這個時候，唐儷辭剛剛揮劍架住狂蘭無行的戟刺，那「叮」的一聲才堪堪抵達玉箜篌耳邊。他露出微笑，這猝不及防的一蕩一掃，是萬里桃花的一記殺招，名曰「落英」。萬里桃花纏住唐儷辭的腰，他手上一扯，若是唐儷辭無所防備，這細絲一勾，必能把他攔腰切成兩半。

唐儷辭旋身一轉，腰間紅綾飄起，伴隨著「叮噹」之聲。在那刀劍難傷的紅綾之下，他居然還配了一副金絲軟甲在白衣之內。玉箜篌手上加勁，萬里桃花的細絲緊緊勒入軟甲，意圖以力破甲。而狂蘭無行一戟突刺未果，長戟「呼」的一聲掄了個圈，戟刺上驀地燃起似有若無的黑焰，戟刺的上刃對著唐儷辭的頸項橫掃而去。

黑焰在燈火昏暗的寢殿之內乍然發亮，彷彿狂蘭無行戰戟上掄開了一瓢烈酒。唐儷辭腰身被鎖，戟長劍短，彷彿一瞬之間就落入了必敗之地。然而「噹」的一聲金鐵交鳴，他仗劍橫檔，離群劍架在戰戟的上刃彎曲之處，居然硬生生的把狂蘭無行的戰戟往外推出了一寸。

這說明他這一劍橫檔，劍上剛猛之力，超出了戰戟橫掃之力。

但戰戟上若隱若現的黑焰掠過他的眉眼，見唐儷辭額前髮絲燃起黑火，幾縷銀髮化為灰燼，隨風散去，只差分毫就傷及雙眼。而玉箜篌使出全力，萬里桃花在唐儷辭腰上又繞了幾圈，雖不能將他勒死，卻也牢牢拖住了人。

狂蘭無行兩招失手，微一側頭，耳邊銀鈴「叮噹」作響，也不知道他聽見沒有，左手戟收了回來，重重一頓，將長戟往下一插。戰戟落地，地上的青磚寸寸龜裂，烈焰隨之而起，那戰戟之內也如唐儷辭之前所設計的，加入了易燃的油脂。這卻是玉箜篌從唐儷辭那裡現學的，狂蘭無行的灼熱真力與火油正是相輔相成，此時戰戟落地，長桿內的油脂隨勁風噴濺而出，被火毒真氣點燃，只見寢殿內火蛇四竄，瞬息之間就點燃了床榻和帷幕。

玉箜篌微微一笑，萬里桃花精巧的一勾一挑，劍尖將唐儷辭腰間激蕩而起的飄紅蟲綾一端挑起，唐儷辭劍勢未收，硬剛狂蘭無行之後他還往前踏了一步。

就在此時，玉箜篌出手如電，抓住了被萬里桃花挑起的飄紅蟲綾一頭，手腕一翻，將它牢牢纏在手中。此時他左手萬里桃花，右手飄紅蟲綾，左手一抖，萬里桃花前端的小劍受玉箜篌真氣所激「奪」的一聲射入烈火正焚的牆柱，穿柱而出，隨即力盡跌落，正好卡在柱後。

唐儷辭往前一步之後，玉箜篌的萬里桃花已在他腰上繞了幾圈，此時一頭卡在牆柱之後，一頭掌控在玉箜篌左手。而他自己的飄紅蟲綾一頭尚纏繞在腰上，另一頭抓在玉箜篌右手，他就像一隻落入蛛網的獵物，被三條鎖鏈牢牢定在當場。

而剛剛被他震退一步，落戟收勢的狂蘭無行一聲低吼，燃起滿地毒焰，背身揮臂，又是一記橫掃，正對他前胸而來。

玉笠筷面露微笑，雙手緊握，牢牢綳住萬里桃花和飄紅蟲綾，三條長索綳緊，唐儷辭驀然回首，灰髮披面，卻是連轉身都轉不過來了。

但灰髮掠面而過，烈焰濃煙濃淡之間，玉笠筷沒有看見他變色，倒是看見他眼角微微一挑，似笑非笑。

那絕非是入了絕境的眼神，玉笠筷心裡一凜，但雙手拉緊萬里桃花和飄紅蟲綾，卻不能放手。當此時狂蘭無行戰戟沾染著毒焰而來，唐儷辭猛然旋身──一轉、再轉──

他不但不嘗試去解開那兩條禁錮住他的長索，反而旋身將那兩條長索往回纏繞。玉笠筷被他猛地一拉，往前連進數步，而射入牆柱的小劍被唐儷辭這麼蠻力拉扯，自燃燒的牆柱中破柱而出，隨著牆柱崩裂倒塌的轟然巨響──脫困的萬里桃花的劍尖落入唐儷辭手中。

玉笠筷一身功力的確十之七八都渡給了狂蘭無行，此時論內力掌力都敵不過唐儷辭，眼見唐儷辭仗著金絲軟甲將萬里桃花往腰上纏繞，饒是玉笠筷這等人物都不禁變了臉色。萬里桃花的細絲那是殺人如麻的利器，並非什麼錦衣玉帶，唐儷辭竟然敢把它往腰間反纏──而萬里桃花所卡住的牆柱乃是寢殿的頂梁柱，一旦被毀，整個寢殿就會崩塌──他竟敢──一念未畢，牆柱被唐儷辭強行拉扯崩塌，半個屋頂「咯咯」作響，即將塌陷。而自己被唐儷辭旋身之力往前不斷拉扯，玉笠筷尚未想得明白，狂蘭無行的戰戟已經轟然到了他的面前。

唐儷辭幾個旋身，已經把玉筮筷拉到身前，玉筮筷一念之差，不及放手，竟被唐儷辭當作了抵擋狂蘭無行那一戟的人盾！這從放任自己被玉筮筷捲住，到幾個旋身將他拉扯過來，再到崩斷牆柱搶奪萬里桃花——玉筮筷竟分不清是誰設計了誰？戰戟當胸，玉筮筷不得不放開萬里桃花和飄紅蟲綾，自懷裡拔出一把短劍強架狂蘭無行一劍！

只聽「噹」的一聲悶響，玉筮筷連退七八步，一口血噴了出來，右手虎口崩裂，血流如注。他功力退減已是無法掩飾，而唐儷辭捲著他的萬里桃花，輕巧的避到了一邊，手握銀色細絲一抖，萬里桃花的小劍繞著他轉了幾個圈，彷若翩躚蝴蝶，最終落入了右手掌心。唐儷辭未再收回一段散落的飄紅蟲綾，那一段飄散蕩開的紅色絲緞灑落在地，他足踏紅綾之上，身周烈焰升騰，銀髮與黑煙同舞，一側頭，對著玉筮筷微微一笑。

隨即轟然一聲，寢殿崩塌，將三人一起埋入磚瓦碎石之中。

成縕袍和古溪潭兩人循著碧漣漪留下的磁石標記，追蹤到了玉筮筷寢殿之外，尚未來得及進入，只見寢殿內烈焰四起，熊熊自門窗冒出，隨即轟然塌陷。

此處乃是地底，雖然飄零眉苑是由設計好的機關通道落下，其頂上並非完全的黃土，但蟾月臺跌落導致的山體震動讓山中沙石鬆動，寢殿支柱垮塌，引發周圍沙石崩落，將玉筮筷的寢殿完全埋入了落石與泥土內。

成縕袍與古溪潭面面相覷，但見眼前煙塵瀰漫，鼻中仍舊聞到毒焰特有的古怪氣味，卻不知玉筮筷人在何處？兩人捂住口鼻，一起落身在寢殿磚石之上，側耳傾聽地下的動靜。

這烈焰熊熊，隨後寢殿垮塌的模樣，顯然是有人在裡面大打出手，是誰會在中原劍會闖入飄零眉苑之時搶先動手？成縕袍心下有所懷疑，凝神傾聽，只聽磚石下依稀有動靜，卻不知是誰。

正在迷惑之際，土下一戟伸出，成縕袍反應極快，揮劍便擋，「噹」的一聲卻見那土中伸出的長戟上染有焦油，呼的一聲火焰陡然生出，點燃了成縕袍的衣袖。古溪潭大吃一驚，「師兄！」他拔劍向那長戟刺去，成縕袍揮袖讓火焰熄滅，臉色慎重，在古溪潭肩上一拍，「回來！」

古溪潭聽話撤劍，「師兄，他是……」

「狂蘭無行。」成縕袍淡淡地道。

隨著一戟揮出，崩塌的寢殿廢土上磚土猛然爆開，一人一起躍出，正是狂蘭無行。狂蘭無行身後「魑魅吐珠氣」揚起，成縕袍和古溪潭只見那彌散的沙石和未散的毒霧在他身後漂浮不定，彷若百鬼將成。隨即「魑魅吐珠氣」和戰戟的金紅色刃光一起當頭罩落，成縕袍和古溪潭一起大喝一聲，揮劍抵擋，雙方一觸即分，成縕袍和古溪潭被狂蘭無行一戟震得橫飛出去，古溪潭背後撞上寢殿前的走廊殘壁，雖然他只是被戰戟的澎湃巨力震盪了一下，卻是狂吐鮮血。

他苦練十餘年的武功，在狂蘭無行面前，竟是一文不值。

這一戟主要是成縕袍接下的，他與狂蘭無行內力相接，雖然不至於重傷，卻也是氣血翻湧，駭然失色。

眼前魑魅吐珠氣非但將他師兄弟二人一起橫掃了出去，甚至將半垮塌的通道再度震塌，狂蘭無行本來就形如妖魔，再度從磚石土木中鑽出的樣子，越發和妖魔鬼怪一般無二。

這人的武功竟然精進如此。

成縕袍生平第一次，過手一招之後，已失了銳氣，生出了寒意。

而狂蘭無行在這裡，玉箜篌在哪裡？成縕袍心念一轉，寒劍淒霜一招「胡煙白草」，對著滿地廢土掃出氣勢磅礴的一劍。劍氣所及，將那滿地沙土掀飛，狂蘭無行被沙石掩目，戰戟橫掃，帶著疾風畫了半圈，掃開了飛揚的沙土。

「胡煙白草」之後，沙土裡再度鑽出一個人，這人滿臉是土，成縕袍一看這是個陌生人，再看此人狼狽不堪，嘴角帶血，顯然正是方才和狂蘭無行在屋裡過招的人。他橫劍將此人擋在身後，「朋友，雖不知朋友何人，但與飄零眉苑為敵，便是我中原劍會的朋友。你且退開。」他明知不敵，卻仍然牢牢盯著狂蘭無行，「退開！」

古溪潭撿回剛才脫手的長劍，與成縕袍並肩而立，準備再接狂蘭無行一戟。

那位從土裡爬出來的「朋友」手裡抓著一柄短劍，正搖搖晃晃地站起來，聽聞成縕袍喊他「朋友」，笑了一聲，一劍往成縕袍背心刺落。

成縕袍乍覺身後勁風不對，那短劍快極，已經入後心寸許。古溪潭一聲驚呼，出劍招架，將那位「朋友」的劍擋開。成縕袍怒極回身，卻見那「朋友」袖袍捂臉，一聲詭笑，已消失在漫天煙塵之中。

驚鴻一瞥之際，成縕袍認出那人的身法，不敢置信的怒喝，「玉箜篌！」

玉箜篌做西方桃打扮時，頂著薛桃的面貌，長年累月一身粉裙。成縕袍只知他在和任清愁動手之後重傷，怎知此人變成了這般模樣？更不會想到他竟然和狂蘭無行在屋裡動手，打出了這等威勢，絕非裝模作樣，如此說來，那與飄零眉苑為敵的人，竟是狂蘭無行？成縕袍一邊運氣止血，一邊滿心是不可思議。

古溪潭自己傷重，成縕袍又被玉箜篌一劍刺傷，兩人回過頭來，只覺通道中逐漸灼熱，濃煙和烈焰讓人頭昏眼花，烈焰越燒越旺，古溪潭居然分不清周圍明暗翻湧的是狂蘭無行的魑魅吐珠氣或是火焰的殘影。

成縕袍緩緩吐出一口氣，後心的傷口雖無大礙，卻影響他的體力，玉箜篌已經重傷，卻在他一念之差下逃走，成縕袍只恨自己眼瞎，竟沒有認出這魔頭。而此時此刻，他卻不能分身去追那魔頭。

師弟重傷在身，而狂蘭無行那柄中空浸潤了油脂的戰戟終於起火，戟刃上黑紅色的毒火熊熊。成縕袍看見狂蘭無行似乎也向著玉箜篌逃脫的方向看了一眼，隨即他手中的戰戟寸寸開裂，點點毒焰伴隨著碎裂的長戟，彷若漫天煙花，向著他和古溪潭罩落。

玉箜篌掩面而去，身法快如鬼魅，然而他三起三落，已經轉入了飄零眉苑數處機關門牆之後，卻突然嘆了口氣，停下了腳步，柔聲道：「成縕袍和古溪潭說不定要一起死了，你居然不去救人，非要殺我？」

他回過身來，右手虎口鮮血長流，剛才被狂蘭無行震裂的傷口仍然在流血。

然而地上滴血的並不只是他的右手，還有來人的金絲軟甲。

鮮血也一點一點的沿著來人金絲軟甲的邊緣滴落在地，方才萬里桃花纏腰，拉回玉箜篌強行架住狂蘭無行的戰戟，來人並非全無損傷。

唐儷辭一身白衣，腰間染血，每走一步，地上塵土隱約便被鮮血浸潤。

他右手離群，左手萬里桃花。

一步血染汙明月。

萬里桃花不盡歌。

這一步而來，便是要分生死了。

玉箜篌靜心凝神，調息屏氣，緊盯著唐儷辭雙手，他全身殘餘的功力不過十之二三，但仍有信心——

「嚓」的一聲微響，唐儷辭雙手未動，一物乍然出現，射入玉箜篌的胸口。玉箜篌一口鮮血噴出，單膝跪地，驚駭至極的瞪著他——他手中劍仍舊緊握——方才唐儷辭雙手兵刃，蘊勢而來，卻居然是唇齒微微一張，口含暗器傷人！他這——他這未免——欺人太甚！

唐儷辭側頭，吐掉方才含在口中的暗器，微微一笑。他方才一直不說話，便是因為含著這殺人利器。

玉箜篌看著那精巧的東西「叮噹」一聲落地，含血嗆咳了一聲，「香蘭笑——」

那落地的機簧形如蘭花，其中一點箭心淬有劇毒，又帶多重倒刺，入肉之後根本拔不出來。玉箜篌捂住箭創，咬牙切齒，若是他功力還在，自能逼得這東西倒射而出，也能將毒物大半逼出，不至於要了自己的命，但此時此刻力有不逮，這「香蘭笑」說不定真的能要了他的命。

「『香蘭笑』殺人人殺，你……」玉箜篌邊咳邊笑，「唐公子為了殺我，不惜以身相殉麼？」

這陰損暗器含在嘴裡，還淬有劇毒，自然是兩敗俱傷的暗器。此物曾經有一十二枚，乃是死士暗殺的名器，聽聞世上最後兩枚「香蘭笑」都存於「落魄十三樓」。唐儷辭既然可以重金買沈郎魂，自也可以重金買「香蘭笑」，甚至於十三樓內各種傳世奇珍，唐公子願意用什麼殺你，但看他願意為你花多少錢。

雖然玉箜篌已經跪地，胸口被「香蘭笑」所傷，身中「魑魅吐珠氣」，但唐儷辭並不靠近，他舉起「離群劍」看了幾眼，輕輕地咳了一聲，慢慢地道：「你身上有『小玲瓏』，雖然唐某百毒不侵，卻也不想冒險。」於是玉箜篌看著他以萬里桃花的細絲扣住「離群劍」的劍柄，左手拉起細絲，彷若開弓射箭一般，將「離群劍」的劍尖對準了自己。

玉箜篌怒動顏色，「哇」的一聲，又一口血吐了出來。

「平心靜氣。」唐儷辭慢慢地道：「死……是很快的。」

言罷，他鬆手放劍，嘯然一聲，長劍破空而出，疾射玉箜篌胸口傷處。

玉箜篌捂胸一個翻身，著地打滾。離群劍力有萬鈞，掠過玉箜篌的肩頭釘入他身後的地上！毫釐之差，玉箜篌便要被離群劍釘死在地。但這一劍並未完結，糾纏在離群劍劍格上的「萬里桃花」小劍因離群劍入地的撞擊之力反彈出去，劍後細絲倏然拉長，在空中蕩開一個大圓，隨即「嗡」的一聲迴旋倒飛，勒向玉箜篌的頸項！

玉箜篌胸口重傷中毒，內傷深重，剛剛勉力避開了離群劍那一記飛劍，雖然明知唐儷辭步步算計，絕不可能僅此而已，卻也再避不開萬里桃花的倒撞回繞。眼見「一桃三色」的成名兵器即將要了他自己的命，唐儷辭眉間微挑，似笑非笑。

銀絲繚繞，捲向玉箜篌蒼白的頸項，玉箜篌跪伏在地，彷佛已是必死無疑。

「轟」的一聲巨響，他身後的土牆爆裂，一人破牆而出，一把抓住地上的玉筮篌，將他甩在了背上。「呼」的一聲「萬里桃花」捲空，拉動地上的離群劍一起倒彈入唐儷辭的手中。

唐儷辭袖袍一拂，儀態端然優雅，「要見你一面真是不易，紀王爺。」

土中一躍而出的人並非方平齋，乃是一名魁梧的光頭大漢，正是少林寺中離奇消失的「大識」禪師。此時他做還俗打扮，穿了一身暗紅短打，肌肉虯張，相貌威武，和在少林寺的模樣大不相同。

走在大識禪師身後的人輕袍緩帶，穿著一身玄色暗服，正是方平齋……或者說柴熙謹。

「唐公子。」柴熙謹對唐儷辭頷首，神態雍容華貴，彷彿「方平齋」此人從不存在。那搖頭晃腦囉哩囉唆的紅扇公子似是此人生平的一場大夢，現在柴熙謹挺直了背，沉斂了眉眼，說話的氣息也和從前全然不同。

「我在一旁看了很久，」柴熙謹表情平淡，「唐公子至今不殺此人，我本是不解……」他凝視著唐儷辭，「然後我突然明白，你不殺此人，比殺了此人……更居心叵測。」

「何以見得？」唐儷辭的手指自那青空色的離群劍劍刃緩緩滑過，似在輕撫什麼珍愛之物，萬里桃花已捲入衣袖之中，在雪白的衣袖上濺上了幾條纖細的血痕，彷若暗色竹枝，煞是好看。

「你想看的……是你扔了這麼大一塊香餌，最終是誰出面吃了它——取而代之，接替玉筮篌掌風流店之權柄？」柴熙謹道：「最好我等爭權奪利，自相殘殺，便省了唐公子許多手段。」

「紀王爺既然如此說，想必是不肯爭權奪利、自相殘殺了。」唐儷辭垂下長劍，「但此人害你白雲溝滿門忠烈，你竟不想……」

他還沒說完，柴熙謹已然變了臉色，「你說什麼？」

唐儷辭一字一字慢慢地道：「趙宗靖率軍踏平了白雲溝，他是為平叛而來，他如何得到消息？是誰？」他往前踏了一步，柴熙謹本能的想後退，但終於忍住，沒有後退。

他盯著唐儷辭的眼睛，唐儷辭任他看著，眼裡波瀾不驚，無悲無喜。

柴熙謹盯了他一會兒，又問了一遍，「你說什麼？」

唐儷辭道：「我說——趙宗靖平叛而來，殺了你白雲溝滿門……是誰告訴他白雲溝的消息？」

柴熙謹緩緩挺直了背脊，突然笑出聲來，「哈哈……」有一瞬間，他彷彿笑出了方平齋的聲音，隨即他拂了拂衣袖，「此時此刻……再議是誰，對我來說，已沒有意義。」

路已經走絕，回頭無岸，在趙宗靖率軍踏平了白雲溝之後，柴熙謹……別無選擇，無路可退。

「是鐘春髻。」唐儷辭並不聽他的自嘲，輕聲道。

這是一個出乎預料的名字，柴熙謹甚至不記得此人是誰，愣了愣。

唐儷辭並不解釋此人是誰，仍是輕聲道：「鐘春髻與白雲溝素昧平生，她既不認得方平齋，也不知曉柴熙謹，甚至前朝天子姓誰名誰她都未必知曉——她為什麼飛書趙宗靖，說得知白雲溝藏匿亂臣賊子，以至於兩千鐵騎踏平了白雲溝？」他又往前踏了一步，柴熙謹緩緩向後退了半步，只聽唐儷辭道：「因為信，是風流店讓她寫的。」

柴熙謹木然站著，過了一會兒，他點了點頭。

唐儷辭輕聲道：「那你還不殺了他？」

柴熙謹低聲笑了，「哈哈……哈哈哈哈……」他身邊的大識一直聽著唐儷辭的說辭，卻從頭到尾紋絲不動，彷彿一個字也沒聽見。柴熙謹道：「唐公子，我白雲溝並非只因為此人而死絕，我很清楚……你不要以為引誘我殺了此人，就能回頭是岸。」

唐儷辭柔聲道：「我引誘你殺了此人，是準備引誘別人來殺你，誰要你回頭是岸？」他驚奇的微微挑起了眉頭，本無悲無喜的眼中因為這一點驚奇而璀然生光，讓他似在這一瞬間有了魂魄。「紀王爺，僥倖還想著能不能回頭是岸的人是你——」他微微一笑，「你不肯爭權奪利、自相殘殺，卻還要日日夜夜想著能不能回頭是岸？紀王爺，人入局中，善惡湮滅，四面八方……哪裡有岸？」

柴熙謹驀然盯了他一眼，「這句話送給你自己。」他低聲道：「大識！」

大識抓著玉箜篌往牆後便走，柴熙謹緊隨其後，兩人消失在土牆之後。

唐儷辭並不阻攔，玉箜篌重傷至此，虎落平陽，群雄環伺，下場只會比一劍殺了更慘。柴熙謹意圖拿住此人，掌控謀逆一事的主動權，但鬼牡丹背後是誰不僅柴熙謹想知道，唐儷辭也想知道。

他去了京城一趟，仍然有些事沒有查明，這對唐公子來說，是很罕見的。

方平齋是紀王柴熙謹，他的白雲溝被趙宗靖率軍踏平，大周遺老盡數死絕，這事是趙宗靖的一件大功，並不難查。方平齋為了此事必須重啟柴氏，為故人復仇，這也是理所當然。但他是做了誰的刀——是誰要借他興風作浪？或者是說——戴著毗盧佛面具的鬼牡丹，穿黑紅披風的死士、戴有皮翼會飛天的怪人，以及以毒物下場，試圖掌控大半個江湖武林的風流店——他們——都在為誰作嫁？如此大的籌謀，是為了復興大周嗎？

這是一場自下而上的詭異圖謀，是有人從奇門異術中生出了野心，妄圖有問鼎天下的機會……但觀此人的謀術和布局，野心甚大，膽量甚小。

唐儷辭淺淺一笑，他手按腰間傷處，摸出一手的血。

他將那沾滿五指的血放在眼下細看，那只是濃稠的血色，和別人的血一模一樣，並沒有什麼不同。

隨即身後一聲聲爆響，身後遠處有物再度崩塌，唐儷辭輕輕吐出一口氣，驀然回頭，望向身後——在極遠處，成縕袍從那頭摔飛了過來，撞塌了土牆，「嘭」的一聲重重落在地上。他抱著昏迷不醒的古溪潭，自己也渾身浴血狼狽不堪，狂蘭無行正一步步由暗處行來，而橫劍擋在他們前面的，居然是鄭玥。

與「璧公子」齊星齊名的「玉公子」鄭玥，在好雲山一眾豪傑之中，既算不上武功高強，也算不上人品出眾，連他一向引以為傲的俊俏臉皮在好雲山一干俊彥之中，也不過爾爾。

甚至夜襲飄零眉苑，搶奪碧漣漪這等重任，紅姑娘也沒想過點他參與。

然而今夜月黑風高，成縕袍與古溪潭面對吞噬了玉笠筷八成真力的狂蘭無行，慘敗於毒火戰戟之下，死到臨頭之時出手相救的居然不是唐儷辭，而是鄭玥。

鄭玥此時正全身瑟瑟發抖。

他手中劍握得很緊，狂蘭無行胸口中了成縕袍一劍，後背中了古溪潭一掌，但看起來毫髮無損，依然彷彿妖魔鬼怪。

而他……而他不過是不忿今夜此行許青卜有份，自己居然不能參與？許青卜三流角色，武功既沒有自己高，在江南更沒有自己有名，憑什麼姓許的能與成縕袍一同行動，而自己不能？於是趁夜色，鄭玥黑衣佩劍，一個人偷偷地摸了過來。

一路上只見飄零眉苑被落石撕開了一個大口子，那破口處居然無人把守，他一路深入，居然也無人阻攔，一路闖入了成縕袍和狂蘭無行大戰的戰場。

他一來，就看見成縕袍一劍刺入狂蘭無行胸口，帶起的勁風氣浪差點把他掀飛出去。狂蘭無行中劍反擊，撕裂的袖袍捲起似有若無的黑氣，拍中成縕袍肋下。兩人雙雙負傷，一起後退，狂蘭無行血灑當場，成縕袍被他拍飛出去，重重落在遠處。

不同的是，狂蘭無行胸前中劍，屹立不倒，反而一步一血印，向著成縕袍而去。

成縕袍被他拍中一掌，掙扎了數次才勉強站起。狂蘭無行一路向他走來，古溪潭已經傷重，伏在地上，眼看狂蘭無行就要一腳將他踩成肉餅，成縕袍忍無可忍，勉強提起一口真氣，掠過來抱起古溪潭，往後便退。

狂蘭無行踏血而來，倏然加速，身後羽化的真氣助他進退更快，居高臨下撲向成縕袍頭頂天靈蓋。他的戰戟已經碎裂，五指因過度運轉「魑魅吐珠氣」而血肉枯焦，指尖都見了白骨，卻依然帶起黑色毒焰，往成縕袍頭頂拍落。

成縕袍橫劍招架，「咯」的一聲脆響，寒劍淒霜劍身碎裂，成縕袍劍柄脫手，重重落地。他整個人也被狂蘭無行這一擊「羽化」拍得倒飛出去，即使是身不由己，他也依然緊緊護住古溪潭，人在半空仍舊袖袍一舞，擋住自己佩劍碎裂的殘片，以免傷及師弟。

而後兩人重重墜地，再不能起。

狂蘭無行一袖甩開寒劍淒霜的殘片，抬手就待給這兩人最後一擊。

就在這時，遠處的鄭玥大喝一聲，「住手！」

他縱身而來，拔劍而出，擋在成縕袍身前。他也不知道自己為何衝了出來，只是見成縕袍臨死不屈，仍不放棄護住古溪潭，只是見「寒劍淒霜」當場碎裂，驟然熱血上頭，便拔劍衝了出來，擋在當世兩大高手之前。

他好像知道自己在做什麼，又好像不知道自己在做什麼。

狂蘭無行對他這一聲「住手！」置若罔聞，他本就聽不見，即使聽見了也不會把鄭玥放在眼裡，只是微微一頓，一息之間，他已到了鄭玥身前，那要命的五指已到鄭玥頭頂。

鄭玥畢竟也是少年成名，一劍向狂蘭無行手腕斬去。

「啪」的一聲，那劍刃斬在狂蘭無行手腕上，如中鐵木，只是在那焦黑的手腕上砍出來一道細細的傷口，傷口處甚至不流血。

鄭玥這一劍用足了全身功力，見狀駭然變色，但他第二劍仍然向狂蘭無行胸口刺了過去。他並未後退，他既來不及後退，也根本沒想過後退，他只要一退，狂蘭無行這一掌就直直對著成縕袍師兄弟而去了。他根本來不及想自己是不是螳臂擋車，只是一劍不成，再出一劍——除此之外，當下鄭玥腦中便什麼都沒有了。

足下踏著寒劍淒霜的碎片，他只知道自己的劍還沒有碎。

成縕袍「哇」的一聲吐出一口血來，張嘴想讓鄭玥快走，卻發不出絲毫聲音。

懷裡的古溪潭緩緩醒來，他看見鄭玥的背影，喃喃地道：「鄭……鄭公子？」

「碰」的一聲，四下沙石簌簌下落，在視線已經昏暗的成緼袍和古溪潭眼中，狂蘭無行抓住鄭玥的佩劍，隨手將它扭成碎片，掐住鄭玥的脖子。

而後一物凌空飛掠而來，捲住狂蘭無行的脖子，狂蘭無行的脖子血線暴起。隨後氣浪翻湧，成緼袍和古溪潭一起暈過去，依稀聽到有人重重摔倒之聲，彷彿有幾個人一起倒在地上。

第六十一章　白翎金簳雨中盡

大識背著奄奄一息的玉笠筷在飄零眉苑的通道中疾走，柴熙謹如影隨形，緊跟在後。玉笠筷和鬼牡丹所圖甚大，而要與大宋趙氏為敵，玉笠筷和鬼牡丹身後必然有伏兵。柴熙謹不想當他人之刀，他必須搞清楚，玉笠筷和鬼牡丹逼他出山，他們的底氣何在？飄零眉苑之中，還有何人？

這地方柴熙謹熟悉之極，幾番輾轉，就進入飄零眉苑最深處。

此處有許多密室，是當年他們兄弟七人練武之所，也有破城怪客藏匿的許多機關暗器。

就在即將靠近密室之時，大識和柴熙謹突然停住。

破城怪客的密室之中，緩緩走出一名白衣女子。

來人個子高挑，臉上未戴白紗，正是白素車。

柴熙謹臉色微微一變。

白素車一言不發，身周諸多密室內均緩步走出一名紅衣女子，是紅衣女使中極少出門的那幾位，那是幾位武功最高、中毒最深，彷彿行屍走肉的那幾位。

那已不是什麼癡戀柳眼的癡心少女，而是幾位人間魔物。

白素車看了他倆一眼，淡淡地道：「放下尊主。」

「玉笠筷將柳眼害得不成人形，」柴熙謹道：「諸位不但不恨之入骨，還傾力來救，不知在諸位心中，對柳尊主還有幾分在意呢？」他衣袖之中的「疊瓣重華」已落入手中，白素車掌控的這些紅衣女子，面戴紅紗，內息腳步均不可聞。

這絕非二八年華能被柳眼的傾世容顏魅惑的無知少女，這都是什麼人？

「柳尊主為奸人所害，下落不明，與玉尊主何干？尋回柳尊主重歸本位，正是我等應有之義。」白素車不動聲色，淡淡地道：「但玉尊主也是本門中流砥柱，紀王爺既然是玉尊主多年好友，既然從唐公子手中救下人來，難道不該將人放下，如此匆忙，不請擅入，是想做什麼？」

柴熙謹緩緩抬手，指間夾著疊瓣重華，「此處是我故居，我要進門一趟，竟是如此為難？」他定定地看著白素車，「白姑娘此舉……究竟是救人、還是設伏？」

白素車掃了大識一眼，平靜地道：「紀王爺是不肯放人了？」

大識早已點了玉箜篌十來處穴道，此人干係重大，好不容易拿到手，怎麼可能輕易放手？柴熙謹揚眉一笑，「我不肯爭權奪利、自相殘殺，奈何爾等堪不破……白姑娘野心勃勃，可知妳對我拔刀相向，正是落入唐公子的謀算之中？」

白素車不理不睬，一揮手，「放下尊主！」她手中斷戒刀一揚，刀尖正對著柴熙謹，「放下！」

隨著她一聲令下，五位紅衣女子緩緩抬起手來，她們舉止各異，但衣袂微微鼓起，真力激蕩，一出手都是殺招。大識背著玉箜篌，眼見其中一人揚手的架勢，變了顏色，「袞雪！」

這是出自《往生譜》的一篇，趙上玄曾持之橫行一時，大識未進少林之前，在武林大會上見過。在他歸隱之後，袞雪神功絕跡多年，此時卻出現在一名紅衣女子身上？此女究竟是誰？

而柴熙謹凝視著另一名紅衣女子，那人掌成輕柔之勢，掌風極陰。大識喊出「袞雪」的時候，他不得不想起了「玉骨」。

如果玉笠筷能練〈夢黃粱〉中的「長恨此身非我有」，那麼風流店中有能使出「袞雪」或「玉骨」的女子，也不是怪事。

他想起了狂蘭無行的「魑魅吐珠氣」，又想起三哥本來不是神志不清，殺人如麻的怪物——朱顏是從何時開始，一點一點變成了如今這樣？

「大識！」柴熙謹剎那變了顏色，「放人！走！」

大識顯然和柴熙謹想到了一處去，當機立斷，放下玉笠筷，兩人一起向後躍去，極快消失在黑暗的通道之中。

此行雖然沒能把玉笠筷帶走，但是這幕後究竟是什麼在起作用，玉笠筷和鬼牡丹所倚仗的是什麼力量，柴熙謹已經猜到了一二。

袞雪、玉骨、夢黃粱……這都是《往生譜》的殘篇。

而《伽菩提藍番往生譜》，是一部至惡之書。

有神鬼莫測之能，無敵天下之勢，萬物顛倒之變——當年「南珠劍」白南珠從一代名俠淪落為善惡難辨的魔頭，正是因為練了這往生譜。

聽聞白南珠當年只是從葉先愁的書房裡拿走了一本祕笈，而誰知道葉先愁的書房裡，屬於《伽菩提藍番往生譜》的邪功本應是有幾本？至少〈夢黃粱〉不在當年白南珠的祕笈裡。

所以在玉笠筷和鬼牡丹身後，藏匿在「九心丸」身後，躲在柳眼背後，意圖驅使他向趙氏復仇成就大業的……正是那本《往生譜》。

柴熙謹低頭疾奔，越想越是驚駭——三哥的「魑魅吐珠氣」從何而來？唐儷辭為何能指點朱顏突破「魑魅吐珠氣」，練成「魑魅珠」？當年……白南珠私練《往生譜》，未能活過二十五歲，正如《往生譜》預言所說「殺孽大熾，癲狂而死」。那唐……唐儷辭呢？

柴熙謹脫身而去。白素車揮了揮手，那五位紅衣女子緩緩放下手來。機關門後出來幾位年紀更輕的小姑娘，過來牽住這幾位紅衣女子的手，引著她們緩緩向門後走去。其中一人便是青煙，青煙扶著的那名紅衣女子走得甚慢，正是方才施展出「衮雪」的那位。她走到一半，突然停住，慢慢回過頭來，呆呆地看著白素車，白素車不言不動，也不看她。那紅衣女子慢慢轉過頭去，被青煙扶著，回到了機關門後。

白素車低下頭，看著躺在地上昏迷不醒的玉箜篌，他被大識點了穴，又流了很多血。

白素車單膝跪地，白裙逶迤而開，她半抱住玉箜篌，從懷裡取出一支藥瓶，仔細餵給玉箜篌。玉箜篌袖中的「小玲瓏」爬了出來，白素車看了那蛇一眼，那蛇居然不咬她，只是爬了出來，緩緩遊動。隨即有第二條「小玲瓏」爬了出來，第三條……玉箜篌身上居然帶著三條蛇。三條小蛇圍著白素車緩緩遊動，白素車並不在乎，給玉箜篌餵完了藥，還給他擦了擦嘴，將那空瓶輕輕放在一旁。

過了片刻，玉箜篌微微睜眼，一頭黑髮與白素車的白裙糾纏在一起，他恍惚地看著穹頂，「素素，那是什麼藥？」

白素車一臉淡然，「北中寒飲。」

玉箜篌低低的笑了一聲，「哈哈哈哈……我一直信妳……風流店中那麼多人，我只信過妳……」

「因為我卑賤、有野心、不服輸……」白素車淡淡地道：「心狠手辣，沒有退路，還貪慕唐公子——到處都是弱點。」

「不錯。」玉箜篌咳嗽了一聲，「妳滿身弱點……但妳……」他緩緩地坐直了身體，從白素車的懷裡脫身，回過頭來，「但妳太狠了。」

「妳想要的是什麼？」他問，「妳入風流店，為的是什麼？」

白素車任他坐直，甚至順手為他一挽長髮，她背脊挺直，淡然看著玉箜篌，「我卑賤、有野心、不服輸……心狠手辣，沒有退路——所以只要有機會，我都想掙一下。」她看著玉箜篌，眼裡既無畏懼，也無興奮，就彷彿看著一個極尋常的人，「風流店之主，只有你們可以坐嗎？我不可以？」

玉箜篌目中掠過一絲震驚，「妳——」

「『呼燈令』之主，不是王令秋。王令秋認紀王爺為尊……」白素車緩緩地道：「他們只需要和風流店合作，而不是與你合作，不是嗎？他們手握北中寒飲，我手握九心丸毒與紅白女使，而你——武功全廢的玉尊主，你有什麼呢？鬼主會回來救你嗎？」她從袖中取出火摺子，引燃了舉在手中，對著玉箜篌的臉照著，「在風流店中，弱……就是該死，不是嗎？」

「等鬼牡丹回來……」玉箜篌低聲道：「他宰了妳。」

白素車微微一笑，從方才給玉箜篌餵藥，直到現在她才笑了笑，「人屈居弱勢，總是天真，想等著別人來救你。你說唐公子不殺你、紀王爺不殺你，我也不殺你……都是為了什麼？」她緩緩站了起來，俯視著玉箜篌，「玉尊主才智過人，也許你應該多為自己想想，究竟要怎樣才能在這番局勢裡，活得比現在好一些。」

玉箜篌驀地低下頭來，他五指狠狠地扣入身側土中，指甲爆裂，血浸黃土。白素車神色不變，就如沒看見他的怨毒一般。

過不了片刻，玉箜篌抬起頭來，臉上換了一副表情，顯得從容又柔順，「恭迎白尊主。」

白素車淡淡地道：「然後呢？」

「在下願為白尊主分憂解難，出謀劃策。」玉箜篌爬起來，渾身帶血的給她磕了個頭，「鞠躬盡瘁……死而後已。」

白素車垂手摸了摸他的頭，「北中寒飲的解藥，我是沒有的，一旦我大事能成，王令秋的人你可以帶走。」

玉箜篌匍匐在地，「謝白尊主！」

白素車不語，過了一會兒，她說：「聽說王令秋給普珠下了『蜂母凝霜露』？」

玉箜篌微微一震。

她問，「是你的主意？」

玉箜篌緩緩抬頭，他一張俊朗的臉上半面血汙，蒼白如死，胸口的「香蘭笑」尚未取出，彷彿半尊血人，「是。」

白素車沒說什麼，點了點頭，她喚了一聲「青煙」。

那活潑的小丫頭從機關房裡竄了出來，「素素姐姐。」

白素車道：「把玉尊主請下去療傷。」

青煙好奇地看著半跪在地的玉箜篌，「尊主起來吧，素素姐姐準備好了療傷的密室，裡面東西都備好了。」

玉箜篌搖搖晃晃地站起，臉色不變，跟著青煙往飄零眉苑最深處的囚牢走去。

白素車望著他的背影。他們彼此都很清楚，此為一時之勢。

過了一會兒，幾位白衣女使前來稟報，「執令，唐儷辭和中原劍會幾位強闖玉尊主寢殿，狂蘭無行、王令秋和碧漣漪都被他們帶走了！」

白素車點了點頭，「落下青獅閘。」

「是！」幾位白衣女使領命而去，片刻之後，飄零眉苑中機關之聲再起，幾處沉重的巨石沉下因山壁崩塌而開裂倒塌的通道，將通道堵住。而隨著巨石落下，山腹內再度震盪，整個飄零眉苑反而緩緩向上升起了一點。

唐儷辭正在焚香。他點了一支金色線香，插在盤金掐絲青灰釉小香爐中，淡淡的白煙筆直升起，說明這香的品質均勻細膩，是香中精品。

但那香爐放在一塊生著青苔的岩石上，青苔在晨曦中青翠可愛，還依稀浸潤在潮濕的氣息中。金色線香散發出一股濃郁的草藥氣息，這並非檀香。

生著青苔的岩石後是一個潮濕的洞穴。洞穴周圍草木頗密，四處寂靜無風，樹木叢生，不知是山中的什麼地方。

洞中。狂蘭無行和鄭玥雙雙躺在地上，成縕袍和古溪潭也雙雙躺在地上。

不同的是，他們是一雙死人和一雙活人，鄭玥被狂蘭無行碎頸而死，狂蘭無行被唐儷辭「萬里桃花」斷頭而亡。

一為江湖狂客，幾乎無敵於天下，一為少年劍客，人生尚未開始。他們本不相識，但幾乎是同時而亡，就連死因都相差無幾。

如果狂蘭無行不是全神貫注要掐死鄭玥，唐儷辭沒有機會一擊得手。如果鄭玥沒有趕來，唐儷辭或者也來不及救下成縕袍和古溪潭。

唐儷辭今日換了一身青衣，是極淡的青色素紗，卻在衣角袖緣繡有細細的金線。他已穿了許久的白衣，今日突然換了華服，也不知昨夜去哪裡換的。

他不但換了華服，帶上了香爐，還抱了一具瑤琴，橫放在膝上。

金色線香靜靜的升騰著白煙。唐儷辭橫放瑤琴，十指扣弦，緩緩地撥了兩下，弦顫聲動，不成曲調。

他撥了兩下，沉靜了一會兒，過不多時，又緩緩地撥了兩下。

深山古樹，山苔黑石之側，有青衣人撫琴焚香。

聲傳風動，輕生枉死。

生也不幸，死也不幸。

過了不知多久。成縕袍當先醒來，睜開眼睛，便看見一片黝黑的洞壁。那山洞石壁上掛滿水珠，十分潮濕，身周卻沒有蚊蟲，鼻尖嗅到一股草藥的清香。他提一口真氣，驚詫的發現不知道誰給自己餵了什麼藥，內傷雖然還未大好，內息卻已經運轉自如。坐起身來，成縕袍看見洞口的黑色岩石上擺著香爐，香爐裡一炷金色藥香正嫋嫋散去最後一絲餘煙，地上放著一個玉瓶。

那玉瓶玉質通透潤澤，一看便知不是凡物。

周圍靜悄悄的不見人影，古溪潭就躺在他身邊，成縕袍一探脈門便知古溪潭一樣被餵了傷藥，已無性命之憂。

除此之外，山洞裡一地乾涸的血，也不知是誰的血，但看這流血的量，若是一個人流的，恐怕早已喪命。地上有躺臥的痕跡，但沒有屍體，成縕袍依稀記得看見狂蘭無行掐住了鄭玥的脖子，而後「萬里桃花」凌空飛來，拉住了狂蘭無行的脖子。那後來呢？

成縕袍扶著山洞石壁站起，慢慢走到香爐前，這香爐和玉瓶，如此矜貴華麗之物，必然是唐儷辭留下的。他既然把自己師兄弟二人留在此地，顯然是危機已解，但唐儷辭人呢？鄭玥和狂蘭無行人呢？鄭玥他……鄭玥他捨命相救，他還……活著嗎？

地上一聲低吟，古溪潭醒了過來，眼睛尚未睜開，他先喊了一聲「鄭公子……」

成縕袍扶住他，古溪潭睜眼看這山洞裡一地的血，「師兄，鄭公子他……」

成縕袍沉思片刻，緩緩搖了搖頭。

雖說「萬里桃花」當時拉住了狂蘭無行，但以狂蘭無行的指力，根本不需要當真掐住鄭玥的脖子，凌空抓握的時候，鄭玥就已頸骨盡碎了。

古溪潭嗆咳了一聲，「那狂蘭無行……呢？」

狂蘭無行怎麼樣了，成縕袍也不知道。他拾起地上的玉瓶，玉瓶中兩粒淡青色的藥丸，模樣十分好看，但唐儷辭留下的藥，成縕袍一時也不知這是傷藥還是毒藥，猶豫了片刻，只能收入衣袋中。兩人各自調息，半個時辰之後，準備折返中原劍會的營地。

中原劍會紮營的樹林中，紅姑娘的營帳前擺放著一張木桌。宛郁月旦和紅姑娘相對而坐，桌上擺放著精緻的糕點，但兩人都沒有動。碧漣漪被許青卜背了回來，但傷勢極重，碧落宮正在為他療傷，「北中寒飲」之毒毀壞了他的經脈和真氣，讓療傷困難重重。宛郁月旦靜靜坐著，紅姑娘也靜靜坐著，兩人在那坐著，葉落蕭蕭，墜衣沾髮，不言不動。鐵靜和何簷兒都不敢靠近，連紅姑娘身邊的侍衛都噤若寒蟬，不知不覺後退出幾丈遠。

「紅姑娘，風流店那魔……魔頭……出來了。」遠處齊星悄聲通報了一聲。

紅姑娘和宛郁月旦一起抬頭，宛郁月旦雖然看不見，卻也望向了樹林中來人的方向。

只見飄零眉苑那灑遍毒粉的枯木林中，唐儷辭橫抱一人，緩步走了出來。

唐儷辭橫抱著鄭玥的屍體，走到距離營帳約一丈之遙，將人緩緩放下。

鄭玥臉色青紫，喉骨碎裂，早已身亡。

紅姑娘猛地站了起來，「鄭玥！」

齊星和許青卜等人都萬分錯愕震驚，直欲撲上，又懾於唐儷辭邪名，不敢輕舉妄動，但看著鄭玥面目全非的屍身，憤怒至極。

「唐……唐尊主偷襲我劍會中人，下手毫不容情，心狠手辣。」紅姑娘盯著唐儷辭，「以唐尊主威名，傷害鄭少俠未免有恃強凌弱之嫌，莫非是他發現你什麼見不得人的惡行，讓你殺人滅口，又將人帶來此地耀武揚威？」

「小紅果然很會說話。」唐儷辭微微一笑，「狂蘭無行修習《往生譜》何等威能，鄭玥膽大妄為，私入祕境，被狂蘭無行碎頸而死。」他站在鄭玥屍身之後，姿態挺拔，「諸位舊友，飄零眉苑機關重重，神威莫測，為諸位身家性命著想……」他退了一步，自身側的枯樹上折下一根枝幹，慢慢的在鄭玥屍身後的泥地上畫了一條橫線。

那條線紋路很淺，施力也不均衡，是非常隨意的一條線。

只聽唐儷辭道：「……當安分守己，謹言慎行——如越此線，莫要怪唐某恃強凌弱，殺人滅口。」

紅姑娘身後的東方劍、霍春鋒等人怒形於色，已有人指著唐儷辭怒道：「邪派魔頭人人得以誅之，鄭少俠求仁得仁，正是我輩楷模！你還不跪下給鄭少俠磕頭，竟還敢在此耀武揚威，胡說八道！」還有人吆喝道：「今天就讓我見識見識唐公子的厲害！」

唐儷辭眼眸微抬，袖袍一拂，但見一道粹然銀光閃過，紅姑娘身前木桌一分為二，桌上的點心被「萬里桃花」捲回。他這一揮手，站在紅姑娘附近的幾人措手不及，若是對著紅姑娘的頸項捲來，她恐怕已經身首異處。唐儷辭端住那一碟青茶梅花糕，慢慢往「見識見識唐公子的厲害」的那幾位少俠看去，那幾位已經閉嘴，見他目光掃來，都忍不住往旁人身後縮去。卻聽他嘆了口氣，「蕙空堂的梅花糕不如苦篁居所製細膩柔軟，不好吃。」

他將梅花糕和碟子放在鄭玥身邊，不把中原劍會偌大陣勢放在眼裡，轉身而去。

宛郁月旦聽著他的一舉一動，紅姑娘也不再說話，等到唐儷辭離去，她才啞聲道：「將鄭少俠好生收殮安葬。孟大俠，以唐……唐儷辭所言，鄭玥撞見狂蘭無行，那麼成大俠和古少俠此時究竟身在何處？他們是否也遭了毒手？你和東方門主幾人儘快搜查附近山林，如果他們未遭毒手，可能也需要接應。」

孟輕雷眼見鄭玥橫屍在地，實是驚詫萬分，他不知道鄭玥是怎麼進飄零眉苑的。昨夜成縕袍和古溪潭沒有回來，其中必定出了大事，但唐儷辭乍然現身，也是非常古怪……心裡雖然紛亂，但成縕袍和古溪潭的生死乃是大事，他立刻點了幾人，和東方劍一起離開。

紅姑娘扶桌而起，她本來身姿纖弱，楚楚可憐，這桌子被唐儷辭劈做了兩半，她一扶，整個木桌轟然倒塌，她隨之一晃。宛郁月旦及時伸手扶住她，紅姑娘低下頭，掩飾住一臉恍惚，道了一聲謝。

兩人一起回到營帳，營帳中碧漣漪昏迷不醒，碧落宮鐵靜守在他身邊，眼見宛郁月旦進來，立刻站了起來。

「鐵靜。」宛郁月旦輕聲道：「我和紅姑娘說幾句話。」

鐵靜點頭，將營帳外的閒雜人等清空，保證宛郁月旦和紅姑娘所說的話不能被有心之人聽見。

「唐公子那一擊……是為了表示『萬里桃花』在他手中。」紅姑娘看著碧漣漪蒼白的臉色，輕聲道：「那表示玉箜篌已死，或已經失勢。」

「但他讓我們暫緩突破飄零眉苑，按兵不動。」宛郁月旦眨了眨眼睛，他已非當初的少年，卻仍殘留著些許少年神韻，說話輕聲細語，「飄零眉苑當中定然起了某種變化……比如說……狂蘭無行殺了鄭玥，你猜這位冠絕天下的高手如今……是死是活？」

紅姑娘淡淡一笑，「唐公子抱了鄭少俠歸來，說明此事已了。」她嘆了一聲，「玉箜篌已去，狂蘭無行已死，為什麼飄零眉苑仍不可破？說明這背後一定還有協力廠商……甚至是第四方。」

「鬼牡丹去了京城未返。」宛郁月旦道：「普珠不知所蹤，柳眼也不知所蹤，這兩人對風流店來說干係重大，風流店至今未有所動靜，此為可疑之一。」

「『呼燈令』重出江湖，王令秋潛伏在少林寺二十餘年，其人與少林有血海深仇，難道是無所作為嗎？他究竟做了什麼？此為可疑之二。」紅姑娘接了下去。

「鬼牡丹勾結玉箜篌，殺破城怪客、魚躍龍飛、操縱梅花易數和狂蘭無行……再逼迫方平齋謀反——一闋陰陽鬼牡丹，他從何而來，所圖者何？此為可疑之三。」宛郁月旦輕聲道：「又或者說……『七花雲行客』原本兄弟同心一團和睦，究竟發生了什麼，讓他們自相殘殺？」

紅姑娘道：「這才是最關鍵所在，他們起了爭執，兄弟鬩牆，原因是什麼？」她緩緩動了下眼睫，「而柳尊主在這其中起了什麼作用？」

宛郁月旦眨了眨眼睛，又眨了眨眼睛，「柳眼？」

「柳眼。」紅姑娘輕聲道：「鬼牡丹和玉箜篌殺破城怪客、魚躍龍飛，給梅花易數和狂蘭無行下毒，但若無柳眼引弦攝命之術，單憑鬼牡丹和玉箜篌制不住梅花易數與狂蘭無行。說明麗人居兄弟鬩牆那日，柳尊主就參與其中。而後風流店立，九心丸出，柳尊主獨當一面，鬼牡丹和玉笠篌隱身其後……」

「亂局由此而起。」

唐儷辭一襲青衣，頭也不回的往密林深處走去。

淡青色素紗的腰間緩慢的滲出血來，沿著暗紋金線暈開，彷彿那一身卷草纏枝牡丹正在逐次綻放。密林深處有許多被飄零眉苑隨風飄散的毒粉毒得奄奄一息、樹葉青黃的老樹，在這些老樹下，有一處新墳。

墳前沒有立碑，只是一處極其簡陋的土墳。

他看著那堆土，看了很久，而後笑了笑。

「一步天下，那又如何？」

狂蘭無行，持八尺長劍橫掃江湖，修魑魅吐珠氣無敵於天下，他天賦異稟，心性卓絕，悟性奇高——那又如何？

不知道從什麼時候起，他除了殺人，便已什麼都不會了。

人人都會死，做一步天下，生殺予奪的絕頂高手，只可能死得更快。

唐儷辭攤開手掌，看著自己手指和掌心的血，他的血和常人一般鮮紅，唯一不同的是，以他的體質，腰間這麼點傷，早就應該自癒了。

就算以常人的體質，這麼點皮外傷，也早該止血，但他的傷口依然在流血，雖然流的不多，卻沒有止住。

唐儷辭凝視著面前的墳堆。他和狂蘭無行素無交情，乃是勁敵，也從未欣賞過此人的半點言行心性，但他死了。

狂蘭無行之所以會死，有一大半是被唐儷辭害的，他是唐儷辭親手殺的，但他死了，唐儷辭看著他的墳，卻彷彿看見了一個朋友。

修《往生譜》者，往往殺孽過重，癲狂而死。

白南珠死了、狂蘭無行死了、玉箜篌……也快死了。

還有誰？

唐儷辭轉過身去，四周黃葉蕭蕭，老樹正在逐漸死去。

還有誰？

玉箜篌被白素車鎖入飄零眉苑深處最神祕的囚牢。

這是當年破城怪客給自己設計的避難之地，因為喜好奇門八卦、機關暗器，這人年輕時潛入諸多家學淵博的奇門世家，盜學祕術無數，在他武功大成之前常年受人追殺。一直到三十八歲上，破城怪客建成了自己的機關祕術之所，才漸漸消停。

破城怪客當年修築的機關祕術之所叫做「黃家洞」，因為他本姓黃，後來玉箜篌嫌他這名字太過難聽，在殺死破城怪客、謀奪「黃家洞」後更名「飄零眉苑」。

這地方的機關神奇繁複，破城怪客給自己修的避難處更加詭譎，玉箜篌一被帶入密室，大門自行關閉。而後機關聲響，門外「咿咿呀呀」諸多機簧轉動了半天，少說也有五六種機關將門鎖死。而密室內床榻桌椅一應俱全，唯一不好的是破城怪客當年預留的逃生之路已經被火藥炸塌。而當年故意將他這生路炸斷的，不是別人，正是玉箜篌自己。

他要以此作為據點，自然不能在眼皮子底下留下可以裡通內外的密道。炸毀密道之後他自己多次嘗試，確認密道已經完全被毀，絕無可能有人能從此出入方才甘休。

密室大門被鎖之後，玉箜篌撐著桌面緩緩坐下，長舒了一口氣。

他還活著，沒有死在狂蘭無行的戟下、沒有死在唐儷辭手裡，居然也沒有死在柴熙謹或白素車手裡。

那就是他的大幸，其他人的不幸。

調息半晌，在確認經脈受損，那點半殘的武功再也練不回來之後，玉箜篌縱聲而笑。

他點燃了密室中的油燈，那油燈的暖色焰心在黑暗中微微搖晃。

「哈哈哈哈……」

玉箜篌黑髮披散，渾身沐血，他用力從胸口拔出了「香蘭笑」，將那毒物扔在一旁。沉重的「香蘭笑」落地發出「叮噹」微響，向一旁滾落，玉箜篌從血糊糊的衣裳中摸索出一個浸透鮮血的小包裹。

那小包裹粗糙又簡陋，彷彿是植物乾損的葉片。

打開枯黃的葉包，在這小包裹裡面是一團淡金色細絲織就、半透明的卵囊。隱約可見卵囊裡細小晶瑩的什麼東西的卵，在卵囊旁邊，已經有一些孵化出來的小東西正在緩慢的爬行。

那是一些極其微小的蜘蛛們，每一隻的背上都有一抹淡淡的金綠之色，牠們爬上玉箜篌的手指，並咬破了他的皮膚。

那是蠱蛛。

玉箜篌坐在桌邊，任由數百隻細小的蠱蛛咬穿他的皮肉，那些半透明的小點兒噴吐著細細的毒液和蛛絲，在燭光映襯之下，彷彿從玉箜篌沾滿血跡的手上升騰起一片彩光流離的雲霞。

隨著細小的蠱蛛噴吐著那微不足道的毒液，密室之中有物簌簌而動，地底常見的爬蟲們向玉箜篌身周爬來，卻紛紛死在他帶血的衣擺之下。玉箜篌慘白的臉上毒氣浮動，青紫變換，隨著蠱蛛之毒深入肺腑，他漸漸失卻了表情，從一臉的猙獰痛苦變得麻木平靜，甚至到了最後帶出一點安詳。

不能做殺人之人，可做殺人之刀。

反正他玉箜篌，挫骨揚灰也不能做人下之人。

誰看不起他，誰就死。

白素車與唐儷辭這二人，定要死得酷烈無比。

此時「咯啦」一聲，密室門上打開一個僅能伸入一隻手的小洞，青煙的人影在外一閃而過，往門內塞入一份食水，食水之中有一瓶「傷藥」。

那究竟是什麼藥，玉箜篌已經無需思考了，蠱蛛之毒在他身上流轉，他甚至不需要食水。

隨著那小洞一開一關，有幾隻極細微的蠱蛛隨飄長的蛛絲出了小洞，悄然落進飄零眉苑幽暗的通道之中。

青煙在前面匆匆而行，她並不知道白素車把玉箜篌請進密室是為了什麼。執令說那是為了給玉尊主療傷，她雖不是很信，但並不在乎。她追隨的只是素素姐姐，玉尊主或是柳尊主或是別的什麼尊主，對她來說都一樣。

只有素素姐姐才管著她們這些姐妹的死活，打理她們的日常起居，安排她們輪值休息，照顧她們冬寒盛夏。

她知道風流店不是什麼好地方，也知道素素姐姐不是什麼好人，但有什麼關係呢？她年紀不大，卻知道人這一生不長，能遇見一個願意管你冬寒盛夏的人，是很難的。

青煙疾步而行，她的衣裙帶起了微風，蠱蛛纖細至極的蛛絲掛在她的裙角，跟隨著她進入白素車的臥房。

中原劍會的紮營地。

被五花大綁，點了十七八處穴道的王令秋伏在成緼袍營帳外的土坑裡。此老全身是毒，「呼燈令」祕術防不勝防，所以紅姑娘命令將他外袍脫去，只留下貼身衣服，捆上鐵索，點上穴道，扔在中原劍會武功最高的成緼袍門外，以防不測。

但成緼袍和古溪潭刺殺玉箜篌未果，失去下落，至今未歸。

王令秋就被扔在空無一熱的營帳外，由東方劍和余負人一起看守。

夜半時分，匍匐不動的王令秋驟然睜眼，渾濁麻木的眼中興起了一陣狂熱。

蠱蛛異動。

遠在千里之外的某處。一隻碗口大的老蛛驟然死去，八足蜷縮，自淡金色的蛛網中掉落下來。

有人坐於黑暗之中，提起一雙象牙雕刻的筷子，將那死去的老蛛夾了起來，湊在燭火中反覆灼燒，最終從老蛛腹中燒出一隻還在蠕動的黑色蟲蟲。

他將蟲蟲浸入一杯烈酒，那酒酒色殷紅如血，濃稠且渾濁。

他將烈酒與蟲蟲一口吞了下去。

蟲蛛異動。

子生母死。

第六十二章　直餘三脊殘狼牙

伏牛山下，姜有餘的小院中。

柳眼正在熬煮一鍋糊糊。他並不知道鍋裡煮的是什麼，只知水多婆差遣他往鍋裡倒入許多紅豆、綠豆，撒入了許多鹽，又加入了十來種稀奇古怪的草根樹皮，煮出一鍋怪味豆糊。

而這鍋「湯藥」居然是用來給普珠洗澡的。柳眼從未見過如此古怪的洗澡水，以他的常識，不管這鍋糊糊裡有多少珍奇藥材，也不太可能對身中劇毒的普珠起到什麼效果。

但水多婆一口咬定有用，柳眼懷疑再三，最終是相信了他。

普珠看起來不太好，日漸消瘦，水多婆和莫子如在爭論究竟是要給他餵食哪一種毒物比較好。水多婆堅持要給普珠餵毒蛇，莫子如非要給他餵蜥蜴，結果普珠既不肯吃毒蛇，也不肯吃蜥蜴。人家不食葷腥。

然而身中劇毒之後，只食素菜，只會讓普珠的狀態一日不如一日。

水多婆讓柳眼熬煮的這鍋豆糊，據說便是用來嘗試給普珠解毒的。玉團兒蹲在地上給灶臺加柴火，她已經學會了柳眼的那套玉針刺腦。但姜有餘安排來的三百弟子解藥會製了，玉針居然還有一大半沒有學會，這讓玉團兒嫌棄得很。

他們都知道中原劍會與風流店互有勝負，狂蘭無行死了、玉箜篌重傷，但任清愁死、鄭玥死、成縕袍和古溪潭重傷……看起來似是中原劍會占了上風，但九心丸之毒不解，終是死結。

何況風流店之下，尚有「呼燈令」暗流湧動，而「呼燈令」與「風流店」之後，是誰在行鬼祟之事？柴熙謹受誰的驅使？王令秋是聽誰的號令？出現在少林寺的「鬼牡丹」是誰？他們對九心丸如此放心，自少林寺下唐儷辭與柳眼分道揚鑣，就不再追查九心丸解藥的下落了嗎？

柳眼看著鍋裡的豆糊發呆。他隱隱約約覺得……這只是一種心照不宣的平靜。

「鬼牡丹」他們看似沒有找到這裡，也許只是因為水多婆和莫子如在這裡。姜有餘的小院如此好找，這裡來往的人如此多，有心人怎麼可能找不到他？他或許只是受人庇護，而一直茫然不覺。

但水多婆和莫子如二人的餘威，能鎮得住「鬼牡丹」們多久呢？九心丸的解藥或解法大家勢在必得，他所在之處，終要成腥風血雨。關鍵只在於——「鬼牡丹」們什麼時候摸清水多婆和莫子如的底細，以及唐儷辭對此究竟是有什麼進一步的安排。

也許……阿儷是利用了這份岌岌可危的平靜，藉以讓他休養生息，繼而能盡可能的培養出更多的弟子。柳眼看著鍋裡翻湧的焦糊，心想……這就是他活著唯一僅有的用處……

他無論走到哪裡，都一直受人之恩，一直受人庇護。他曾無端坐擁了無窮盡的偏愛，然而……他以前……既沒有接受過，也沒有正視過這個人世。他不把此界的人當做人，他沉溺於自己的怨毒和悲慟，但其實無論是怎樣的人世……人世都是人世。

人世裡的人……都是人。

活著，喜怒哀樂，悲歡離愁，誰也不比誰高貴。

就連阿儷也一樣，喜怒哀樂，悲歡離愁，誰也不比誰高貴。

面前的藥糊燒成了焦炭，柳眼恍然明白——對他來說，明白這點並不難。

然而對阿儷來說，這是千難萬難。

「小子！糊了！」身後傳來水多婆的聲音，他也不生氣，喜滋滋的對莫子如道：「這番又是我贏了。」他指著柳眼，「我說這小子定然信了我豆糊能療毒，豆糊長期熬煮，必然要糊，是也不是？焦糊了就可以用以配藥，繞回來我又不是框他……」

莫子如摸了摸剛貼上的三縷長鬚，他剛把自己從清秀書生畫成了尖嘴師爺，「贏又如何，輸又如何……我倆剛才又沒有賭錢……」

兩人的日常胡說八道剛起了個頭，柳眼仍在發呆，驟然間院外嗖嗖嗖一連數十聲弦響，二十余支火弩帶著不滅的焦油火，自四面八方射向姜有餘的小院。

剎那間小院四處著火，濃煙四起，那三百尚在互相學習的少年弟子驚呼著亂成一團。

這些少年大半是萬竅齋書齋中較為聰慧靈巧的弟子，學過一些算術醫理，練過簡單的拳腳，家世清白，心思單純。也有些江湖門派的少年弟子，師長和姜有餘相熟，願意送弟子前來學習。

這些閱歷淺薄的少年們驟然看見院落起火，都是驚慌失措。武藝尚可的護住全然不會武功的，往院落地下的密道逃竄。一時間人頭攢動，不少人摔倒在地，敵人尚未進來，己方已是受傷不少。

柳眼驀然回首，玉團兒從地上跳了起來，「唰」的一聲她拔出了長劍。水多婆和莫子如相視一眼，兩人都頗覺意外。

風流店必不可能放過柳眼，但它為什麼這個時候來？這不是唐儷辭和水、莫二人推定的時機，其中可能發生了某種變數。

莫子如袖袍一揚，他一向一臉淡定，此時卻微微皺起了眉頭，「你們退下。」

水多婆欲言又止，「此番……」

「對方既然敢來，十有八九，是得知了你的底細。」莫子如皺起眉頭也沒忘記嫌棄好友，「你不宜動手，帶著他們回洞裡去。」

柳眼和玉團兒不知這兩位在說什麼，玉團兒緊握長劍，「外面著火啦，看這個樣子，外面肯定有很多人，只留下你一個怎麼行……」

她還沒說完，手裡一空，手中的長劍不知怎麼的到了水多婆手裡。只見他隨意地晃了晃那柄劍，拉著柳眼就往人群那邊跑，「莫大俠一夫當關萬夫莫開，莫怕莫怕，他叫莫子如，小名莫春風。」

莫春風？玉團兒沒聽說過什麼莫春風，看著柳眼被水多婆拉去鑽院中的地洞，心裡一急，追了過去。

摔倒在密道口的幾十名少年被水多婆持劍簡單的三挑兩挑就趕開，狼狽不堪地爬了起來。水多婆一腳將其中一人踢下了密道：「快進去！」

少年們逐一往密道裡跳，「哐噹」之聲不絕。此處密道通向柳眼製藥的暗房，而暗房之後有另一處密道通向地下河流。此條密道若是為武林中人所用，自可以閉氣隨地下河流游出密室，但這些少年大都武藝不高，閉氣潛水對他們來說並不可行，於是此處便成了一處死地。

水多婆一邊趕少年們下密道，一邊側耳聆聽。院落外腳步聲近，持有火弩的人少說也有十來個，而同行縱馬而來的，還有二三十人之多。

水多婆提起柳眼，要把他一起扔進地道，一邊回過頭看了擋在院中的損友一眼——莫子如右手持劍，左手扣指在劍上輕輕一彈。

莫子如平時並不持劍，這柄劍光華內斂，甚至帶了一些鏽斑。但他扣指一彈，一道淡淡的金光隨刃流過，劍刃上的鏽斑彷彿消融殆盡，那柄普通之極的長劍突然綻放出光華來。

此時院門「咯」的一聲脆響，有人以掌力震斷門閂，好脾氣的推門而入，眼見莫子如持劍而立，來人拍手笑道：「『長衣盡碎莫春風』，二十八年前大家怕你，二十八年後誰還怕你？你那一手快劍多少年不練了？驚蟄伏龍起，劍出必殺人。你已有多少年沒殺過人了？哈哈哈哈……今日讓我見識見識，一把鈍了的快劍，一個老了的莫春風——是怎麼樣的死法！」

推門而入的是一個紅衣人，紅衣上繡著黑牡丹，和鬼牡丹常穿的外袍正好相反。這人臉上也戴著面具，卻不是毗盧佛面具，而是一張頭生雙角、青面獠牙的鬼面。

莫子如「唰」的一聲出劍，直指鬼面人眉眼之間。劍光如一點星輝，映目生寒。

鬼面人沒想到他說打就打，場面話一句沒說，劍芒就到了眼前。猛然一揮衣袖，袖中一物「叮」的一聲架開了莫子如的長劍，他出了一身冷汗。此劍算不上極快，然而自出劍、劍意生——到收劍、劍意散——只在瞬息之間，莫子如氣定神閒，甚至沒有眨一下眼睛。

他只是睜著那雙黑白分明清澈異常的眼睛，極認真地看著那張鬼面，似乎連心情都未起波瀾。

鬼面人握住袖中短棍，笑意消散，他盯著莫子如的劍。

長衣盡碎莫春風，當年莫春風的劍，名曰「長衣」，他的劍意，意為「盡碎」。長衣盡碎莫春風，是一個隨時隨地，可以持劍戰至劍刃盡碎的狂徒。他的每一把劍都叫「長衣」，每一把劍都不相同，價值千金的利器或是隨意撿的燒火棍，在劍碎之前都叫「長衣」。

當年長衣劍只出不回，一照面便要殺人，不到盡碎絕不言敗。

但如今莫子如學會了收劍。

鬼面人屏息靜氣，生出了十二分警醒。

劍出無回，不如後退一步。一招之間，姜有餘的院子牆裡牆外乍然出現許多人影。許多紅衣人現身牆內，他們大都手持火弩，箭尖指向莫子如，但其中一人手持的卻非火弩，而是長弓。

長弓上搭一火油箭，卻非指向莫子如，而是指向遠處。

水多婆正看了莫子如一眼，趕著柳眼往下跳。

颯然一聲微響，火油箭攜烈焰掠目而過，直射柳眼。

玉團兒「啊」的一聲大叫，那火油箭箭長三尺，箭上塗抹著不知何等火油，掠空而過時火焰乍燃，火勢驟然增強，燃遍整支長箭，帶著一抹幽暗的綠色，聲勢浩大。

然而此箭如此聲威，箭至中途便聽「呼」的一聲，那暗綠火焰轉為明亮，升上半天來高，隨即倏然熄滅。

玉團兒目瞪口呆——莫子如——莫子如長劍收勢，那收勢的衣袖往後一揚——便是收劍的衣袂後揚，袖風讓火油毒箭上的明火爆燃，提前燒完了火油。

並且那袖風還讓毒箭箭勢一偏，失去了準頭。

「奪」的一聲，最後那長箭射中密道口，雖然射入三寸有餘，卻是毫無威脅。水多婆不理不睬，將柳眼扔下密道，隨即又將玉團兒扔下了地道。

他縱身下躍之前微微一頓，「莫春風，惜命。」

莫子如臉上畫著三縷師爺鬍子，模樣猥瑣得要命，卻是微微一笑，眉目疏朗，身姿挺拔。長弓手緩緩移動長弓，箭矢指向莫子如眉心，「莫春風，別來無恙。」

莫子如的笑意止於眼角，「唐無郡。」

毒焰在長弓手的箭上跳躍燃燒，映得那紅衣人臉上忽青忽紫，這人是二十餘年前，江南的一名用毒的高手。莫子如……莫春風年輕時橫行江南，與他結識，曾嫌他的袖中毒箭小家子氣，既然自負毒箭之術，為何不練長弓大箭？老子明目張膽開弓射箭，便讓你看見箭上有毒，但天下便無人躲得了——這豈非才是大家氣魄？

不想當年一笑……如今唐無郡開弓搭箭，箭上毒煙燃燒，卻是指向莫春風——二十餘年江湖風霜雪雨，物是人非，故人相見竟是如此。

鬼面人取下面具，往旁一扔，莫子如垂下眼睫，幽幽一嘆，「是你。」

鬼面人面如冠玉，有道劍痕自鼻梁中間橫過，將俊美中年整成了妖魔鬼怪。他笑了笑，「是我，戴著面具你竟是認不出來了嗎？」他指著自己的鼻子，「給我開一個鼻子四個孔，莫春風說到做到，我這二十年來承蒙你的恩惠，以此練就了一套內功心法。」

莫子如道：「宋小玉你這人年輕時有病，老了越發是瘋了，一個鼻子四個孔你不去找個好大夫，卻拿它練了什麼內功心法——豬鼻神功嗎？」

唐無郡和宋小玉都是莫春風少年時的故人，一則為友，一則為敵，眼見此人二十餘年仍是那副人嫌狗厭不可一世的模樣，氣得雙雙眼睛都紅了。

院外馬蹄聲不斷，越來越多人包圍姜有餘的小院。

莫子如持劍在手，周圍二十餘名紅衣弩手正對著小院連發火弩，院落燃起熊熊大火，這些弩手發完火弩，眼見所有人都被趕進了密道，調轉弩弓對準了莫子如。而莫子如面前的唐無郡和宋小玉，單打獨鬥自然都不是他的對手，但這兩人對他瞭解極深，武功不弱，此番不知被誰拉攏而來與他作對，顯然是刻意為之。

而院外潛伏不動的援兵更為危險，但莫子如不能退，他身後尚有三百少年，還有柳眼和玉團兒，這些人是解除九心丸之毒的希望，他身後還有水多婆，水多婆不能殺人。

他握住手中最後一柄「長衣」，緩緩地深呼吸，此生縱橫江湖數十年，隨心所欲，恣意妄為，不虧。

宋小玉雙袖一展，露出兵器，這人的武器是一雙短棍，按動機簧之後短棍生出如鹿角般的鋼刺，專為鎖劍而設計。那鋼刺可開可合，算得上一件奇門兵器，名為「戮殘生」。

唐無郡冷笑，「今日看你之『長衣』，能救得了發了瘋的水萋萋到幾時呢？嘿嘿……劍皇水萋萋，劍後溫山河——當年水萋萋中了『呼燈令』王家的『蜂母凝霜』，差點生啃了他老婆溫山河，本聽說水萋萋自碎天靈而亡，卻不知他居然被你所救！此人殺我義兄，此仇不共戴天！」

莫子如不說話，劍皇水萋萋未死，化身明月金醫水多婆，這件事極其隱祕。除了雪線子幾乎無人知曉，二十多年了，江湖上還能數得出「劍皇水萋萋、劍后溫山河」的人都快死絕了——再無其他可能！他一擰「長衣劍」，怒動顏色，驟然一聲大喝，「你們把鐘凌煙怎麼了？」

「雪線子」鐘凌煙，數十年後，世人只知貪財好色的老怪雪線子，卻不知鐘凌煙少年之時，也是倚花望柳，名滿江湖的翩翩公子。當年煙波湖上，題詩會中，誰能得鐘公子一顧一笑，便是傳世佳話。

宋小玉獰笑，「三十年前我就說鐘凌煙遲早栽在女人身上！他被他親生女兒捉住，一頓拷打，臨死之前餵了『三眠不夜天』，什麼都說了！」他翕動著那四個洞的鼻子，「你這裡燒起火來藥味濃重，看來九心丸的解藥果然在此，讓我先殺了你和水萋萋，再捉住柳眼，立不世之功！」

莫子如「嗡」的一聲劍指宋小玉，「鐘凌煙是怎麼死的？」

宋小玉似笑非笑，「水萋萋自碎天靈不是被你救了嗎？鐘凌煙也自碎了天靈，但他命不好，沒有你去救他。」他舉起雙叉，封住莫子如長劍來路，譏諷道：「鐘凌煙自碎天靈後多活了三天，他那親生女兒可沒想要他的命，那可是哭得死去活來，拼盡全力要救他……那時候如果你來，或許是救得了他的。」他對著自己那怪模怪樣的鋼叉輕輕吹了口氣，「可憐啊可憐，鐘凌煙年少時那般不可一世，估計做夢也沒想過要死的時候，竟是連求死……都苦苦掙扎了三天。」

莫子如臉上再無笑意，微微一闔眼，「好狠的你們。」

「你還是祈禱你死的時候，不會比鐘凌煙更慘。」宋小玉淡淡地道。

「嘯」的一聲微響，劍光如月，破空而來，那劍勢縱橫凌厲，將宋小玉與唐無郡都籠罩在內。

宋小玉雙叉招架，「噹」的一聲震響，將莫子如的長劍鎖在雙叉之中。唐無郡一聲號令，二十餘隻火弩，加上他自己的長箭，一起射向莫子如。

一時間小小的院落之中滿天飛矢，莫子如身後濃煙沖天，火趁風勢，越燃越旺，熱風灼氣流竄盤旋，攪動眾人衣袂獵獵作響。

莫子如脫手放劍縱身而起，數十隻飛矢自他足下交錯掠過，箭手們紛紛閃避，甚至有人被己方火弩射中，哀呼倒地。宋小玉沒想到此人當年寧死不屈，現在居然可以輕易放手，雙叉上一連串的後招發不出去，為之一呆。

莫子如趁他一呆，一腳往他頭上踩去。宋小玉腦子還沒轉過彎來，急忙後退，莫子如落回他身前，一把奪回長衣劍，順勢飛起一腳踹在他胸口，「嘭」的一聲將他又踢出去了七八步。

宋小玉內功深厚，這一腳奈何不了他，但莫子如一放劍一收劍，揮灑自如，還在他頭上踩了一下，又踹了他一腳，簡直是奇恥大辱，更甚於莫子如年少時在他鼻子上砍了一劍。於是他狂叫一聲，自那四個鼻孔噴出四道白氣，便掄起鋼叉向莫子如砸去。

唐無郡旁觀莫子如劍勢，心頭一顫——此人少年時天縱奇才，悟性極高，二十餘年不見他竟似又將劍道重新悟了一遍。

適才一箭未中，唐無郡心知要以弓箭射中莫子如，無異於癡人說夢，當下握弓在手，橫掃直掛，把那弓弦當作奇門兵器，往莫子如身上削去。他這弓弦自然和尋常弓弦不同，被它一掛輕易能削下一片肉來，並且弦上仍然有毒。

這弓弦上的毒名曰「鬼雨」，這是唐無郡獨門奇毒，中了此毒之人先是雙目流淚，然後淚盡血流，最後泣血而死。唐無郡祕制此毒，本是想用在搶了他心愛女人的情敵身上，讓那人跪在自己面前痛哭到死，豈不妙哉？結果當年「鬼雨」尚未製成，他那情敵先死了。

莫子如雖不知道唐無郡弦上有「鬼雨」，卻知道這人從頭到腳無一不毒，自然不能讓這長弓近身。於是橫掃一劍，劍上金光蕩漾開去，彷彿灑落一片金酒，「噹噹噹」一連三聲，架開宋小玉和唐無郡的兵器，順帶將二人震退一步。周圍手忙腳亂的弩手重新搭起短弩，此時他們開始猶豫——一旦射出，這怪人如果又跳了起來，豈非又射中對面自己人？

唐無郡喝道：「分開射！一半人射他前胸後背，一半人等他縱身上高空再射！」那些紅衣弩手是他手下，紛紛點頭。

莫子如劍勢如虹，在唐無郡發號施令的時候已經對他出了三劍，唐無郡手忙腳亂，只聽那弓弦之聲「叮叮叮叮」之聲未絕，居然莫子如在和宋小玉遊鬥之餘，在他長弓上砍了七八劍！若非他這長弓是一件奇物，早就被莫子如砍斷了。

而宋小玉手持「戮殘生」，那一雙彷若狼牙棒的鋼叉在莫子如劍下就如一雙棒槌。莫子如砍完了唐無郡，順手砍「戮殘生」，這邊也聽「噹噹噹噹」之聲不絕，那「戮殘生」的長刺被莫子如左一劍右一劍的砍去了不少。

雖然莫子如並沒有出什麼奇招，在他這平淡無奇的左一劍右一劍之下，「戮殘生」遲早變成兩根光棍，而唐無郡的長弓遲早要斷。

劍至巔峰，返璞歸真，絕招至繁和絕招至簡，或一般無二，都是好劍法。

此時弩弦聲響，莫子如一個翻身，貼地臥倒，那些等著他縱身而起的弩手們也是一呆。莫子如臥倒後翻身再翻身，居然順勢滾到了其中一個弩手腳下，而後一劍掃落，那弩手哀呼而倒。短弩手驚呼退開，這些人本來武功不及，被莫子如突如其來的侵入，頓時大亂，莫子如東一轉西一竄，在人群中一閃再閃，居然還使上了雪線子的「千蹤弧形變」，幾乎是一瞬之間，那圍著他的二十餘名火弩手躺倒一地，哀號不絕。

宋小玉和唐無郡都變了臉色，莫子如橫劍一笑，「再來？」

宋小玉鼻子上那四條白霧逐漸變濃，「戮殘生」陡然收起鋼刺，往前伸出一截刀刃，變成了兩把短刀。他雙袖一張，「戮殘生」那一雙短刀突然如箭般爆射而出，短刀至半空，刀刃「錚」的一聲竟然憑空碎裂，化為萬千細小暗器，疾射而來。

這莫名其妙的路數也讓莫子如吃了一驚，宋小玉不善暗器，這飛刀碎萬刃的技巧關鍵不在宋小玉，而是「戮殘生」。是誰給宋小玉造了如此機關？就像是誰給了唐無郡二十多人的火弩手？

一邊思索，莫子如一邊揮劍招架，碎刃雖多，但莫子如一劍抖落，「長衣劍」突然變得柔韌，劍身震盪彈動之間，掃落「戮殘生」的刀片。而這刀片自然是障眼法，宋小玉和唐無郡隨碎刃撲來，莫子如左手與宋小玉對了一掌，仰身後倒避開唐無郡的長弓，隨即遞出一劍。

此劍名為「斫取青光寫楚辭」，意為竹上題詩。這是莫子如少年時的劍法，即意氣風發，又帶了點少年的小憂愁寂寞。唐無郡冷笑一聲，長弓陡然一轉，往長衣劍上繞了幾繞，拉住了莫子如的劍。宋小玉內功深厚，與莫子如對了一掌之後不勝不敗，搶上前去，又是一掌。莫子如不想再度放手，於是深吸一口氣強行奪劍。

莫子如的內力修的是剛猛無回一道，運勁強奪，那是強勁異常。唐無郡就不信——二十多年這人就算內斂了，也必不可能渾然變了一個人，即使是學會了退一步——這人大概也就是學會了退一步而已——絕沒有兩步。

莫子如運勁強奪，唐無郡陡然放手——那淬毒的長弓被長衣劍直接拉走，充滿彈性的長弓和弓弦一起大幅震盪——在莫子如的臉上劃破了極細微的一道傷口。

唐無郡仰天大笑，「哈哈哈哈……莫春風！今日教你死在我的手上！哈哈哈哈……」他與莫子如本無什麼深仇大恨，但內心深處對此人嫉恨也深，所以一招得手，真的是欣喜若狂。

莫子如臉頰上一道傷口僅僅是微微沁血，他已感覺雙目劇痛，眼前視物模糊，眼淚奪眶而出——直到此時他已經明白所中之毒乃是「鬼雨」。

鬼之所哭，泣淚成雨，這名字還是當年他給唐無郡起的，當年唐無郡還沒製成此毒，也不知道現在有沒有解藥。

莫子如擦去眼下血淚，宋小玉見他中毒，也是喜出望外，射出碎刃的「戮殘生」又回復成兩根狼牙棒，對準他的眼睛砸來。

「噹」的一聲巨響，莫子如閉目橫劍，劍氣陡然翻湧，宋小玉還沒近身就覺得幾要窒息，「長衣劍」與「戮殘生」一接觸，劍刃居然直接斬入了「戮殘生」之中，莫子如運勁一挑，宋小玉的「戮殘生」脫手飛出，噹啷摔在了燃燒著烈火的廢墟之中。

莫子如雙目緩緩流下血淚，此毒霸道凶殘，損傷臟腑，卻不損內力。莫子如無法用真氣遏制「鬼雨」，此毒雖然不一定要了他的命，卻影響他為水多婆和柳眼斷後，他少年時脾氣就不好，此時臉上不顯，心裡卻如烈焰翻滾，怒不可遏。

他為故人之情，手下留了情面，故人卻敬他一爵「鬼雨」。

就在莫子如閉目揚劍，準備要了唐無郡的命的時候，院牆突然坍塌，磚石崩塌之聲隆隆不絕，一時迷了他的耳力。唐無郡麾下還有數十人掀翻了院牆，列了陣勢，就在磚石坍塌之際，又有數十短弩射向莫子如。

與此同時，宋小玉兵器脫手，突然五指成爪，往莫子如的胸前插落。他那吹噓了許久的奇門內力派上了用場——那五根手指還沒摸到莫子如的衣裳，就被莫子如袖風震開——那袖風不但震開了宋小玉的五指，還順帶震開了射來的短弩。但五指上彷如一道白煙的奇門真力卻循著莫子如震盪的真力一起收入了丹田之中。

莫子如只覺經脈中一縷外來真氣如絲如棉，若斷若續，阻他真氣運行，卻又不能說乃是異物可以強行逼出。那真氣和他自己的似是而非，似融非融，彷彿經脈中塞入了一團棉絮，當真是難受極了。

宋小玉送入這一縷真氣，臉色慘白，也是元氣大傷。他苦修多年，也就練出了這麼一星半點「木棉裘」真力，專克內力深厚的絕代高手。二十多年來被他暗算的不少，都死在掉以輕心之下。

「你——」莫子如睜眼怒目以對，兩行血淚映目而下，唐無郡和宋小玉都覺觸目驚心，莫子如以手指粗暴的抹去血淚，一臉師爺妝也被他隨意抹去，露出半張清秀書生的臉。

那張臉滿是血汙，莫子如依然緊握長衣劍，衣上血淚點點，如斑梅墜落，「二十八年不見，終究是我——是井底之蛙。」他輕聲道。

莫子如橫袖舉劍，烈火與風拂來，染血的衣髮俱飄，他人獨立，單手平舉長劍，那不似出劍的姿勢。

但宋小玉和唐無郡都在緩緩後退。

那是莫春風威震江湖的第一劍——名曰「三月」！

莫子如眼含血淚，身中奇毒內傷。但當年莫春風一劍「三月」——「東方風來滿眼春，花城柳暗愁殺人」——誰見他起勢，能不心驚膽寒？

長衣劍凌空劃過，劍光拋灑，如數十年不變的春花秋月，是江畔何年初見月的月，江月何年初照人的人。

是三月不眠的春風，是莫春風的少年。

然而一劍三月的時候，莫子如驀然回首——身後密道之內，只聽轟然一聲巨響，另一道劍氣縱橫，整個密道自下而上爆開，千千萬萬磚石泥渣漫天灑落，伴隨著點點清冷的亮光，彷彿那地底深處炸開一輪明月！

水多婆！

莫子如一劍洞穿宋小玉前胸，劍勢餘威將他撞得自劍刃上倒飛出去，飛灑一地鮮血。那一劍「三月」重傷宋小玉後反手橫掃，輕點出十數朵小小的劍花，如春之薔薇，染血怒放，唐無郡的長弓舞成一團黑影，卻攔不住那薔薇之劍破影而入，在他身上開了十幾處傷口！

隨即莫子如踏上一步單劍再砍，唐無郡只見他含血怒目圓瞪，一聲叱吒，長衣劍如那斧頭一般砍在長弓上，「啪」的一聲，淬毒的長弓剎時一分為二——此時密道中劍光暴起，莫子如回首一眼，右手劍倒射而出，直擊密道入口——回過頭來，他左手抓住那淬毒的半截長弓，徑直往唐無郡胸口插落。

唐無郡不防他剎那間重傷宋小玉、再傷自己、回援水多婆——還能夠接上最後一步要他的命！

他驚悸之下，連連後退，兵器被奪，章法已亂。

莫子如臉上衣上血淚點點，他毫不在乎，雙手持弓，對著唐無郡橫砍豎劈，三招之後，他已欺入唐無郡身前一步之內，唐無郡雙手亂舞，雖有千百種毒藥，卻也拿一個已經身中劇毒的人毫無辦法。莫子如功力深厚，一時之間，什麼奇門劇毒也毒他不死。莫子如踏入唐無郡身前，一個閃身「千蹤弧形變」，驟然與唐無郡臉貼著臉，唐無郡眼見一張滿是血汙的雙眼無神的臉貼在自己眼前，那每一滴血都是毒血，大聲怒吼驚叫，「啊——啊——啊——」

莫子如森然一笑，順手抹了一把自己眼下的毒血，徑直塗在唐無郡臉上，隨即半截弓弦繞在他頸上，「格」的一聲，擰斷了唐無郡的脖子。

他側頭去看宋小玉，宋小玉倒地不起，正緩慢往外爬……他邊爬邊呻吟，「不……不是我……不是我想殺你……」

莫子如道：「哦？」

宋小玉顛三倒四的顫聲道：「我們……我們只是要抓柳眼……對……我們只是要抓柳眼——誰讓你們要護著他？都是他——是他——抓柳眼、拿九心丸的解藥——這是江湖大義！柳眼是那十惡不赦的魔頭，你們護著他——你們就是和全江湖江湖正道為敵！你們——你們——是你們——倒行逆施！我……我們是……」

莫子如踏上一步，半截長弓駐地，宋小玉知道他已到強弩之末，但這人的強弩之末和他的傷重垂危怎可同日而語？他掙扎著往外爬，「……我們是對的……你們是……錯的……」

莫子如淡淡地問，「誰讓你來的？」他提起淬毒的長弓，宋小玉看著旁邊唐無郡的屍體，恐懼到了極點，陡然尖叫道：「是黃……」

「奪」的一聲悶響，身周不敢前進的紅衣火弩手中有一人陡然射出一弩，宋小玉胸口再中一箭，一口鮮血噴出，再也說不出半句話來。

黃……？

莫子如並沒有想起江湖諸多門派中有誰家誰派姓「黃」，也可能這僅是一個外號。他抬眼向紅衣火弩手中那射死宋小玉的人看去——其實莫子如看得並不清楚，但那人身姿挺拔，見他望來，居然還和他點了點頭。

那人道：「莫大俠，幸會了。在下草無芳。」

他雖然說得很客氣，但隨即放下了手中的弩，仔細的拔出一把刀來。

然後他又仔細地拔出來一把劍。這人左刀右劍，也是有趣。

如果莫子如沒有受傷中毒，或許也有興致看一看左刀右劍，但此時受傷中毒就罷了，密道下不知發生了什麼，他毫無細看這年輕人的興致。

以他們與唐儷辭定下來的設計，密道之中應當是安全的，明面上無退路，實際上有，所以水多婆護著那三百雞崽子退入密道，只要不出紕漏，這些孩子們都能順利脫險。

但水多婆已經出劍——那說明紕漏是一定出了的。

便是不知他殺人沒有？

莫子如心下焦躁，若是水多婆殺了人，當年封印在眉心的「蜂母凝霜」破封而出，這人一旦發瘋——那可比十個八個宋小玉唐無郡難應付多了。

即使在功力全勝之時，他都未必打得過水多婆，否則莫春風為何只稱「長衣盡碎」，而不是「劍皇」？

萋萋芳草問王孫，水萋萋的劍稱「白帝」。

但「白帝劍」在二十餘年前，就已經被他埋在明月樓下的淤泥湖裡了。

所以此時水多婆手裡沒有自己的配劍，但已全力出手，柳眼和玉團兒也在地下，那三百雞崽不知是死是活。莫子如咬牙調息，他的內息被宋小玉的「木棉裘」所亂，仍然難以運轉，而「鬼雨」已侵入奇經八脈。

這左刀右劍的年輕人不是他的對手，但水多婆是。

此間之事不在於他能殺多少人，或者能不能打贏「蜂母凝霜」毒發的水多婆——而在柳眼和那三百雞崽能不能安然脫走！那才是此役的關鍵！唐儷辭將這些人託付於他和水多婆，此為他與風流店一戰的關鍵，不容有失。

而雪線子那老妖怪真的死了嗎？莫子如實在難以相信，以雪線子的稟性，竟能如此輕易的死在鐘春髻手中？紅姑娘不是安排了傅主梅與他同在好雲山？有傅主梅在，鐘春髻要怎樣能捉走雪線子，甚至將他逼死？

鐘凌煙那老不死，究竟是在怎樣不堪的情況下，才會將他和水多婆的底細和盤托出？豈有此理？他當真死了嗎？而唐儷辭知不知道這一切？風流店伏招盡出，而唐儷辭卻在何處？他難道是沉迷於飄零眉苑之戰，而無暇顧及雪線子和柳眼嗎？

第六十三章　若似月輪終皎潔

唐儷辭不在好雲山。

他的確還在菩提谷外，旁觀飄零眉苑之戰。白素車猝然奪權，玉箜篌淪為階下之囚，柴熙謹飄然而去，鬼牡丹應返未返，這一一說明此戰態勢即將急轉直下，敵暗我明，他在等決勝的變數。

當他收到消息，得知好雲山生變，雪線子和傅主梅雙雙失蹤的時候，中原劍會已經被大火焚毀。聽聞攻上山的是一群手持火弩的紅衣人，先放火再殺人，留在中原劍會中的門客抵擋不住，有些被殺，有些被迫逃離。而雪線子與傅主梅因何失蹤，唐儷辭收到數條急報，卻都說不清楚。留在中原劍會的探子只能說，在好雲山被圍的前三日，鐘春髻鐘姑娘獨自上山，找她的師父雪線子。

當時雪線子人已清醒，與鐘春髻相會，兩人相談甚歡，並無什麼異常。

三日之後，圍攻好雲山的紅衣人有百名之多，騎有駿馬，手持火弩，那些火弩有毒，引燃山木房屋，釋放出令人昏睡的毒煙。中原劍會本來精銳盡出，都在圍攻飄零眉苑，留守者寥寥無幾，雪線子與傅主梅又突然失蹤，導致此役大敗，連劍會房屋都被燒成了一片白地。

唐儷辭看完了消息，臉上並沒有什麼表情。

姜有餘給他遞上飛鴿傳書的時候，瑟瑟發抖。但唐儷辭沒有生氣，他只是凝視著那張簡略的飛鴿傳書，不言不動，過了好一會兒，他輕輕咳了一聲，「失蹤？」

年逾六旬的姜有餘背脊發涼，對著唐儷辭深深拜了下去，「老朽慚愧……有負公子所託……」

「姜老。」唐儷辭低聲道：「人力有時窮，事事不盡能如人意，不需如此。」他將姜有餘扶了起來，「我……」他緩緩地道：「少時不懂，只覺不如意便是事事相負，便是天地不仁……」

姜有餘吃了一驚，望向這位他伺候了幾年的唐公子。

只見唐儷辭頓了一頓，輕聲道：「但……」他終是沒說下去，改了話題，「失蹤……總不是死。傅主梅和雪線子雙雙失蹤，或許不是最壞的結果。」

姜有餘愣了一下，「老朽以為，如果這二人沒有出事，中原劍會不可能被燒成一片白地。這二位武功極高，絕非常人所能想像。」

「這世上能打敗傅主梅和雪線子的能有誰？無非朋友或親人。」唐儷辭淡淡地道：「雪線子即好色又癡情，風流倜儻不失正氣凜然，他的女兒卻被他寵壞了。」

「老朽小瞧了鐘姑娘。」姜有餘道：「這小丫頭生得一副人畜無害的樣子，心思竟如此狠毒，連自己的親生父親、授業恩師都敢害！江湖少年真是一代不如一代。」他給唐儷辭端過一杯熱茶，「事已至此，公子勿要心焦，這是扶山堂的新茶。」

唐儷辭看了那微透碧色的茶湯一眼，「扶山堂的新茶？你去過了天清寺？」

扶山堂是京城天清寺的茶苑，天清寺的茶苑若是時年較好，產出的新茶品質絕佳，但少有人知。姜有餘與天清寺方丈春灰大和尚有舊，萬竅齋與其時常往來，故而春灰方丈偶爾便會以新茶相贈。

「老朽去天清寺，不是為了和方丈喝茶。」姜有餘道：「公子上回回了趙京城，來得匆忙走得匆忙，僅在萬竅齋停留了三天。那三天公子不眠不休，一日去了宮中，一日去了劉府，一日不知去了何處，動用了萬兩黃金……老朽斗膽，猜疑了幾日，敢問公子可是去了落魄十三樓？」

唐儷辭微微一笑，「你膽子不小。」他卻不說是與不是。

姜有餘也笑了笑，「公子買了消息，但萬竅齋沒有的消息，落魄十三樓即使有，也未必周全。我猜公子想要的是快刀斬亂麻，買一個答案。」他也給自己倒了茶，只是那破茶碗沒有唐儷辭的玉瓷茶碗精緻好看，這是姜有餘喝了幾十年的茶碗，就如他的老婆一樣從未換過，「我猜公子心中是有答案的，只是缺一個佐證。」

唐儷辭眼睫微沉，「所以你去天清寺和方丈喝的不是茶，是佐證？」他闔上了眼睛，「你佐證了什麼？」

「佐證了……扶山堂的茶苑，在天清寺建寺之時，同日建成，其中的茶樹和寺廟同歲。」姜有餘道：「春灰方丈還把茶苑擴大了一倍，卻不賣茶，偌大茶苑，修建了亭臺樓閣給善男信女們逢年過節遊山玩水。」他眨了眨眼睛，眼角的皺紋微微勾起，「當年恭帝就住在茶苑之中，與他一起住過茶苑的，還有恭帝的兩個弟弟，三個妹妹，以及侍奉恭帝的僕從。」

「姜老是我知己。」唐儷辭端起新茶，淺淺呷了一口，「我在想……『七花雲行客』一闋陰陽鬼牡丹……他究竟是誰？」他喝了一口茶，那杯茶裡緩緩泛上一層血色，唐儷辭蓋上茶碗蓋，「當年麗人居生變，『七花雲行客』自相殘殺，阿眼以引弦攝命之術，坐上了『風流店』尊主之位。為什麼是他？」唐儷辭慢慢地道：「以武學成就，他不敵鬼牡丹，更不敵狂蘭無行；以心智謀略，他不敢玉笠筷；以身分地位，他不敢方平齋……但他一定做了什麼。」他輕聲問，「那會是什麼？」

姜有餘與唐儷辭相識之時，柳眼早已離去，「老朽不知，但必定是極為重要的事。」

「阿眼的武功奇術，都源自《往生譜》。」唐儷辭緩緩地道：「方周傳功身亡那天，阿眼和主梅兩人帶走了那本書。若是……那本書是阿眼拿走的，而他不知其中的厲害，把它給了別人……」他緩緩地抬起頭來，凝視著姜有餘，「周睇樓離天清寺並不遠，如果當日方周傳功與我等三人，阿眼奪走《往生譜》，進入了天清寺……而後為人所救……」

「那本書就會落入天清寺手中。」姜有餘知他公子甚深，「公子懷疑，七花雲行客與天清寺關係匪淺？」

「姜老難道不是做如此想？」唐儷辭微微一笑，「柴熙謹兒時在那裡住過，白雲溝的諸多豪傑都在那住過，恭帝死在那裡，死時年僅二十，他是怎麼死的？白雲溝諸位帶走柴熙謹，擁他為尊，他的身分何等隱祕，為什麼鬼牡丹和玉笠筷都早已知曉？」他扣起手指，「叮」的一聲，輕輕彈了一下茶碗，「我在落魄十三樓買了個消息——一闋陰陽鬼牡丹究竟是誰？」

「十三樓作價萬兩黃金的消息，是什麼？」姜有餘問：「和公子心中的答案一樣？」

唐儷辭的眼中露出一絲奇光，「十三樓的消息認為一闋陰陽鬼牡丹，乃是天清寺裡的一個和尚，俗家姓謝，叫做謝姚黃。」

「謝姚黃？」姜有餘有些茫然，「老朽從未聽說過此人的名字，他出家的法號是什麼？」

「法號青河。」唐儷辭道：「但這位價值萬金的青河禪師，在少林寺一戰中，已經被普珠一劍殺了。」他淺淺而笑，「十三樓的消息說那位在少林寺中興風作浪，與玉笠筷一起毒害普珠、殺死梅花易數、大成禪師、妙真和妙正的鬼牡丹，正是謝姚黃。」他緩緩吐出一口氣，「飄零眉苑之戰尚未結束，如果鬼牡丹已死在少林寺，那飄零眉苑的鬼牡丹又是誰？所以十三樓的萬兩黃金，賣的不是謝姚黃，賣的是天清寺。」他緩緩闔上眼睛，「姜老，鬼牡丹不只一人，但必有首腦。天清寺既然是前朝所建，恭帝又在其中身亡……」

姜有餘知他言外之意，若是柳眼帶著《往生譜》進入天清寺，此等驚世駭俗的妖法邪術，豈能不令人心動？而「七花雲行客」與天清寺關係匪淺，此後「七花雲行客」兄弟鬩牆，疊瓣重華出走，梅花易數、狂蘭無行中毒，破城怪客與魚躍龍飛死，十有八九……是因為這本《往生譜》。

再往後柳眼坐擁「風流店」，江湖苦「九心丸」之流毒無窮，白雲溝被屠，柴熙謹受命復國。若非唐儷辭在好雲山一戰倒戈相向，陡然自承是風流店之主，又讓紅姑娘坐鎮好雲山，如今的江湖不是風流店滅中原劍會執掌武林，便已是玉箜篌手握中原劍會之大旗，滅風流店柳眼之邪魔，而後執掌中原武林。玉箜篌拿捏住普珠，少林寺為玉箜篌之附庸，對此沉默不語，那些潛藏在玉箜篌鬼牡丹身後的暗湧，在此之後，便可以開始以柴熙謹為傀儡，步步逼近，復仇復國。

所以玉箜篌和鬼牡丹，也不過是明面上的兩枚棋子，柳眼已是一枚棄子。

唐儷辭緩緩睜開眼睛，五指按住那玉瓷茶碗，彷彿捏住一隻怪物，「姜老，天清寺之事，事關重大。你和春灰多年喝茶，以你之見，春灰和尚……是什麼樣的人？」

「春灰方丈慈和端莊，數十年來，未曾變過。」姜有餘回答，「精通佛法，乃是一代名僧。」

「哦？」唐儷辭嘴角微勾，「恭帝身亡的時候，他就是住持麼？」

姜有餘頷首，「正是。」

「所以只要抓住春灰，我們就有了『佐證』。」唐儷辭淺淺一笑，「若是抓住春灰不夠，我們便把天清寺上上下下，幾十個和尚全部綁了……這般他在茶苑裡潛藏的那些『佐證』……便會自行現身。」

姜有餘一呆，「啊？啊……公子說的是。」他去找「佐證」只是去喝茶試探，他家公子要找「佐證」卻打算將人家皇家寺院上上下下全部拿下，這等境界實在令姜有餘望塵莫及。微微一頓，他忍不住道：「公子，天清寺乃皇家寺院，恐怕……」

唐儷辭五指加勁，扣住茶碗，指掌運功——那杯新茶冒出騰騰熱氣，不消片刻，那新茶被他內力蒸發，整個玉瓷茶碗都無聲無息的被他五指握碎，化為一把細碎的瓷礫。

姜有餘閉嘴。

唐儷辭並不看他，改了話題，「雪線子和傅主梅乃中原劍會中流砥柱，若能生擒，絕不可能讓他們死。鐘春髻人在何處？雪線子之事她脫不了干係，盯住她，就能找到雪線子。」

「老朽無能，一時也未找到鐘姑娘的下落。」姜有餘道：「但……」他還沒說出「但」什麼，門外有人陡然闖入，失聲道：「唐公子！姜家園死戰！如今烈火沖天，已經燒了一日，不見一個人出來，也不知道莫公子和水神醫怎麼樣了！柳……柳那個妖魔和三百弟子，似乎已經下了密道，但不見任何人出來！探子得知那山下的潛流中被人下了見血封喉的劇毒！後路已斷……」

唐儷辭驀然站起，袖袍一拂，面前連桌子帶茶盤一起震飛摔出五步之外，碎成一地殘渣。他閉上眼睛，低聲道：「備馬。」

「唐公子……牛頭山路途遙遠，恐怕已經……已經來不及了……」

「備馬！」

烈火熊熊燃燒。

劈啪轟隆之聲沉悶的響起，房梁正在逐一倒塌，火焰沖天起一丈來高，莫子如眼前猩紅閃爍，除了黑紅二色，他再也看不見其他。

身周紅衣弩手倒了一地，草無芳和他動手之後，眼見莫子如身中劇毒仍然不死，突而脫身而去。莫子如有心殺敵，奈何已看不清草無芳逃脫的方向，只得作罷。此人脫身離去，必定是去找援兵，但莫子如此時已無暇顧及，在他身後一道冰涼的劍意沖天而起。

水多婆終是自地底一躍而上，莫子如持劍回身。

水多婆長髮披散，眉心一點紅痣已經消失不見，他半身披血，手裡握著一支鐵箭，那不是唐無郡的火毒箭。

水多婆手裡並沒有劍，他抓在手裡只是一支三尺左右的鐵箭。

剛才他就是用這支鐵箭施展出一式劍招，掀翻了密道頂部，從地底下跳了出來。但他身後並沒有人，密道內的柳眼、玉團兒和那三百弟子，竟似突然消失不見了。

莫子如看不見水多婆的樣子，但他能感覺到殺氣。

明月金醫水多婆從不殺人，但劍皇水萋萋的殺意是冷冷的，涼涼的，彷彿冷風淒月之下的一汪湖水。

莫子如聞到風中濃郁的血腥味，他分不清是來自橫躺一地的屍體，還是來自對面的人。長衣劍早已脫手飛出，落在不知何處，此時莫子如手中抓住的只有唐無郡的半截斷弓。

水多婆微閉著眼睛，一步一步向莫子如走來。

莫子如雙目血流如注，「鬼雨」之毒已經徹底發作，縱使他神功蓋世，也舉步維艱。他聽著水多婆的呼吸驟然一亂，彷彿是嗅到了令他吃驚的氣息，緊接著勁風襲來，水多婆手中的「劍」對他遞出一招。

莫子如半跪在地，以斷弓招架，卻沒有架住任何東西，才知水多婆手中握的不是劍。又聽水多婆越發急促的呼吸，莫子如突然想起——中了「蜂母凝霜」的人喜食劇毒之物——而中了「鬼雨」的他，豈非正是那「劇毒之物」？

此時此刻在摯友眼中，他恐怕不是人，而是食物。

而摯友究竟變成什麼鬼樣，他卻看不見。

「水多婆？」莫子如道：「水……你還記得白帝劍嗎？」

水多婆眼見莫子如已宛如血人，卻好似沒看見一般，緊握鐵箭，一步一步向他走來。

莫子如聽不見他的腳步聲，卻感覺得到他的殺氣，「你還記得溫山河嗎？」

水多婆驟然一頓，緊握鐵箭的手驀地發白，開始顫抖。

莫子如繼續道：「溫山河的血好喝嗎？」

水多婆的眼珠子突然動了一下，「噹啷」一聲，手中的鐵箭跌落在地，他的眼神從茫然不知道在看什麼，到一分一毫逐漸充滿了殺氣。

莫子如再度抹去一把臉上的血淚，他已是強弩之末，「你還記得你是為什麼葬了白帝劍！為什麼留在明月樓……為什麼決定此生治病救人絕不……」他還沒說完，水多婆大步而來，一把掐住他的脖子，將莫子如未盡之言勒在了咽喉下。

莫子如的頸骨「咯咯」作響，新的血淚奪眶而出，暈濕了水多婆的手。

水多婆鬆開了手指，舔了莫子如的血。

莫子如強掙了一口氣，「你——」他右手緊握的斷弓猛地一繞，壓在水多婆的頸上，水多婆已然毒發至此，理智全無，一旦脫身而去——這世上不知將有多少人為他所害。

這世上幾人敵得過劍皇之劍？莫子如慘笑一聲，斷弓加勁，準備如對唐無郡一般，絞斷水多婆的脖子。

「嚓」的一聲輕響，他只覺胸前一涼，一柄長劍透體而過，隨即拔出，對面的人手勁極大，同時隨意拉開了勒頸的斷弓，將它扔到一旁。

莫子如口吐鮮血向後摔倒，水多婆從地上撿起了一柄劍，將他一劍穿胸，那一劍甚至說不上什麼劍法，徑直穿破了肺臟和經脈。莫子如鮮血狂吐，那堵在氣脈中的「木棉裘」竟被水多婆一劍刺穿經脈而破去，真氣驟然通暢。他半輩子沒吐過這麼多血，毒血狂吐之後，睜開眼睛，隱約看見了人影。

水多婆雙手握著一柄不知是誰的廢劍，站在他身前，雙手舉劍，彷彿要對著他當頭劈落。莫子如皺眉，他與水多婆相識多年，都是劍術宗師，習劍數十年就從來沒有這麼一招雙手舉劍當頭砍落的——這雙手舉劍前胸背後都空門洞開，劍又不是開山刀，當頭劈落威力有限……難道水多婆已經瘋癲到連劍法都忘了？

水多婆微微一頓，長劍當頭劈落，莫子如強爭一口氣，向一旁滾倒避開。

水多婆仍舊雙手握劍再砍，莫子如無力再躲，只能勉力道：「你……喝了我的血以後……莫再回明月樓……」他以手撐地，抬起頭來看水多婆，「別回去看她，我怕你後悔。」

水多婆一言不發，劍刃加勁，眼見就要把莫子如一劍砍死。

突然之間，身側有人伸手捏住水多婆的劍尖。

只會蠻力的水多婆抬起頭來，毫無神采卻充滿殺氣的眼神動了一下，看了來人一眼。

來人黑衣刺繡，戴著一張毗盧佛微笑的面具，身量頗高，龍行虎步。他捏住水多婆的劍尖，陰森森地道：「莫春風如此武功，若是這般輕易死了，豈非可惜之極？劍皇與你多年好友，春蘭秋菊不分勝負，若是一併入我門內，豈非大妙？」

這人沒有說自己是誰，莫子如咳了一聲，「你是黃……」他方才聽聞宋小玉說了一聲「黃……」，既然此人現身，決意要詐他一詐。

來人道：「本尊鬼牡丹，自好雲山而來。莫春風當真是武功高強，我這踏平好雲山的紅弩手，竟被你一人殺得乾乾淨淨。」他卻不上當，指尖一推，將神志不清的水多婆推出去三步，在莫子如身前蹲了下來，「但雪綠子和御梅之刀是怎樣落入我的手中……即使你快要死了，也想必很想知道。」

莫子如低聲問，「鐘淩煙真的死了嗎？」

鬼牡丹笑了笑，並不回答，他從袖中取出一個竹筒，竹筒裡裝著幾隻黃豆大的淡金色蜘蛛，那幾隻蜘蛛在竹筒內結了網，那些網閃閃發光，似金似綠，十分好看。

莫子如看不清他在做什麼，鬼牡丹捏住他的臉，抬起他的下巴，將竹筒往他嘴裡塞去。天地依稀一靜，隨著「嚓」的一聲微響，血光驟起，幾點細微的血花飛濺，暈上鬼牡丹黑色長袍，化為無痕。一旁彷彿已經傻了的水多婆驟然出劍，就如方才對莫子如一樣，一劍將鬼牡丹前胸後背刺了個對穿！

鬼牡丹「哇」的一聲一口鮮血噴在莫子如身上，不敢置信地轉過頭來。他在一旁潛伏已久，直到水多婆當真要殺莫子如方才出來當黃雀，是真沒想到水多婆會對他出手！畢竟「蜂母凝霜」絕世奇毒，水多婆中毒二十餘年，早已毒入骨髓。

但劍皇不是別人，他不知是清醒還是不清醒，劍皇持劍在手，出手一劍——他要在鬼牡丹身上刺穿一個窟窿，他便能刺穿一個窟窿！

水多婆的劍劍意無痕，涼如明月，無心無痕。

莫子如是一柄不熄的劍，水多婆是一柄冷涼的劍。

在鬼牡丹被一劍穿胸的同時，莫子如撐起身來揮弓反擊，帶毒的斷弓鬼魅般纏上鬼牡丹的脖子。鬼牡丹胸前中劍，頸上有弓，然而他並非唐無郡，莫子如的半截弓弦自他頸上繞過，他指甲輕彈，弓弦應指而斷。莫子如往前撲倒，隨著摔倒之勢——他「啪」的一聲一掌拍碎斷弓，抓住其中最纖細尖銳的一截斷木，刺向鬼牡丹的丹田！

那截斷木不過三寸來長，莫子如早已是一個將死的血人。

但他合身撲上，完全不把自己當成一個血人。

一聲悶響，尖銳的斷木入鬼牡丹丹田兩寸！一瞬之間鬼牡丹背後中劍腹部中刺，他大喝一聲，拼起全身功力，對著撲入自己懷裡的莫子如後心拍了下去。

「啪」的一聲悶響，鬼牡丹和莫子如雙雙吐血，莫子如抬起頭來，鬼牡丹跪伏下去，細碎的血點噴濺上彼此的衣擺。水多婆仍然站在鬼牡丹身後，他劍刃一轉，將瀕死的鬼牡丹心肺都絞成了渣滓！

莫子如中了鬼牡丹全力一掌，仰起頭來，微微一晃，向後摔倒。

他眼前仍是一片血色，只依稀看得見天還沒全黑。

身旁水多婆手腕一抖，瀕死的鬼牡丹被他一劍甩開。莫子如看不見他是瘋是顛……他要死了。死前……攔住了這麼多人，柳眼……應當……也可以……吧……

「噹」的一聲震響，他聽到頭頂勁風凜冽，雙劍交鳴之聲。

水多婆持劍又要砍他——自火場中突然竄出來一個人，那人也持劍，架住了水多婆。

莫子如茫然地睜著眼睛，他已血淚流盡，一雙黑白分明的眼睛已變成了兩團紅色的濁物。但聽劍鳴之聲，那是普……珠……？

普珠也是自地下密道竄出來的，也是一身狼狽。他黑髮披散，全身衣裳破爛，似遭了火焚後又被水浸透，顯得他瘦得彷彿骷髏一般。一劍架住水多婆，普珠沉聲道：「施主捨身救人，大仁大義……還請穩定心神，『蜂母凝霜』之毒並非無解。」

水多婆根本不理他，一劍未能殺了莫子如，他手腕一抖，驟然使出一招「翼翼飛鸞」，左一劍右一劍，對著普珠和莫子如各出一劍。他那劍路熟練已極，劍刃過空如月照流水寂然無波，若非生死搏殺，普珠定要心生讚嘆。但兩人持劍以對，水多婆劍上功力略勝半籌，「唰」的一聲就在普珠左臂上刺了一劍。

「阿彌陀佛……」普珠不知在地底遭遇了什麼，顯然早已力盡，聲音沙啞，「柳眼已經帶著弟子們脫身，施主已不必再戰，我們贏了！」

水多婆恍若未聞，他對普珠身上的血腥味甚是嫌棄，約莫是出自同是「蜂母凝霜」的毒血，令他十分排斥。聞了幾下，水多婆仍是轉向莫子如，突然失去身形，剎那間出現在莫子如身邊——居然也是用的雪線子的千蹤弧形變。

普珠追之不及，以劍拄地，只能勉強對著水多婆的背影發出一掌。

水多婆拉起瀕死的莫子如，咬住莫子如的脖子，吸了一大口血。

普珠運上了佛門獅子吼，拼上了全身功力，「不必再戰！我們贏了！」

獅子吼聲震寰宇，如暮鼓晨鐘，山川林海之見回音紛至迭來，聲聲怒吼「不必再戰！我們贏了！」

「不必再戰！」

「不必再戰……」

水多婆抬起頭來，手中劍飄然一轉，頭也不回，直擊普珠心口。

普珠揮劍招架，「噹」的一聲，手中劍脫手而出。水多婆猙獰一笑，扔下莫子如，身隨劍至，又是千蹤弧形變，剎那出現在普珠身前，五指如鉤抓住普珠的肩膀，隨意一扭，就要扭斷普珠的手臂。

普珠方才見過水多婆臨危一劍，救了三百多人性命，即使是有反擊之力，也難以出手——更何況此時氣血兩空，本就毫無招架之力，只能眼睜睜看著水多婆「咯啦」一聲扭斷自己的手臂，隨即對著自己天靈蓋一掌拍落。

這一掌要是拍中，普珠勢必腦漿迸裂，死得面目全非。他閉目待死，心情竟是平靜異常，此身罪衍萬千，死不足惜，唯惜尚未對江湖大事盡其能，有負唐儷辭所托。

「嚓」的一聲微響，肩頭一陣劇痛，面上噴上一層溫熱的血霧。普珠倏然睜眼，卻見抓住自己的水多婆胸口半截劍刃突了出來，鮮血飛灑。

水多婆的背後劍光尤未褪卻，仍見劍光繚繞，如春之將至。花欲開，雨欲落，青袍春草，莫負春風。

憶少年，如少年，一生未老，不死不退。

莫子如臨死暴起，他在地上瞎摸了一把劍，一劍刺穿了水多婆心口——這一劍和水多婆方才給他的那劍半斤八兩。

水多婆驀然回首，手中劍如一匹流光，穿過了莫子如肋下。

兩人雙劍對穿，將彼此釘在當場。

莫子如咳了一聲，吐出了一口血沫，他的血血色已經很淡，幾乎流盡全身血液，「……普珠……望你比……他……好……運……」

普珠眼見人間慘劇，心神大震，一時之間，竟是說不出話來，一口真氣突然逆行，全身骨骼「咯咯」作響，被佛門心法抑制住的蜂母凝霜之毒竟然蠢蠢欲動起來。

莫子如低笑了一聲，「哈……」他往前栽倒，閉目而逝。

水多婆被他一頭撞倒，仰後摔在了地上，或許是劍刃穿心之痛，他突然瞪大了眼睛。

他已無法記起，二十八年前莫子如與水多婆比鄰而居的原因，是若有一日自己眉心毒破，無法抑制，將濫殺無辜的時候，莫子如當守約……一劍殺之。

馬鬢飛揚，唐儷辭策馬狂奔，衣袂獵獵飛揚。

牛頭山姜家園距離祈魂山飄零眉苑千里之遙，單靠一人一騎，十天也到不了。

但唐儷辭比快馬還快。他自祈魂山出發，先騎馬換馬，換到無馬可換，他就自己疾行。即使是最快的馬，不眠不休，到達姜家園也要五天，但唐儷辭只用了兩日。

除了騎馬，他還會跳崖。此行諸多高峰山崖，他不閃不避，直上高處，隨後一躍而下，腰間飄紅蟲綾迎風抖開，殷紅如血，燦若雲霞，似有接天之長。

那兩日有不少山民看見蒼山白雲深處有一點紅沒入深淵，即像山靈異象，又像鬼魅橫生，紛紛生出了山鬼的故事。

當他抵達姜家園的時候，姜家園的烈火已經熄滅，滿地餘燼仍散發出嫋嫋的黑煙。院牆坍塌，滿地焦屍，唐儷辭緩步而來，只見院落的中心一躺一坐有兩個死人。

莫子如身上的血早已成了褐色，身上劍傷掌傷毒傷琳琅滿目……唐儷辭竟分不出他是因何而亡，似乎這每一種都能要了他的命。

他撲倒在地，手中劍捅穿了水多婆的心口。

比起莫子如，端坐一旁的水多婆除了心口這一道傷，幾乎沒有受傷。他長髮披肩，閉目拄劍而坐，嘴角微微帶血，但已擦拭得十分乾淨。以水多婆的武功醫術，即使是一劍穿心，也不應閉目就死。

但不知為何，水多婆便是死了，看他的神色，竟是死得十分安然。

唐儷辭怔怔地站在這兩位面前。

除了這兩具屍體，以及數不清的敵人的屍體，此地再無他人。

柳眼、玉團兒、那三百弟子……還有他託付給莫子如和水多婆的普珠，都消失不見了。

唐儷辭看著莫子如和水多婆，他的眼神十分迷惑，彷彿有千千萬萬件事想不通，又好像他想通了什麼，只是不敢置信。黑煙拂過，沾汙了他錦繡的紅衣……他今天穿了件紅衣。

紅衣如血，沾染了漫天塵埃。

可能過了很久，他突然在莫子如和水多婆面前吐了一口血出來。

「哈！」遠處傳來一聲飄渺的冷笑，「唐公子也會有急怒攻心的一天，真是奇聞異事……只怕莫春風和水萋萋做夢也沒想過，唐公子除了殺人誅心之外，竟還有幾分真心。」

唐儷辭擦去唇邊的血漬，回過頭來，看起來他臉生紅暈，氣色頗好，方才吐的一口血似乎與他毫無關係。眼見唐儷辭淺淺一笑，「先生在此候唐某多時了。」

地上躺著一具「鬼牡丹」的屍體，但火焰的餘燼裡依然緩步走出一位穿著黑底繡花長袍的鬼牡丹。

這人臉上的面具沾染了不少灰燼，的確是在這裡等候多時了，只是他自己卻看不見。

「我本不信，多智如唐公子，竟會讓柳眼把九心丸的解藥和解法，傳授給這許多無關緊要的半大小子。」鬼牡丹陰森森地道：「柳眼和三百弟子不可謂不顯眼，我猜唐公子若不是瞞天過海，便是請君入甕，但看你今日急怒攻心，那解藥和解法……莫不是真的？」他仰天大笑，「哈哈哈，你竟真信了莫春風和水萋萋能護住柳眼和那三百娃娃？『長衣盡碎』莫春風，『劍皇』水萋萋——若是二十年前，若是水萋萋沒有中毒，他二人所在之處的確固若金湯，但現在呢？」鬼牡丹譏諷地看著唐儷辭，「他們死了。」

唐儷辭臉泛紅暈，聽鬼牡丹這麼一說，他幽幽地嘆了口氣，喃喃地道：「唐某……的確是平生第一次錯信……」他抬眼看著鬼牡丹，「我若知道水前輩身中劇毒，斷不會做如此安排，但他們二位即使戰死——也依然守諾，護衛了柳眼和九心丸的解藥。」他緩緩地道：「三百位能解九心丸之毒的少年，匯入江湖之中……總有那麼幾人能逃出生天，能解得了此毒——從此江湖將不再苦於風流店毒患。二位前輩身死，但不是白死。」

「比起『江湖不再苦於風流店毒患』，讓唐公子錯算失策才是死得其所。」鬼牡丹獰笑，「放心，柳眼與那三百娃娃，我一個都不會放過。」

唐儷辭伸出手，鬼牡丹後退一步，只當他要動手，卻見唐儷辭伸手扶住了水多婆拄住的那柄劍，晃了晃。鬼牡丹一怔，若是旁人如此示弱，他必是順手殺了，但唐儷辭搖搖晃晃地扶住一柄劍，他退了一步之後，又退了一步。

唐儷辭見他退了兩步，淺淺一笑，「比起柳眼，我更想知道雪線子與御梅刀哪裡去了？」他微微瞇起眼睛，「你不是從好雲山而來——好雲山而來的那位橫屍在地——你我一樣千里奔波來遲一步，都未趕上此間的終局。」他的眼角微微一挑，「二位前輩雙雙戰死，不但在我預料之外，也在你預料之外……鬼尊可願意細說細說，原先對『長衣盡碎莫春風』與『劍皇』前輩是如何安排設計的？究竟是讓『呼燈令』來下手，或者是……」他提起水多婆的那柄劍，柔聲道：「是讓『往生譜』來下手呢？」

鬼牡丹戴著面具，看不見表情變化，但一息之間，他全身氣息都起了一陣微妙的變化。唐儷辭緩緩舉劍，他手上似是不穩，劍刃顫抖不定，劍光游離閃爍，「九心丸、牛皮翼人、狂蘭無行的『魑魅吐珠氣』，玉箜篌和撫翠的『長恨此身非我有』……引弦攝命之術……你——或者說『你們』從柳眼手裡拿到了《往生譜》，那是一本邪書。」唐儷辭慢慢地道：「《伽菩提藍番往生譜》記載奇門詭術，殺人放火無惡不作，練得多了還會發瘋……但它實在是太誘人了，它能讓人無所不能啊……」他輕聲道：「人一旦無所不能，還有所謂瘋不瘋嗎？」

「唐公子對《往生譜》知之不少，唯一可惜的是你見過的《往生譜》只有一冊，而我所見的《往生譜》卻是三冊。」鬼牡丹縱聲大笑，「白南珠冒天下之大不韙，從葉先愁的書房裡拿走了一冊，他卻不知道那鬼地方還有兩冊，白南珠的那一冊不過是根基而已。」

唐儷辭持劍在手，劍刃依然顫抖不休，輕咳一聲，他低聲問，「我知第一冊，你們從柳眼手中得來，但那另外兩冊從何而來？」

鬼牡丹目中掠過極為濃重的惡意，他提起《往生譜》另兩冊，便是故意要說這幾句給唐儷辭聽。他笑得極為痛快，「另兩冊——作為雜書，流入了杏陽書坊。」

唐儷辭微微一震，「杏陽書坊？」

鬼牡丹獰笑，「不錯，杏陽書坊。你那『故友』柳尊主，以及冰猿侯郝文侯都是在杏陽書坊中，第一次見到阿誰。」說完之後，鬼牡丹仔細觀察著唐儷辭的表情——此人狡詐多智，心狠手辣，不知身後持有多少底牌，即使己方已經手握雪線子和御梅刀，逼死莫子如與水多婆，甚至拿捏住了阿誰，但唐儷辭似冷靜似癲狂，似無情似多情，對任何事的反應都難以預料，這才是他此生最難收拾的敵人。

唐儷辭微微闔眼，一瞬之間便已明白這其中的糾葛——柳眼和郝文侯爭奪《往生譜》，阿誰不過是他們當時相爭的附屬物。而鬼牡丹特地告訴他阿誰與此事的糾葛，用意自然不在那兩本不知是真是假的書，而是在告訴他阿誰與此事關係匪淺，她比唐儷辭想像的涉入更早、與《往生譜》關係也更緊密。

這是在暗示什麼呢？唐儷辭倏然抬眼，他盯著鬼牡丹，目中一點殺氣如刀，披靡四散銳意森然，「你想說什麼？」他目中殺氣盛，語調卻低柔，像一點滴之未落的毒酒。

鬼牡丹大笑道：「我想說什麼唐公子難道不知？阿誰當年在杏陽書坊，誰也不知《往生譜》那其餘二冊這丫頭當年究竟有無看過——這丫頭心性堅韌聰明能幹，並非村姑愚婦，你說世上除了你——還有誰會以為她可以全身而退，縱容她回鄉而去呢？郝文侯要抓她，柳眼要奪她，除了她貌美之外，難道就心無旁騖？我素來不信一見鍾情，若非見色起意，便是別有所圖，唐公子自己難道不是麼？」

「我確是別有所圖。」唐儷辭淡淡地道：「鬼尊之意——是做鬼也不可能放過她，若是放過了，那是欲擒故縱了？」

「不錯。」鬼牡丹道：「然而欲擒故縱之間，偶然讓我發現了一個小祕密——當年她把和郝文侯生的崽子託付給你。」他似笑非笑，看著唐儷辭手持的那柄劍，那柄劍還在顫抖，光華流散，似龍似蛇。「那娃娃是死是活與你何干？你又非當真對阿誰一往情深，你養著她的兒子做什麼？」

唐儷辭幽幽的嘆了口氣，「說不定唐某慈悲為懷，見不得稚子早夭，救人一命，勝造七級浮屠呢？」

鬼牡丹陰森森地道：「郝文侯的親生兒子，到底有什麼稀奇之處，本尊很是好奇。他已經被柳眼宰了，本尊卻捉住了郝家當年的大夫，那糟老頭竟然說郝夫人早已給阿誰下了打胎藥，以那虎狼之藥的藥性，那娃娃就算生得出來也活不了多久——但他非但活了，居然還活到了現在。」他歪了歪頭，「這就是稀奇之處了，如果那小娃娃本該是死的，那你一直抱的那個，是什麼？」

「唐某……無所不能。」唐儷辭緩緩地道。

他沒有笑。

鬼牡丹嗤之以鼻，「你以為你是誰？」

唐儷辭手中劍乍然一定，他「唰」的一聲提劍而起，正對著鬼牡丹的鼻梁，「我先殺了你，知曉『小娃娃本該是死的』的人，就會少一個。」他輕聲道：「在死前你定要告訴我，還有多少人知道……有一個我殺一個，殺完了，便誰也不知道了。」他居然並不否認「那小娃娃本該是死的」。

鬼牡丹衣袖一震，姜家園四周濃煙之中沉默的冒出許多人影，這本是個引君入甕的困局。只是唐儷辭來得太快，鬼牡丹的伏兵尚未備好，這人就已經闖入，方才鬼牡丹故意說了許多，正是為了拖延時間。

唐儷辭不笑的時候，比微笑看起來眉目更溫柔，只是在溫柔之中透出一股冰冷的死氣。

「殺再多人也來不及了。」不遠處有人道：「來殺你之前，我已經提醒了阿誰姑娘，鳳鳳不是她的親生兒子，她的親生兒子早在託付給你的那天晚上就已經死了。」

唐儷辭緩緩抬眼看著來人，這人弱如螻蟻，卻萬分可惡，卻是草無芳。

草無芳笑得十分愉快，「我不知道你與一個婢子糾纏不清所圖為何，你在她面前假作無所不能，非要救她根本無藥可救的兒子，那娃娃死了你就抱著一個假的哄她……非要騙她對你感恩戴德，敬你愛你信你一輩子？花費這許多心力在一個丫頭身上，你要說她身上真沒有可圖之利，這世上恐怕誰也不信吧？」

唐儷辭不說話，他盯著草無芳，眼中所見的卻彷彿是不久之前的一個幻影——有個人微微蹙眉，輕輕嘆了口氣，低聲道：「如此……阿誰謝過唐公子救命之恩，結草銜環、赴湯蹈火，在所不惜……可以了嗎？」

她問：可以了嗎？

而他無話可說。是的，他種種矯情，諸多算計，不過是展示自己淩駕眾生，恩威福祿，歡喜悲傷，都需由他施捨賜予——這世上所有人——所有的人都該對他感激涕零，為他結草銜環、赴湯蹈火，在所不惜……

本該是這樣的，但又不是的，不是的。

鬼牡丹問「你養著她的兒子做什麼呢？」

草無芳說「我不知道你與一個婢子糾纏不清所圖為何……花費許多心力在一個丫頭身上，你要說她身上真沒有可圖之利，這世上恐怕誰也不信吧？」

唐儷辭一劍對鬼牡丹刺了過去，這些問題他不回答，他也答不上來。欲承神魔之利，行神魔之事，便要承神魔之罪。

沒有人告訴他，之前他也從未想過，若有一日他承受不了……那要怎麼辦？

京城，杏陽書坊舊址新起了一座小茶館。阿誰帶著鳳鳳離開姜有餘的莊園，便返回了京城。她把杏陽書坊的舊址盤了下來，搭了一座很小的茶館，茶館此時還沒有完全建好，阿誰平日就牽著鳳鳳在京城街上安靜的散步，走一會兒，抱一會兒。

鳳鳳已經會走幾步了，但主要還是要抱著。

京城的街道十分繁華，這幾日正逢廟會，街上賣繡作、珠翠、筆墨、聲色銷金花樣襆頭、帽子、書籍、圖畫、藥香、蒲合簟席、鞍轡弓箭等等什物的鋪面琳琅滿目。百姓熙熙攘攘，四處熱鬧異常，她一處一處看著，偶然也買一點什麼。

她知道十字大街東邊那家最大的酒樓，本是萬竅齋的一處門店。太廟街後面的一處酒肆，原來也是萬竅齋的產業。而後因為唐公子自稱為風流店主人，又當眾擄走了普珠方丈，滿江湖都當他是邪魔外道，為防萬竅齋受他連累，他便把萬竅齋賣了。所得的錢財，用以遣散萬竅齋眾人，就像她一樣……只要追隨唐公子，無論你有用無用，至少……能得一匣子銀票。

唐公子要你低頭俯首，感恩戴德，結草銜環，心甘情願……但他立威施恩，絕不會讓你一無所有。

這樣……就算是贏嗎？阿誰凝視著面前的萬丈紅塵，或許……你還沒有等到旁人心甘情願，就已經把自己全都施捨了出去，又或者……唐公子無所不能，永遠都能得償所願。

前面不遠處起了一陣喧嘩，有個盜賊光天化日之下從賣珠翠的鋪面上搶了幾支花釵，往巷子裡跑去。很快幾個少年追了上去，將那盜賊打翻在地，將花釵奪了回來，還給了賣貨郎。那賣貨郎連連感謝，回贈給幾位少年他自帶的饃饃。

阿誰不知不覺微微一笑，但微笑尚未消退，那幾位少年中有一位突然當街栽倒。周圍一陣大嘩，她也是吃了一驚，趕上幾步，卻見那少年臉上手上泛出紅色斑紋，那些斑紋快速變成了黑色，隨即少年哀嚎打滾，痛苦非常。

這是……九心丸之毒？她驚愕地看著那看似不過十五六歲的少年，這不過是個孩子，他從哪裡沾染了此種毒藥？眼看少年毒發，身邊的人紛紛去扶，她一時心急，出聲道：「且慢！這孩子中了劇毒，此種毒藥極易傳人，還請諸位退開幾步。」

眾人乍然見一位美貌女子牽著幼童，也是一怔。阿誰牽著鳳鳳從人群中走了出來，九心丸解毒之法她雖然並沒有學過，卻也從柳眼那耳濡目染，懂得一點皮毛。並且返回京城之前，柳眼和水多婆都給了她一些防身藥物，裡面就有九心丸的解藥。

九心丸只服用解藥並不能澈底解毒，但至少能減少毒發的痛苦。阿誰取出一支青玉藥瓶，倒了一粒黑色藥丸出來，塞入了地上毒發少年的口中。那少年痛苦至極，臉上手上的黑斑十分可怖，他所中的九心丸之毒非常劇烈，和阿誰先前見過的並不一樣。阿誰當年見柳眼所發放的藥丸毒發之後，會讓人渾身紅斑而不是黑斑，那些紅斑並不致命，也不疼痛。

眼見少年吞下瞭解藥，她拔下頭上髮簪，對著少年小腿「外丘穴」刺入約一寸半。鳳鳳坐倒在地，看她救人，眼神十分好奇。那少年服下藥物，被施針之後，身上的黑斑緩緩變紅，也不再痛苦哀嚎，可見阿誰的手法雖然並不全面，卻也有些效果。

鋤強扶弱的小少年，都還如此年輕，不應死於九心丸之毒。

他都來不及吃賣貨郎給他的饃饃。

「妳是何人？」那少年的同伴大聲問，「妳怎麼知道聞爻中的毒會傳人？」

另外一人著急地問：「妳怎麼會有解藥？」

「你們是什麼人？」賣貨郎被渾身長黑斑的恩人嚇得魂飛魄散，收起鋪子就打算走。

「娘——」鳳鳳突然大哭起來。

在七嘴八舌之時，地上「毒發劇烈」的聞爻陡然睜眼，一把抓住阿誰的手，拔去小腿處插著的髮簪，「妳就是阿誰姑娘，妳果然有解藥。」

阿誰陡然被抓，微微一怔，隨即嘆了口氣。

她並不說話，也不太意外。畢竟在集市上遭遇了英雄少年鋤強扶弱，並且少年英雄還突然毒發需要她出手相救的事情的機率，本也不大。但無論是真是假，她總不會眼看著一位十五六歲的小少年毒發身亡，總是會送上解藥的。

「我真不敢相信，唐公子竟當真放妳走，而沒有給妳留下一兩個暗衛。」那看似十五六歲的聞爻故作驚訝地道：「哎呀我知道了，唐儷辭變賣家產自身難保，他恐怕是沒有錢也沒有時間——來確保妳無恙了。」

阿誰抓住鳳鳳的手，微微用力，並不說話。

相忘於江湖……是她求仁得仁。誰能……對唐公子不心存幻想？即使是她百般不願，明知沒有結果，也不得不心存憐惜，他如有需要……阿誰即心存憐惜，又愧負恩情，所以可以捨命。但阿誰孑然一身，她這一命輕如飄萍，一文不值，只不過證明了唐公子總能逼你捨命相愛，證明他總是能贏——此後——便沒有了。

唐公子並不需要她癡戀一生，他只是想贏。

而她這一生，也從來沒有計劃過有唐公子。

她可以輸，她曾癡心妄想過有一個沒有心眼，溫暖又有趣的小廚子，但小廚子是假的，他不曾存在過。

她所有的少女情懷，都在遭遇了郝文侯和柳眼之後無聲無息的破碎，又在發現小廚子其實不是小廚子的時候再次湮滅，她被唐公子扔出去，彼此的尊嚴都摔得粉碎，然而比起唐公子的尊嚴，她那點尊嚴不值一提。她碎過一次又一次，但那又如何，那不過是她自己的事，甚至她是死是活，都無人當真在意。

然而一個人遭遇過什麼，有沒有人關心，甚至愛誰不愛誰，都只是人生的一部分。

有些人視愛如生，而她不想那麼荒蕪。

她決定好好生活，決定忘記郝文侯，選擇生下鳳鳳，願意同情但不原諒柳眼，決意遠離唐公子……那都是她自己的選擇。

每個人的際遇都不相同，悲歡離合無關對錯，從心而已。

她取了唐公子一張銀票而去，唐公子避而不見，自此恩怨兩清，相忘於江湖，這便是他們最好的結局了。

聞爻一把抓住了阿誰，心下得意——其他人總是疑心唐儷辭在這婢女身周部下伏兵還是暗衛，他就說以唐儷辭如今腹背受敵，哪裡還有心思來管這個丫頭？這丫頭人無足輕重，但她可能看過《往生譜》，杏陽書坊有自印書籍，如果當年還有留下什麼印版，印版的下落還要著落在阿誰頭上。但這件事又不能讓阿誰察覺，一旦她知道那《往生譜》的厲害，此事必然要生變。

郝文侯抓她回家，也是存了這個心思，但誰知其中起了什麼波瀾，他居然鬼使神差看上了這個丫頭，不但沒問出來祕笈的下落，還送了一條命。聞爻年紀不大，他沒有見過郝文侯和柳眼，這丫頭輕賤得很，把她抓住，嚴刑拷打，必然能得知《往生譜》究竟有沒有外傳！

就算她寧死不屈，把她交給師父，那也是大功一件。

在阿誰默不作聲的時候，聞爻點了她幾處穴道，將她和她懷裡的娃娃一起捆了，一躍而起。他那些剛認識半日的「好友」們大驚失色，圍上來詢問發生何事，被他一人一掌重傷，連賣貨郎也沒逃過一劫。隨即聞爻飛身而起，抓住阿誰和鳳鳳，往東而去。

街頭一陣大亂，百姓眼見即是打架，又當街擄人，當下四散而逃。

唯有遠處街角，那剛剛逃走的「小賊」自屋簷下窺探了幾眼，又默默地退入了陰影之中。

聞爻帶著人在京城街頭轉了幾轉，突然之間，不見了。

那「小賊」又在遠處盯梢，不久之後，一隻信鴿向南飛去，沒入晚霞之中。

那日夜裡，天清寺燈火通明。

紅姑娘得知阿誰被擄的時候，唐儷辭已經去了姜家園。他走得太快，錯過了飛鴿傳書。

姜有餘的手下探得阿誰和鳳鳳被擄，但紅姑娘對此事心存疑慮。

疑慮一是唐儷辭當真放任阿誰離開？如果他的確放手，而又覺得區區阿誰區區女婢無關緊要，為何姜有餘的手下卻仍然在盯梢？

疑慮二是阿誰雖然不會武功，身分低微，但她並非無能為力。

紅姑娘與阿誰在風流店共處多時，風流店那並非什麼溫情小築，時常就要死人。柳眼陰鬱癲狂之時，連她都難以靠近，阿誰卻可以處之泰然。這丫頭天生有一種能平息事端的能耐，唐儷辭在她面前都要靜下來幾分，她就這樣任人擄走了？

宛郁月旦坐在她身旁，碧漣漪為他讀完了飛鴿傳書，他彎了彎眉眼，微笑道：「阿儷是拿阿誰姑娘做了一個餌。」

紅姑娘微微一驚，醍醐灌頂。的確，唐儷辭放任她離去，看似恩怨兩清，卻是以阿誰做了引蛇出洞的一個餌……他在釣魚。

他愛不愛阿誰？紅姑娘看不出來。

也許是不經意的喜歡過？得到了又厭棄了？

不管是愛或不愛，他拿著曾經在意過的女人的命，堂而皇之的釣魚——這人心狠手辣，毒如蛇蠍。

不管是對別人還是自己，都是這樣。

紅姑娘輕輕嘆了口氣，「但他去了姜家園，走得太快，人既然不在京城，他釣的偌大的魚卻要誰人去收？」

微微蹙眉，她低聲又問，「飄零眉苑自玉箜篌失勢後，沉默了三日，我料其中必然發生了巨大變故。宛郁宮主，你說我等是繼續等，還是——」

宛郁月旦也微微皺起了眉。

這幾日成縕袍帶傷潛入了飄零眉苑外部，竊聽到飄零眉苑內部生變，白素車囚禁了玉箜篌，奪了飄零眉苑的大權。但此後飄零眉苑便陷入一片死寂，連白素車都失去音信。

這不應該的。

成縕袍沒有忘記白素車當時橫刀在手，說：「殺人者誰，不過白某。殺一人罪天下，而殺萬人……卻可成一將。」

結果她不但成了「一將」，她還成了白尊主。

她到底想做什麼？無論她想做什麼，都不可能什麼也不做，玉箜篌被囚，鬼牡丹豈能無動於衷？死寂的飄零眉苑深處，究竟發生了什麼？

正在紅姑娘和宛郁月旦沉吟之時，孟輕雷突然來報。

「那個柳……那個魔頭和玉姑娘，帶著十幾名弟子，出現了祈魂山后山，正和一群烏合之眾戰作一團。」

紅姑娘吃了一驚，「和誰戰作一團？」

孟輕雷嘆了口氣，「清風幫和斷刀門，他們都有門徒死於九心丸之毒。」他忍不住道：「這惡徒死有餘辜，九心丸流毒無窮，害人無數，實該把他千刀萬剮……」

宛郁月旦眉眼一彎，「這惡徒和唐儷辭狼狽為奸，但手握九心丸的解藥。我等當先把他捉拿在手，逼問出解藥，再殺他以謝天下英靈。」

孟輕雷恍然大悟，「我和成兄一道，必定將此魔頭生擒！」他即刻縱身而去，不知為何柳眼突然在此，但人既然在此處，不能讓他跑了！

「也只有孟大俠這等老實人，才會聽不出你弦外之音。」紅姑娘幽幽一嘆，「聽聞柳眼另有奇門醫術，不知能不能治得了『蜂母凝霜』。」

碧漣漪身中劇毒，又被王令秋折磨，至今起不了床。紅姑娘愁眉不展，宛郁月旦的手指輕輕磨蹭著椅子的扶手，低聲道：「王、令、秋……」

第六十四章 問南樓一聲歸雁

飄零眉苑深處，地牢之內。

數日不曾見人的玉箜篌坐在地上，身上布滿了蛛網，他一動不動，宛若木雕。數十隻豌豆大小的蠱蛛在蛛網上爬來爬去，彷彿那毒網上懸掛的一滴滴水珠。

蛛網閃爍著某種淡彩，看起來居然並不可怖，彷彿十分華貴。

「噠」的一聲，地牢的小口又開了，青煙從外面塞進來一個木盤子，盤子裡有一瓶水和一塊饃。那小口隨即關上，她沒有說話，連木盤子也沒有收回，似乎已經忘了。

極輕的腳步聲遠去。玉箜篌身邊放著許多裝水的瓶子和空碗，但瓶子和空碗周圍聚集著許多閃爍微光的蠱珠，一直在進食的不是玉箜篌，是這些蜘蛛。

玉箜篌整個人消瘦了許多，但皮膚泛出了和蠱珠一樣的青金色淡彩，望之便不似活人。

突然，他身上的蛛網彷彿感應到了什麼震動，輕輕起了一陣漣漪，玉箜篌全身一震，倏然睜開了眼睛。他的眼睛毫無光彩，蛛網那一陣漣漪過去，他又緩緩閉上了眼睛。

蠱蛛在他身上爬來爬去，織出更多的網，慢慢的他被蠱珠纏繞成了一個碩大的繭，繭上的蛛絲在燭光的映襯下閃閃發光。

青煙送完今天的食物，呆呆地往回走。

有幾位白衣女使喊了她的名字，但她沒有回答。這三天她也沒有去照顧紅衣女使，只是迷迷糊糊的走著，溫惠跟著鬼尊一行從京城回來了，她卻很少和師姐說話。

她的耳後有些許極細的蛛絲在發光，有些細微的東西在她的髮髻中爬動，而她渾然不覺。

青煙進入了大殿。這個地方本是玉箜篌議事的地方，玉箜篌不在，白素車就站在這裡。玉箜篌的金絲躺椅就在她身側，上面墊著繡有仙鶴圖案的絲綢軟墊，躺椅旁的木几上，尚擺放著一壺金瓶烈酒，一個空杯。

她並不去坐玉箜篌常坐的高位，經常站在那高位的旁邊，似乎玉箜篌在與不在，對她來說並無不同。她也沒有一般上位者患得患失，或大喜過望的狂態。

青煙呆呆地走了進來。

白素車看了她幾眼，皺起眉頭，「累了？」

青煙搖搖頭，「不累。」

白素車又問，「玉尊主如何了？」

青煙答道：「他在吃飯。」

白素車負手凝視著她，「那妳為何失魂落魄？」

青煙又搖了搖頭，「我有點……有點害怕。」

白素車淡淡地道：「怕我？」

青煙猛然搖頭，「不是的，素素姐姐對我最好，青煙知道這世上再沒有其他人……其他人……」她的聲音漸漸微弱，喃喃地道：「沒有其他人在乎……」

白素車凝視著她，青煙搖搖欲墜，她的臉色蒼白中帶著一點奇怪的光暈，她的髮髻中有什麼在動彈。一瞬之間，有物自青煙髮上身後陡然炸開——白素車反手出刀，一刀向青煙劈去——刀到中途她便知曉自己錯了！

自青煙身上炸開的並非暗器，是一大捧輕若飛絮的蛛絲。

不知多少閃爍著青金色淡光的小蜘蛛飛舞在半空，白素車揮刀上去，那些蛛絲立刻黏在了刀上，刀鋒傷不了蜘蛛，它們卻能順著刀刃爬下來，快速向白素車爬來。

白素車當機立斷，脫手放刀，遠遠避開。

她這一退就退出了大殿之外，但青煙卻還在殿內。

白素車遙遙看著站在殿內，渾身爬滿了微小蜘蛛的青煙，看著她頹然倒下、看著她在地上掙扎、看著蜘蛛自她耳中鼻中爬了出來，隨後鮮血也跟著從耳中鼻中流了出來。

織網極快的小蜘蛛很快給青煙覆上了一層層小小的蛛網，她彷彿被籠罩在一層朦朧的輕紗之中，即瑰麗又可怖。

白素車看著她死。

每一刻每一張網，她都記得清清楚楚，就像至今她還記得「如松」劍的每一個劍招一樣。

玉箜篌自不可能束手就擒，她一直在等，也曾經疑惑過。

原來如此，蠱蛛之毒。

他利用了青煙送飯的機會，散布蠱蛛之毒，此時偌大飄零眉苑裡不知潛伏多少蠱蛛。青煙年紀幼小，武功不高，中毒之後她茫然不覺，最終蛛入腦髓而亡。蠱蛛不分敵我，玉箜篌既然放了，他自己必不能倖免。

白素車凝視著大殿內隨風顫動的蛛網，取出火摺子，引燃後扔入了蛛絲之內。烈火倏然而起，那細絲居然可燃，數十隻蠱蛛受驚從那蛛網上逃開。白素車返身入內，提起躺椅旁的金瓶烈酒潑向那些蜘蛛。

只聽「嘩」的一聲烈焰升騰，那些微小的蠱蛛被烈酒澆透，青煙身上的火焰蔓延過來，一瞬之間，那些細小的東西就被燒成了灰燼。

蛛絲所燃的火焰很快熄滅，青煙被燒成一具滿臉烏黑的屍體。

白素車走了過來，單膝點地，取出帕子輕輕擦去她臉上的汙漬。

這孩子，殺過很多人。

善惡不分，胡作非為，草菅人命，涼薄惡毒，都是有的。

但如果她十二三歲的時候，不曾入了風流店，不曾在胡亂殺人之後受到讚賞，或許不會這樣死。

她抬起頭來，望著黝黑深邃的地下宮殿。

在此魔窟之中，有沒有蠱蛛，差別是有多大呢？

這魔窟之內的人活著，卻又不像活著，所以沒有那麼怕死。

她居然還有些愉悅——因為玉箜篌放出了蠱蛛。

蠱蛛必有幕後操縱之人。那不是玉箜篌，玉箜篌已然走投無路，以身飼蛛。

那會是誰？

她披荊斬棘，殺人殺己，踏火而來，終於要見到這一切的謎底——風流店真正的主人了嗎？

到時候，如有可能，她要為風流店上下非生非死的白衣女使、紅衣女使討一個公道！

白某不欲生，不怕死。隻身獨行，所作所為，與任何人無關。

京城天清寺。

「咚」的一聲悶響，聞乂把阿誰和鳳鳳重重摔在地上。

阿誰緊抱著鳳鳳，盡力使他不受到傷害。

「阿誰姑娘。」極遠的地方，傳來飄渺蒼老的聲音，居然並不可怖，似是端正慈祥，「此番請妳來此，並非老朽本意，小弟子自作主張，恰是給了老朽一面之緣。」

鳳鳳自己翻了個身站起來，好奇地看著東邊的走廊，那聲音從走廊深處傳來，似乎就在盡頭的大屋之中。

阿誰拉住鳳鳳的手，慢慢抬起了頭。

十五六歲少年模樣的聞乂站在前面，在他後面有一名身材清瘦，面色蒼白的中年人。那人身穿黃褐色長袍，並非僧袍，卻剃了個光頭。聞乂在黃袍人面前不敢放肆，低聲道：「青山師父。」

黃袍人點了點頭，對走廊深處道：「方丈，當街擄人，風險極大。」

「寺內外門弟子求成心切，失了分寸，但確如聞乂所言，唐儷辭心繫祈魂山戰事，遣散萬竅齋之後，對京師之事已不警覺。」坐在大屋中遙遙說話的，正是天清寺現任方丈，春灰禪師。

阿誰自幼在京城長大，天清寺春灰方丈，她也曾在入寺上香之時見過。春灰方丈十分慈祥，天清寺內鳥雀眾多，皆因諸僧多年來和方丈一起誦經飼鳥，廣結善緣。她從未想過，年逾六旬，清正慈和的方丈，居然也會算計時局。

聞爻將她擄入天清寺，這些人她從未見過，他們究竟是誰？

「玉笠筷不堪大任，居然受制於一介女流。」聞爻小聲道：「他被白素車抓住，真是丟盡了風流店的臉面。」

那名喚「青山」的黃袍人搖了搖頭，「此女野心勃勃，本是一員大將，奈何眼界不高。但她也是有功——玉笠筷若非被她逼至絕境，也不可能放出蠱蛛。」此人言語低沉，聲音不高不低，十分冷淡涼薄，「母蛛已死，所有的蠱蛛都將受制於母蛛之蠱，只等白素車中毒——飄零眉苑便重歸我等掌控。」

「白素車既然反水，同與玉笠筷為敵，她與中原劍會便有利益相連。若白素車中毒之後，能引來唐儷辭或宛郁月旦，若能讓此二人一併中毒——我等大事豈有不成之理？」遠處大屋之中，突然響起了古怪沙啞的聲音，非男非女，「我要去飄零眉苑一趟，會一會姓白的丫頭。」

阿誰跪坐在地，一言不發。

聽見了這幾句話，就意味著她將是一個永遠不會洩密的人。她可能活不過今日。

咬了咬牙，阿誰非常清醒——這也是她的機會。

面前這些從未見過的人，便是風流店背後潛藏著的真正的「主人」。

他們絕不是要什麼中原武林，他們要殺唐公子宛郁宮主，要殺白姑娘，都是為了「京師之事」。

他們到底是誰？

風流店九心丸，茶花牢蠱珠之毒，呼燈令王令秋，毒物橫流，欲夢魂消，惡念一生，人……便成了魑魅魍魎。

他們想要的是什麼？

那位名叫「青山」的黃袍人終是淡淡地看了她一眼，「阿誰姑娘，請妳來，是請教妳一件事。當年杏陽書坊有兩冊舊書，一本叫做《慈難柯那摩往生譜》，一本叫做《悲菩提迦蘭多往生譜》，這兩本書妳可曾讀過？」

阿誰的目光微微閃動，「這兩本舊書……我賣給了郝侯爺，後來被柳尊主拿走。」

「妳讀過其中內容麼？」黃袍人問道。

阿誰一頓，「讀過其中部分，但內容晦澀難懂，未曾讀完。」

「這兩本書……」黃袍人問，「是從哪裡收來的？」

阿誰緩緩抬頭，看著黃袍人。

這是一個相貌清正的中年人，看不出有什麼邪惡之氣，也看不出什麼溫和親切。

聞爻站在此人身後，神態十分謹慎。

她看著此人露出衣袖的手，那手背有淡淡的烏青之色，是九心丸毒發的紅斑或黑斑褪去後留下的痕跡。

這是一個服用過九心丸或類似的藥物，增強了內力，又剛剛祛除了毒性的人。也許不只這位黃袍人，剛才的聞ㄨ、這長廊盡頭大屋裡躲藏的兩人，都是這些奇門詭術的受益者。

「這兩本書……書坊主人在玉林客棧的雜貨裡撿的。」阿誰輕聲道：「大都是客棧客人遺落或丟棄的雜物，一般都不值錢。」微微一頓，她又道：「但我記得那年玉林客棧死了很多江湖客。」

黃袍人微微皺眉，「那年？哪年？」

阿誰緩緩地道：「周睇樓開業的那年。」

黃袍人示意她繼續說，阿誰卻沉默了，過了好一會兒，她道：「……青山師父，恕阿誰冒犯……這兩本書的來歷，我說過兩次。第一次告訴了郝文侯，第二次告訴了柳尊主。阿誰並未隱瞞，這兩本書來自玉林客棧，周睇樓開業的那年。」

聞ㄨ不知她說了兩次「周睇樓開業的那年」是什麼意思，皺著眉頭，「這兩本冊子你們杏陽書坊翻印過嗎？書裡寫了什麼妳可曾告訴別人？」

「聞ㄨ！」黃袍人喝了一聲，制止了聞ㄨ。

長廊深處的大屋突然響起蒼老的聲音，「周睇樓開業那年，豈非便是唐施主現世之時？」

「不錯。」阿誰淡淡的接話，「柳尊主也說過，唐公子的武功，是從周睇樓方先生那裡渡來的，而方先生的武功，卻是唐公子教的。周睇樓開業的那年，玉林客棧死的那些江湖人，遺落的只有那幾本書……」

「幾本書？」聞ㄨ警覺起來，「除了這兩本，還有其他的武功祕笈嗎？」

黃袍人眉頭深皺，這位素衣女子不卑不亢，說話難辨真假。當年郝文侯在杏陽書坊偶得《往生譜》二冊，柳眼只從唐儷辭手中得到一冊。以柳眼所言，他確信唐儷辭只有這一冊，但柳眼並非心細謹慎之人，萬一真如這婢女所言——唐儷辭其實有過《往生譜》全冊，那杏陽書坊所流傳出的二冊便大有問題。

有誰會放任這等絕世奇書流落在外？除非他是故意的。

難道天清寺拿到的《往生譜》其中有詐？這就能解釋他與春灰一直想不通的一個疑問——唐儷辭為何能指點狂蘭無行突破「魑魅吐珠氣」的最後一層？他如何知曉真氣化形的訣竅？根據柳眼所言，唐儷辭曾經學過的那一冊，可沒有「魑魅吐珠氣」這門功夫。

但他還未將其中的利害想清楚，阿誰緩緩地道：「但我當年見到的，不止這三本書，還有另外兩本紅色封面的殘卷。」她垂下眼睫，「那兩本書殘缺不全，於是我把它們和江湖人的雜物，都扔了。」

長廊盡頭的大屋「咿呀」一聲緩緩打開，一位老僧走了出來。

「那是兩本什麼樣的書？」

阿誰抱緊了鳳鳳，低聲道：「兩本紅色封皮的殘書，封皮上題著一首詩，寫『南園鳥驚飛，一碎長命杯。獨枯寧不疑，幽幽見山鬼。』那兩本殘書叫做《寧不疑》。」

黃袍人與老僧面面相覷，「梧井先生」葉先愁雖然是上一代武林佼佼者，他自己卻是不練《往生譜》的，否則屈指良怎生殺得了他？但他的《往生譜》不知從何而來，而這未曾聽過的《寧不疑》又是何物？

無論是真是假，這殘書，必是要先找到一觀。

那麼這名被唐儷辭拋棄的女子，便不能輕易殺了。

阿誰見這兩人對視一眼，便知自己今日應是死不了了。她低下頭摸了摸鳳鳳的軟髮，鳳鳳十分乖巧，坐在一旁好奇地聽她說話。她緩緩閉上眼睛，輕輕吐出了一口氣。

並沒有什麼《寧不疑》，那是她隨口拈的一首雜詩。唐公子真的不曾見過《往生譜》的其餘二冊，那是杏陽書坊庫房裡的雜物，祕笈是真的。但她好歹在這些神祕莫測的大人物面前為自己爭了一條命，又或許可以在這些人心裡埋下一根刺。

她盡力了，即便終是無能自救，也無愧於心。

而她面前的這一條絕路，究竟在不在唐公子的算計之中？阿誰並不知道。

她覺得不是。

唐公子的確智計無雙心狠手辣，但他只是想要贏，並不是想要大家死。

誰都不可以死，他自己可以死，旁人不行。

因為「死」在唐公子眼裡，就是輸。

他不能輸。

清風幫和斷刀門在流水河發現柳眼的蹤跡，此賊和十來個少年一起往祈魂山趕，估計是和唐儷辭走散了，準備回飄零眉苑重掌大權。

看柳眼滿臉傷痕，拄著拐杖一瘸一拐的樣子，清風幫和斷刀門一合計，派出三十餘弟子圍殺柳眼。這一旦成功，必是流芳百世的功業！

柳眼和玉團兒從姜家園逃出，與水多婆捨命相救的三百弟子在牛頭山下告別。這些人大多是唐儷辭的手下，學會了九心丸解毒之法，便按照萬竅齋之前祕密安排的行程，分頭行走。少數自碧落宮等名門正派暗中派來的小弟子自願護送柳眼前往祈魂山。他們本對「風流店前魔頭」恨之入骨，自願前來學解毒之法也是忍辱負重，但在姜家園密道之中受水多婆救命之恩，也知曉在九心丸毒患未解之前，柳眼干係重大，故而願意盡力。

這兩路人馬在流水河邊相遇，即刻動起手來。

「你們這幫誤事的蠢貨！我們是去中原劍會送解藥的！若在這裡殺了柳眼，九心丸之毒解不了，你們便是江湖的罪人！」一名小弟子架開斷刀門門徒的一刀，他才十六歲，忍不住委屈，便開口罵人。

「我看你們都是風流店的手下，裝什麼送解藥的大善人？九心丸惡毒至極，根本沒有解藥，我師弟染毒而死，我現在就要姓柳的償命！」斷刀門大弟子冷笑，「你們若不是他的手下，護著他幹什麼？」

那小弟子差點氣哭了，「你們蠻不講理！」

斷刀門大弟子橫過長刀，「邪魔外道人人得而誅之。」他的武功比起這些十幾歲的少年高強得多，一刀砍來威風凜凜。那小弟子的長劍被一刀砍斷，他身旁的另外一人出手相助，卻被斷刀門大弟子左手刀砍出一道血痕。

斷刀門大弟子竟是手持雙刀。

玉團兒正在與其他人動手，聞聲回頭，「白弟弟！」

那差點氣哭的少年姓白，名鳶，是古溪潭的小師弟。

眼見古溪潭的小師弟就要死在斷刀門手中，一根拐杖襲來，擋住了長刀。

白鳶一呆，竟然是柳眼出手相助。他自然知道柳眼武功已廢，雙腿還斷了，至今一瘸一拐。這魔頭居然冒死出手救他，雖然這魔頭平日看起來的確不太像魔頭，但還是不可思議。

斷刀門大弟子眼見柳眼出手，本來還略有遲疑，長刀與拐杖一交，已知來人內力空虛，頓時心頭灼熱，大喜過望。

此時不殺，更待何時？一旦讓他回到飄零眉苑，醫好了傷勢，世上誰能殺他？頓時拼上十成功力，一招「烽火照甘泉」對著柳眼的頭顱劈去。

柳眼拐杖輕點，那招「烽火照甘泉」被他推開了三寸，但斷刀門大弟子並非只有一刀——他另外一刀對準柳眼的丹田砍去。

玉團兒尖叫了一聲，轉過身來，她身後的清風幫弟子抓到破綻，一劍劃傷了她後背，鮮血湧了出來。

柳眼一掌拍在斷刀門的長刀上，他本來心如止水，驟然看見玉團兒轉身負傷，心裡一驚，手上力道一偏，那刀當真在他身上也劃了一刀。

斷刀門大弟子縱聲長笑，一刀往柳眼頭上砍落。

「錚」的一聲脆響，遠處人影一晃，一柄劍驟然出現，擋住那刀。來人抓住柳眼往後一擲，皺眉道：「中原劍會在此，何人放肆？」

斷刀門大弟子怒道：「孟輕雷！你妄為武林正道，竟然和邪魔外道同流合汙？如何對得起死在九心丸之下的無辜冤魂？」

孟輕雷沉下了臉，「柳眼死有餘辜，但此時必須先帶他回中原劍會，待九心丸之毒解後，我等必將他千刀萬剮，屆時會請諸位做個見證。中原劍會在此死戰風流店，多少俠士以身殉道，孟某亦有覺悟，豈可用『同流合汙』四字汙我劍會之心？你對得起死在飄零眉苑中的武林同道嗎？」

斷刀門大弟子被他瞪了一眼，氣焰矮了三分，「中原劍會偌大名聲，還不是屠不了風流店……誰知道你們在這裡到底是做戲，還是當真為死者出力？」

孟輕雷森然一笑，「做戲？」他舉劍指著這天，「蒼天在上，三日之內，我劍會若不踏平風流店，孟某五雷轟頂，不得好死！」

清風幫和斷刀門的弟子們一愣，孟輕雷竟然出此狂言？

柳眼被他點住穴道扔到鐵靜手裡，聽聞此言，也是一呆。

玉團兒被古溪潭扶住，聽聞三日之內要踏平風流店，也是茫然。

卻見鐵靜和古溪潭都點了點頭。

唐儷辭要中原劍會靜觀其變，不得越雷池一步，但宛郁月旦與紅姑娘已靜觀了三日。風流店內必有驚天變故，觀了三日，已不必再觀。

他們決定出手。

江湖掀起軒然大波，據傳聞，風流店的魔頭柳眼已被中原劍會擒獲，中原劍會一併拿到他身上的「九心丸」解藥。劍會通過「落魄十三樓」張榜告知，江湖諸友如有身患「九心丸」之毒，可至祈魂山中原劍會駐地領取解藥解毒。

此事一出，服用「九心丸」提升功力者不免急急趕往祈魂山，而畏懼九心丸之毒，不敢服用者不免也暗中趕往祈魂山。誰都知道：「九心丸」此毒可以提升內力，若此毒竟然輕易可解，那麼自己若是不服，豈不是大大的落於人後？

至於前往祈魂山，多半就要介入風流店與中原劍會之戰——既然劍會拿出瞭解藥，那必然是眾望所歸、眾心所向，風流店這等惡賊人人得而誅之，必是要與劍會同氣連枝，將風流店眾惡統統誅殺，方顯我江湖浩然正氣。

一早趕到中原劍會的兩撥人當即服下了解藥，又經玉針刺穴，果然將毒發之苦減了大半，不禁大喜過望。心腹大患既解，中毒之人又多，誰搞得清楚諸君是因為貪念自己服藥，還是受人所害委曲求全？此時身中九心丸之毒也不是什麼諱莫如深的祕事，反而是吾與風流店勢不兩立的證據，突然之間，中原劍會聲勢浩大，眾志成城，要踏平風流店，生擒唐儷辭！

柳眼和玉團兒被宛郁月旦安置在自己的帳篷邊上，其他小弟子也住在臨近的帳篷之中，這些孩子事關重大。唐儷辭安排下三百弟子向柳眼學習解毒之法，著眼點就在廣撒網，這三百弟子裡多半有各門各派的探子，但那不打緊，多一個人學會，或許就能多救幾條人命，多幾個對戰風流店的盟友。

他們分成幾路，或流散於江湖之中，或奔赴祈魂山參戰。因為是尋常少年不會武功，所以難以辨認，容易潛藏，因為人數眾多，所以不懼耗損。萬竅齋在選取這些少年人的時候就已經和他們簽下字據，此行危險萬分，全憑自願，如有死傷，重金以償。

而唐儷辭究竟在意不在意這些少年的死活，誰也不知道。

水多婆和莫子如為此戰死。而那日後姜家園燃起熊熊大火，火焰一度熄滅而後再次燃起，最終燒穿了山體密道，烈火竟隨著流水從地下河的洞穴中噴湧而出，浮於水上綿延數十丈之遠。當夜帶著烈焰的黑水蜿蜒沒入林中，星月與烈火交輝，少林寺十七僧聽聞喧囂而來，站立在各座山頭凝望著水上的野火，過了不知多久，那照亮流水的火焰方才緩緩熄滅。

火能浮於水上，那自然是有人使用了油，而顯而易見，那並非普通的油。

少林寺也曾派人到達姜家園廢墟，他們看見遍地屍骸，以及自院中坍塌下去的偌大坑穴。那坑穴內既有向上的劍痕，又有向下的劍痕，坑穴內燒得焦黑，其內插滿了長箭，看起來不似有武林中人在此搏鬥，竟似有兩軍對壘，使上了火油連弩之類的重型兵器。

但看那劍痕，卻是在火油連弩齊發之時，有人自下而上揮劍，擋開了大部弩箭，同時震碎頭頂岩石，從地下衝了出來。不知是何方神聖有這等近乎神跡的強勢劍招？如此高人，不知是敵是友？若是敵人，以少林此番多事之秋，只怕無人能擋。少林十七僧對此劍痕合十念佛，表情各是黯然。

天清寺內。

阿誰和鳳鳳被關在茶苑地下一處密室內。這地方和飄零眉苑十分相似，有許多幽暗的長廊，長廊兩側許多房間，裡面住著許多戴著面具的人。

與風流店的紅衣女使、白衣女使何其相似。

阿誰甚至可以聞到他們走過之後，風中傳來的某種藥香。

風流店裡的白衣女使有不少傾慕於柳眼，她們癡迷於柳眼的琴聲或琵琶，癡迷於他的風姿容貌，更癡迷於幻想自己能得柳眼的青睞。但武功更高的女使們並非懷春少女，阿誰雖然沒有見過她們面紗下的容貌，但也能感覺到她們年紀大得多。

但就和這些走廊裡戴著面具的人一樣，那些武功更高的女使們都對柳眼或玉箜篌的驅使毫無異議，她們對風流店主事是誰毫不在乎，卻能在白素車的指揮下任勞任怨，前仆後繼。

她們都服用九心丸，除了九心丸之外，風流店還在她們每天的食物飲水中下毒，在飄零眉苑的牆上塗抹藥粉，在深邃的地下通道中焚香。

那些不知名的祕藥和藥香迷人心智，會讓人逐漸失去自我，她曾以為那是柳眼的祕藏。但如今看來並不是，天清寺的茶苑修建的時間比風流店早得多，顯然在茶苑內所使用的祕藥，和飄零眉苑中使用的是一樣的。

也許……柳尊主也未曾倖免。

天清寺內雖然豢養了古怪的死士，但並不虐待囚徒。春灰方丈吩咐聞爻給阿誰和鳳鳳送來了食物，彷彿殺人之前慈悲為懷，殺人的時候就比較理直氣壯一般。

這或許是她活在人間的最後一夜。

鳳鳳已經睡著，阿誰並無睡意，她仍然盡力在想要如何逃出生天，至少保住鳳鳳的性命。

正當她思索之際，突然遠處隱隱傳來「叮叮噹噹」，有金屬軸承轉動的聲音。

那彷彿是一件重物正在被移動。

阿誰抬起頭來，往長廊的遠處望去。

昏暗的燈光下，影影綽綽的影子裡，她看見了一輛沉重的鐵車。

不，那是一輛囚車。囚車由精鋼打造，四個鐵輪承載車身，車身是個釘死的鐵箱，連個窗戶都沒有。

她怔怔地看著這龐大的鐵棺材自遠處緩緩靠近，而後從她的囚室前經過，去向長廊深處更隱祕的地方。

囚車雖然沒有窗戶，它經過的地方卻有血。

一滴一滴的鮮血，自鐵箱的角落滴落。囚車裡有人，並且外傷嚴重，正在不停的流血。

她不知道裡面的人是誰，但有一種不祥的預感。

無論是誰，是這些人的敵人，就是她的盟友。

還有……是誰……需要這些人使用精鋼鑄造、無窗無門的鐵箱來抓人呢？他們抓住了誰？

鐵囚車緩緩移動。

車內漆黑一片，唐儷辭靠牆而坐，閉目養神。

與他同車而乘的，是一直在發抖的傅主梅。

不看是誰在流血，若是能在這漆黑中看得清臉色，很難相信重傷的是唐儷辭。

「……再抖，你就下去……說你不幹了。」唐儷辭閉著眼睛，衣角一滴一滴的滴血，唇角微勾，似笑非笑。

傅主梅極低聲的傳音，「你的傷口為什麼好不了了……」

唐儷辭不答，他聽著這輛車移動時候的聲音，密不透風的車廂夾層內諸多暗器機簧輕微撞擊的聲音，這輛車至少有十來樣殺招，都是為了唐儷辭而存在的。過了一會兒，他輕聲問，「雪線子死了嗎？」

傅主梅呆呆地看著他，雖然他什麼也看不見，鐵囚車裡只有一片黑暗。

但他彷彿可以看見，阿儷閉著眼睛，嘴角帶笑的樣子。

以前他以為那是因為他什麼都有，所以什麼也不在乎。

現在他知道那大概只是因為他沒有辦法。

別的小孩子做錯事害怕了嚎啕大哭，然後就會被引導什麼才是對的，然後就會被疼愛被原諒。阿儷沒有，他從來不怕，不管他做什麼環繞著他的人都讚美他，然後恐懼他——不管是好事還是壞事。那些讚美和恐懼一模一樣，所以可能阿儷從很小的時候就不知所措。

不知所措，就無法露出正確的表情。

「他是怎麼死的？」唐儷辭問。

不久前姜家園廢墟中，鬼牡丹設伏圍殺唐儷辭，唐儷辭血戰伏兵。雙方不相上下，眼看一時間拿不下唐儷辭，伏兵之中緩緩推出了一輛鐵囚車。

鐵囚車裡五花大綁，鐵鎖鏈鐵鐐銬掛著一個人。

唐儷辭看了那人一眼，當即棄劍認輸，因為囚車裡的不是別人，正是傅主梅。

傅主梅身上的傷看起來並不嚴重，但是不知道為什麼受制於人，被掛在了鐵囚車中。

唐儷辭毫不猶豫棄劍認輸，鬼牡丹也是愣了愣，為防有詐，他在唐儷辭身上拍了一掌。結果一掌拍落，唐儷辭身上傷口崩裂，鮮血湧出，鬼牡丹才發現他早已重傷在身，之前的搖搖晃晃當真不是有詐，他確是強弩之末。

這才把他也鎖在鐵囚車之中，運回天清寺內密室。

風流店源自天清寺，天清寺與柴家息息相關，唐儷辭目前仍然號稱風流店之主，江湖邪魔外道之巔，私底下又是中原劍會的支柱，天清寺抓住了他，進可立威，退可要脅，頓時立於不敗之地。

唐儷辭被鎖在囚車裡，的確是暈了一會兒，等他醒來，便感覺到惶恐到瑟瑟發抖的傅主梅。這鐵囚車搖搖晃晃，只怕也有傅主梅在發抖的一份。

「他自碎天靈……」傅主梅臉無人色，慘澹地道：「鐘姑娘……一直不知自己是雪線子的親生女兒，鬼牡丹帶著她上京師去重爭琅琊公主之位。結果趙宗靖和趙宗盈自萬竅齋得了消息，派兵把她攔了下來。雙方一場大戰，最終楊桂華前來宣布鬼牡丹為她所準備的所謂『公主』什物經查均為造假，趙宗靖口稱她是雪線子的親生女兒，又怒斥她欺君之罪。鐘姑娘受了刺激，於是逃離京城，衝上好雲山找雪線子求證。」他頓了一頓，小聲道：「我那時候……也不知道鐘姑娘是雪線子的親生女兒。那時候雪線子中毒剛好，在風流店受了折磨，內傷一直不見好轉。他說他快七十了讓我喊他爺爺，唉……我覺得……我覺得我也不小了……」

傅主梅顛三倒四說了許多離題的廢話，以前唐儷辭覺得他是個廢物，但現在他懶得這樣想。

過了好一陣子，傅主梅才說道：「……鐘姑娘突然來找他，一開始他是很高興的。」

「哈……」唐儷辭一聲低笑。

「然後他們父女相認。」傅主梅小聲說：「那天晚上他們父女吃飯，我沒有去吃，我不知道鐘姑娘敬了他一杯毒酒。」他慢慢把自己往鐵囚車的刑具抵去，「所以當我發現的時候，雪線子已經中了『三眠不夜天』，他被鐘春髻捉走……我追上去，我聽見鐘春髻拷問他柳眼的下落、九心丸解藥在哪裡、問他水多婆和莫子如究竟是誰……還有……問為什麼……憑什麼……他是她的親生父親？問他從小對她這麼好，是不是從來不是因為她聰明伶俐、美貌善良、世上少有——而只是因為她是他的親生女兒？」

唐儷辭靜靜的聽著，傅主梅又道：「我追上去……」

然後傅主梅停住了，過了一會兒他又道：「我追上去……」

「算了。」唐儷辭輕聲道：「不必再說了。」

傅主梅沒有聽他的話，他深吸一口氣，「他們用他中毒失神後的醜態折磨他。我本來……本來快要衝進去把他背走了，我都快要打贏了，然後有個人一直在旁邊說雪線子已經對他們說了什麼什麼……我都沒聽明白，突然間……他就強掙了一口氣，自碎了天靈。」傅主梅顫聲道：「他可能清醒了一瞬間，聽清了什麼……如果我更快一點，他就不會死；如果我更聰明一點，知道他們在說什麼，我就先讓他們閉嘴，他也不會死……我……我如果再厲害一點，平時練刀再努力一點，就不會被他們抓住。」他緊緊地咬唇，「我總是……總是……」

總是廢物。

唐儷辭想，他無聲的笑了笑，隨即嘆了一聲，「算了……」他氣若遊絲地道：「這世上許多……許多人的選擇都和你想的不一樣。」

傅主梅顫聲道：「選擇死嗎？不管他說了什麼，那都不是他的錯啊！他的親生女兒折磨他，他中了劇毒神志不清，那不是他的錯！他只要再堅持一會兒，我就可以救他出來……他是雪線子，他怎麼能死在那種地方？」

「可能……他在說出劍皇水萋萋的祕密的時候，就已經死了。」唐儷辭緩緩地道：「絕代高手，總不會當真死在女兒手上。」

傅主梅不知道，雪線子說出水多婆的祕密，莫子如和水多婆因此而死。

每個人都有自己的「道」。

莫子如以身殉道、水多婆以身殉道、雪線子……以身殉道。

「他是自碎天靈以後，被鬼牡丹帶回去，灌了許多靈藥與毒藥，折騰了整整三日，才死了。」

傅主梅道：「死的時候，面目全非。」

唐儷辭笑了一聲。

傅主梅問，「你笑什麼？」

唐儷辭不答，過了一會兒，「他被折磨了三日，你被折磨了幾日？」他含笑問，「鐘凌煙死得慘絕人寰面目全非，那你呢？」

傅主梅全身枷鎖刑具，血液在精鋼鐐銬上結了一層一層的黑痂。

緊貼著囚車鐵壁的背上被精巧的劃開了一個巨大的傷口，唐儷辭看不見，但他聽得到，傅主梅背上的傷口中有異物蠢蠢而動。

「他們把什麼東西弄到你背上？」唐儷辭問。

傅主梅猶豫了一下。

唐儷辭道：「說。」

傅主梅小聲說：「我不知道。」

唐儷辭又笑了一聲，他動了動手指，按了下腹中的心，帶血的手指在紅衣上印下血痕，但卻在乾涸後方才顯現。

「不怕。」他道：「不怕。」不怕，不管是什麼，我總是能救你的。

傅主梅沒再說話，鐵囚車停了下來，有人將整個鐵囚籠抬了起來，費勁的往裡移動。他默數著人數，共有十八人在移動這個鐵箱，隨著一聲吆喝，轟然一聲，車內刑具震動，譁然大響，囚籠重重砸落在地。那十八人退開幾步，拔出兵刃，在鐵囚籠周圍圍了一圈。

阿儷身受重傷，自己深陷枷鎖，這些人居然還這麼謹慎。

啊對了，阿儷身受重傷，他怎麼會身受重傷？按道理什麼傷在他身上都應該很快好才對！傅主梅突然發現他被引導得完全失去了重點，只說了自己的遭遇，而阿儷的遭遇他一個字也沒說。

正當傅主梅努力向唐儷辭張望，試圖瞪眼瞪過黑暗看清唐儷辭身上究竟發生了什麼的時候，「咿呀」一聲，鐵囚籠四面洞開。

他們所在的囚籠四面鐵牆都緩緩向外打開。

光從四面八方照進來，鐵支架上的血跡和他們身上的毛髮纖毫畢現。

傅主梅瞇著眼睛，在強光下終於看清——唐儷辭一身紅衣。

他一身紅衣，看不見傷在何處，只看見一層一層結痂的血，將他的紅衣染成半身黑衣。他和自己一樣，被枷鎖吊在支架上，雙手雙足都被帶毒的刺鐐鎖死，數處大穴都被插入阻斷真氣的長針。但阿儷抬起頭，似笑非笑地看著鐵籠外當頭走過來的人。

「春灰方丈，別來無恙。」

緩步而來的瘦削老頭布鞋僧衣，皮膚黝黑，兩眼炯炯有神，正是天清寺的春灰方丈。他的身側站著一個光頭黃袍人，傅主梅認得這個人。

這就是在他搏命要救雪線子的時候，在一旁冷言冷語，導致雪線子自碎天靈，而他大受打擊失手被擒的那個人。

而在黃袍人身邊，一位青衣女子黑紗蒙面，默不作聲地站在那裡。

她雖然不說話，但傅主梅一眼認出，這是鐘春髻。

這就是雪線子的親生女兒，名滿江湖的俠女鐘春髻。

春灰方丈對著渾身是血的唐儷辭合十，「阿彌陀佛，老朽已經辭去方丈之位數年，早已不是佛門中人。」他口稱還俗多年，卻依然僧衣光頭，依然口宣佛號，也不知是騙人騙己。

「哦？春灰方丈還俗多年？新晉的天清寺住持不知是誰？」唐儷辭柔聲問道。

春灰嘆了口氣，「並無新晉方丈。」他看著唐儷辭，眼神堪稱慈祥平和，「唐公子，你可知老朽還俗之日，是何年何日嗎？」

唐儷辭身上的鐐銬微微一響，他嘆了一聲，「是柳眼帶著《往生譜》闖入天清寺那日。」

春灰微微一笑，「唐公子聰慧。」他望向那位黃袍人，「這位是……」他微微一頓，那黃袍人自行開口，「在下姓黃，既叫做謝姚黃，也叫做黃姚謝。」他對著唐儷辭行了一禮，「若非唐公子強迫方公子修習《往生譜》，我等塵垢秕糠之輩，鉛刀駑馬之流，何曾想過能倚仗此等驚天奇術，獲得復仇之力？」

唐儷辭緩緩地問，「復仇？為誰復仇？」他凝視著「謝姚黃」，「若是為先朝柴氏，你們又為何挑撥離間，屠戮白雲溝？難道白雲溝諸君不曾忠於柴氏，不想復國？」

「先皇受難賓天，但凡忠於柴氏者，無人不思復仇與復國。」那位自稱「謝姚黃」或者「黃姚謝」的黃袍人緩緩說話，「亦無人不可復國。白雲溝堅守六王爺，而六王爺狼心狗肺，未有故國之思。我等欲行大事，白雲溝礙於柴氏血脈，必要與我為敵，先殺白雲溝，柴熙謹就能為我所用，唐公子難道不懂？」他盯著唐儷辭，「以唐公子之聰明才智，當為我世間知己。」

傅主梅呆呆地看著這仇人，渾然不知道他在說什麼，他居然說阿儷是他的知己？他才什麼都不懂！阿儷……他不是這樣的。

「以謝先生的聰明才智，『請』唐某於此一會，難道便只是為了認知己不成？」唐儷辭微微一笑，「閣下有復國大志，手握奇毒神術，為何不興兵起事，卻要蟄伏於風流店與少林寺之後？」

「我欲邀唐公子共行其事，不知唐公子意下如何？」這位黃袍人平靜地道：「兵者不祥之器，不得已而用之。唐公子當朝貴冑，聰明絕頂，知情識趣，當為我之知己。」

他在說「我之知己」的時候，如果唐儷辭不是被銬在鐵囚籠內，渾身鮮血淋漓，如果不曾向背後被放入了不知什麼毒物的傅主梅看上一眼，那也是頗為真誠。

唐儷辭沉吟片刻，輕輕咳了一聲，傅主梅聽得見他肺中帶血之聲，心裡害怕至極。面前這個……不知道在說什麼的怪人，到底想怎麼樣？他能模糊的感覺到他在逼迫阿儷做一件怎麼樣驚天動地的大事，但他又不知道是什麼。

「閣下伏於少林寺，制住普珠方丈，是因為少林寺離京畿極近，且歷來少林便是護國之寺——『呼燈令』王令秋蟄伏少林二十餘年，為你們解除了少林之憂。」唐儷辭慢慢地道：「然本朝戰事方平，兵馬未熄，民皆厭戰——要復國——你們既無戰力，亦無民心。縱然《往生譜》能催生一支武林奇軍，與京師二十余萬禁軍相比，無異以卵擊石。只是皇城司手下那數萬的探子，你們就抵敵不過——即使你們在禁軍與皇城司內散播九心丸之毒，若無奇謀，也是杯水車薪，無濟於事。」他終於抬起頭，挺直了背脊，凝視著眼前這位來歷不明的黃袍人，「所以你——」

「唐公子不愧是我之知己。」黃袍人笑了起來，「哈哈哈哈……」他大步走了過來，捏住唐儷辭的下顎，把他的臉從刑具上提了起來，「所以我需要一場大戰——一場大戰越大越好，誰勝誰敗無關緊要——我需要一場大戰！一場瘟疫！我需要死很多人——最好、是死很多好人！」他掐住唐儷辭的脖子，「死到廂軍控制不住局面，那京師便要調派禁軍前往平亂。你說『蜂母凝霜』之毒，『九心丸』之毒，究竟是用在何處呢？」

唐儷辭舔了舔口中的鮮血，微微往後一掙，因為鮮血滑膩，他的脖子從黃袍人手裡掙脫出來，平心靜氣地問，「用在何處？」

黃袍人看著被他塗了一臉鮮血的唐儷辭，心下無限暢快，獰笑道：「那自然是用在該用的人身上……你說數千個失去理智追著活人啃咬的怪物、遍地打滾的腐屍，其中還有那瘋瘋癲癲的武林高手，或許還有他正在稀罕的公主——值不值得尊貴的聖上調動兵馬司或者步兵司前來平亂呢？」

「曠世天災。」唐儷辭道：「京師城防變動，駐軍減少之後，新面孔不足為奇。而你，只需要一個機會。」

以天災為餌，逼京師調兵換防，在禁軍大亂之際潛入宮內，以柴熙謹為旗幟，以《往生譜》奇毒詭術為倚仗，逼當今聖上還位柴氏。事若不成，天清寺與風流店數年培育的諸多高手，仍然可以在京師一戰。

事若成，這位號稱「復仇」的謝先生，就有了坐擁天下的權柄。

這就是風流店背後的陰影。如此淺薄、惡毒、卑怯、瘋狂而自以為是。

傅主梅終於聽懂了，他只是沒有明白——這麼多人為了這點瘋狂的妄想而死，都不知道是為什麼？而這個瘋子根本沒有想過，每個人有每個人的選擇，誰也不會因為一個瘋子的異想天開，而按照他的邏輯做事。

這個人只是開啟了一場……誰也無法收手的夢魘。

風流店不會按照他的設想行事，玉箜篌不會、白素車也不會。他們只是從這個瘋子身上借到了力量，用來走自己的路。

中原劍會也不會，凡是一些堅定的、有信仰的人都很難按照誰的「計謀」做選擇，因為他們都有自己的想法。

他看著唐儷辭聽完了這個瘋子的彌天大計，眼角微勾，「閣下算無遺漏，那要與唐某合作的，究竟是何事？」

「你我合作，讓祈魂山一戰屍橫遍野妖魔成行，等皇城禁軍一動……我助你將風流店裡裡外外殺得一乾二淨，澄清你絕非邪魔外道，讓你成為江湖第一人。」黃袍人道：「唐公子散盡家財奔波千里，不就是為了登臨天下第一、受萬人敬仰嗎？我助你登巔峰，你助我成大業。而你——只需讓中原劍會往飄零眉苑送入更多人手，同時收回柳眼所制的解藥。」

「不需我勸服家父，輔佐先生復國？」唐儷辭又咳了一聲，仍是似笑非笑。

「勸服？輔佐？」黃袍人哈哈大笑，「他也配？」

「青山。」在謝姚黃情緒高漲之時，春灰方丈宣了一聲他的法號，在其人背上點了幾處穴道。謝姚黃乍然驚醒，長長吁出一口氣，頓了頓，似是對自己方才說出這許多話惱羞成怒，驀然轉身。

春灰嘆息一聲，「真氣浮動，你暫且回房服藥，休息片刻。」

謝姚黃「嘿」了一聲，看了唐儷辭一眼，「你若不識抬舉，即刻便殺了你。」言罷大步離去。

唐儷辭閉上眼睛。

「殺孽大熾，癲狂而死。」

這位瘋子《往生譜》練得不怎麼樣，但神智已近癲狂了。

「阿彌陀佛。」春灰方丈嘆息了一聲，「他也是一個可憐人。」

「他是誰？」傅主梅十分茫然。

「謝姚黃，黃姚謝。」唐儷辭輕輕地道：「姚黃者，牡丹之王。謝姚黃，便是鬼牡丹。」隨即他眼角一挑，看向站在一旁，似是神魂出竅，不言不動的鐘春髻，「鐘姑娘別來無恙？」

黑紗蒙面的鐘春髻猛然一顫。

春灰方丈溫和地道：「鐘姑娘，動手吧。」

鐘春髻一步一步向前，左手拉住唐儷辭的鐵鐐，右手倏然拔出一柄尖刀，將他用力一扯。唐儷辭在鐵鐐上一晃，露出半個背脊，鐘春髻右手一刀劃下毫不猶豫，正像對待傅主梅一樣，要在他背後開出一個大口子來。

「阿儷！」傅主梅大叫一聲。

唐儷辭隨著鐵鐐搖晃，輕飄飄地轉了一個圈。

「叮」的一聲微響，鐵鐐隨風而斷，第一節鐵鐐彈起，正中毫無防備的春灰方丈的穴道。與之同時，數十道寒芒飛起，那些紮入他穴道的毒針和被他扭斷的零碎往四面八方飛去，射入了身周把守的那十八名力士胸口。

十八人應聲倒下，這些人魁梧有力，但不是高手。天清寺對鐵囚籠過於自信，卻不知道唐儷辭第一不怕劇毒，第二……便是不怕受傷。

他的確是串在刑具和鐵鐐上，但那些刑具和鐵鐐並沒有釘牢在支架上。方才黑暗之中，傅主梅心情激蕩，一心只想說雪線子究竟是如何死的，卻不知道什麼時候唐儷辭弄斷了鐵鐐的大部分接頭，只留下淺薄的一點連接。

阿儷身上掛了這麼多刑具，受了這麼多傷，居然還能動手？他方才任憑鬼牡丹欺辱，究竟是無力反抗，還是故意示弱？

鐘春髻眼看唐儷辭突然動手，大叫一聲，想也不想，扔下長刀往外就逃。然而一步之後，她就被唐儷辭一把抓了回來。

唐儷辭半面塗血，唇角微微一點乾裂，本應淒厲可怖，卻並不難看。他舔了一點唇角的傷口，舌尖上染了一點點血，似是一點淡粉。鐘春髻盯著他的舌尖，心裡滿是絕望。

唐公子……知道她心裡的妄念。

他輕而易舉就可以用那些妄念引誘她屈服。

她之所以無路可走，變成一個罪人，都是因為受了他的引誘。

「鐘姑娘。」唐儷辭聲音溫柔，手上毫不留情，「嘶」的一聲撕開了她的衣袖——她衣袖之中藏著一個盒子，方才那一刀要是得手，這盒中之物大概就要送入唐儷辭的背脊。

「雪線子別來可好？」他拿住衣袖中的盒子，含笑問。

鐘春髻瑟瑟發抖，「我……我……他……」

唐儷辭緩緩打開盒子，盒內一隻碩大的蜘蛛抬起頭來，背上璀璨的淡金色光暈觸目驚心。他微微一顫，差點失手將盒子打翻在地——蠱蛛。

所以傅主梅背脊內所飼養的異物，十有八九也是蠱蛛。

所以……他和池雲一樣……他會和池雲一模一樣。

唐儷辭輕輕咳了一聲，鐘春髻和傅主梅都看見他嘴角溢出了血絲，然而唐儷辭神色越發溫柔，「蠱蛛？」

鐘春髻不說話。

「解藥呢？」唐儷辭又咳了一聲。

「蠱蛛……蠱蛛沒有解藥。」鐘春髻的聲音像被誰掐在咽喉裡，她當然知道池雲是怎麼死的。「但蠱蛛有蠱王，它們聽蠱王的指揮……」

「哦？那蠱王……在哪裡？」唐儷辭輕聲問。

鍾春髻猛然搖頭，那蒙面的黑紗被她搖了下來，面紗下的臉哭得雙目紅腫，慘白如鬼，彷彿這幾日她也過得十分不好。「我不知道……別……別殺我……」她瑟瑟發抖，「我……我不是故意……不是故意害死師父……我不想他死……」

唐儷辭歪了歪頭，好似十分好奇，「妳不想他死，那妳想他活嗎？」他反手一刀，劈斷傅主梅身上的鐐銬，傅主梅往前栽倒，唐儷辭左手將他攬住，右手刀又從他背後的傷處剮出一隻活生生的蠱蛛來。

那蠱蛛和盒子裡的略有不同，是淡粉色的，似是吃多了人的血肉。

鍾春髻驚恐萬分地看著唐儷辭，她張了張嘴，「你不能殺我，阿——」她還沒說完，「擦」的一聲唐儷辭將那隻粉色的蠱蛛連蠱帶刀插進她的嘴裡。

他的動作太快，鍾春髻全然閃避不開，她那點武功在唐儷辭面前不值一提。蠱蛛與尖刀入喉，鮮血迸出，咽喉嘗到了血的溫熱，鍾春髻才反應過來。她本想再說什麼，但唐儷辭已興致索然，扶著傅主梅，往青灰那邊走去。

鍾春髻仰天栽倒，瀕死的蠱蛛在她咽喉咬了一口，她雙目瞪出，臉色青紫，整張臉腫脹皸裂，流出古怪的汁液，過了許久，方才寂然不動。

妳不想雪線子死，可妳也沒有給他留下活的餘地。

所謂無辜，不過自欺欺人的話術。

周圍被唐儷辭射中要害的力士們並未昏迷，只是重傷癱軟，他們眼睜睜地看著唐儷辭解開傅主梅的穴道，拔掉傅主梅身上的長針，兩人一起將春灰方丈擄走，又眼睜睜地看著鐘春髻橫死，人人臉色青白，彷彿活見了鬼。

第六十五章　縱使傾城還再得

傅主梅內功心法與唐儷辭一脈相承，都源自方周。他另有奇遇之後，修為極高，所以雖然外傷極重，又被蠱蛛咬傷背後，但真氣一旦貫通，他就行動自如。

二人抓住春灰方丈，避入了天清寺地下長廊密室的一處空房之內。

方才那位鬼牡丹掉頭而去之後，竟然並未回來，暫時也無人來看密道內的異變。

唐儷辭將春灰和尚往他手裡一送，染血的手指從破碎的衣服中取出一物，就要放入口中。

傅主梅眼神極好，一把扣住他的手，「你吃什麼東西？」

唐儷辭手中之物還來不及放入口中，只見他手裡一物做玉蘭花苞之狀，結構精巧，奢華燦爛，彷若一件首飾。那東西與唐儷辭染上了數重血痕的手指相應，分明是美麗之物，不知為何竟透出一股死氣。

「香蘭笑？」傅主梅變色，「你含著它要做什麼？」

「香蘭笑」為暗殺之物，含有劇毒，殺人殺己，求的是兩敗俱亡。傅主梅知道唐儷辭百毒不侵，但看他這一身遍體鱗傷，即便是百毒不侵，也不能一而再再而三……彷彿往自己身上砍瓜切菜全不在乎。

唐儷辭抓著傅主梅的手，半身的重量壓在他身上，他微微合眼，又咳了一聲。

傅主梅聽見，那是帶血的聲音。

「天清寺……是風流店背後的影子。」唐儷辭並不回答他為什麼往嘴裡放「香蘭笑」，而是輕聲道：「他們守著祕密，做一場春秋大夢。你猜『謝姚黃』是誰？他們口口聲聲復國復仇，環繞著謝姚黃任他胡作非為，號稱為柴氏復國，卻根本不把柴熙謹放在眼裡。這不合理，春灰方丈，先帝當真賓天了嗎？」他抓著傅主梅的手站著，手上冷汗淋漓，傅主梅能看見他的嘴唇再度乾裂，唐儷辭流了太多的血。

春灰方丈被他點中穴道，根本無法說話。

唐儷辭閉上眼睛，「你從拿到《往生譜》的那日決意還俗，柴氏於你天清寺有立寺之恩，所以你是恭帝的人。你們當年做了什麼？拿到《往生譜》的時候恭帝已死，你們是用《往生譜》把死人……變成了『謝姚黃』嗎？」

此言一出，傅主梅駭然變色，這世上真有邪術能起死回生嗎？

春灰方丈雖然不能言語，目中卻緩緩露出一絲悲涼，唐儷辭又笑了一聲，「無論當年如何，天清寺龜縮在風流店之後，總是以區區《往生譜》賣弄人心，豢養毒物人奴。然天下之事，帝王之術，又豈是你等躲在《往生譜》背後念『阿彌陀佛』便能操縱得了？」他輕聲道：「老和尚，你報的不是恩，是鬼啊……」

他聲音低微，卻是帶笑，隨即又咳了一聲。

「阿儷。」傅主梅扶著他，感覺他搖搖晃晃，也不知他到底受了多重的傷，焦急萬分，「你怎麼樣？你怎麼把自己搞成這樣？阿眼……阿眼在哪裡？他和你一起尋的醫，有藥嗎？藥呢？」

「醫？死了呀……」唐儷辭似是又笑了一聲，「沒有醫，也沒有藥。」他在血衣裡摸索，緩緩從懷裡摸出一捧極細的金絲。那東西輕軟嬌弱，彷若一團秋夜的花燈，然而唐儷辭順手一抖——那「花燈」乍然展開，是一柄由極細的金色絲線編織而成的「劍」。

這柄金絲劍劍刃中空，樣式美極，也如一件金絲纏繞，絞有花月的飾物，光華燦爛，富貴逼人。然而編織成「劍」的金色絲線極細，條條比劍刃更為鋒銳。普通青鋼劍一劍斬落，那是一道血口子，這柄劍一劍斬落，那是十條二十條血口子，足以將血肉削成肉泥。

當然，非絕世武功，施展不了這柄極輕極薄的劍。

這柄劍價值連城，在落魄十三樓的多年的拍賣會上賣價第一，名為「金縷曲」。「金縷曲」輕若無物，看起來彷若一團無用的金絲，唐儷辭把它收在懷裡，天清寺的「鬼牡丹」們畏懼他狡詐多變，時時刻刻防備唐儷辭詐傷反撲，竟未敢細查他貼身之物。

唐儷辭撐著傅主梅站直，反手拍了拍他的手臂，「不怕。」他遍體鱗傷，仗劍含笑，「唐儷辭的傷……是用來釣一個答案的。你看……我倆既釣到了一個惡鬼，又抓住了許多『佐證』，豈非十分完美？」

傅主梅呆了呆，「你故意的嗎？」

難道阿儷在姜家園廢墟中入伏，血戰之後棄劍認輸，便已經決定用他滿身的傷來釣一個答案？這當然比守在祈魂山等到鬼牡丹露出馬腳來得效率，但阿儷就如此自信他不會先死在血蓮蓬鐵牢之內嗎？

唐儷辭緩緩轉過頭來，淺淺一笑，「是啊。若非唐儷辭重傷待死，無法反抗，那『答案』可會在人前原形畢露，得意忘形？這世上有幾人能掐住唐某的脖子？他一定是開心極了。」

傅主梅看著他脖子上青黑的掐痕，一時不知道該說什麼好。

唐儷辭拆下自己與傅主梅身上剩下的枷鎖和刑具，仔細地扣在春灰身上。春灰閉目運功，顯然正在以真氣衝穴。唐儷辭提起「金縷曲」，本想一劍斬落將這「佐證」重傷，而後微微一頓，他放下了劍，拍開春灰方丈的穴道，溫柔地問，「那所謂可以操控『蠱蛛』的蠱王，究竟在哪裡？」

祈魂山。

飄零眉苑所沉入的山谷周圍聚攏了大批武林中人，正要向地底進發。他們被紅姑娘編為數隊，共分八輪，將對風流店發起車輪之戰。

碧落宮鐵靜率碧落宮十人為甲組先鋒，以開路為重任，他們熟悉開山裂石之法，為後面的人馬打開前往飄零眉苑的通道。

孟輕雷帶著張禾墨、東方劍、李紅塵及其門徒二十餘人，跟在碧落宮甲組身後，守衛碧落宮之先鋒。

成縕袍、古溪潭、齊星等人又帶中原劍會弟子二十餘人，負責破門殺敵。

最後由文秀師太率領弟子守望收尾，以防埋伏。

碧落宮何簷兒率碧落宮十人為乙組先鋒，同樣負責開路。

董狐筆、溫白酉、許青卜、柳鴻飛及其門徒二十餘人，跟在碧落宮乙組身後，守衛何簷兒諸人破門。

梅花山「火雲寨」金秋府率領寨中精英二十餘人，負責殺敵。自從池雲、殷東川、軒轅龍死後，金秋府恨絕了九心丸與唐儷辭。中原劍會此番對戰風流店唐儷辭，金秋府不遠萬里之遙，從天寒地凍的北方前來助陣，所求不過為池雲之死討一個公道。

乙組由余負人率領中原劍會弟子守望收尾，如有異常，隨時援助甲組。

其餘未曾與風流店交過手的江湖同道，紅姑娘將他們編為丙組，若甲乙兩組有人受傷敗陣，隨時補足人手，必不能讓風流店有喘息之機。

此番甲乙兩組八隊人馬，將輪番對深埋地下的飄零眉苑進行澈底掃蕩。玉箜篌也好，唐儷辭也罷，在江湖白道這等浩蕩的陣勢之下，凛然正氣之前，必定是摧枯拉朽，死無葬身之地。

這並非自以為是，在中原劍會手握九心丸解藥的消息傳揚出去之後，投奔中原劍會的人越來越多，當火雲寨鐵騎一到，中原劍會陡然氣勢如虹。無論是人心或是戰力，都與之前不可同日而語。

紅姑娘與宛郁月旦估算風流店內的白衣女使、紅衣女使最多不過三百人，而如今中原劍會所聚之眾已有五百之多，並且楊桂華所帶「護衛公主」的步軍司禁軍也有八百之眾。如此巨大的人力差距，即使風流店內的白衣女使、紅衣女使懷有什麼出其不意的邪術妖法，也難以抵擋。

但風流店絕非只有白衣女使與紅衣女使，紅姑娘對風流店瞭解至極，那都是柳眼手下的傀儡，是白素車殺人的刀。風流店內最有實力又最難以捉摸的，是「鬼尊」。

那些不見面目，看似一模一樣，卻彷彿無論如何都死不完的鬼牡丹。

他們詭祕莫測，武功高強，不知從何而來，亦不知所圖為何。

還有白素車……

紅姑娘想不通，自立為尊的白素車潛伏在風流店內不動聲色，究竟是在做什麼？

飄零眉苑最深處，玉筌篌的描金座椅上，白素車放了一柄普通的劍。

那柄劍的劍鞘上刻著兩個字「如松」。

大殿深處燈火明明滅滅，她白衣披髮，站在那金椅的背後，低頭看著那高椅上的紋樣。

椅背上描的是昆侖山下四獸戲雲圖，金漆在燈下閃爍著光輝。

極遙遠處傳來沉重的響動，是碧落宮鐵靜帶人開始對蟾月臺下手，準備重新闖入。上次他們暗夜闖入，被狂蘭無行和玉筌篌擊退。

今日狂蘭無行已經死了，玉筌篌……大概也已經死了。

白素車對玉筌篌放出來的微小蟲蛛進行了耐心的觀察，發現牠們隨風飛舞，在她未曾發現的時候已經侵入了飄零眉苑各個角落。蟲蛛什麼都吃，並不只吃人，但有一種人牠們不吃。

那些中毒已深，走火入魔舉步維艱的紅衣女使，蟲蛛不吃。

牠們可以跟隨這些紅衣女使，甚至更喜歡在這些紅衣女使的房中居住，但牠們並不攻擊她們。

牠們似乎把她們視為同類。

這是一些古怪的毒物，但是不要緊，白素車的手指輕輕拂過高椅的椅背，那椅背上本有兩隻微塵般的蟲蛛在爬行，她的手指一碰，那兩隻蟲蛛便僵直掉落，死在地上。

牠們不過是一些微小的蜘蛛，在牠們還沒有把你毒死之前，你先毒死牠們，不就行了嗎？白素車的手指沾染了一些褐色藥粉，這是苦諫子粉，它能殺蟲，但殺得很慢。白素車在苦諫子粉內加了一些別的毒藥，讓伺候紅衣女使的小丫頭們拿它擦地。

外面中原劍會的諸位英雄少年，披荊斬棘，正向她仗劍而行。

而她站在這裡，靜待一個苦心孤詣造就的機會。

蟾月臺在震動，阻斷道路的青獅閘隨之發出微響，彷彿凶獸的低吟。與外面的震動相反的，有一點聲音自地底傳來，「篤」的一聲，又「篤」的一聲。

白素車緩緩抬頭，只見兩人自地底密室的通道中一步一頓向她走來，其中一人個子矮小，手持著一根拐杖，另外一人僵硬異常，彷彿走路都不適應。

他們互相扶持，隨著拐杖「篤」、「篤」之聲，慢慢走進了大殿之內。

白素車頗為意外地看著進來的兩人。

這兩人一人是年逾六旬的老嫗，另外一人是行屍走肉一般的玉箜篌。

他居然還沒有死。

玉箜篌全身被蛛絲覆蓋，連一頭黑髮都被蛛絲覆蓋成了白髮，不知道有多少微小的蠱蛛在他身上爬行吮血，雖然行動緩慢如僵屍，眼中沒有絲毫光彩，但他確確實實沒有死。

而扶著他走進來的老嫗腳步遲緩，似是不會武功，面上戴著黑色面紗。她那面紗的模樣和白衣女使、紅衣女使一模一樣。白素車抬起頭來，那老嫗緩緩揭下面紗，臉上赫然一道劍傷，幾乎把她整張臉劈成了兩半。

白素車從未見過風流店內有這樣一位面有劍痕的老嫗，玉箜篌雖然還活著，但她全神貫注盯著他身邊的這位老嫗。這位老嫗給她的危機感遠勝於玉箜篌。

那老媼緩緩開口，「老身王令則。」

白素車全身一震，原來如此！

「呼燈令」毒術最高之人，大鶴禪師上門欲除的邪孽，王家的家主居然是一個女子！「呼燈令」淡出江湖二十餘年，見識過「王令則」真面目的多半已經死了，誰也不知道當年能止小兒夜啼的王令則是一個女子，而且她還沒有死。

王令則未死，不知使用了什麼詭術從大鶴禪師劍下逃生，那麼風流店種種怪異手段，早早埋伏入少林的王令秋，豢養多年人不像人鬼不像鬼的牛皮翼人，包括「蜂母凝霜露」和「北中寒飲」，都成了理所當然。

王令則不知從何處密道進入飄零眉苑，她身後雖然未見他人，但白素車不會以為只有她一個人，便能無聲無息侵入此地，打開密室放出玉箜篌。王令則身後定還有人。

此番風流店對戰中原劍會，只要那背後之人不想輸，就必然要以伏兵相助。白素車設想過柴熙謹，但從未想過是王令則。

此人詭譎難測，大鶴當年都殺不了她，絕然是比狂蘭無行還要難對付的大敵。

「王家主。」白素車面對二十年前江湖中最詭異可怖的女人，也沒有畏懼動搖之色，她點了點頭，「不想二十年後還能見王家主的風采。」

王令則淡淡一笑，「白尊主果決剛毅，堪稱梟雄，老身見之欣慰。風流店有當家如此，可喜可賀。」她說著可喜可賀，臉上的笑容沒半分笑意，「但不知白尊主困守此地，放任中原劍會上門挑釁，是有何釜底抽薪之計麼？」她並不問白素車反水將玉箜篌鎖在地底密室裡所為何為，成王敗寇，既然站在這裡的是白素車，她便與白素車為謀。

敗下陣的，本就只配下地獄。

白素車看了玉箜篌一眼，玉箜篌形銷骨立，不知多少蟲蛛在他身上爬行，一點一點，卻似閃爍的華裳。她平靜地道：「柳眼解藥已成，中原劍會氣勢大振，柳尊主與紅姑娘對此地瞭解極深，成縕袍等人武功頗高，此番開戰於我百害而無一利。」她又看了王令則一眼，「我非畏戰，只是在等一個轉機。」微微一頓，白素車淡淡地道：「王家主這不就來了嗎？」

王令則拐杖一頓，「妳知曉老身會來？」

「我等的是鬼尊。」白素車居然十分誠懇，「並不知王家主親臨至此，蓬蓽生輝。」

她那張臉與王令則方才的表情一模一樣，說著蓬蓽生輝，臉上波瀾不驚。

白家纖細溫柔的小女兒，終是長成了未曾想過的模樣。

「妳不怕鬼牡丹回來殺了妳？」王令則終於真心實意地笑了一聲，「玉箜篌畢竟是鬼牡丹多年兄弟，妳不怕鬼尊回來報仇，竟等著他回來給妳一個轉機？」

「我相信大敵當前，若鬼尊仍對風流店抱有期待，更應當同心協力，驅除外敵，登臨武林至尊之後，再盤恒他與玉尊主的兄弟情義。」白素車淡淡地道：「白某畢竟走的是一條死路，死在中原劍會手中，與死在鬼尊手中別無二致，所以不怕。」

王令則抬起頭來，臉上肌肉抖動，深深地看了白素車一眼，「丫頭，妳出身江湖白道，為何要選這一條死路？」

白素車答道：「我夢登天。」

王令則凝視著她，「很好。」

白素車這個丫頭，出乎預料的合她的胃口。只可惜這丫頭夢欲登天，玉箜篌以身所飼的蠱蛛並未因為她的彌天大夢就放過她，依然入了她的腦。王令則不動聲色，她吞服了母蛛體內的蠱王，但凡那隻母蛛所生的幼蛛都能與她感應，此地到處都是幼蛛和幼蛛所編織的網。玉箜篌瀕死反擊，的確是釜底抽薪，要了白素車的命。而她渾然不覺。

我夢登天，世上誰不夢登天？除非是神仙。

「老身手握臨近數千鏑軍命脈，點住了三位都虞侯。」王令則森然道：「一聲令下，便可讓左近數千兵馬圍攻祈魂山！中原劍會不過區區數百人，除非步軍司楊桂華的八百禁軍要與本地鏑軍動手，否則必敗無疑。」

此言一出，白素車微微變色。

她萬萬想不到，二十餘年未見江湖的「呼燈令」，暗流湧動的「蜂母凝霜露」、「三眠不夜天」等等，竟然主要是用在這種地方。風流店背後之人所圖之事遠超江湖恩怨，打破了之前所有的謀劃，以她一人之力，已無法操縱局面。

而正在攻打飄零眉苑的中原劍會定然對此毫無所覺。

此處已然彙集了中原白道大半人馬，風流店挑撥駐地鏑軍與中原白道交戰，一旦雙方交戰傷亡慘重，一旦禁軍與鏑軍在此動手，後果不堪設想。

如何是好？

白素車微微垂下眼睫。

必須先殺了她。「呼燈令」王令則無疑就是令白衣女使、紅衣女使失去神智，唯命是從的禍首。在聽到「老身王令則」五個字的時候，白素車就知道，她苦心孤詣所等的血債和公道就在這裡。

但此人的惡，還是遠超她的想像。

必須在她操縱廂軍圍攻中原劍會之前，殺了她！

此事事關重大，她必須找到機會，將消息告知紅姑娘與宛郁月旦。

緩緩吁出一口氣，白素車自金椅後走了出來，自行走到王令則的下位處，「王家主氣吞山河，白某嘆服。」

她看了看身側的玉箜篌，玉箜篌眼下的臉皮突然裂開了一條縫，一隻淡金色的爪子從縫裡伸了出來。

春灰年過四旬才開始練武，武功並不高。

唐儷辭拍開他的啞穴，問他蠱王何在？這位幽居天清寺數十年的老者發出了一聲嘆息。

他並不回答蠱王何在，卻緩緩問了唐儷辭一個問題，「何謂報的不是恩，而是鬼？」

「你們究竟從《往生譜》中看到什麼？」唐儷辭答非所問，看著自己層層染血的手，那手指慘白發青，燈下也看不見血流的痕跡。

「阿彌陀佛。」春灰即使自稱「還俗」，卻依然口宣佛號，「其實當年先帝在天清寺內服毒自盡，並未斷氣，只是常年昏迷不醒。我等修建茶苑，將他藏在地下，希望有一日他能自行醒來。」沉吟了一會兒，春灰緩緩地道：「我等嘗試許多方法，都無法讓他醒來。」

「然後那一日，柳眼帶著《往生譜》闖進了天清寺。」唐儷辭低聲道。

「《往生譜》內提及，它為『八風九野之始，精玄垂光之變』，老朽精研佛法多年，疑它並非一卷，應另有他本。」春灰答道：「於是自來處查起，知曉此奇書來自於你，其餘二本不知為何現身杏陽書坊。而《慈難柯那摩往生譜》及《悲菩提迦蘭多往生譜》中，有一種移靈之法，能將一人將死之靈，轉移到另一人身上……」

「什麼？」傅主梅震驚，這什麼胡說八道？人死就死了，連鬼都沒有，哪裡來的把一個人的靈魂轉移到另外一個人身上？

唐儷辭不動聲色，「敢問這移靈之法如何使用？」

「將先帝之腦破開，取其中之一，投入另一人的腦中。」春灰道：「只消另一人不死，便為先帝之靈。」

傅主梅倒吸一口涼氣。

把一個人的腦子破開，挖一塊，放入另一個人破開的腦中？這能不死，當真是曠世神跡。

唐儷辭聽聞如此「移靈之術」也是微微一震，「但你們另有奇術能保移靈之人不死——你們移靈了幾人？」他似笑非笑，「可是怕移靈之術希望渺茫，所以將先帝之腦——盡數移了吧？」

傅主梅駭然。

什麼……什麼意思？他們把那人所有……所有的腦子都挖了……分別放入很多人的腦子裡嗎？這是有多瘋癲，方才做得出如此滅絕人性的事？

春灰閉上眼睛，「一十三人。」

「而這一十三人在奇術之下，竟然真的未死。」唐儷辭柔聲道：「所以你們對移靈之法深信不疑，我猜這些人說不定對先帝生前之事還略有記憶，所以……」唐儷辭微微一頓，「他們都是『鬼牡丹』。」

所以風流店的鬼牡丹層出不窮，死之不盡。

「但一十三位『先帝』未免太多。」唐儷辭道：「你們從中選了一位，其餘一十二人皆為替身。」

春灰嘆息，「『青山』在諸人之中，對先帝之事記得最牢，最為可信。」

唐儷辭低笑了一聲，「老和尚，你念了大半輩子阿彌陀佛，渡了數不盡善男信女……即使還俗了，佛祖依然在看著你。」他問，「你信嗎？」

春灰默然不語。

「這些帶了『先帝之靈』的人，武功不弱，我估計先帝在化靈之前並非絕頂高手，化靈之後亦不會自帶絕世武功。」唐儷辭道：「他們受得了開腦入靈之苦，之前應也是有數的江湖高手。是嗎？」

春灰仍舊默然。

「誰能讓一十三位江湖高手受制於此？誰能深諳控腦之術，能令人開腦而不死？」唐儷辭一聲嘆息，「蠱王『呼燈令』王令則。」

春灰驀然睜眼，他沒有想過，單憑寥寥數語，唐儷辭已經想到王令則可能未死。

「金縷曲」一劍斬落，春灰再度倒下。唐儷辭扶著傅主梅站起來，「王令則此時必定不在此處，機不可失。鬼牡丹已死三人，還有十人。」他淺淺一笑，看向傅主梅，「御梅之刀，還殺得動嗎？」

傅主梅渾身是血，遍體鱗傷，背後蟲蛛所傷的傷口正為他帶來一種朦朧的迷幻。但他深吸一口氣，眼神陡然清正，「給我一把刀。」

唐儷辭微微一笑，「這就去搶一把。」

他在春灰身上貼了聞香追蹤貼，此戰結束之後，姜有餘便會帶人尋香拿人。

王令則不在此處，所以無人操縱傅主梅背後的蟲蛛，這是千載難逢的機會。

此時不殺，更待何時。

祈魂山中。

碧落宮鐵靜所帶的甲組已經從蟾月臺衝入飄零眉苑，他帶得非常小心，而一路上機關暗器雖多，風流店內竟沒有半個人前來阻攔。孟輕雷、張禾墨、成縕袍、古溪潭、齊星等等數十人擠在通道之中，相顧茫然，暗自揣測風流店這是什麼陰謀？

飄零眉苑結構錯綜複雜，共有多層，眾人只聽見極深之處似有金鐵交鳴之聲。有人在風流店內部動手。

孟輕雷和成縕袍相視一眼，都覺得十分驚訝。

江湖白道幾乎集結在此，他們從外部攻入尚且十分困難，是誰無聲無息潛入內部，在至暗的深處搏鬥？這是陷阱嗎？

成縕袍與孟輕雷商量了一陣，成縕袍帶了輕功卓越的數人往聲音傳來之處闖去。其餘人按照原定計劃，沿著飄零眉苑深邃的長廊，徐徐前進。

飄零眉苑之外，中原劍會營地。

碧落宮何簷兒所帶的乙組尚未出發，就已遇到了難以想像的困境。

中原劍會的探子飛報，此時祈魂山腳下有朝廷兵馬正在往山上移動，模樣十分古怪。探子試圖上前打探所為何事，但這些人似是神志不清，答非所問，並且有些人見人就追，甚至張口咬人，模樣十分恐怖，像是中了邪。

宛郁月旦眉眼一揚，「他們咬了誰？」

「東方劍的徒弟，還有文秀師太的一個師妹。」

「九心丸。」宛郁月旦道：「這兩位都服用九心丸。山下的來客追咬的是帶有九心丸餘毒的人——很可能，他們中的是另外一種毒。」

「蜂母凝霜露。」紅姑娘神色慎重。

中了蜂母凝霜露的人，一旦毒發，便失去理智以毒為食，最終狂躁而死。普通人中了此毒恐怕更難以自控，中原劍會服用九心丸之人多矣，必定要成為這些人撲咬的目標。而這些人是廂軍，中原劍會不能對朝廷兵馬動手。

如何是好？圍山的可是數千之眾，這遠超了江湖中人所能控制的局面。

紅姑娘站了起來，她閉上眼睛問宛郁月旦，「你說若是換了唐公子，當如何是好？」宛郁月旦微笑，「但這裡沒有唐公子。」他也站起來，「只有妳我。」

京師天清寺。

唐儷辭與傅主梅並肩而行，唐儷辭手裡握著「金縷曲」，傅主梅手裡握著一柄僧房柴刀，兩人自地底長廊出來，在天清寺內轉了幾轉。

天清寺茶苑與飄零眉苑十分相似，裡面許多臥房，平日應是住了不少人。但今日人竟是不多，唐儷辭與傅主梅一路制住了三位「鬼牡丹」，扯下這三人的面具，發現他們果然長得全然不同，甚至其中一人臉上還烙著刺配充軍的印記，可見從前多半是哪位江洋大盜。

但他們並不承認自己曾是別人，只記得復國報仇，記得些不知何處而來的國仇家恨。這些無名氏武功頗高，若非唐儷辭和傅主梅一起動手，無法輕易制服，但他們回到天清寺都是為了養傷，而那些傷，都是在祈魂山飄零眉苑對戰中原劍會的時候傷的。

風流店內鬼牡丹神出鬼沒，似乎永遠不死，根源其實在這裡。

兩人在天清寺內一番苦戰，唐儷辭手裡的「香蘭笑」沒有用上。這裡無疑是一處重地，但守衛此處的人實在太少，少得簡直不像一群瘋子盤踞多年的模樣。

這裡應當還有許多人，那位狂態已現的「青山」，以及其他「鬼牡丹」何處去了？就這麼片刻之間，春灰欽點的「先帝」突然消失不見了？而此處應有另外一位傀儡，紀王柴熙謹又人在何處？

唐儷辭扶著傅主梅的肩，他快要站不住了，傅主梅被他一壓，腿一軟差點兩個人雙雙滾倒。

方才若是一鼓作氣，再殺一個謝姚黃不在話下，如今氣勢已竭，傅主梅頭暈目眩，而唐儷辭按在他肩上的手如冷冰一般。

阿儷早已到了極限，他的傷不是假的。

無論謝姚黃是為何突然消失，那都是邀天之幸。傅主梅強提一口氣，他懵懵懂懂地想：阿儷決意瀕死搏殺……他相信阿儷能殺得死那個半瘋，但是比起瀕死搏殺一個半瘋，他更希望阿儷給自己留一口氣。

唐儷辭……武功高強，天潢貴胄，富貴逼人。他那麼好看，那麼會說話，那麼誘惑，又那麼可怕。

大家都讚美他，大家都怕他。大家都不想……他什麼都有，為什麼他要這麼拼命，拼命到遍體鱗傷鮮血流盡，他奄奄一息，還盤算著要瀕死搏殺一個壞人。

他是為了什麼？就為了要大家感恩戴德，高呼一聲唐公子無所不能嗎？那未免太拼命了。

傅主梅茫然撐著冷得像冰的唐儷辭，太拼命了，阿儷就像在回應著什麼，他還什麼都沒有得到，就把自己全部施捨了出去。

一輛馬車自京城駛離，趕車的是一個鬼牡丹，坐在車裡的是另一個鬼牡丹。

趕車的人黑袍紅花，十分搶眼，未近身便看得出標識。而坐在車裡的「謝姚黃」並不穿黑袍紅花，也不戴面具。他盤膝坐在車裡，手撚著一根銀針，正在往自己頭上插去。

他在給自己刺穴。

阿誰坐在馬車一角，鳳鳳趴在她懷裡，滿臉好奇地看著這個往自己頭上戳針的怪人。

謝姚黃雖是「鬼牡丹」，但極少離開天清寺。他對恭帝生平如數家珍，自覺乃是恭帝之靈，卻時常頭痛，翻完了三本《往生譜》也沒有發現其中有提及「移靈之體」頭痛欲裂如何治療。方才被唐儷辭一激，氣血翻湧狂性大發，春灰讓他去服藥，他也自覺不好，方才匆匆離去。

但離開囚牢之後，他的頭痛並未停止，彷彿有異物要破腦而出一般，服用了以往常用的藥也無濟於事，在屋裡摔了一些什物，他突發奇想——轉身去密室裡抓了阿誰，令她帶自己去找《寧不疑》。

那若是與《往生譜》一起扔掉的神祕殘卷，說不定有治療移靈之體的祕術。他越想越是情緒高昂，一時之間，便把奄奄一息的唐儷辭與傅主梅拋在腦後。

世人皆言唐公子無所不能。

那不過是他手下的玩物，被掐住頸項的時候，柔弱無骨的美人與無所不能的唐公子有何不同？反正這世間萬物，都該匍匐於他腳下，都該歸他欽點揮霍，都該如溺水的天鵝一般，揚起頸項，哀婉求生。

阿誰默不作聲地坐在一旁。

「妳把殘卷扔在了何處？」謝姚黃拔出了頭頂的長針，那針上還帶著血跡，滴落在馬車之上。

阿誰平心靜氣地道：「城外玉鏡山後的山谷之中。」

「玉鏡山？」謝姚黃看著這女子表情從容，彷彿自己焦躁的情緒也平靜了三分，「妳去玉鏡山做什麼？」

「當年玉鏡山後住著我一個朋友。」阿誰閉上眼睛，隨後又睜開，「他養的烏龜喜歡吃紙，我有時候帶點殘卷去餵烏龜。」

謝姚黃一腦子國仇家恨，乍聞這種咄咄怪事，一時間還沒聽懂這說的什麼玩意兒，皺眉想了兩遍，「吃紙？」

「但那殘卷並沒有餵了烏龜。」阿誰輕聲道：「後來我再去的時候，那位朋友已經不在了。」

「死了？」謝姚黃心情頓時舒暢。

「是啊。」阿誰垂下眼睫，「大概是死了吧。」

玉鏡山距離京師並不遠，以馬車疾馳，一個時辰便到了山下。駕車的鬼牡丹讓阿誰前面帶路，他一開口，阿誰就認出了他的聲音。

這是草無芳。

這人只是假借了鬼牡丹的衣服，反正面具一戴也分不清誰是誰。

草無芳與她在風流店相處多時，她知道草無芳對柳眼恨之入骨，因為花無言死的時候，柳眼非但不救，還為他彈了一首送別曲。所以他戴了面具跟來，是想做什麼？

她一步一步往玉鏡山山腰走去。

玉鏡山山腰有一處土房，土房後是一處飛瀑。那飛瀑漱玉湍流，撞擊著山崖下許多大石，以至此處水霧瀰漫，生滿青苔。

當地人不會居住在此，水汽太重，易生寒症濕氣，房屋又易腐朽，什物也很快損壞。但傅主梅就住在這裡，他的烏龜也很喜歡這裡。

他可能是覺得水霧好玩，也可能是因為烏龜喜水。

她面不改色地說謊，她知道他住在這裡，就像所有做過夢的少女，都知道心愛的少年住在何處。但她從未來過，也從來不知道那隻碩大的烏龜到底吃不吃紙。她看過那隻烏龜吃菜，非常普通。

為什麼要說《寧不疑》的殘卷落在這裡？她不知道，只是隨便說說，或者是玉鏡山的山上有一處飛瀑。

「阿誰。」草無芳拈了路邊一根雜草，若無其事的低笑，「妳可知方才從妳門前經過的鐵籠內，裝了什麼？」

阿誰停下腳步，微微一頓，心裡有了一絲不祥，「裝了什麼？」

「裝了唐公子。」草無芳悄聲道：「有趣麼？」他歪著頭打量著她，「妳是不是擔憂得要死？」

阿誰記得方才鐵囚車經過之時，滴落的點點鮮血，不禁毛骨悚然，「唐公子……」她定了定神，「唐公子之事，無需我多話揣測。」

「妳不必擔憂。」草無芳笑得惡意滿滿，「對一個妄圖用別人的孩子騙妳一輩子的虛偽之輩，讓他被鬼尊碎屍萬段，豈非正好？」

阿誰驀然回首，她回得如此快，以至於衣袂飛揚，髮髻散落，那長髮鋪散了半身，「你說什麼？」

「我說唐儷辭抱著的——」草無芳指了指她懷裡的鳳鳳，「他還給妳的，是別人的孩子。妳的孩子，早在託付給他的那天晚上，就不知何處去了。」他哈哈笑了一聲，「我聽說劉府那天晚上埋了一個嬰兒，大概就是妳的孩子。妳若不信，可以去劉府後院挖個墳。」

阿誰臉色慘白，緊緊地抓住鳳鳳的手臂，鳳鳳呆呆地看著她，扁了嘴準備開始哭。她喃喃地道：「劉……劉府？什麼劉府？」

「南漢劉公主在京師有一座府邸，她府上剛好有一個嬰兒。」草無芳笑道：「年紀和妳的孩子差不多大，妳把孩子託付給唐公子的那天晚上，他闖進了劉府，妳猜他做了什麼？我聽郝文侯家的大夫說，他遵照夫人的意思給妳下了打胎藥，那孩子按理不能活，為何能活這麼久，他也是十分稀奇。」

話說到此處，阿誰已無法再問。

她如墜冰窟，卻又神智清醒，臉上一片冰冷，竟沒有一點淚水。

草無芳請她繼續帶路，一邊好奇地盯著她，「妳竟不恨他？」

鳳鳳「哇」的一聲嚎啕大哭，緊緊地抱住阿誰，把頭埋進她的懷裡。

她失魂落魄地抱著他，一路往前走。

有很長一段時間，不知道自己魂歸何處。

草無芳好奇極了，「妳竟不哭？這娃娃是唐儷辭用來騙妳死心塌地，騙妳為他輕生赴死的工具而已。他這人故作無所不能，其實不知做了多少虛偽欺瞞之事，假仁假義極了。」

哈？唐公子用來騙我死心塌地，為他輕生赴死？阿誰茫然想，是嗎？

她想……唐公子並不需要騙我死心塌地。

如果我的孩子註定要死，那並不是唐公子害死的。

如果他不在意我的感受，為何要處心積慮騙我？

他只是……盡力了。他盡力了，只是他盡力的方法，總是和旁人不一樣。他是如此努力，然爾大家對他的種種努力駭然失色，比之感恩，更近於恐懼。

唐公子從來沒有學會如何做一個好人。

她閉上眼睛，眼淚奪眶而出，與鳳鳳的眼淚流在一起，沾濕了嬰兒的衣裳。

「你為何要告訴我？」她輕聲問。

草無芳無聲的大笑，「妳當唐公子為何失手被擒？我告訴他『那小娃娃本該是死的』，妳猜他說什麼？他說他要將知道『那小娃娃本該是死的』人一一殺盡，只要死絕了，便沒有人知道那小娃娃本該是死的了——說得好像只消別人死盡死絕，妳那娃娃就沒死一樣。哈哈哈……但我告訴他妳早已知道小娃娃是假的……」

然後唐公子一臉傲然，而其實大受打擊。阿誰猜也知道發生了什麼，慘然一笑，「然後他便打輸了嗎？」

「那倒沒有。」草無芳笑道：「而後他束手就擒，進了鐵囚車。」哈……阿誰也跟著一笑，這便是假仁假義，虛偽狂妄的唐公子。她深吸一口氣，快步走在前面。鳳鳳本來嚎啕大哭，哭到一半，突然又不哭了。阿誰放開了鳳鳳，將他放在地上，輕輕摸了摸他的頭。

遠處頭痛欲裂的謝姚黃冷冷地問，「到了嗎？若是妳信口胡言，我當即殺了妳。」

「到了。」阿誰抬起頭來，加快腳步，靠近懸崖飛瀑。

草無芳正自心情暢快，謝姚黃頭痛欲裂，心煩意亂，兩人只當她故地重遊去探個路，並未在意她走得太近了。

突然之間，毫無徵兆，阿誰對著瀑布一躍而下。

突如其來，草無芳還沉浸在「唐儷辭虛偽狂妄假仁假義」之中，謝姚黃冷眼旁觀，阿誰便順利的一躍而出。

她這一躍分外決絕，衣袂飛揚之時，草無芳和謝姚黃都看見她衣袋裡有一物一閃而過。那是一本紅色封皮的書卷，他們二人目力極佳，甚至可以看見封面上《寧不疑》三字。

兩人一起躍起，伸手去抓半空中的阿誰。

他們都沒想明白阿誰為何要跳下飛瀑，也尚未想通《寧不疑》為何會在她身上，但兩人均覺絕世武功祕笈藏在身上，顯然比多年前扔入瀑布之中合乎情理，機會一瞬即逝，如果阿誰帶著殘卷祕笈跳入瀑布，她摔死了不打緊，那書卷可是要毀的！

玉鏡山雖不高，這飛瀑卻不矮，瀑布直下峽谷，水汽盈滿了半山。

阿誰神智清醒，她看著那兩人向自己飛撲過來。

這名曰青山的黃袍人在天清寺中頗有份量，她十分理智地想，草無芳無關緊要。

謝姚黃武功比草無芳高多了，他跳得比草無芳早，當先一把抓住了阿誰。

但此時阿誰已經墜入半山之下，沒入峽谷之中。玉鏡山飛瀑衝擊多處山岩，半山之下水霧極盛，謝姚黃一把抓住阿誰，人也進入了水霧之中。

人入水霧，一瞬間灰濛濛的什麼也沒看見。

就是這一瞬之間——水霧中有什麼侵入他的眼睛，雙目一陣劇痛，謝姚黃一聲慘叫，他與阿誰臨空墜落，一起重重的砸在山崖底的水潭裡。

轟然一聲，水波沖起半天高。草無芳慢了一步，眼睜睜看著半山水霧由灰白色變成了猩紅色，他墜入猩紅色水霧之中，以袖袍捂臉，強行落在半山岩石之上，連滾帶爬地爬回半山土屋。

水潭底下波浪翻滾，草無芳駭然放下衣袖，他的雙手衣袖已經被水中毒物腐蝕得破破爛爛。遇水鏽蝕——那究竟是什麼毒如此厲害？他爬出去往瀑布下望去，只見山下水潭已變成了猩紅之色，謝姚黃和阿誰趴在水潭上的一塊大石頭上，兩人的衣裳都被腐蝕得破破爛爛。這猩紅色的藥粉，是柳眼當年用過的毒粉，當年沈郎魂臉上的紅色蛇紋，就是柳眼用這種藥粉繪上的。阿誰做他侍婢，手裡收過不知多少毒物，她留下其中一兩種。謝姚黃雙目失明，流血不止，顯然是穿過水霧的時候未曾閉眼，他也是受了驚嚇，墜落時失了防備受了重傷。阿誰摔入水潭之中，一樣身受重傷，但她立刻爬了起來。

謝姚黃摔斷了右足和左手，雙目失明，但那都是外傷，他怒火狂燒——竟然——竟然栽在一個不會武功的女婢手上！賤人豈敢！

他可是先帝之靈！他可是命中註定要當皇帝，興復大周，問鼎天下，開萬世基業的人！區區賤民女子，竟然敢對他動手！

她只是區區賤民！唐儷辭的婢女！殘花敗柳！無知賤民！她怎麼配……

阿誰同樣摔傷了雙足，她的手還沒有斷，她的眼睛還沒有瞎，但一張臉已經被紅霧腐蝕得面目全非，露出了猩紅的血肉。她以手為足爬了過去，抓住了謝姚黃的佩刀。謝姚黃在轟隆水聲中驚駭絕倫六神無主，直到阿誰抓住他的佩刀，他才驚覺，往後一退。

那把刀就這麼拔了出來。

阿誰緊盯著他，這人是風流店幕後的惡人。

風流店裡……那些泯滅人性、無人管束的善與惡，那些逐漸失去自我的白衣女使、紅衣女使……那些引誘人心的九心丸……

她舉起刀對準謝姚黃的胸口用力刺下。

謝姚黃在水聲隆隆中儘量聽聲辨位，他外傷雖重，內傷不重，聽聞阿誰氣息沉重舉刀刺落，他對著阿誰的胸口一張拍去。

這若是面對著其他高手，必要閃避——謝姚黃武功不弱掌力沉重，是誰硬接了這一掌都難以消受。

但阿誰不會武功。

她從飛濺的水花中撲了過去，迎向謝姚黃的手掌，那一掌在她胸口印下一個漆黑的掌印，幾乎震碎了五臟六腑。

但那又如何？阿誰仍是撲了過來，一刀刺落。

謝姚黃的佩刀亦是當世名刀，這一把刀名為「騰蛇」。

騰蛇善水而能飛，修千萬年而能成龍。

但謝姚黃被這把刀釘在山石上，血流不止，插翅難飛。他咽喉「咯咯」作響，仍然不可思議，他看不見東西，虛空中指著阿誰，「妳……妳……怎配殺我？」

阿誰放開「騰蛇」，「哇」的一聲吐出了許多血來，她捂胸仰望，望向山頂鳳鳳所在的地方，隨即仰後栽倒，倒下之時，依稀還聽見鳳鳳撕心裂肺的哭聲。「咚」的一聲，阿誰沒入深潭，留下一個淺淺的漩渦。

草無芳趴在半山從頭看到尾，看阿誰半空放毒，看她反殺謝姚黃，再看她沒入水中。他倒抽了一口涼氣，捫心自問換了是他，絕計無法做到如此狠絕。

他竟然心驚膽戰的等了好一會兒，等到水霧中猩紅散去，阿誰早已消失無蹤，他才緩緩爬下，將被刀釘死在山石上的謝姚黃背了起來。

謝姚黃當世高手，即使被刀貫穿胸口也未必會死。

但草無芳聽著他狂亂的心跳，見他驚恐萬分的表情，只怕謝姚黃想活也不容易。

他背走了謝姚黃，留下了鳳鳳。

鳳鳳也小心翼翼地趴在山崖邊，凝視著半空的飛瀑，和消失在水裡的阿誰。他是那麼小，以至於草無芳走的時候，眼裡根本沒有他。

傅主梅扶著唐儷辭，兩人自玉鏡山山底緩緩往上走。

傅主梅在此有一個土房，但久未來過，也不知道土房是不是還在。兩人內外皆傷慘不忍睹，急需一個修養療傷之處，於是傅主梅把唐儷辭帶來了玉鏡山。

剛剛回到土房，傅主梅和唐儷辭陡然看見山崖前一片凌亂，留有各種爬行的痕跡。鳳鳳坐在山崖旁，望著山下的水潭呆呆地哽咽。

「鳳鳳？」唐儷辭驚覺。

「鳳鳳？」傅主梅更加驚訝，這個小嬰兒怎會在此？

唐儷辭一瞬之間，已經想明白——他本計畫以重傷為餌，順水推舟入天清寺，然後一探青灰和他的「佐證」們的底細。但事情從雪線子被鐘春髻帶走開始步步有失，雪線子意外受制於鐘春髻，吐露了水多婆的祕密。這導致姜家園失守，莫子如和水多婆戰死，唐儷辭千里奔赴姜家園——雖然他仍然以重傷為餌身入天清寺，卻比計畫中的時機晚了一步。

這晚的一步，讓阿誰出了意外。

本在唐儷辭環環相接的謀劃中，無論是風流店或是其後的布局者，應當在祈魂山飄零眉苑大戰、莫水二人鎮守的九心丸解藥祕地、好雲山中原劍會距地，以及唐儷辭潛伏何處的多重困境中顧此失彼。他們本應當無暇也不必追蹤阿誰的下落。

而他只需自然而然的身負重傷，就可以輕而易舉的被風流店幕後之人所擒，直入此局的最深處。

但他並不知道阿誰曾經見過《往生譜》剩餘的兩冊。阿誰得郝文侯的青睞，並非僅僅是因為她天生貌美，與別人不同。

對唐儷辭而言，她是一個特別的女人，對郝文侯來說也是，對柳眼而言亦是，但這三種特別並不相同。

他可能錯就錯在，他以為是相同的。

鳳鳳仰頭看見唐儷辭，頓時嚎啕大哭，指著山下的水潭，「娘娘，壞人，大水……大水……刀……」

唐儷辭垂眸看了他一眼，縱身一躍，徑直下了瀑布，傅主梅抱著鳳鳳緊跟下去。

兩人站在方才阿誰與謝姚黃性命相搏的山石上，看見了銳器插入山石的痕跡。水潭仍帶有淺淺的紅色，有刺鼻的酸味，是某種腐蝕類的毒物。唐儷辭伸出手來，扶住冰冷的崖壁，眼中一時所見，都是一片猩紅。

深潭中沒有任何人影。

一本泡得模糊的書卷在水潭中打轉。

傅主梅拾起那本書，那是一本新寫不久，尚未寫完的私人詩集。

大部分字跡已經模糊，尚看得清的有幾個字，「……獨枯寧不疑。」

唐儷辭看著那幾個字，那是阿誰的字。

初見的時候，她懷抱嬰兒而來，滿眉目的溫柔。

而後她乘夜色而來，願意陪他月下一醉，她說：「盈風卻白玉，此夜花上枝。逢君月下來，贈我碧玉絲。」

最後她說：「謝過唐公子救命之恩……必將湧泉相報。結草銜環、赴湯蹈火，在所不惜……可以了嗎？」

而到了最後，他終究不曾回答，什麼也沒有說。

他做過什麼呢？他抱了別人的孩子給她，打算騙她一輩子感恩戴德，且並不後悔。

把她當作肉盾扔了出去，而至今……不曾說過一句抱歉。

他們之間最後的關係，只是一張銀票。

他施恩圖報，圖的就是要她赴湯蹈火、結草銜環，最好一生一世都記著他，時時刻刻都為他所苦，終此一生都刻骨銘心、都後悔不曾一開始就心甘情願，不曾心服口服願意為他去死。

唐儷辭……對阿誰來說，從始自終，都是一個地獄。

她一直很清醒，而他一直……以為自己很清醒。

但阿誰不是只能為唐儷辭去死的，她可以為之赴死的，並不只有唐儷辭。

抬起頭來，他看見傅主梅滿目驚慌，往下游奔去，到處尋找阿誰的蹤跡。

鳳鳳在哭。

潭裡的血早就淡了，只有石縫裡還有一點。

唐儷辭笑了笑，在帶血的大石上坐了下來，身側飛瀑隆隆之聲，如獅子吼、如問心鐘，震魂動魄。

手下按住的，是一柄刀深入巨石的痕跡。

血猶未盡，血……猶未盡。他有許多話未曾說過，不知她信不信。

大概是……不信的吧。

飄零眉苑。

成縕袍幾人已經衝入地底深處，一路之上，他們沒有遇到任何女使。

而到了地底最深處，堪堪踏入其中，成縕袍就聞到一股濃重的藥味。這藥味並不古怪，乃是一種艾草與樹木相混合的草木香，甚至有些熟悉。這地方不但藥味濃重，甚至濃煙滾滾，再往深處隱約可見火光。

成縕袍駭然——這風流店地底深處竟然正在燃起大火？這是怎麼回事？古溪潭與齊星更是詫異，通向深處的通道被鋼絲巨網攔住，那些網層層疊疊，布滿了深入其中的道路，即像阻止外人進入，也像不准任何人出來。

飄零眉苑深入地下，即使偶然失火，也絕不可能能熊燃燒。

何況這濃烈的藥味與煙——說明這把火拼非偶然，正是有人處心積慮謀劃的。但此人在地底放火，放下了諸多怪網阻攔，旁人進不去，他也出不來。難道這膽敢火燒風流店的英雄豪傑，就要在地底與魔同葬了嗎？

成縕袍悚然想……這會是誰？誰能在風流店內布下鐵網燃料，誰能在無聲無息間火焚風流店？誰能讓白衣女使、紅衣女使消失不見？白素車？

成縕袍拔劍便往裡衝，劍刃斬網發出了金鐵之聲——他這才驚覺方才聽見的金鐵之聲正是有其他人正在砍網。若不砍網，如何相助放火之人？但砍了網，一旦風流店中有人突圍而出，又當怎麼辦？

猶豫之間，地下的大火越燒越烈，濃煙自各個通風道口狂湧而出，長廊內溫度急劇升高，宛若熔爐，伸手不見五指。成縕袍不得不停下手來，喝令後退。

祈魂山中。數千失去理智的朝廷兵馬與中原劍會交戰在一起。宛郁月旦與紅姑娘且戰且退，但難以突圍。楊桂華手下八百禁軍列陣在前，嘗試將毒發的痲軍與中原劍會隔開，但人數不及，很快陣型都要被衝亂。

正在兵荒馬亂之時，痲軍之後緩緩響起一陣大鼓之聲。

那鼓聲激昂雄壯，又有號角、琵琶、鑼鼓等等同鳴，天地為之一震。

數千痲軍開始與鼓聲同調，進入了一種似醒非醒的境界，各隨號角、琵琶、鑼鼓等等樂聲行動，竟從雜亂無章的撲咬，漸漸成了合圍之戰。

「秦王破陣樂。」宛郁月旦道。

兵馬陣後，有數輛戰車緩緩同行，幾面大鼓分裝在戰車之上，彷彿驅趕著千餘之眾。其中有人手持鼓錘，赫然正是柴熙謹。

在他身側站有數位黑袍紅花的「鬼牡丹」，還有一名紅衣女使，那女使和他人不同，並未僵硬古怪，而彷若一條紅蛇一般，倚靠在戰車高處。

消失無蹤的柴熙謹竟在這種時候現身，又以戰鼓驅使這些藥人作戰，他難道是想要中原武林與朝廷兵馬不死不休嗎？

「不……不是……」紅姑娘凝視著柴熙謹的戰車，「他驅使痲軍圍攻步軍司，定有所圖，我們不過是讓事情鬧得更大的那把刀而已。」

「風流店本應與他策應，此時飄零眉苑依然無聲無息，必定有了變化。」宛郁月旦手指一觸衣袖內的機簧，他的暗器只能對一兩個敵人，面前策馬移動的千軍萬馬，暗器當真是杯水車薪。

「白素車？」紅姑娘低聲問。

「白素車。」宛郁月旦頷首。

唐儷辭讓他們按兵不動，他們最終沒有忍下去。但是白素車卻一直按兵不動。

正說到此時，飄零眉苑的通風口濃煙乍起，數道黑煙直沖雲霄，成縕袍疾馳而來，沉聲道：「風流店內大火施虐，其中的人如果沒有先行逃走，恐怕與飄零眉苑同葬。」

紅姑娘拍案而起，她似有滿腔怒火，終是一個字也說不出來。

面前戰車隆隆，柴熙謹擊鼓行軍，他戰車上的紅衣女子細細地吟唱，「受律辭元首，相將討叛臣。咸歌破陣樂，共賞太平人……」數千兵馬隨歌而動，戰馬賓士，唐刀出鞘，竟出奇的整齊。

鼓聲震人心魄，成縕袍第一個感覺不對，氣血翻湧，猛然回首，「這是——音殺！」

大鼓的音殺遠勝靡靡之音，在數千人的齊聲呼應之中，中原劍會眾人都開始真氣紊亂，步步後退。雖然柴熙謹的音殺遠不如唐儷辭精巧，但他的每一擊都能讓眾人心口隨之一跳，彷如自己的呼吸心跳都受了他的掌控一般。

「啊」的一聲哀嚎，東方劍的二弟子被一名騎兵斬落馬下，他一身武功，竟在音殺之下不敵戰馬衝擊。東方劍大怒，拔劍向那騎兵追去，卻見那騎兵一口咬住他二弟子的脖子，開始大口吸血。東方劍一劍斬落，那吸血騎兵翻身栽倒，口中仍咬著人不放。二人一起摔落馬下，頃刻被四面八方的戰馬踩踏得血肉模糊。

這可怖的場面刺激了身中「蜂母凝霜露」的痌軍，很快雙方短兵相接，中原劍會傷亡慘重，不少人被活生生拖入林中，受藥人啃咬，淒厲的慘叫之聲不絕於耳。東方劍驚怒交集，他在騎兵之間跳躍，遠處亂箭齊發，一箭射中他後背，發出一聲慘叫。成縕袍拔劍要救，柴熙謹大鼓一敲，他為之一頓，東方劍落入馬蹄之下，幾個來回，已不見了蹤影。一代掌門，竟隕落得如此悄無聲息。

成縕袍天生難敵音殺之力，此時連連倒退，古溪潭衝將上去，刺了一個追擊的騎兵一劍。然而林中人影一閃，一位鬼牡丹一掌拍落，五指深深扣入了古溪潭的右肩。成縕袍大吃一驚，一劍「白狐向月」刺了過去，柴熙謹戰鼓一擂，成縕袍心頭一跳，這一劍便失了力道。

古溪潭就此被鬼牡丹抓走，而與此同時，已有不少人同樣落入了鬼牡丹之手。成縕袍怒極回望，只見兵荒馬亂之中，孟輕雷掩護文秀師太往東突破，而董狐筆帶著柳鴻飛及其門人往西進發，這二人武功頗高，很快便雙雙撕開了缺口。然而一路向東、一路向西，兩撥人馬背後的缺口一開，柴熙謹操縱傀儡前後包抄，孟輕雷和董狐筆一樣陷入苦戰之中。

在他們手下，廂軍騎兵不是一招之敵，但這些人原本無辜，又悍不畏死，難以以常理預測，不消片刻，孟輕雷和董狐筆身上都見了血。

文秀師太手握長劍，但始終無法向這些失去自我，淪為傀儡的廂軍下手。眼見孟輕雷為了護她，身上的傷越來越多，最終無可奈何，宣了一聲佛號。她退開一步，「阿彌陀佛，孟施主，事已至此，貧尼先走一步，謝過施主一路搏命相護。」

孟輕雷悚然回頭，「師太！」

文秀師太手握長劍，一躍而起，踏上身側廂軍的馬頭，向柴熙謹殺去。她距離主戰車尚有十來丈之遙，這一路根本不可能奔襲到戰車面前，然而出家人無能對無辜之人下手，只能以身相殉。

她這一躍而起，滿場皆見，隨即四面八方長箭和短弩起發，「嗖嗖」之聲不絕於耳。文秀師太絲毫不懼，她以馬頭為落足，身形如電直向柴熙謹奔去。大部分箭矢跟不上她輕功身法，紛紛落空。孟輕雷雖然驚駭，卻不得不心中盛讚峨眉身法真乃秀冠逸絕。

夕陽之下，文秀師太這一躍，燦若流金，萃然生輝。

她手中劍一式「峨眉山月半輪秋」，直取柴熙謹的頸項。

柴熙謹見此一躍，一聲嘆息。

文秀師太這一劍距離他遠極，根本不可能傷及他毫髮，但她依然出劍。

劍勢如虹，如棄我去者，不可挽回。

柴熙謹自身側紅衣女子那接過一張長弓，夕陽餘暉之下，那弓亦是熠熠生輝。一聲弦響，長箭破空而出。

那紅衣女子凝視著飛身而起的文秀師太，她在出劍的同時，身上已中了數枚飛矢。她柔聲道：「她必死無疑，您何必多此一舉？」

柴熙謹的長箭此時射中文秀師太胸口，她仰身摔落，胸口的血噴灑了半空。遠處哀呼之聲不絕於耳，中原劍會顯是悲憤欲絕。

只聽柴熙謹道：「殉道者也，當求仁得仁。」

文秀師太的血，激起了中原劍會的怒火與血氣。

但不破「音殺」之術，中原劍會多半要盡數死在柴熙謹旗下。

此時只聽「降雲魄虹，武梅悍魂，惟我獨尊！」火雲寨八十鐵騎對著圍困的廂軍衝了過去，他們自北方而來，騎術嫻熟，此時意圖從數千人之中撕開一個口子衝殺出去，撲向柴熙謹。

然而八十鐵騎實在太少，廂軍之中很快躍出一人，手握流星錘。那流星錘掛有長鏈，在馬上橫蕩出去，帶起一陣風聲。

懸鏈流星錘掃開一片戰場，擋住了火雲寨的路線。金秋府面對這等遠端重兵器，只能大聲咒罵，即使自己武功不弱，但鞭長莫及。身後齊星縱身追來，遞上長弓，「用弓箭！」

亂軍之中，實在沒有長劍與短刀施展的餘地，廂軍所帶的唐刀和長矛長度都遠超武林中人慣用的長劍。金秋府在北方多年，善於騎射，換了長弓一箭射出，對面的流星錘手縱馬閃避。火雲寨趁他收手，眾人一擁而上將他圍住，亂刀頻出，最終斬斷馬腿，那流星錘手棄馬而逃，回到了柴熙謹戰車之上。

亂陣之中，他們根本認不出來，這流星錘大漢，竟是少林寺失蹤多時的大識禪師。

火雲寨士氣大振，直逼主戰車之前。

但也在火雲寨圍殺此人之時，柴熙謹鼓聲又響。

數百人的傀儡圍住了火雲寨，弓弦聲、馬蹄聲、戰鼓聲不絕於耳。

宛郁月旦聽不清遠處的形式，紅姑娘與碧漣漪並肩而立，中原劍會受柴熙謹衝亂陣型，大家各自為戰，號令難以傳達，紅姑娘眉頭輕蹙——她知道此時唯有楊桂華率軍鎮住局面，中原劍會才不會全軍覆沒。

但這就是柴熙謹想要的，步軍司和廂軍慘烈交戰，撼動國本，而給他復國之機。

若楊桂華不入局，誰能在此亂軍之中，占得魁首，號令群雄俯首聽令呢？

紅姑娘嘆了一聲，「唐公子呢？」

宛郁月旦雖然什麼也看不見，卻仍是閉上了眼睛。

金秋府等人很快箭矢用盡，窮途末路，被殺了數人。

正當楊桂華決定讓步軍司放手一搏的時候，中原劍會人群之中響起一陣弦聲，那聲音非琴非箏，比琴與箏更激越。此樂一出，大家心神一分，柴熙謹的鼓聲便沒有那麼亂人心智。

眾人回過身來，只見柳眼懷抱一具瑤琴。他並非橫膝而彈，卻把瑤琴豎了起來，抱在懷裡，一隻手拉住了琴弦調音，另一隻手撥弦，從一具古琴上，彈出了鏗鏘燦爛的音色。

流璞飛瀧，是棲梧世家五十年來所製的最好的琴，價值千金。

此時在柳眼手中化為一具新琴，五指勾挑抹拈輪，彈出了祈魂山數千人未曾聽過的聲音。

片刻之後，柳眼低聲而歌。

「鴻雁東來，紫雲散處，誰在何處、候歸路？

紅衫一夢，黃粱幾多惆，酒銷青雲一笑度。

何日歸來，竹邊佳處，等聽清耳，問君茹苦。

蒼煙嫋嫋，紅顏幾多負，與醉金荷是明珠。」

他開口一歌，柴熙謹手中的鼓似乎完全失去了聲音，所有人……所有人都在聽他唱歌。

紅姑娘回首望去，柳眼坐在一匹黑馬上，匹馬隨意踢動著蹄子，帶著他在林中緩緩行走。

他坐在馬上，一身黑衣，懷抱那具碧漣漪重金購買的古琴「流璞飛瀧」。

他眼裡滿是鬱鬱，什麼人都沒有。

而他唱一首歌，便讓紅姑娘想起當年究竟是為何死心塌地，生出非要守護此人一生的決心。他的琴彈得太好聽，他的歌唱得太入心，所以……便讓那麼多人生出了心魔，誤入了不歸路。

柴熙謹聽聞柳眼的聲音，微微一震，他的手下運功加勁，鼓聲驟然增大。那紅衣女子認真了起來，運氣高歌，「……四海皇風被，千年德水清。戎衣更不著，今日告功成。」

鼓聲震天，高歌明亮，很快將柳眼的歌聲壓了下去。

柳眼畢竟武功已廢，他的琴和歌不含真氣，雖是音殺，但威力不及。

正在這時，遠處有人低唱。

「昨夜消磨，逢君情可，當時蹉跎，如今幾何？

霜經白露，鳳棲舊秋梧，明珠蒙塵仍明珠……」

那聲音並不大，卻異常清晰，聲聲字字，都如在靈魂深處吐息。

紅姑娘為之顫抖——她以為能唱得要人性命的人只有柳眼，但這人迎風低唱，比之柳眼的幽抑，這人十分認真，竟能入魂。

那彷彿是靈魂在耳邊低語，每一聲嘆息都清晰可聞。

這又是誰？

遠處兩匹白馬並肩而來，其中一人橫笛而吹，頭蓋罩帽，看不清面目。

另一人在馬上低唱，而柳眼的黑馬調轉馬頭，向二人行去。

自從那人開口之後，柳眼便不開口了。

他專心致志地彈琴，罩帽人心平氣和的吹笛。

那首柔軟的樂曲越發如一聲嘆息。

「……誰曾，聽風雨，經霜露。恩與恨有負，天涯不盡歸途，問人世淒涼處，誰能渡？誰回思來路，生魂卻與死付，望琉璃金碎處，沒白骨。」

唐儷辭二人的白馬在廂軍之中如入無人之境，他們的樂曲與歌完全壓制了柴熙謹的大鼓。甚至柴熙謹都放下鼓錘，怔怔地看著他們前進。

白馬橫穿戰場，路過戰車，向黑馬而去。

「這是……御梅之刀。」成縕袍十分驚訝，御梅主以刀法威震武林，誰想他開口一唱，竟是這種氣息。

三匹馬在中原劍會營前回合，傅主梅和那罩帽人身上包紮許多傷口，可見經歷過激戰，他們能及時趕來，必定也是聽聞了消息。見柳眼與傅主梅合作遇敵，柴熙謹音殺之術受到遏制之後，中原劍會眾人為之大嘩——柳眼畢竟是風流店的大人物，邪魔外道人人得而誅之，即使柳眼研製了九心丸的解藥，這仇也不是能一筆勾銷的。

「有人假借恭帝之名，行謀逆之事。」那罩帽之人自是唐儷辭，他身上尚有「風流店之主」的大名，自然不能以真面目示人，對身後的譁然只作不見，對宛郁月旦輕聲地道：「但那人我已經殺了，謀逆的『佐證』共計十六人，已交到大理寺。」

「那眼前的紀王爺，便是漁翁得利而來？」宛郁月旦也悄聲回答，「但身中『蜂母凝霜』之人眾多，即使擒獲柴熙謹，手下這散亂的廂軍怎麼辦？」

「蠱王……『呼燈令』王令則。」唐儷辭緩緩地道：「抓住王令則，以『蠱王』之力，勒令他們停手，解毒之法從長計議。」

「王令則？」宛郁月旦奇道：「這人還沒死嗎？不是已經死了二十餘年了嗎？」

唐儷辭望向濃煙滾滾的飄零眉苑，輕聲道：「只盼白尊主手下留情，能從這大火之中，挖出一個活的王令則出來。」他將罩帽往臉上一蓋，衣袖拂面一揮，人便從馬上消失不見了。

宛郁月旦皺眉聽著一點細微的落地之聲，唐儷辭從他面前消失，隨即縱身而起，以他的罩衣兜帽為羽翼，彷彿一隻狂鳳，乍然展翅，飛起半天之高。

數千人的戰場為之一呆，他這一飛比文秀師太高多了，高處疾風吹飛他的兜帽，那身罩衣隨風而去，人人都清清楚楚地看見唐儷辭灰髮華顏，那一張秀麗狂豔的臉。

箭矢微微一頓，向他襲來，這不僅僅是廂軍的箭矢，還有中原劍會的各種暗器、袖劍甚至飛劍。

地上千千萬萬的人驚駭和怨恨，化作萬千箭矢，隨著聽不清的謾罵和詛咒，向著半空中的唐儷辭而去。

唐儷辭視若無睹，他在空中微微一頓，陡然加速，直撲柴熙謹的戰車。

柴熙謹長弓抬起，文秀師太那一躍，他知絕不可能撲上戰車，若唐儷辭一撲——那萬無可能不行。

但唐儷辭的武功豈是文秀師太所能比擬，柴熙謹長弓一抬，就知道自己失策——他就不該伸手去拿弓，而應當立刻出手「疊瓣重華」。他根本來不及開弓射箭，唐儷辭就上了戰車。

他撲向柴熙謹，柴熙謹眼見他身上金光一閃，直刺自己雙眉之間——那是一柄金絲鏤空的劍！

那劍華麗到了極致，也空洞到了極致！他立刻鬆手棄弓，不閃不避，「疊瓣重華」暗器出手，直擊唐儷辭心口！

他就賭唐儷辭仍然惜命，不能與他就此換命！

果然唐儷辭一劍不中，繞到他身後避開他的「疊瓣重華」，手中那柄空洞華麗的劍消失不見——柴熙謹同時後躍，與紅衣女子和流星錘手站在了一處。

唐儷辭撲上戰車，那電光火石間交手的一劍，大多數人並未看見。

眾人只見他一飛沖天，站在了戰車主位，隨即粲然一笑，說了一句話。

唐儷辭道：「天上地下，人間仙界，唯唐某尊，生死不論。」

千軍萬馬為之譁然，中原劍會眾人義憤填膺，有些人被他氣得幾乎吐出血來。

唐儷辭對著柴熙謹一笑，「我先回風流店，此間之人你若殺不完，休來見我。」

柴熙謹還在他方才一劍的餘悸之中，方來得及說出一個字「你——」他身後的紅衣美人和大識對著唐儷辭雙雙出手。

然而唐儷辭往後一仰，墜下戰車，向後沒入了飄零眉苑噴薄而出的濃煙之中。

他當真就如一抹豔色夢魘，時時刻刻游離於人與非人之間。

亂如散沙的中原劍會怒氣衝天，向著柴熙謹的戰車撲來。風流店作惡多端的唐儷辭就在此處，柴熙謹與他乃是一夥，這二人殺我武林同道，荼毒老弱婦孺，縱毒驅使無辜之人，老子若不殺他，這妖邪回頭便要殺我！

眾人本只想逃命突圍，現在卻掉頭合擊，衝向了柴熙謹的戰車。

紅姑娘怔怔地看著唐儷辭沒入濃煙之中。

誰能在這等亂局中號令群雄？一個聖人或許可以，但一個惡人……也許更可以。

宛郁月旦道：「唐公子身上有傷。」

紅姑娘驚覺，「怎麼說？」

碧漣漪眉頭緊皺，他內力全失，眼光卻在，「唐公子傷得不輕，否則方才他與柴熙謹交手一劍，不能被柴熙謹逼退一步。柴熙謹被他氣勢鎮住未曾發現，否則三人聯手，說不定唐公子便要被留下。」

「但他此時卻要冒險去飄零眉苑……」紅姑娘道：「他要去尋『呼燈令』王令則，那人號稱已經死了二十幾年了，如若未死，必然是極度詭譎小心之人。」她咬了咬唇，「誰能助他一臂之力？」

碧漣漪搖了搖頭，低聲道：「我們眼前最重要的，是借唐公子所造的怨恨之勢，重整旗鼓，擊敗柴熙謹。」

紅姑娘苦笑，「我竟沒有你心定。」她定了定神，「請御梅主和柳……柳眼過來，我們可倚仗音殺之術，以牙還牙，反殺柴熙謹。」

第六十六章　人生若只如初見

數個時辰之前，王令則默許了白素車為風流店之主。

她帶來了三位「鬼牡丹」，和她的一位心腹女弟子，此時正協助柴熙謹在外與中原劍會廝殺。

這些人本就是她毒術下的造物。當年大鶴禪師殺上王家，她帶著負傷的王令秋詐死逃命，躲入了少林寺中。大鶴萬萬沒想到，「呼燈令」的餘孽非但未死，竟是躲在他眼皮子底下。因為與大鶴生死搏殺，王令則武功全廢，只餘下一身毒術。身為女子，躲在少林寺中也頗為不便，堪稱步步危機，就在此時，她與一人相遇。

那人是柴熙謹的養母方萇炽，正是經由方萇炽相助，王令則死裡逃生，與天清寺結盟，開始了所謂「移靈」之術。但救她於水火的不是天清寺青灰方丈，亦沒有人比她更清楚，那些「鬼牡丹」究竟是什麼東西——青灰老兒自欺欺人，她卻絕無可能臣服於自己的造物，但若能借此偷梁換柱，培養勢力，有何不可？這世上只有青灰老兒能妄念成魔，為天下做主嗎？他既然可以，我為何不行？大家都是口稱報恩，有何高低貴賤之分？

大鶴禿驢死得太早，沒能看到她謀反的一天，真是可惜了。

王令則看到白素車謀奪風流店主人之位，讓玉箜篌下囚室，不但不惱怒，反而有幾分讚賞。這丫頭有她當年之風。

這世上的道理不是凡是「男人」能做的事，「女人」都能做。而是有人能做的事，我都能做，而人不能做的事，我也能做。

王令則一身武功全廢，手掐著半死不活的玉箜篌的脈門，拄拐站在白素車面前，陰惻惻地道：「丫頭，我既然已經來了，外面千軍萬馬要踏平此地，妳作何打算？」

白素車緩緩走到王令則身前，並無懼意，「王家主手握重兵，身懷祕術，難道還不能把外面的餘孽挫骨揚灰，迎回柳尊主嗎？」

王令則微微一怔，她放開了玉箜篌的脈門，尖笑一聲，「難道妳當真對柳眼一往情深，一心一意就是為了救情郎？」

「王家主手握重兵，布局多年，所謀之事絕不只號令武林……」白素車毫不避諱，「一往情深若能讓柳尊主助我一臂之力，白某既可一往情深，亦可愛之如狂。」她對著王令則單膝下跪，「我等女子，欲行登天之道，何其之難。王家主手握絕毒祕術，柳尊主手握解毒之法，妳等二人若能合作……非但門外那些餘孽頃刻間土崩瓦解跪地求饒，連王家主所謀之事都多了三分勝算。」

王令則的手按上她的頭頂，感受到白素車身上蠱蛛蠢蠢而動，盡在掌握之中，她森然一笑，「如此乖巧聽話，我若功成，百年之後，妳可取而代之。」

白素車微微一笑，「謝王家主。」

二人相視而笑，說話之時，地下的幽暗通道裡緩緩走出一排排紅衣人，這些人並不說話，安靜地站在王令則和玉箜篌身後。這是王令則自己的護衛，全都中了「呼燈令」的獨門祕術，只聽她指揮。而在這些紅衣人身後，白素車慣常指揮的紅衣女使也緩緩走了出來，排在紅衣人身後。

白素車低頭不看她們，面無表情。

王令則看了她一眼，臉上的劍痕顫動了一下，「妳也不必奇怪，這些人身中『噬神香』，除了聽令於妳的『噬神』，更聽令於我的『噬魂』。」她緩緩地道：「畢竟是我王家的祖傳祕術。」

風流店能坐擁如此多妙齡少女，驅使如此多武林高手，除了九心丸之毒，還有「噬神香」暗中輔助，催人神智。白素車執掌「噬神香」，故而可以指揮紅白女使，今日王令則一到，這些人便不再聽令於她。

白素車點了點頭，她沒有問那些神智尚存的白衣女使，那些人中毒沒有紅衣女使深，但此時沒有出現，未必是什麼好事。

「我聽說玉箜篌手下，有幾位武功不弱，學會了《往生譜》上的幾門絕學。」王令則道：「有女子能練剛猛絕倫的『袞雪』，又有人能練陰險歹毒的『玉骨』，這些人當真是絕世良才，不知是其中的哪幾位？」

白素車指了指紅衣女使中的幾人，「這位是藺如松、這位是邵原白、這位是沙棠舟……還有……」她平心靜氣地道：「我。」

王令則嘖嘖稱奇，這幾個丫頭當真武學奇才，奈何在九心丸與噬神香之下，縱然有絕世無雙的天賦，也不過為他人作嫁罷了。

妄練《往生譜》者，噬殺忘魂，癲狂而死。或許比中了她的噬神，死得還快。

「門外中原劍會正和柴熙謹的音殺纏鬥。」王令則陰森森地道：「妳帶著這幾位姑娘，自密道潛出，先把宛郁月旦和小紅宰了。」她轉過身去，「我會親自把柳——」

「啪」的一聲悶響，王令則只說了一半，一柄刀無聲無息的自她身後插入，她只感覺到後腰一熱，隨即一陣劇痛，那柄刀在她血肉中一絞，隨後倒飛而出，落入了白素車手中——一環渡月。

白素車手握那柄血淋淋的雪白小刀，仍然單膝跪在那裡，面無表情地看著她。

王令則按著後腰的傷口，一瞬間臉上不敢置信、錯愕、懷疑、驚怒交加甚至於荒唐可笑……種種表情交織而過。她退開一步，白素車緩緩站了起來。

四周戴著面具的紅衣人和紅衣女使一陣動盪，變了隊形，將二人團團圍住。白素車可以聽見周圍眾人的呼吸之聲變了，從幾不可聞，變成了野獸搏擊之前那種興奮異常的喘息。

她扔下了血淋淋的「一環渡月」，拂袖而立。

「妳說——『妳夢登天』！」王令則後腰的傷口處鮮血流出，但傷口處有一隻黑色的異蟲緩緩探了個頭。隨著那異蟲出現，血流減緩，牠在傷口搖頭擺尾，緩緩吐出白色絲線，將王令則的傷處黏合了起來。王令則看著白素車，「妳說『我等女子，欲行登天之事，何其之難。』小姑娘！我今年六十有三，平生所見，唯聽妳一人出此言，我當妳是可造之材！結果妳吃裡扒外，竟然是外面那些廢人的奸細！」

白素車淺淺一笑。

「冥頑不靈，可惜！可惜！」王令則拐杖一頓，紅衣人蜂擁而上，她的拐杖之中一股煙塵彌散而出，身上諸多奇詭怪蟲爬出，將白素車團團圍住。

一瞬之間，紅影翻湧，勁風四射，白素車被數人一起撲倒在地，她就算練成了《往生譜》的絕技，在這數人甚至十數人一起動手的當口，亦是無能為力。

王令則眉心一跳——不對！

白素車苦心孤詣方才走到今日，她若無十足把握，豈會突然對自己動手？她傷口處忙碌的蠱蟲與她心念相通，突然不再為傷口吐絲織網，即刻要鑽回她血肉深處。

就在這一瞬之間，一隻手微微一動，就在那隻蟲將回未回之際，從王令則的傷口處挖走了牠。它動得太理所當然，距離也太近，手的主人也太不像活人了。

「哇」的一聲，王令則吐出一大口血，摔倒在地。白素車的一刀沒能重創王令則，這隻手挖走了蠱蟲，王令則狂噴鮮血，陡然間老了十歲。

這隻蠱蟲，才是王令則性命攸關之處！

她怒目圓睜，瞪著挖走她蠱蟲的人——那人仍彷若一具骷髏一般，但立刻將蠱蟲塞進口中吞了下去。王令則厲喝一聲，「玉箜篌！你——」

渾身上下掛滿了蛛網，彷彿披著一層層蛛網長衣的玉箜篌仍然眼神空洞，彷若將死未死，但嘴角已經微微勾起，露出一絲笑。

「你不怕——」王令則空握十幾樣操縱人心的毒功祕術，卻失去了蠱王，她摧動蠱蛛之毒，玉箜篌與白素車身上的蠱蛛為之呼應，但二人卻都無動於衷。她摧動「噬神」之毒，指揮紅衣人攻擊玉箜篌，卻乍然感覺到自己能感應的紅衣人似乎少了許多。

驀然回頭——她看見白素車倒地之處，似乎冒出了一片塵煙，燃起了火焰之色。

「轟」的一聲巨響，烈焰沖天而起，王令則甚至看見了周圍數不盡密密麻麻的絲線被火焰一焚而盡，流出了極其燦爛的光華，那是大殿中無處不在的蛛絲。撲在白素車身上的紅衣人與她一起被大火點燃，那火焰駭人至極，頃刻化為火龍沿著地面向四方席捲，轟然第二響——此處殿門關閉，鐵閘下落，外面「噹噹噹」落閘之聲不絕於耳，此處此刻已成了絕路！

玉箜篌剛剛吞下蠱王，他同樣駭然色變！白素車這賤婢竟然早做了手腳，要把風流店的一切，包括她自己，一起燒死在這大殿裡！

這女人之狠，竟能到這種地步！

王令則武功已失，又失蠱王，身負重傷，一身毒物和毒蟲在這火焰天坑之中無處施展。只見滿天烈焰與黑煙裡走過來幾個搖搖晃晃，血肉模糊的火人。那幾個人伸出燒得不成形狀的手，抓住她，將她拖入最濃烈最蓬勃的火中。

王令則魂飛魄散，她的臉被拖在地上被滾燙的地面摩擦，一路淒厲慘叫。

烈焰之中，渾身是火的白素車側過身來，伸出焦黑的手，迎向王令則。

她將她拉入火中，擁進懷裡，燒為灰燼。

這世上除了混沌求生，還有玉石俱焚。

白某不是中原白道的奸細。

只是……覺得不甘，始終不服，難以低伏，不能認命。

像「如松劍」藺如松、「望岳子」邵原白、「聽琴客」沙棠舟……這樣的人，一生不該是這樣的。即使像青煙、官兒，那樣的孩子，若不是風流店惡毒的教誨，她們不一定誤入歧途，死於非命。

所以既然白某僥倖留有神智，對天發誓，即使披肝瀝膽赴湯蹈火，也必為諸位討一個公道。

縱然王令則手握萬千毒蟲，能執掌千軍萬馬，縱然她心思詭譎，有萬種算計，那又如何呢？

白某不欲生，自然就不怕死。

吾不畏死，奈何以死懼之。

而正在此烈火熊熊，鋪天蓋地之時，穹頂上人影一閃，一滴鮮血，自極高的濃煙頂部，滴落了下來。

血入火中，倏然而逝。

正在閃避火焰的玉箜篌猝然抬頭。

蕭然一聲，一柄金劍乍然出現，夾帶著來人身上的濃煙烈火，如流金淬火，自大殿穹頂直墜而來。

玉箜篌一聲嘶吼，「唐、儷、辭！」

那一團焠金的流火當頭罩落。

玉箜篌已得蠱王，全身的蛛網揚天飛起，向唐儷辭的「金縷曲」包去。

唐儷辭的紅衣在烈焰中被引燃，他的衣裳材質不同，雖然衣角已燃，卻並未起火，只帶了微微的紅焰。他一劍斬落，眼見玉箜篌得蠱王之力，操縱蠱蛛，不能速戰速決，便即刻轉身撲入了火海。

玉箜篌為之一怔——隨即哈哈大笑——這瘋子破頂而下，又來遲一步——然後又不死心，仍想救人！

裡面的白素車和王令則只怕都燒熟了！

他眼睜睜瞧著唐儷辭飛蛾撲火，投入了大火中。

火焰翩躚閃爍，一再暴起，大殿內如地動山搖，玉箜篌不敢再看，轉身尋找出路。

「叮叮噹噹」，所有的出路都是道道精鋼鑄造的鐵網，玉箜篌氣力衰竭，又無利器，滿心絕望，就如一隻被鎖在籠中燒烤的老鼠，只有對白素車的無盡咒罵和怨毒。當年誰能看得出，這不聲不響，唯命是從又全是弱點的女人，竟然如此能忍，又如此狠毒。

唐儷辭合身入火，衣髮俱燃。

白素車身帶引燃之物，烈火是從她身上起來的，但王令則被白素車牢牢抓住，卻一時不死，仍在火中抵死掙扎，彷若火中扭曲的鬼影。

但抓住她的不只白素車一人，在王令則身後仍有幾人按著她，一柄劍對著王令則後心刺落，還有一人牢牢抓住了她的腿。

許多古怪的小蟲從王令則身上跌落，一隻一隻，帶著火焰。

唐儷辭入了烈火，但火中人事已盡，正邪恩怨，已斷然了結。

這裡沒有人需要他拯救。

蒼生螻蟻誰無死，枯仇暗恨我來報。

或許，還是他承蒙了這場大火的恩情。

他驀然回首，縱身出火。

玉箜篌驚覺後退，唐儷辭的紅衣灰髮出了大火隨即熄滅，在空中帶起了縷縷煙塵，那鏤空的金縷曲對準他平拍下來——若玉箜篌沒有在火中驚慌失措，他應當能知道唐儷辭那柄劍不是砍落而是平拍下來，是因為他同樣心潮激蕩，難以平復。

唐儷辭……願捨身踏火，願飼鷹成泥，因為唐某不赴，這人世誰人可救？他們祈求我、盼望我、等候我……所以我應允，我願，我可以。

因為我無所不能，而世人皆螻蟻。

但步步走來……一日一日……他們一直死、一直死。

我……如果我並非無所不能，而世人也並非皆如螻蟻。

那麼我……我……

他那柄「金縷曲」重重拍上玉箜篌的頭，隨即一口血噴了出來，吐得玉箜篌滿頭滿臉。

玉箜篌不敢置信的瞪著唐儷辭，隨即哈哈大笑，「哈哈哈……你也有今天！哈哈哈哈……」他幾乎要手舞足蹈，一時忘卻了找不到出路的恐懼，情緒膨脹得要發瘋，「哈哈哈……裝得輕描淡寫滿不在乎，我當你是個人物！原來你竟是在意他們的死活的！唐公子！爭王不是兒戲，你不要以為只要你贏，之前死過的所有人都不算死——你的棋子也是人！也是會死的！從你安排她在這做奸細的那一天起，你就應當知道她會有今天！」

唐儷辭嘴角微勾，他雖然吐了一口血，神色卻依然平靜，「白姑娘不是我的棋子。」他很少解釋什麼，「我的確以為我贏了，所有的人都不會死。但是……」他深吸一口氣，看著玉箜篌，「大家都不聽話，因為誰也不是我的棋子。」

玉箜篌一怔，一時之間，他竟笑不出來。

唐儷辭淺淺一笑，拔劍再上，「把蠱王吐出來！」

玉箜篌身上的大小蠱蛛蠢蠢欲動，「做夢！」

正在此時，大殿中火焰再度爆燃，「轟」的一聲，大殿頂上被唐儷辭擊穿的洞被火焰燒塌。玉箜篌眼見有了出路，不顧高熱，強運一口氣，將全身真力轉為陰寒之氣，往高處洞口撲去。他衣衫襤褸，無法鼓風著力，乾脆捲動蛛網，將那蛛網捲成一條線，抖手揮出，彷如「萬里桃花」往高處一捲一沾，竟拉動玉箜篌往上飛起。

唐儷辭真氣紊亂，他連日征戰，一傷再傷，傷處雖然沒有惡化，但也沒有好轉，方才火中一進一出，又吐了一口血，饒是他自負戰無不勝，也已經是強弩之末。眼見玉箜篌往上飛起，他拔劍欲追，微微一頓，真氣一滯，丹田處陡然一陣劇痛。「金縷曲」劍失去真力加持，化為一團金絲，唐儷辭往前軟倒，左手撐地，他抬起頭來，只見玉箜篌隨蛛絲飛起，已快到洞口。

玉箜篌人在半空，看到唐儷辭吐血跪倒，心裡痛快至極，簡直要哈哈大笑，還有什麼比自己即將逃出生天，而仇人卻爬不起來更令人痛快的？若非自己也是狀況糟糕至極，他定要往唐儷辭身上砸下十塊八塊大石才是！

「嚓」的一聲微響，濃煙中一物飛過。

玉箜篌手裡一輕，蠱蛛的蛛絲為一物所斷，他駭然轉身，只見一枚金光燦爛的東西掠面而過，穿洞而出。

那鬼東西宛如一朵金色蘭花，又是「香蘭笑」！

「不——」玉箜篌憑空墜落，「咚」的一聲巨響，摔進了烈火深處，只聽大殿中心白素車架空的鐵網斷裂，他摔入了堆滿了木炭和毒物的火坑裡。

那地下已是火炭地獄，必死無疑。

等了一會，四下除了烈火之聲，再無半點動靜。

唐儷辭跪坐在地，右手緊緊抓住「金縷曲」的金絲。方才情急之下，他將「香蘭笑」塞入口中，用它射斷了玉箜篌手中的蛛絲。玉箜篌身帶蠱王，但是他摔入火炭深處，不等炭火熄滅旁人也無法深入火炭。而等炭火熄滅，不消說蠱王，只怕玉箜篌也已化為灰燼了。

唐儷辭側耳傾聽著飄零眉苑裡外種種動靜，深吸一口氣，搖搖晃晃地站了起來，他同樣縱身而起，往洞口掠去。

一物自他衣袖中飛出，飄紅蟲綾已是千瘡百孔，但仍舊堅韌，帶著他越過大火，凌煙而上，離開了地底深處。

飄零眉苑深處，烈火熊熊。

成縕袍退去之後，那「叮噹」之聲仍然不絕於耳。

烈火之中，持劍砍網的人一襲黑色僧衣，白髮披身，正是普珠。

他已經砍過了十七八張網，這是最後一張。

周圍的溫度已高到了他長髮枯焦，僧衣起火的程度，濃煙隨風上衝，換個普通人早已氣絕身亡。但普珠不是普通人。

他極有耐心。

「噹」的一聲，最後一張鐵網斬於劍下，他終於踏入了風流店最下一層。

面前是一片火海，那火已經燒到了盡頭，正在熄滅。

灰燼深處，是數不清的淒慘可怖的遺體。

焦屍們撲倒在火堆深處，地上滿是燒毀的兵器。屋頂上盡是暗器，此處地下挖了一個大坑，地面也是鋪設數層鐵網，而鐵網的下面才是堆放柴火的地方。

白素車在玉箜篌的大殿之下挖了一個深坑，填入了殺蟲的艾草與苦諫子，以火油木炭為燃料。她又在地上鋪上了精鋼鐵網，堆上磚石。

玉箜篌的大殿被她做成了烤肉爐子。

普珠劍刃一挑，那燒成一片焦黑的屍身中，無法辨認誰是白素車，誰又是王令則。但他的咽喉在燃燒，他在此處嗅到一股不同尋常的香味，那是「食物」。

「蜂母凝霜」之毒正在發作，提醒他在此處焦屍之中，仍有「食物」。

普珠閉上眼睛，倚靠嗅覺輕聞，隨即睜眼——他一劍抵在一人胸口。

那人頭髮被燒光，面目全非，血肉模糊，身體瘦如骷髏，他還在行動，宛如一隻活鬼。

然而普珠的劍抵在他胸口，平淡無波地問，「桃施主？」

那隻活鬼低笑起來，發出了「咯咯」之聲，他連咽喉都被燒毀了，竟還是沒死，正是玉箜篌。他在笑天不絕他，唐儷辭將他打入火坑，火卻在不久之後熄滅了，唐儷辭以為他定會被困死燒死，這和尚卻打開了生路！

普珠劍尖一推，「白施主以身殉魔，可嘆可敬，但『魔』都死了，你卻未死。」他聞得到玉箜筷身上那點萬分誘人的食香，「你從這些屍體身上，得到了什麼？」

玉笠筷無聲一笑——得到什麼？

他說不出話來，否則就該大笑昭告天下——白素車那賤婢膽敢奪他的權，讓他下跪，想要他的命！她總有一天死得酷烈無比！就像現在，你看她燒成了灰！她燒成了灰啊！而他得到了不死的法門啊！

這賤婢妄圖與王令則同歸於盡——如果不是我突然出手從王令則身上挖走了蠱王，她說不定早就死在王令則手裡，哪能與老妖婆一起躺在灰燼裡做鬼呢？

我吞了蠱王，我就是王，我就不會死。

就算是唐儷辭逼我殺我，將我從高處擊落，想把我燒成灰燼，我也不會死！

他惡狠狠地瞪著普珠，全無西方桃時候的溫柔從容，體貼聰慧。

而普珠亦不是當時耿直無憂的劍僧，就在玉笠筷準備再度大笑的時候，普珠「唰」的一劍刺入了他骷髏般的丹田之中。

隨即他劍尖一挑，一條帶血的黑色怪蟲凌空飛起，被他從玉笠筷的丹田中挑了出來。玉笠筷的笑容頓時卡住，他說不出話來，否則定要慘叫——那是他的蠱王！那是他活下去唯一的指望！那是他的……

普珠一口吞下了蠱王，面無表情地回過身來，淡淡地看著玉笠筷。

玉笠筷捂著丹田處的傷口，驚駭絕倫地看著普珠。

這和尚瘋了……他竟然搶了蠱王……

普珠劍勢再揮，毫不猶豫的一劍斬落玉笠篌的頭。

人頭未落，普珠掉頭便走。

他飄然走出去很遠了，身後才傳來「咚」的一聲，玉笠篌屍身墜地，與風流店同葬。

柴熙謹不再使用大鼓音殺之術，他抵敵不過傅主梅的長歌，索性放棄了這門絕學。但他戰車到此，對此戰勢在必得。

天清寺原本的計策，他覺得不錯。

白雲溝血債，他要血債血償。

何況有王令則相助，「呼燈令」的家傳毒術奇詭莫測，彷如馭屍的妖法。

無論最終他能不能登上帝位，屠戮白雲溝的兵馬死得越多越好……越多越好。

他背後有許許多多的冤魂在哭，他們……需要得到祭品。

他盯著楊桂華的步軍司，這些禁軍正是趙宗靖掃蕩白雲溝的那一撥。

他的戰車內有火油，柴熙謹精於暗器之術，他準備驅動這些鋼鐵戰車衝入楊桂華結陣圍觀的禁軍裡，隨後點燃火油，將他們燒成灰燼。

中原劍會正在變陣，方才他們試圖逃跑，步軍司正要下場，原本形勢正如他的預料。只要雙方短兵相接，傷亡慘重，他並不在乎是哪方傷亡慘重。

但唐儷辭乍然出現，吊起了中原劍會的恨意，中原劍會停止逃散，從驚慌失措到不死不休，僅僅只因為唐儷辭說了兩句話。

「天上地下，人間仙界，唯唐某尊，生死不論。」

「我先回風流店，此間之人你若殺不完，休來見我。」

此後形勢逆轉，步軍司止步圍觀，而自己卻被中原劍會滔天的恨意圍困。

唐公子永遠是唐公子。

柴熙謹若有這等心智氣度，這等自傷傷人的殘忍，或許柴熙謹便不會活，方平齋也就不必死。他緊握著手中的鼓槌，一聲嘆息，「引火衝陣。」

那紅衣女子乃是王令則的心腹愛徒，飼養蠱蛛的蛛女。戰場內數千廂軍，三位指揮使都在她驅使之下，正是她源源不斷的釋放毒物，中了「三眠不夜天」的人情緒隨著不同的毒物或喜或怒，或顛或狂，配合柴熙謹的音殺大鼓，方才能控制這廣闊的戰場。

但隨著與中原劍會廝殺激烈，柴熙謹的音殺又敵不過傅主梅的歌聲，戰局正在失控。蛛女聽柴熙謹下令衝陣，心下甚歡，當即揮灑出引誘發狂的毒蝶鱗粉，讓拉戰車的士卒往前狂奔。

鮮血飛濺，刺激得身中「三眠不夜天」的士卒們越發癲狂，駕著戰車向群擁而來的中原劍會眾人衝去。有些人自地上躍起，不管不顧抱住身中「九心丸」之毒的中原劍會弟子，咬頸食肉。受襲擊的劍會弟子們大聲哀嚎，滿地打滾，空騎的戰馬脫韁飛奔，受踐踏者無數，放眼望去，四下皆是慘狀。

成縕袍揮劍救人，孟輕雷大聲疾呼，董狐筆滿場疾馳，傅主梅既要救人，又要救馬。中原劍會本來氣勢剛起，就要撲向柴熙謹的戰車，對方眾人突然發狂，頓時將劍會的氣勢衝散。

「轟——轟——轟——」

一連幾聲巨響，隨著發狂的人群衝入劍會陣營的幾輛戰車突然起火炸開。戰車滿載銀色鱗粉和黑色火油，那東西一旦沾身便起火燃燒，極難熄滅。雙方在爆裂燃燒的戰車周圍死傷慘重，鮮血在毒火之下燒為焦黑，許多人在地上掙扎呻吟，難分敵我。成縕袍於心不忍，伸手扶起了一人，那人卻在他手腕上咬了一口，頓時鮮血直流。

柴熙謹眼見戰場大亂，彷彿煉獄，並無大仇得報的暢快之意。當朝兵馬殺他白雲溝親眷，他送朝廷的兵馬去死，只彷彿理應如此，和他的喜怒哀樂無關。戰車引毒火往前衝，他的戰車緊隨其後，衝向了楊桂華所帶的人馬。

楊桂華只護衛公主，不參與飄零眉苑之戰，但柴熙謹驅車朝著他狂奔，楊桂華略一猶豫，傳令道：「保護公主！」

八百步軍司擺開陣型，宛如一條長龍，首尾相接，將紅姑娘幾人團團圍住。步軍司盤龍為陣，緩緩旋轉，週邊士兵都與瘋狂的廂軍一沾即走，他們都手持長兵器，列陣整齊，一時之間，已經癲狂的廂軍無法攻入內圈。

此時，林中響起新的弦聲，柳眼再次撥弦，這一次，玉團兒站在他身後，雙手按住他後心大穴，將自己微薄的內力傳給柳眼。柳眼指帶真力，那弦聲脫胎換骨，彷彿一聲一聲，都能直入靈魂。

傅主梅剛左手勒住了一匹馬，右手撈起了一個人，他將人往馬上一按，回過頭來，看柳眼扣弦而彈。

這是一首新曲，他沒有聽過，也不能和歌。

新的音殺籠罩全場，玉團兒臉色蒼白，柳眼同樣臉色蒼白，這等強度的運功他二人都承受不了。但眼看面前屍橫遍野，烈火焚屍，人間煉獄不過如此，這人世不是柳眼的人世，但他已刻骨銘心的知道這人世中的人，與彼人世的人，並無二致。

人世何苦，唯卑唯尊，唯如沙礫。

「我即災厄，我即枷鎖，我即是魔，又是因果。我半生消磨，看世間顯赫。我手握世間之惡，踏過血流成河，看悲愴滿目看掙扎、呻吟、慟哭的死者；我去了青萍之末，等候死的花朵，等天地崩落等沉淪、毀滅、消失的結果……但此花開彼花落，蒼生總能勝我，我難以言說，不知生死為何，天地冷了又熱，是非對了又錯……誰愛我、誰恨我、誰殺了我——」

柳眼縱聲而歌，即使是紅姑娘也從未聽過他如此放肆縱情。柳尊主總是冰冷的，絕美詭異，心思莫測，即使是彈琴而歌也是幽暗低沉的。

但此時柳眼放手彈琴，指甲在琴弦間崩裂，他的歌激昂震盪，聲音如入雲霄，以內力輔助，簡直倡狂陰鬱又充滿了殺氣，字字句句都飽含了蠱惑。每個人被他琴歌一震，都想起柳眼執掌風流店作惡多端的那幾年。他冷漠輕蔑的濫殺無辜，他放縱九心丸流毒江湖，有多少不諳世事的少女加入風流店，受制於異術和毒物，從此斷送一生？

柳眼之惡，那是真實的惡，並非虛妄，也非情非得已。

四面八方，怨毒的目光頓時向他轉了過來。

連地上掙扎呻吟，口角流涎的毒發狂人都安靜了三分，眼睛裡也有了怨毒的神采，向柳眼望去。

柳眼手中弦微微一頓，他問背後的玉團兒，「妳怕嗎？」

玉團兒不知道他要做什麼，但無論柳眼要做什麼，她都不覺得不好。

「我不怕死。」她正在咬牙向柳眼體內盡可能輸入內力，只恨自己平時不夠努力，練不出驚天的功力來。

我不怕死。

柳眼微微一震，這小丫頭從來都不聰明，卻總是……能看見真實。

「啪」的一聲，柳眼揚鞭策馬，讓黑色駿馬一人雙騎，載著他和玉團兒向柴熙謹的戰車而去。

他用力過猛，黑馬發狂人立而起，隨即一頭撞向柴熙謹的戰車。

柳眼人在馬上，隨著狂馬縱躍之勢，他倚著馬頸姿勢始終不變。

他手中的琴和歌再度響起。

「我即災厄，我即枷鎖，我既是魔，又是因果。我半生消磨，看世間顯赫。我手握世間之惡，踏過血流成河，看悲愴滿目看掙扎、呻吟、慟哭的死者……」

柴熙謹第一次領教了柳眼全力以赴的音殺，心口氣血翻湧，本來空無一物的心緒驟然起伏。他彷彿一個空無一物的人，突然被塞入了種種自我厭棄、掙扎痛苦、冰冷絕望的情緒，他碰觸到了恨……是一種與他相似又不同，同樣絕望與空洞的恨與癲狂。

因為不堪忍受，所以要加害於人。

但他人的淪落與苦痛，並不能讓自己的變得足以忍受。

這不是復仇，這是沉淪。

師父，你我師徒……真是知音。

柴熙謹舉起手中的鼓槌，重重一下擊在鼓面上，發出「咚」的一聲震響。

地上掙扎蠕動的人們眼裡的怨恨又多了幾分，他們的視線在柳眼與柴熙謹之間流轉，似乎分不清讓自己痛苦難耐的，究竟是哪一個。

這不堪忍受的痛苦，要向哪一個復仇？

黑馬加速衝了過來，柳眼坐直了身體，讓黑馬把他和玉團兒一起甩上了半空。身旁的蛛女和大識雙雙出手，一柄刀憑空出現，攔下了蛛女與大識。

傅主梅自遠處而來，他離得太遠，此時剛剛趕到，還不知道柳眼要做什麼，先行出手救人。

柳眼就當他必會救人，對蛛女與大識只做不見，飛上半空之後合身撲落——「咚」的一聲巨響。

他落在柴熙謹的大鼓上。

柴熙謹驟然與「師父」距離極近，柳眼的容貌恢復大半，柴熙謹只覺眼前此人極陌生，又極熟悉。他手中「疊瓣重華」如暴雪般飛出，打柳眼上下十幾處大穴，距離極近，柳眼毫無抵抗的餘地。但他不閃不避，出手奪柴熙謹的鼓槌！

「叮叮叮叮」一連數聲脆響，「疊瓣重華」被御梅刀一掃而盡，傅主梅對戰蛛女與大識二人本應綽綽有餘。但面對蛛女，他背後已經癒合的傷口隱隱作痛，神智開始恍惚，眼前忽明忽暗，彷彿目之所及湧上了一層迷霧。傅主梅仰仗耳力為柳眼擊落了一圈「疊瓣重華」，自己卻踉蹌了兩步，耳邊也開始聽不真切，彷彿有海潮之聲在耳邊循環往復，將身外的一切逐漸隔絕開來。

柴熙謹手握疊瓣重華，柳眼內力已散技法未失，一個失神，鼓槌已到了柳眼手中。

柳眼冷冷地盯著柴熙謹。

他盤坐在柴熙謹的大鼓上，鼓槌一擊，擊的卻是大鼓的側面。大鼓發出未曾聽聞的鼓聲，柳眼右手握鼓槌，終於將琴橫在膝上，左手輪指一彈。

雙音同鳴，柴熙謹首當其衝，一口血噴了出來。

大識眼見柴熙謹受傷，大喝一聲，一拳「無上佛印」向傅主梅打去。他雖然也受音殺震動，但柳眼不是衝著他去的，大識又不識音律，天生對此駑鈍，便不像成縕袍、柴熙謹那般容易受傷。

蛛女冷笑一聲，按住了懷裡蠢蠢欲動的異種蠱蛛。大識一拳用了全力，傅主梅卻未閃避，這一拳正中心口，他「哇」的一聲吐了一口紫黑的血出來。

坐在大鼓上的柳眼驀然回首，他手上戰鼓與琴未停，柴熙謹緩過一口氣來，正要出手。而身後的傅主梅蠱蛛毒發，竟慢慢轉過頭來，定定地看著柳眼。

蛛女眼見牽制有效，大喜過望。她本沒想過竟能全然制住這位大名鼎鼎的高手，傅主梅武功之高，不在成縕袍之下。

但傅主梅和唐儷辭在天清寺受傷不輕，又經苦戰，本都是強弩之末。

他背後的蠱蛛雖然被唐儷辭一刀刺死，但蠱蛛之毒並未解。

他受刑多日，中毒極深，又重傷在身，蛛女以另外一隻異種蠱蛛亂他神智，傅主梅竟然受制於她。

玉團兒早已力竭，眼見傅主梅神色大變，她害怕起來，「柳大哥，他怎麼了？」

柳眼左手撫弦，停用了古琴。

「團兒。」他很少叫她的名字。

玉團兒回過神來，「我不怕死，你休想叫我走。」

柳眼笑了笑，「我不值得。」他手肘一撞，那具琴在他膝上轉了半圈，夾帶真力重重擊在玉團兒胸口。

玉團兒胸前受了一擊，真氣紊亂，一時說不出話來，震驚地瞪大了眼睛——這琴上的真力，還是自己輸給柳眼的！

柳眼再發力一推，將她撞至昏迷，孟輕雷及時趕到，將小姑娘和古琴一起接住。他目光複雜地瞪著柳眼，恨不能食其之肉，但這廝方才救了場，此時又坐在柴熙謹的大鼓上，卻一時殺之不得。

柳眼環視周圍，傅主梅受制於人，孟輕雷滿目敵意，柴熙謹已經緩過氣來，而蛛女手握傅主梅，大識手持流星錘——舉世皆敵，彷彿已毫無生路。

他低聲笑了起來，「哈哈哈……」

他棄去了手中的鼓槌，雙手對著身下的大鼓一拍，竟一樣拍出了波瀾壯闊的音律。

他縱聲大笑，「哈哈哈哈……」

那笑聲和鼓聲一起，催魂奪魄，震人心魂！只聽柳眼傲然道：「本尊立風流店、練九心丸，殺人無數——柴熙謹是我弟子，唐儷辭是我愛將。諸位身中『九心丸』、『呼燈令』等等毒物，解藥都在我的手中！中毒的滋味如何？哈哈哈哈……」

他一通狂笑，戰場內外方才便臣服於他音殺之下，此時更鴉雀無聲。

宛郁月旦和紅姑娘皺眉，柳眼突然出手，引動了全域的恨意——他必然是從唐公子那學的，偏又學得如此彆扭和勉強，根本不容深思。但唐公子拼死救他，柳眼也非大奸大惡，他此時自承其罪，強行控場，一旦唐公子回來，定要大怒。

但此時除了柳眼，誰能控場？

若無音殺控場，片刻之前的血腥殺戮就要再次上演。

中原劍會、碧落宮、步軍司等等，只能自保，卻不能救所有人。

柳眼手下的大鼓再次一震，眾人氣血翻湧，胸口一股怨毒越漲越高，只聽柳眼又道：「本尊意欲得天下，普天之下，唯我獨尊，逆我者死。徒兒你莫以為從我這學會了音殺皮毛之術，就能自立門戶——而唐儷辭也休想假借我風流店尊主之名，狐假虎威。」他森然道：「本尊天縱之才，手握萬千奇術，豈容你等小人染指僭越？你們——若不跪下，都給我死！」

「咚」的一聲，戰鼓再響。

地上的人們一起發出嘶吼，眾人渾渾噩噩，向著戰車撲了過來。

傅主梅、柴熙謹、蛛女和大識也一起對柳眼出手。

柳眼端坐在戰鼓之上，垂眉低目，眼角所帶的那一點冰冷和譏誚猶在。

紅姑娘為之色變，「柳眼……」

柳眼引頸就戮，一是為了控場，二是為了解除唐儷辭「風流店主人」的惡名，三是他自己……並不想活。

本尊天縱之才，手握萬千奇術是真的。

普天之下，唯我獨尊，逆我者死是假的。

柳眼只不過想消弭一些罪孽。

他消弭不了自己的，能以他的死，為唐儷辭消弭少許惡名，也是好的。

正在此時，飄零眉苑發出隆隆巨響，中心一處岩層崩塌，火焰沖天而起，凌空彌散。眾人身上臉上都感覺到極度的熱意，隨著聲勢驚人的烈焰升騰，一道紅綾飛過，唐儷辭身隨影動，自火中現身，剛剛脫困，就看了千軍萬馬一起向柳眼殺去。

他睜大眼睛，看著傅主梅倒轉御梅刀，一刀向柳眼後心砍去。傅主梅臉上的神色，眼裡的光就和池雲一模一樣！中原劍會集邀天之怒，地上行屍走肉隨鼓聲而動，他們都向著柳眼而去！

柴熙謹身邊的紅衣女子自懷裡托出一隻半帶青金半帶粉的碩大蠱蛛，那蠱蛛有手掌大小，噴吐著淡金色的毒霧，它身周數不盡的蛛絲糾纏在柴熙謹、柳眼、傅主梅和大識身上，幾不可見的蛛絲閃爍著淡彩流光，卻是吞人神識的妖魔。

成縕袍持劍撐地，他在音殺之中難以自持，搖搖欲墜。孟輕雷眼裡只有柳眼，臉上充滿了憎恨之色，幾縷蛛絲糾纏住他的劍，他卻毫無所覺。

碧落宮哨聲響起，鐵靜等人正在彼此呼和後退，有些人心有不甘，怒目看著柳眼，而絕大多數人聽從宛郁月旦的指令，遠離戰車，堵上雙耳，速退！

不——

唐儷辭手中金縷曲乍然展開，他尚未想明白這是發生何事，人已經向持蛛的紅衣女子撲去，紅影如雙翼鋪開，似垂天之雲，帶著一身餘燼從天而降。

那蛛女剛剛控制了傅主梅，正欣喜若狂，唐儷辭如鯤鵬墜落，金縷曲一劍當頭而下，那金絲長劍一劍砍落她的頭顱。蛛女手中蠱蛛還在噴絲，她的人頭竟已落地，落地之時，臉上猶帶笑意。

大識猛然轉身，唐儷辭落地之後，第二劍向蠱蛛斬落。那毒物瞬間被斬為一灘肉泥，但大識的重掌已經拍上了唐儷辭的肩頭。

「啪」的一聲悶響，唐儷辭往前撲倒，他甚至未能撐住身體，重重摔在了戰車上。一頭灰髮凌亂，與一身餘燼糾纏在一起，那灰燼甚至比長髮還黑上一些。柳眼陡然睜眼，「阿儷！」

御梅刀自背後砍落，柳眼雙手在鼓面一拍，「咚」的一聲天地震動。

傅主梅不為所動——他不用音殺之術，但並非全然不會。但這一聲鼓響，讓他清醒了幾分，瞪大了眼睛，手中刀微微一偏，自柳眼臉側掃過，頓時半截黑髮被刀風所斷。

柴熙謹幾枚疊瓣重華迎面射來，柳眼隨傅主梅那一刀仰身後旋，半邊黑髮揚起，他右掌在鼓面一拍，這一次拍完之後，五指輕點，敲出了一段旋律。柴熙謹心裡戾氣勃發，方才那難以忍受的怨恨湧了上來，恨不能將眼前所見之人即刻殺死——這人撕裂他的傷口，凌虐他的心緒，賜予他千萬倍的委屈。

這人——這人是柳眼。

是他的師父，教授他音殺技法，告訴他「你想做什麼就做什麼，但不能什麼也不做」。

蒼涼與恨共存，柴熙謹七情如焚，心緒全亂。柳眼隨刀風後旋，離開大鼓，轉到了柴熙謹身後。柴熙謹拍出一掌，招架隨之而來的傅主梅的刀。御梅刀如影隨形而來，卻不知道是砍自己，或是砍柳眼。

咽喉處一緊，有物勒住了他的咽喉。

柴熙謹驚覺，一個側頭，才知柳眼那披散的長髮飄蕩開來，掠過自己身前，柳眼仰後倒旋的時候一把抓住自己的頭髮，勒住了他的咽喉。

柴熙謹簡直不能相信，這世上竟有人試圖以自己的頭髮殺人，他正要一手肘把柳眼撞死，大鼓上驟然響起一陣疾風驟雨般的敲擊，旋律如暴風驟雨，他真氣一亂，咽喉「咯咯」作響，竟被柳眼的黑髮勒得幾乎昏死過去。

傅主梅眼前一會兒見的是柳眼與柴熙謹，一會見的是不成人形的神魔與妖物，一會聽的是歌聲，一會兒聽見的是異物爬行之聲。他分不清自己身處何地，茫然無措，方才心口被大識所傷，一口真氣沒有續上，「噹啷」一聲，御梅刀失手墜地。

大識只見眼前一陣眼花繚亂，蛛女死、唐儷辭倒地，柴熙謹被柳眼勒住了咽喉，傅主梅長刀墜地，渾然不解究竟發生了何事，呆了呆，他抓起地上流星錘，往柳眼頭上砸去。

雖然不知為何事情急轉直下一變再變，但殺柳眼、救柴熙謹勢在必行。

唐儷辭伏在大鼓之上，方才是他敲出了一段旋律，鎮住了柴熙謹的反擊。但他實在無力爬起，眼見傅主梅御梅刀落地，搖搖欲墜，柳眼手勒柴熙謹，危在旦夕，而大識的流星錘往柳眼頭上砸去。

局勢危如累卵，他伏在鼓面上，無論如何提不起真力，全身冷汗淋漓，一口真氣行至丹田便受阻塞，多條經脈行經丹田左近便已受阻，有一大片……一大片異物影響了他內力運轉。他如何不清楚，正是因為此物，既影響了內力運轉，又影響了血流與經絡，他如今受傷遲遲不愈，體質大不如前，正是因為它的存在。

方周的……心，他不曾放棄的……誰也不會死的希望，是唐儷辭無所不能的證據，是唐儷辭絕不會輸的狂妄——和虛妄。

灰髮委地，唐儷辭半抬起身。大識的流星錘第一下未曾砸中柳眼，柳眼拽著柴熙謹連連後退，柴熙謹肘擊柳眼，柳眼緊咬牙關，便是不放手，那長髮竟也如此結實，任憑柳眼雙手緊拽，便是不斷。

而大識的第二下流星錘出手，與此同時，受柳眼音殺所控，對他滿懷恨意的眾人已經趕到。

「嗖」的一聲，第一支長箭射到，中柳眼身側三寸。

不行……唐儷辭仍然起不了身，全身的血冷了又熱，彷彿早已流盡，又如已盡結冰。他猛一咬唇，手腕一翻，「金縷曲」彈開，往自己腹中插落。

一挑一翻，唐儷辭下唇帶血，面無表情，金劍破腹挑出一物，血淋淋的落在大鼓之旁。和蛛女的頭顱滾在一處。

丹田真氣驟然貫通，經脈崩裂，內力四散，腹部血如泉湧，他以飄紅蟲綾死纏傷處，頭也不回提劍而起，撲向大識。

他未曾多看地上的異物一眼。

那東西血肉模糊，猙獰可怖，彷彿生著數枚牙齒與骨骼的妖物，那根本不是方周的心，不過是基於方周的心而生出的一枚畸胎瘤。

所謂死而復生，從始至終……都是自欺欺人。

從來沒有我請你為我而死，而我再請你為我而活。

世事桃花流水，逝者不可挽留，生且是生，死……便是死。

人之生死，與落花與蟲，並無差別。

唐儷辭剖腹提劍，血撒了一路，而柳眼抓著柴熙謹不斷後退，閃避遠處射來的箭矢和兵器。

「錚」的一聲，唐儷辭的劍架住大識的流星錘，「金縷曲」劍花一顫，在大識的手上劃開一道傷口。

大識吃痛退開，「金縷曲」如影隨形，沾衣而上，眨眼間又在大識右臂上開了道血痕，第三劍自咽喉倒插而上，血濺三尺——這距離「金縷曲」架住流星錘，只是眨眼一瞬。

大識怒目圓睜，一臉驚愕，仰面栽倒。

唐儷辭一劍三變，殺了大識，毫不停留，往柳眼與柴熙謹處趕去。

柳眼步步後撤，已然逼近了方才唐儷辭脫身而出的火窟。

飄零眉苑地底的火尚未完全熄滅，岩層與穹頂破裂處溫度奇高，周圍景致歪曲變形，十分古怪。柳眼尚未靠近，頭髮已經捲曲焦枯。

或者也正因為高溫，勒住柴熙謹的一把長髮乾枯發脆，被他驟然崩斷，柴熙謹一聲大喝，返身將柳眼提了起來，往後扔去。

柳眼人在半空，迎面而來的是滿天箭矢和刀劍。

而柴熙謹一退再退，已經站到火窟邊緣。

唐儷辭殺了大識，此時距離柳眼七步之遙，距離柴熙謹一丈有餘。如果他出手救人，柳眼便會得救。但柴熙謹死裡逃生，立足未穩……

「殺方平齋！」柳眼大喝。

柴熙謹乍然聽到「方平齋」三字，也是微微一頓。

唐儷辭垂下眼眸，徑直撲向了柴熙謹。

血灑半空，與獵獵紅衣共色。

柳眼見他毫不猶豫，鬆了口氣，眼見射來的諸多箭矢和兵刃，他心情很平靜。他並非閉目待死，就看著它們一箭箭向他射來。

「嗖嗖」聲不斷，有幾支長箭錯身而過，弓手距離太遠，未能傷人。

第二波箭勢射到的時候，衝上來要殺柳眼的人已經到了。張禾墨和董狐筆，孟輕雷和李紅塵一起衝到了柳眼面前，四人出手，掌風與兵刃交錯，空中疾風如嘯，凜然生威。

柳眼迎向孟輕雷的劍。

但他面前金光閃動，一物驟然出現，「嗡」的一聲輕響，彷彿盛開了一朵織金的優曇花。金絲交織閃爍，隨即往四面八方彈開，不但將四人的掌風刀劍一一擋下，甚至炸開的金絲還將周圍箭矢擊落了一部分。

柳眼一怔，人已平安落地。

他驀然回首，方才在他面前炸開的是唐儷辭手中的劍！

在柳眼的回首中，在張禾墨和董狐筆，孟輕雷和李紅塵四人的眼中，唐儷辭反手擲劍，人影一閃，快得如一道紅練徑直把柴熙謹往火窟裡撞了下去。

柳眼大叫一聲，「阿儷！」

神智已亂的孟輕雷幾人陡然一怔，難以相信自己看到了什麼。

孟輕雷停了手，困惑地看著濃煙滾滾的火窟。

董狐筆手中還擺著招式，卻呆呆地站在原地。

「唐……唐公子？」

柳眼踉蹌往火窟走去，溫度奇高無比，他往洞口每靠近一步，頭髮便被燒焦一片，衣裳逐漸起火，那地方雖然已不見明火，溫度卻比火焰還高。

方……方才唐儷辭把柴熙謹撞了下去。

他就這麼合身撲上，撞入柴熙謹胸前空門，以自己凌空之勢，把柴熙謹撞下了火窟。

沒有價值千金的名劍或暗器，亦沒有驚世駭俗的奇招或祕術，他莽得像一頭奔鹿，就這麼以身為殉，和柴熙謹一起下了火窟。

追近柳眼，都要殺柳眼或唐儷辭以報仇雪恨的眾人都看見了這一撲。

兵刀漸止，弓箭且停，一腔殺意突然變為迷惑。

唐儷辭自稱是柴熙謹的主人，柳眼自稱是唐儷辭的主人，他們都自稱要唯我獨尊，是以立風流店，驅使柴熙謹濫殺無辜。

然後唐儷辭在眾目睽睽之下，把柴熙謹撲入了火窟。

這是什麼意思？這是……什麼意思？

蛛女已死，大識熱命，柴熙謹墜下火窟，這只發生在極短的時間。神智狂亂，身中劇毒的眾人失去控制，又再無音殺強控，開始蠢蠢欲動，又要追食曾中九心丸劇毒的人。

楊桂華的盤龍陣再堅不可摧，也抵擋不了這些如僵屍厲鬼般的人們，而中原劍會衝在最前面的幾位俠士面面相覷，都是目露茫然。

人群分開，成縕袍提劍大步而來，宛郁月旦和紅姑娘緊隨其後。

他們看著那個火窟，一時之間，眾人皆盡沉默。

柳眼全身衣裳起火，他突然笑了一聲，而後又笑了一聲。

「哈……」他說：「哈哈。」

「柳尊主，還請讓開，我碧落宮有飛雲索或可下火窟救人。」宛郁月旦表情凝重，他雖然沒有看見唐儷辭是怎麼下去的，但也能猜到八九。

既要救人，又要殺敵。

事不可為，而他偏要兩全。

「救人？」柳眼緩緩地道：「不是唐儷辭罪該萬死，居心叵測，施恩圖報？或許他騙了誰又殺了誰，得了什麼天大的好處……只是你們不知道嗎？他就這樣死了，真是太好了，不是嗎？」他搖搖晃晃地站了起來，衣角一寸寸起火，滿頭乾枯的黑髮在熱風裡起舞燃燒，他彷彿要被烤成一具人乾，卻不逃命。「宛郁宮主，你是真心想救他嗎？你要是真心想救，剛才他上戰車搏命的時候，你就應該出手，而不是作壁上觀。」柳眼縱聲大笑，「你——你們——你們所有人，誰也不想救他，你們只想等著『唐公子』來救你們，等著他傾盡所有，等著他拼盡全力，再等著他死——這真是太好了，不是嗎？」

宛郁月旦眉心微動，一時之間，他既沒有否認，也沒有承認。

正在此時，火窟下驟然發出轟隆隆幾聲巨響，隨之腳下搖了幾搖。

火窟深處白煙驟起，水汽與濃煙迸發，溫度正在降低。

飄零眉苑深處正在發生某種變化。

眾人一呆，只見飄零眉苑的火窟中升起一陣陣煙塵，彷彿有什麼東西在地下滾動，隨即驟然塌陷，在那深深的坑穴之中噴出了熱騰騰的水霧。

紅姑娘也是一怔。飄零眉苑左近有一個湖，上回她對玉箜篌施展調虎離山，便是假借飄零眉苑左近有條河又有個湖，可能有人要借水道襲擊飄零眉苑為由頭。

難道真的有水灌入飄零眉苑之中？一語成讖？

然隨著水位狂漲，腳下的土地開始震顫，成縕袍提氣喝道：「不好！山崩！」

一聲山崩，飄零眉苑所在的火窟一再噴發出濃煙和白氣，坑洞內水越來越多，極熱的水汽蒸騰，土地不停震顫，隨著一聲巨響，祈魂山左半邊山坡帶著飄零眉苑的部分崩塌而下，千萬碎石子跟隨而下，四面八方煙塵滾滾。

臨危之際，中原劍會眾人紛紛出手，掌風橫掃，將身後神志不清、仍在向自己撲來的痡軍往遠處推去。隨即眾人身影翻飛，各路輕功身法齊出，各自落身在未崩塌的半邊山頭上。

被掌風震飛的人們僥倖避開坍塌的大洞，大都隨碎石沙礫往下滾落，只受了些許擦傷。而落身山頭上的眾人俯首看去，只見半邊府邸搖搖欲墜，它原先從山頭沉入山腹中，依靠的是機關之力。而那所沉之處，本是一處天然洞穴，破城怪客將其打通，輔以軌道鎖鏈，故而飄零眉苑可以輕易沉入山腹。但是此處洞穴本是水溶之洞，本就有暗河河道，白素車火燒飄零眉苑，唐儷辭撞落柴熙謹，飄零眉苑遭遇接二連三的重創，機關全毀，四分五裂，高溫爆裂山石，往下塌落，最終與地底暗河相觸。

此後一聲巨響，地下熱氣衝破岩層，祈魂山半山塌陷，山崩地裂。

「阿儷……」山崩之時，沒有人出手去救正在洞口的柳眼。柳眼重重摔入洞內，但那洞內已全是泥水，他半身沒入泥中，看不清傷勢如何。

宛郁月旦被鐵靜扶著，落在山頭，他的臉色發白，緊抓著鐵靜的手，「下面情況如何？」周遭已有許多人失聲驚呼，宛郁月旦卻看不見，他只聽到底下泥水中翻滾的氣泡聲，以及碎石沙礫不斷滾落的雜音。

沒有唐儷辭的聲音，也沒有柴熙謹的聲音。

鐵靜一聲低呼，「宮主，下面……」

他還沒說清楚，陡然柳眼一聲大叫，「阿儷！」

唐儷辭與柴熙謹都在泥水之中，身周如經歷了一場狂暴的亂流一般，磚石崩壞，泥沙橫飛。柴熙謹的頭顯然被唐儷辭方才那一按一撞，重重地砸在了地上，頭上滿是鮮血，似乎連顱骨也撞碎了。

但他竟沒有死。

柴熙謹對此毫無所覺，他雖然被唐儷辭臨空一撲按到火堆裡，卻並不覺得痛。他只覺怒火中燒——唐儷辭怎麼敢！怎麼敢就這麼殺他？他繼承白雲溝遺志，他要屠戮白雲溝的每一個人都付出代價！他怎麼能死？

他是萬萬不能死的，那麼該死的，就是唐儷辭！

柴熙謹的一隻手牢牢掐住唐儷辭的脖子，另一隻手拉住了飄紅蟲綾——他看得出唐儷辭身負重傷，這條紅綾上所流的血就沒停過。他拉緊綾布——就看唐儷辭是先被他掐死，還是先被他勒死——

「啪」的一聲悶響，身後一刀入心。

柴熙謹微微一頓，緩緩回過頭來。

一刀自後插入他心臟的人渾身是泥，正是柳眼。

柳眼看著他頭顱碎骨處，慘然一笑，「你我……一意所托非人，深恨命不由我，最終……都是笑話。」他刀下運勁，正要將再刺，柴熙謹突然眨了眨眼。

額頭上的血緩緩流了下來，柴熙謹突然顫抖起來，他鬆開了掐住唐儷辭手，胡亂摸著自己的頭，「我的頭……我的頭……」

「啪」的又一聲輕響，唐儷辭翻身坐起，一掌拍上柴熙謹的天靈蓋。

柳眼拔刀而出。柴熙謹陡然僵住，他瞪著柳眼，額頭上的血順著扭曲的眉睫流入他的眼睛，過了好一會兒，他喃喃地道：「命……命不由我……」最終仰天栽倒，死不瞑目。

柳眼扔下刀，跪下去攙扶唐儷辭。

此時成縕袍和董狐筆等人紛紛趕來，一起扶住了唐儷辭。

唐儷辭看了成縕袍一眼，他滿臉紅暈，神態已是半暈，眼神卻依然清醒。他一隻手拉緊纏腰的飄紅蟲綾，另一隻手緩緩抬起，指著身側將塌未塌的石牆，張了張口。

他本是要說話，但一口氣沒提上來，聲音發不出來。成縕袍抓住他脈門，只覺脈象奇亂，匪夷所思，不禁愕然，「你怎麼了？」

唐儷辭搖了搖頭，仍是指著那石牆，「王……」

柳眼往石牆走去，唐儷辭張開手指，額頭上冷汗瑩瑩，「不……蛛……」他附身撐地，但站不起來，五指用力在地上扣出了血痕。

成縕袍點了他幾處穴道，阻止他因真力散亂傷上加傷。鐵靜試圖將他背起，這時眾人才看見他腹部的劍傷，都感震驚——此傷傷及丹田臟器，非但重創氣脈，也危及性命。唐儷辭混不在意那劍傷，將鐵靜猛地一推——他顯然心中有事，苦於說不出來。圍在他身周的人越來越多，眾人見他如此，思及方才柳眼怒罵道「你們所有人，誰也不想救他，你們只想等著『唐公子』來救你們，等著他傾盡所有，等著他拼盡全力，再等著他死」，心中慚慚，此人雖然……驕奢淫逸，善惡難辨，但的的確確方才與柴熙謹以命相搏。如果不是飄零眉苑發生變故，如果不是柳眼與柴熙謹音殺相抗，如果不是唐儷辭捨身赴火，此時眾人仍在混戰，而雙方無辜之人也只有越死越多。中原劍會畢竟不是邪魔外道，只怕不少人最終便會如文秀師太一般，不忍下手，殉道於敵人手中，枉送了性命。

唐公子難道並非居心叵測？沒有另有所圖？

即使他搏命至此，命懸一息，圍住他的人也難以相信。

柳眼逆人群而行，往唐儷辭所指的石牆而去。那石牆有一處破口，裡面光線昏暗，似有許多鐵柵欄或鐵籠之類的巨大雜物。洞內也有暗河流水，有一物被水流沖來，堵在洞口，隨即又被人拉走。就在這一來一回之際，柳眼猛然看見的是一具焦屍的頭顱，那燒得稀碎的頭髮，面目全非的臉頰，把他嚇了一跳。洞里拉走那焦屍的人一個轉身，柳眼當即認出——那是王令秋！

中原劍會把他和王令秋關在左近，視之為敵，柳眼自然是認得王令秋。方才一翻混戰，王令秋居然尋得機會逃回飄零眉苑地底。唐儷辭所指的，定是王令秋未死，要大家小心提防。

正當柳眼認出王令秋的時候，那洞裡再度閃過王令秋的老臉，那雙眼睛充滿了仇恨之色。他好容易逃離中原劍會，卻在飄零眉苑深處尋到了王令則的焦屍。眼見劍會眾人都圍在重傷的唐儷辭身邊，王令秋在石牆另外一邊舉起一物，準備往眾人身上擲來。

柳眼大喝一聲，「王令秋！」

他也擲出一團東西，與王令秋那物在半空相撞，一起墜落。

王令秋眼見柳眼擲出的東西，一張老臉都抽了抽，恨恨的轉身便逃。

但他行蹤已露，碧落宮何簷兒破開石牆，董狐筆追了上去，三下兩下便將他擒住。

柳眼擲出去的東西，是他泥水淋漓的黑色外袍。

王令秋不管扔出來什麼，都被那濕淋淋的外袍包住，一起落在了河水漫過的泥地上。眾人看著一身泥濘的柳眼，心下百味雜陳，一時之間不知道該拿他如何是好。

而破開石牆之後，石牆內盡是縱橫的柵欄和焦屍。

經過火燒水淹，那些屍體看起來尤為猙獰可怖。

中原劍會眾人面對著這些緣由不明的焦屍，相顧茫然，他們一直以攻破飄零眉苑，殺死柳眼、唐儷辭、玉箜篌為己任。結果柳眼音殺相救，唐儷辭捨身赴火，而玉箜篌不見蹤影，飄零眉苑居然自內覆滅，自始而終沒有向中原劍會留下隻言片語，徒有一地屍骸。

紅姑娘與碧漣漪走了過來，紅姑娘望著這些可怖的屍骸，喃喃地道：「這就是……唐公子劃下禁制，讓我們按兵不動的原因。」

孟輕雷一生劍下殺人不少，但也從未見過這麼多聚在一起的死人，正在發愣，聞言回首，「什麼？」

紅姑娘蹲下身，在那些恐怖至極的焦屍裡，一個一個地看著，她竟不害怕。碧漣漪低聲問，「在找誰？」

紅姑娘慢慢地道：「白素車。」

中原劍會眾人的心思自命懸一線的唐儷辭身上，陡然轉到了「白素車」三個字上，孟輕雷失聲道：「難道她——竟非自甘墮落？」

「我不知道。」紅姑娘輕聲道：「但火……總不是無緣無故燒起來的，白素車反叛玉箜篌，繼任風流店之主，你說這一片焦屍裡……該不該有她？」她停住了腳步，石牆後的焦屍燒在了一起，已無法分辨誰是白素車。紅姑娘伸出手去，輕輕的撫摸這些焦屍，「我不知道她是『自甘墮落』，或是『不自甘墮落』，她可能也不在乎。小白野心勃勃，我從不知道她的野心是什麼。」

紅姑娘向柳眼望去，從前我只當她和別人一樣，只是要和我爭搶你。

但其實，她的眼裡可能既沒有我，也沒有你。

此時，眾人已然發現，王令秋投擲出來的東西是一枚雷火彈，僥倖此物被柳眼濕淋淋的外袍裹住，未曾爆炸，否則方才擠在唐儷辭身邊的眾人便要死傷慘重。又被柳眼救了一命，中原劍會眾人心中更加彆扭，孟輕雷福至心靈，將那被點了穴道的小丫頭玉團兒，快快送到柳眼身邊。

被成縕袍點了穴道的唐儷辭被鐵靜小心翼翼的背著，送到宛郁月旦身邊。碧落宮善於醫術的幾人團團圍上，片刻之後，幾位醫者看著唐儷辭，面面相覷，實不知說什麼好。

都不需觀脈象或是望氣色，只消拉開他纏繞傷口的飄紅蟲綾，看那深達臟腑的劍傷，都知道此人命不久矣。

甚至他至今不死，都很奇怪。

但唐儷辭便能頂著一口氣，便是不死。

那不像什麼人世奇跡，倒像是心願未嘗，無論如何便不肯死一般。

唐儷辭既不肯死，也不肯昏迷，他盯著鐵靜，胸口起伏，似有許多話要說。鐵靜剛剛知曉他傷重如此，百味雜陳，一時間竟不敢回視，避開了唐儷辭的目光。

柳眼踉蹌著靠近，中原劍會有些人拔劍而出，頓了頓，也不知該動手還是不動手，卻也不讓他靠近唐儷辭。就如許多尚茫然不知發生何時的劍會弟子，看著被點了穴道的唐儷辭，仍舊一臉鄙夷，渾不知為何紅姑娘還不下令將此人扔出去。

「解……解開他的穴道。」柳眼咬牙切齒，「他要說話，你們看不出他有事要說嗎？」

然而他遠在人群之外，成縕袍等人簇擁著唐儷辭，碧落宮很快重建帳篷，眾人很快把唐儷辭、宛郁月旦和紅姑娘都擁入了帳篷之內。

「喂。」玉團兒剛剛從昏迷中醒來，眼見祈魂山戰場已是天崩地裂，大吃一驚，跳了起來，把柳眼擋在身後，「怎……怎麼打成了這樣？你受傷了嗎？」

柳眼回過頭來，玉團兒臉上滿是血汙，有一半是被他橫琴所撞，他嘆了口氣，疲倦地道：「沒……沒什麼……」他的臉色也是青灰煞白，方才從坑口摔入飄零眉苑地底的泥潭，也摔傷了腿，但這些傷勢與唐儷辭相比不值一提。

「打完了是嗎？風流店輸了是吧？」玉團兒卻高興起來，拉住他的手，「那我們走吧。」

柳眼皺眉，「去哪裡？」

「中原劍會和風流店打完了，解藥和解法你都教了，他們又不喜歡你，也不喜歡我。」玉團兒理所當然地道：「我們回家吧。」

柳眼長長的吐出一口氣，喃喃地道：「回家……」

回家。

帳篷內的眾人關心唐儷辭的傷勢，碧落宮的醫師將他外衫除去，清洗了傷口，但剖腹之傷觸目驚心，內裡經脈錯亂，內力已散，即使此番僥倖不死，唐儷辭一身武功只怕也要付之東流。鐵靜與齊星陪在他身邊，兩人心驚膽戰，既不敢看他，也不敢和他說話，與唐公子坐在一處彷彿酷刑。

唐儷辭仍然睜著眼睛，他的呼吸極快，又輕，聽著他急促的換氣，成縕袍竟也興起了恐懼。

宛郁月旦從衣袖裡取出了一個藥瓶，瓶中一粒藥丸如玉似珠。這是他自己平時服用的藥丸，不及少林大還丹，但聊勝於無。唐儷辭微微張嘴，甚至不要化水，就把那藥丸強行咽了下去。

紅姑娘看他的神色，終是察覺有異，「成大俠，煩請為唐公子護法，解開穴道，他有話要說。」

成縕袍為唐儷辭渡入真氣，但覺真氣流至丹田便已逸散，唐儷辭一身武功來自《往生譜》，本非自己練就，最終也離他而去，彷如因果報應。聽聞紅姑娘所言，他拍開了唐儷辭方才被封住的穴位。

氣血貫通之後，唐儷辭剖腹傷處頓時血流如注，他驀然抬頭，嗆咳道：「王……王令秋……『三眠不夜天』、『蜂母……』」

王令秋？

宛郁月旦提高聲音，「王令秋人在何處？」

紅姑娘也站了起來，「王令秋可曾關好？此人是呼燈令唯一傳人，很可能比柴熙謹更能操縱外面的中毒之人！務必多加小心！」

「紅姑娘！王令秋不見了！」許青卜自外而來，變了顏色，「外面中毒的廂軍裡有他的同夥，現在外面又亂了起來，他們又從山下爬上來把我們包圍了。」

唐儷辭喘了口氣，搖了搖頭，「傅……」

他顯然有非常重要的事要說，卻越喘越急，嗆咳起來，「傅……御梅……刀……呢……」

傅主梅呢？眾人相顧茫然，方才兵荒馬亂，山崩地裂，傅主梅在柴熙謹的戰車上受制於蛛女，然後呢？他人到何處去了？

但御梅刀武功蓋世，蛛女又已死了，也不至於唐儷辭提著一口氣，非要問傅主梅人在何處吧？「颯」的一聲微響，一瞬刀光似奔洪流雪，破門而入。成縕袍揮劍格擋，只聽「噹」的一聲，刀劍交架，破門而入之人臉色青紫，正是傅主梅！

他握著他的御梅刀，卻再無御梅主清雅淡然之氣，渾身上下都籠罩著蠱蛛那淡淡的金綠之色，眼神焦躁不安，他盯著唐儷辭，卻又不似盯著唐儷辭。

在他顛倒錯亂的世界裡，不知眼前看的是什麼。

唐儷辭抓緊蓋在身上的衣裳，嘆了一聲，「主梅。」

王令秋躲在外面，以「呼燈令」的毒術控制了傅主梅。

池雲是這麼死的，水多婆也是這麼死的，如今，又輪到了傅主梅。

唐儷辭將衣裳越抓越緊，看著帶傷的成縕袍、孟輕雷與傅主梅交戰，他微微閉目，用力咬住了嘴唇。

御梅刀劃過半空，四周中原劍會諸人越聚越多，但無人能近身，傅主梅刀光流動，便是要唐儷辭的命。

唐儷辭端坐在傅主梅刀刃所及之處，三人的兵刃氣勁撩動了他長長的灰髮，他不言不動，彷彿只需傅主梅再近一步，揮刀就頸，他便坦然赴死一般。

一刀、二刀、三刀……御梅刀刀如流水，流水如冰清無跡，傅主梅真力與蠱蛛之毒漸漸融合，刀風冰冷縱橫，越來越盛。成縕袍和孟輕雷一開始堪堪匹敵，而後被他逼退一步、兩步……

冷冽的刀風已經劈到了唐儷辭面前，幾縷灰髮隨風而斷，挽髮的金簪隨之墜落。

唐儷辭倏然睜眼，他抓住了那枚固髮金簪。

便在此時，一劍自另一頭闖入帳篷，轟然一聲刀劍相交真力對衝，整個帳篷被劍光所碎。來人白衣黑髮，大步凜然，橫劍攔在唐儷辭面前。

成縕袍和孟輕雷同時低呼，「普珠方丈！」

普珠合十還禮，「諸位……同道。」他不再口宣佛號，肅然道：「普珠鑄成大錯，戴罪之身，早已不能任少林方丈。唐施主救我於水火，當日之事，今日之危，普珠皆會給諸位一個交代。」

這位方丈難道不是唐儷辭當日殺上少林寺，當眾擄走的嗎？

中原劍會眾人又是驚詫，又是迷惑。普珠被唐儷辭擄走，這是唐儷辭罪大惡極的證據，結果普珠卻說「唐施主救我於水火」。

當日少林寺中，究竟是發生了什麼？

普珠劍指傅主梅。

普珠身負蜂母凝霜露，傅主梅身中蠱蛛之毒，雙毒相遇一照面之下，兩人都即刻出了殺招。

傅主梅絲毫沒有聽懂方才普珠在說什麼，他背心的傷口發熱，他奇異地盯著眼前的僧衣人——這個人身上有東西！

而普珠同樣感應得到，傅主梅身上有一種不一樣的香甜。

他與所有人都不一樣。

兩人殺招一出，勁氣飛揚，身周碎石片片崩裂，地下所踩踏的岩石更加不穩定。成縕袍鐵靜等人匆匆將唐儷辭、宛郁月旦等人抱起，眾人如亡命之徒般四散避開，只聽四周尖叫頻起，卻是被二人搏命相殺的氣流，帶得山坡又崩塌了第二次。

唐儷辭瞪大眼睛，看著普珠和傅主梅。

不遠處傅主梅和普珠正在生死相搏。

他們非但顧及不了自己的性命，甚至也顧及不了周圍的其他人的性命。

眼前起了一陣眩暈，唐儷辭低下了頭，不遠處傅主梅和普珠的影子盤旋起落，他覺得眩暈，但不敢閉眼。

他被成縕袍放在地上，坐在塵埃裡，眼前所見，一半是砂粒塵土，一半是刀和劍。

他不知道誰會贏，但知道普珠……定會搏命。

一如他看見莫子如的劍……和水多婆的坐，聽見自碎天靈三日方死的雪線子。

看見拔劍而起的鄭玥，孤身獨行的白素車。

看見玉鏡山下，飛瀑深潭中的血和模糊不清的詩。

這世間……並非唐儷辭無所不能戰無不勝，而是這世間總有人……為了讓他「戰無不勝」，赴湯蹈火，生死以拋。

「嚓」的一聲，鮮血飛濺，傅主梅的刀插入普珠心口。

「叮」的一聲，普珠棄劍在地，雙手牢牢扣住傅主梅的肩。

他咬住了傅主梅的肩頭，開始狂吸鮮血。

蠱蛛帶來的金綠色毒血被普珠源源不斷的吸走，蠱王在普珠丹田中暴動，他心口被刺的傷口正在癒合。

唐儷辭眼神深處微微一動，他恍然明白普珠將會給今日什麼樣的結局。普珠帶了蠱王而來，他自飄零眉苑那灰飛煙滅的地底，帶了蠱王而來。王令秋不足為懼，普珠，將取而代之。

唐儷辭緩緩吐出一口氣，慢慢閉上了眼睛。

諸事已畢。

祈魂山飄零眉苑一戰，終是中原劍會得勝。期間任清愁、鄭玥、雪線子、水多婆、莫子如、文秀師太、白素車等等許多人戰死，阿誰不知所蹤，普珠身攜蠱王，而傅主梅的蠱蛛毒血成了飼育普珠的食物。風流店及天清寺幾乎全軍覆沒，而無辜中毒的數千痲軍，以及碧漣漪等人，普珠與被他扣下的王令秋將會逐一取毒解毒。

少林劍僧，最終竟是成了「呼燈令」的傳人。

唐儷辭並非風流店之主，竟是忍辱負重，逆轉戰局，拯救普珠於水火之中的英雄。斯人既運籌帷幄，覆滅風流店，又誅殺鬼牡丹，將天清寺謀反之事消滅於萌芽之時。這天下若無唐公子，恐已大亂，而唐公子為救此危局，奔波勞碌，身負重傷。

一時之間，天子下旨賞賜，朝堂人人稱頌，江湖百姓喜氣洋洋，日夜期盼唐公子早日康復。

諸事已畢。

唐儷辭昏昏沉沉，於病榻上不知躺了多久。

有一日他在夢中看見了大火。

夢裡有一座青山，青山燃起了大火。

青山燒成了白地，山裡什麼人都沒有，只有越燒越旺的火，和越來越焦黑，越來越猙獰可怖的山。

他昏了一個多月，不知是誰將他帶來帶去，他感覺得到自己在車馬之間移動，似乎看了許多大夫，吃了許多的藥。

他夢見了許多次那座猙獰可怖的黑山。

一直到有一日澈底醒來，發現人在好雲山當初的故居，窗外是青山，雲霧繚繞，山水青秀，並沒有什麼焦炭。

他喃喃喚了一聲「阿誰」，但身邊並沒有人。

過了好一會兒，唐儷辭擁被坐起身來，只見窗外夕陽西下，暮靄如花。

那真是一個十分安靜祥和的日落。

他即喚不到阿誰，也沒有看見柳眼，也沒有看見傅主梅。

在唐儷辭昏迷的一個多月，天清寺被大理寺貼了條子，澈查所謂「先帝之靈」的妖法邪術，而後楊桂華抓了不少人，少林寺上下也被澈查了一遍。

但這些事已與唐儷辭無關。

當他能起身後，他抱回了鳳鳳。

阿誰消失在玉鏡山深潭溪水之中，唐儷辭派遣萬竅齋餘部數百人在玉鏡山及其河流搜索，也沒有找到她。

唐儷辭在京師外買了一塊地，花了很長時間修墳。

修好墳的第一年，他帶了很多紙錢前來。

立於墳前，唐儷辭衣袂皆飄，燃火的紙錢隨風翩躚，連灰燼也隨風而散，只餘下很淡的一點殘煙。

燒過，卻好似從不存在。

後來他曾在雞合谷找到玉團兒，玉團兒穿了一身白衣。

玉團兒說，在他昏迷的第二日，中原劍會眾人還沒有散，柳眼就在劍會許多俠客面前縱火……把自己燒了。燒自己之前，他說：「唐儷辭從來不是風流店之主，時至今日，你們終該信了吧？他執念於我，不過是因少時情誼……他總以為我從不會變，相信我即使作惡也是受人所欺，情非得已。但自行自是，自是自知，我害了那麼多人，若能善終，那是蒼天無眼了。」

唐儷辭怔怔的聽著，過了好一會兒，他問，「後來呢？」

玉團兒說：「後來……他說『妳回家吧』，就從飄零眉苑那個大洞邊又跳下去了。他燒成了一個火人，然後摔在地底的那堆焦屍裡……」

後來玉團兒又說了什麼，如今他幾乎記不清了，依稀記得她沒怎麼哭，但也沒有笑。

他為池雲、雪線子、莫子如、水多婆、鄭玥、白素車、文秀師太、柳眼等等逐一上香，敬獻鮮花。

他緩緩伏下，給這些墓碑磕頭。

一跪拜。

二跪拜。

三跪拜。

山風料峭。

萬籟俱靜。

此生，貪嗔癡、求不得、怨憎會、愛別離，這每一樣，他都盡力了。

——《千劫眉》全文終——

後記

一、唐儷辭其人

後記，寫在本文全文還沒有完全完結的時候。

我估計阿儷的故事還有幾千字完結，但這幾千字可能反覆寫很多遍。我是一個人物派的作者，從來不寫大綱，長年累月寫了上句不知道下句，所以所有的「後來」，都在一遍一遍的試錯裡生成。

唐儷辭是一個很困難的人物，他之所以是現在這樣，也並不一定是我當初下筆的時候就完全是這樣，而是他自己一步一步變成了現在這樣。我在很久以前曾經說過，是要怎樣的中二少年，才會喜歡唐儷辭？因為我不希望讀者不加以思考，就完全認同唐儷辭的思維邏輯和處事方式，那是不正確的，在故事尚未到達結局的時候，其實讀者並不理解我要寫的是什麼。我並非在寫盛世美人如何權傾天下，阿儷是一朵極其絢爛的煙花，奢華燦爛，開在了最高處，眾人仰望，實已黯然。他過於強大，卻又偏激，他即不寬容，也不堅強，以性格而言，大都是缺點。但無論他將困境和迷惑理解成了什麼，他都決不氣餒，非常努力。他比絕大多數人都強大，又比絕大多數人都努力，所以他能贏。

但我並非要寫誰總是能贏，總是能贏的人太多了，即使你如此強大又努力，但你如果既不屑理解人世，也不屑理解朋友，也不屑理解感情，也不理解自己，最終便要毀滅。越強大的人，面對不如自己的人們，面對所謂的「螻蟻」，應當具有敬畏之心，因為上位者的光輝燦爛，其實是由萬千弱者的鋪墊與犧牲而成就。

當阿儷開始理解這些的時候，他來不及了。

我想寫的其實很簡單，阿儷很美，但我們不要學他，會很慘。

二、聖香

在很久很久以前的設定中，最早的阿儷的結局，是剖腹之後，垂死被瑟琳送回現代，然後被父母所棄，倒在街頭，瑟琳把他推進了手術室。

但手術的目的不是救命，是取心。是唐儷辭簽署了遺體捐贈，他在死後捐贈一切，然後他的心臟就被移植給了聖香。

阿儷死，而聖香生。

所以我經常說，千劫眉的結局就是聖香的結局。

至少有十幾年，我都是這麼想的。

但最終我沒有這樣寫。

就像李蓮花在很多年後，在我最終的文裡，他畢竟沒有沉海。

唐儷辭在十幾年後，畢竟也沒有倒斃街頭，最終成為聖香的救命稻草。

今天我覺得寫悲慘與無常，如果太過刻意，那或許不是人物咎由自取，而是作者強加於人。

阿儷不是好人，他也不是壞人，他有很多缺點，我想來想去，最終覺得他不會做此選擇。

他畢竟，不是太堅強，我判斷不出來他敢不敢死，刮心剖腹，削肉去骨，富麗堂皇的來，拋卻一切而去——如此決絕與淒厲，我覺得他可能不敢。

他可能想，但是不敢。

死與不死，都取決於他自己一念之間，他在這一念之間搖擺，我並不清楚最終他作何選擇，但今天我認為他不敢死。

不敢死，不是畏懼死亡，是人生有責，背負著過往，繼承著將來。

不敢死，比拋卻一切，更具有勇氣。

唐公子雖不堅強，但也不軟弱。

高寶書版集團
gobooks.com.tw

DN 316
千劫眉（卷六）一桃之戰

作　　者　藤　萍
責任編輯　吳培禎
封面設計　張新御
內頁排版　賴姵均
企　　劃　何嘉雯

發 行 人　朱凱蕾
出　　版　英屬維京群島商高寶國際有限公司台灣分公司
　　　　　Global Group Holdings, Ltd.
地　　址　台北市內湖區洲子街88號3樓
網　　址　gobooks.com.tw
電　　話　(02) 27992788
電　　郵　readers@gobooks.com.tw（讀者服務部）
傳　　真　出版部 (02) 27990909　行銷部 (02) 27993088
郵政劃撥　19394552
戶　　名　英屬維京群島商高寶國際有限公司台灣分公司
發　　行　英屬維京群島商高寶國際有限公司台灣分公司
法律顧問　永然聯合法律事務所
初　　版　2024年12月

國家圖書館出版品預行編目(CIP)資料

千劫眉. 卷六, 一桃之戰 / 藤萍著. -- 初版. -- 臺北市：英屬維京群島商高寶國際有限公司臺灣分公司, 2024.12
　冊；　公分. --

ISBN 978-626-402-158-6(平裝)

857.7　　　113019407